JN118199

ミシェル・ギャニオン
久賀美緒 訳

シリアルキラーに明日はない

二見文庫

KILLING ME
by
Michelle Gagnon

Copyright © Michelle Gagnon 2023

Japanese translation published by arrangement
with Michelle Gagnon
c/o Levine Greenberg Rostan Literary Agency
through The English Agency (Japan) Ltd..

打ちのめされたところから立ちあがって、
ふたたび歩きださなければならないすべての人に。

『危険な恋人（You Better Run）』

——パット・ベネター

シリアルキラーに明日はない

登　場　人　物　紹　介

アンバー・ジャミソン	心理学専攻の大学生
グレース	シリアルキラー・ハンター
ボー・リー・ジェソップ	アンバーをさらったシリアルキラー
グンナー	グレースの双子の兄
マーセラ	ラスベガスの娼婦
ドット	ラスベガスのモーテル〈ゲッタウェイ〉のオーナー
ジェシー	ドットの親友。 モーテル〈メイヘム〉のオーナー
ジム	ドットの恋人
ドクター・アブード	ウィッグ店の店主で無免許の医者

1

暗黒街の弾痕（一九三七）
YOU ONLY LIVE ONCE

最悪なのは、なんてばかだったんだろうという後悔ばかり浮かぶことだった。

いや、それは違う。本当に最悪なのは、頭に袋をかぶせられて縛（しば）りあげられてヴァンの後部に押しこまれていることで、最近ニュースで流れている内容から考えると、これからわたしの身にぞっとするようなことが起こるのは確実だ。

とはいえ、ばかだったという痛切な後悔だって、ほぼ最悪に近い。

これまでキャンパスで推奨されている安全対策にはすべて従っていたし、事件のニュースには神経を尖（とが）らせていた。だいたいテネシー州のジョンソンシティなんて、特別なことが起こるような場所じゃない。それなのに、なぜか今この街では連続殺人鬼が跋扈（ばっこ）していて、六万六千の人口がひと晩で倍に増えたかのような盛況を呈している。メインストリート（通りの名前はそのまんま〝メインストリート〟だ）にはパラボラアンテナ付きの中継車がずらりと並んでいるし、いつもは同窓会が開かれる週末にしか部屋が埋まらない〈ホリデーイン〉が連日満室。学校や市議会関係の記事しか載っていなかった『ジョンソンシティ・トリビューン』紙に、とうとうそれ以外の記事が掲載されるようになった。〈フードタウン〉のレジに並ぶ人々がしゃべるのは事件のことばかりだし、〈クロウ・バー〉やストリップクラブでもそれは同じだった(念のために言っておくと、わたしは地元の大人の娯楽を調査しに行っただけだ)。

犠牲者は全員、わたしと同じ二十代前半の小柄なブルネットだ。自分の身に降りかかるまで、わたしはそのことにかすかな興奮を覚えていた。墜落した飛行機にぎりぎりで乗らずに難を逃れたと知ったときに感じる、〝自分が死んでいたかもしれない〟というおののきを。そして同時に、殺人鬼の餌食になるのはうかつな人間だけだとも思っていた。骨折したふりをしている男に、車に荷物を積みこむのを手伝いましょうと申しでるような、無邪気な目をしたおばかさんだけだと。〝ちょっと道を教えてほしい〟とか〝松葉杖をついているので手伝ってほしい〟なんていう言葉には絶対に引っかからないと。

笑っちゃうほどばかだ。そんなことを考えていたなんて。結局、わたしも同じくらいまぬけだってことが証明されてしまったのだから。

わたしは五番目の犠牲者になるの？　それとも六番目？　どう考えてもおかしいけ

れど、でこぼこ道を走るヴァンの床の上で（押しこまれたのは当然ヴァンだ）大きく揺さぶられながらも気になるのは、自分が何番目の犠牲者になるのかということだけだった。

落ち着いて。わたしは自分に言い聞かせた。この事件の捜査には連邦捜査局（FBI）が乗りだしているのだ。ジョンソン市警から捜査を引き継いだと、『トリビューン』紙に書いてあった。今頃はもう勇猛果敢（ゆうもうかかん）な捜査官がわたしの行方を追っていて、ぎりぎりのタイミングで手掛かりをつかみ、救出してくれるんじゃないか——。

でも、そんな手掛かりはないはずだ。男と揉（も）みあったりしていないし、現場に何か落としたりもしなかった。本当にばかだ。ばかにもほどがある。

しかも犯人は、とくにすごい策を弄（ろう）してきたわけではない。ぼろアパートメントに帰ろうと薄暗い道を歩いていたら、まんまと捕まった。わたしの住むアパートメントは〝ユニバーシティ・エッジ〟という名前のとおり、大学から一番遠いはずれ（エッジ）にある。自宅に向かいながら冷蔵庫の中身を思い浮かべ、残り物のライスにイチゴジャムをのせたら夕食代わりになるかなと考えていたので、五メートルほど先の道端に止まっている白いヴァンなんか気にも留めていなかった。ただし、制服姿の配達員がおりてきて、こっちを見ないまま車の側面のスライドドアの前に移動するのが見えたときは、通りの反対側に渡ろうかと一瞬考えた。けれど花瓶を持った男が配達先らしき家のほうを向いたので、警戒しすぎだと苦笑してそのまま進んだ。

そうしたら、気がつくとヴァンのなかに押しこまれていた。最初は、体が偶然当たったのだと思って文句を言おうとしたが、男はすぐにスライドドアを閉めてのしかかってきた。そして抵抗もむなしく、あっという間にダクトテープで口をふさがれ、首に針を突き立てられ、意識を取り戻したときには海苔巻きみたいに縛りあげられていた。

心底震えあがっていなかったら、おかしくてたまらなかっただろう。男の尻に突き飛ばされてヴァンに押しこまれている防犯カメラの映像を想像してみてほしい（といっても、こんな田舎の街に防犯カメラなんてないけれど）。連続殺人鬼のNG映像集なんてものがあったら、絶対に使われるはずだ。思わず笑いそうになったところで、幸い理性が働いた。わたしはこれから殺されるのだ。

思い出したら呼吸が荒くなったが、口をふさがれたうえ頭に袋をかぶせられて鼻からしか息ができない状態でこれは苦しい。しかも風邪が治りかけているところで、詰まり方がいくらかましな左の鼻に呼吸のすべてがかかっていた。

落ち着きなさいってば。パニックを起こしてもどうにもならないのだから。そう思ってこれまでの犠牲者のことは必死で考えないようにしたけれど、スペアタイヤが背中に食いこんでいては簡単ではない。どうしたって、ぞっとするような想像が頭に浮かんでしまう（もちろんそういう場面を目にしたわけではないものの、見ていないほうが想像がふくらむってことはあると思う）。犠牲者は全員、頭を剃られているらしいけど、それはまあいい。高校生のときに剃ったことがあるから。ただＦＢＩは詳しいことを公表していないけれど、ほかの場所も剃られていると聞くし（そのことは考えちゃだめ）、あとはポケモンのキャラクターそっくりに体をペイントされているという。

　勘弁してほしい。ポケモンだなんて。トカゲやなんかみたいにされるのはごめんだ。どうやって殺されたかについてもＦＢＩははっきり公表していないが、死因が絞殺であることは間違いない。わたしの番が来たら、痛みを感じる暇がないくらいすばやくやってほしいものだ。

　ピカチュウ・キラー（犯人はこう呼ばれている）は犠牲者を殺したあと、ショッピングモールの駐車場や高校のフットボール場といった奇妙な場所に死体を遺棄し、地元の放送局にＧＰＳ位置情報のリンクを送りつけている。

　そうやって発見させているのだ。まるで『ポケモンＧＯ』みたいに。そんなクソ野郎がわたしを殺そうとしている。もう誰もやっていないアプリに取り憑かれたやつが。やられてたまるか。心のなかで唱え、歯を食いしばった。変態野郎がドアを開けたら、めちゃくちゃに暴れてやる。絶対に逃げて、FBIと一緒にやつを捕まえてやる。わたしはピカチュウ・キラーを倒したヒロインとして、あらゆるトークショーに呼ばれるようになるのだ。犯人に捕まっていたときのことをきかれて、わたしは勇敢に微笑むだろう。本を書いてもいいかもしれない。きっとベストセラーになる。そのうち、わたしはこの恐ろしい経験を乗り越えるだろう。法外な料金をふっかけるセラピストの助けを借りて。

突然、ヴァンが大きくかしいで体が床の上を滑った。ヴァンがそのまま減速したので、心臓がどくどくと打ちだす。待っていたときが来た。外にあるのは薄気味悪い小屋か、倉庫か地下室か。いずれにしても、男が殺しをおこなう場所に着いたのだ。

額に汗が吹きだした。去年受けた女性向けの護身術のクラスの内容を懸命に思い出す。最初に狙うのは目だったはずだ。それとも股間？　話をもっとちゃんと聞いておくべきだったのに、あのときはすごくかわいい子がいて気もそぞろで――。

ブレーキの音とともにヴァンが止まった。鼓動がさらに速くなり、今にも気絶しそうだ。でも気絶したら逃げられない。

護身術は思い出せなくても、プランを練るのは得意だ。脱出ルートの選定はわたしの専門と言ってもいい。それならさっさと計画を立てなさいよ、天才さん！

べたべたしたいやな感触から判断するに、手も足もダクトテープで縛られている。そういえば、前にテレビで誰かが自分を拘束するダクトテープを破るのを見た気がするけど、あのときはひどく酔っていたし、そんな知識が必要になるなんて思ってもいなかった。だからどんなに頭をひねってもやり方は思い出せないし、いろいろ試してみたけれどテープが破れる気配はない。手錠にしてほしかった。手錠抜けなら名人級なのに。

つまり手と足は基本的に使えないということで、理想的な状況とはとても言えなかった。

でも、まだ頭がある。過去のけっして楽しくはない経験から、人並はずれて固く脳震盪に強いことが判明している頭が。頭からぶつかっていって男を倒し、そのあと――どうすればいいだろう。ぴょんぴょん跳ねていく？　うん。必要ならそうしよう。五人だ。犯人はすでにわたしに似た女の子を五人殺している。正しい数字を思い出して、胸に奇妙な満足感が広がった。ヴァンのドアが開いて、冷たい空気が流れこんでくる。

いいわね、アンバー。チャンスは一度きりよ。やつが手を伸ばしてきたら――。

足首にちくりと痛みが走り、わたしはダクトテープを貼られた口で悲鳴をあげた。しまった。また薬を打たれてしまった。

まずプラスの面から言うと、次に目が覚めたときにはまぬけな気分は消えていた。ただし残念なことに、それに取って代わったのは絶望的なまでの恐怖で、つまり事態が好転したとはとうてい言えなかった。

頭にかぶせられた袋はなくなっていた。裸電球がひとつあるだけの暗い部屋にいて、床はコンクリート。壁と天井にはでこぼこした防音素材が貼られている。部屋の端のほうは黒い陰になっているが、裸電球が丸く照らしている範囲に見えるものだけで死ぬまで悪夢にうなされるには充分だった。そして現状を考えると、死ぬまでの時間はそう長くないだろう。この部屋はまるで低予算のホラー映画のセットみたいで、自分が当事者だというぞっとする事実さえなければ、なかなかおもしろいと思ったかもしれない。

電球の真下に手足を拘束するための革ベルトがついたスチール製の台があって、血の跡が残っていた（連続殺人鬼にきちんと拭いておくことを期待しても、無理というものよね)。台の横に置かれたキャスター付きの手術用トレイには先の尖った器具がいくつも並んでいて、延長コード付きの電動のこぎりまである。

わたしはそこから一メートルほど離れた場所に置かれた椅子にダクトテープで拘束されていて、そのことが不可解でならなかった。どうして最初から台にのせられていないのだろう。男が秩序立って行動するタイプでないのは明らかだ。

こみあげる吐き気を懸命に押し戻した。口をテープでふさがれているから、吐いたら吐瀉物で窒息してしまうだろう。違うことに意識を集中するよう自分に言い聞かせる。どれくらい気を失っていたのだろう。数時間か、数日か。打たれた薬のせいでまだ頭がぼうっとしている。今頃、誰かがわたしがいないことに気づいて、FBIに連絡しているかもしれない(小生意気な雰囲気の捜査官の姿が頭に浮かんだ。パンツスーツを好む三十代前半の黒髪美人の捜査官は、そっけない態度に繊細な性格を隠している)。FBIは捜査官を大量に投入して男を追っているだろうから、行方不明だという通報を受けたらすぐに動くはず……。

でも、今はイースター休暇中だ。ルームメイトのジョーニーは帰省しているし、キャンパスも閑散としている。そして、わたしを待ってくれている人はひとりもいない。望みがあるとすれば、ピザの配達員が何日も注文がないのを不審がってくれることだけど、わたしも帰省したと思われて終わりだろう。

今、ペパロニピザが食べられるなら、なんだってするのに。

おなかが鳴った。今朝、教職員ラウンジで干からびかけたドーナツを食べたきり、何も食べていない。あれが人生最後の食事になるのだろうか。アイシングもかかっていない、粗挽き（あらび）の粉を使ったちっともおいしくないドーナツが。

そう思うと、また涙がこみあげた。まずかったドーナツのことで泣くなんて、本当に情けないけれど。

頭上でどすんという音が響く。防音仕様になっている天井を見あげて耳を澄ますと、重い足音が小さくなっていくのが聞こえた。男がいつまた現われるかわからない。残された時間は刻々と減っていく。手足の拘束を解こうともがきながら、必死に部屋を見まわした。映画では、ヒロインがヘアピンか何かを使って危ういところで逃げだすものだけど……。

プラスチックの椅子は子ども用で、小さすぎて膝が窮屈に深く曲がっている。腕は椅子の後ろ脚に、足首とふくらはぎは前脚に留めつけられていた。ダクトテープをけちらず大量に使っているので、ホームセンターで安売りをしていたのだろう。がっちり固定された手足はびくともしない。

とはいえ椅子自体はそれほど頑丈ではないから、なんとかできる可能性はある。そこで体を前後に揺すり、床を蹴って後ろに倒れると、背中を強く打って一瞬息ができなくなった。

けれど椅子は壊れていない。骨が折れたりはしていないものの、ばかみたいに痛い思いをしただけで、そのうえひっくり返ったカメみたいな格好のまま、元に戻れない。

ドアを開ける音が左から響き、わたしは固まった。心臓が一回跳ねたあと止まって、全身の筋肉がこわばる。息を吸って、アンバー。攻撃する準備をするのよ。

沈黙が続くなか、動く影に目を凝らしながらわたしは懸命に考えをめぐらせた。音は聞こえないが男がじっと見ているのを感じて、希望を持てない状況に無力感が募っていく。呼吸が浅く速くなり、詰まっている鼻の穴を必死にふくらませた。

男が光の当たる場所へ歩みでてきた。

ヴァンに近づいていくときに見たのは、腹まわりにやや肉のついた背中の丸い中年の男で、白のつなぎに野球帽とサングラスというありふれた姿は無害そのものだった。でも今目の前にいる男はまるで違う。身長は百九十センチくらいか、それ以上あるかもしれない。肩幅が広く、胸はがっちりしていて、力強い脚は毛に覆われている。

男の体型がはっきりわかるのは、腰に巻いた革のエプロン以外ほぼ何も身につけていないからだ。男を見て、すぐにふたつの疑問が浮かんだ。ひとつは、それって意味があるの？　あれくらいのエプロンをつけても、汚れ（あるいは血）はほとんど防げないだろう。もうひとつは、いったいどこであんなものを買ったの？

男の恐ろしさは、エプロンに加えてもうひとつだけ身につけているものによって、多少やわらげられている。

ピカチュウのお面。

ハロウィーンのときに子どもがつけるようなものだ。ぞっとするほど恐ろしいのに、理解しきれない状況に、心がついていかなかった。椅子に縛りつけられて床に転がっているわたしは、ばかばかしくておかしい。なんなのよ、もう！　そう思うことしかできなかった。

これから何をされるのか、わたしがきちんと理解するのを待つように、男はじっと立っていた。男が迷いのない足取りで歩きだすと、わたしは全力で身をよじって椅子を動かそうとしたが、腕の後ろを擦りむいただけで終わった。男は、網から甲板の上に飛びだして跳ねまわっている魚を見るような目でわたしを見たあと、椅子の背をつかんでぐいっと起こした。その勢いで頭ががくんと前に倒れた。

後ろにいる男の息が首にかかって、全身の毛が逆立つ。男が何をするつもりか首を伸ばして見ようとしても、姿をとらえられない。

男が頭のてっぺんに置いた指を背中の上あたりまで滑らせる。ぞっとするほど親密で所有欲に満ちた仕草に、思わず体が震えた。わきあがる涙をこぼしながら、テープで口をふさがれたままむせび泣く。やがて恐怖で頭がまともに働かなくなったわたしは、腕に針が刺されるのを感じると同時に訪れた闇を、安堵とともに受け入れた。

今度は目が覚めると仰向けに横たわっていて、頭が恐ろしく冷えていた。脈打つような頭痛が飛躍的に悪化していて、まるで木槌で叩かれているようだ。明かりをまぶしく感じるから、偏頭痛の兆候なのかもしれない。体が震えているのは部屋の温度がさがったせいなのか、それとも……。

やがて明るさに目が慣れ、最悪の予感が裏づけられた。裸にされていたのだ。あのぞっとするような台にのせられていて、電球の光がまっすぐ目に入ってくる。手足を革ベルトでがっちり固定されているため、まったく動かせない。

頭だけは持ちあげられたので自分の体を見ると、鮮やかな青に染められていた。しかも鱗みたいな細かい渦巻き模様まで描かれている。美しいとも言える仕上がりで、それなりの時間がかかっているのは明らかだ。いったいどれくらい意識を失っていたのだろう。

このあとは何をされるの？

口をふさいでいたダクトテープがはがされているのに気づいた。口を何度か開け閉めして、普通に呼吸できていることにほっとする。それから悲鳴をあげようとして、ためらった。そんなことをしたところで男が駆けつけてくるだけだし、テープをはがしたのは声が聞こえる範囲に人がいないからではないか。しかもこの部屋は防音仕様だし、男がそこまでうっかりしているとも思えない。

手術用トレイは右肘の横にある。頭をさらに高く持ちあげると、部屋には誰もいなかった。〝革エプロン〟は、仕事に取りかかる前に小腹を満たすことにしたのかもしれない。

そう考えたとたん、こんな状況なのにおなかが鳴った。今ならサンドイッチのために殺人を犯せそうだ。

〝殺人〟だって。ああ、笑える。拘束された手足を引っ張っても、ベルトが肉に食いこむだけだ。両手はしびれて感覚がないから、たとえベルトをはずせても使いものにならないかもしれない。

これまでか。まさに俎（まないた）の上のコイだ。わたしは六人目の犠牲者になるのね。

なぜか気分がすっと落ち着いた。運命を受け入れたことで、奇妙な平安に包まれる。ほっとしたと言ってもいい。これまでの人生は楽ではなく、何度かひどい過ちも犯してきた。そのせいで傷ついた人も、死んだ人もいる。こうなったのは運命の天秤が釣りあいを取ろうとしたからなのかもしれない。

でも、まだ助かる可能性はゼロではない。今回に限って男がミスをしているかもしれないし、さらわれるところを近所の誰かが窓から見ていたかもしれない。通りを挟んだ向かいの家の男が、デニムのショートパンツをはいて芝刈りをしながら見ていたというのが一番ありそうだ。

ふたたびドアが開く音がした。男が戻ってきたのだ。

目をつぶり、できるだけ時間をかけずに、痛みが少なく死ねますようにと短く祈る。それから革エプロンをにらもうと、頭を持ちあげた。

ところが近づいてくる男を見て驚いた。エプロンもピカチュウのお面もつけていないうえ、黒ずくめの服とスキーマスクに包まれた体はさっきよりも縮んでいる。手には細長い棒を持っていた。

「あなた、誰？」わたしはしゃがれた声で問いかけた。

問いかけは無視され、この状況でそうされるのはひどく屈辱的だった。

「ねえ、聞こえてる?」しばらくしてもう一度声をかける。

「黙ってて」帰ってきた低い声に、わたしは眉をひそめた。どう考えても女の声だ。つまり革エプロンとこの女は、ボウリングや『スター・ウォーズ』のコスプレみたいな普通の趣味の代わりに、カップルで殺人を楽しんでいるのだ。

「あいつはどこ?」女が台に近づいてくる。

「本気できいてるの? わたしにわかるわけがないじゃない」鼻で笑ってしまう。

女が部屋を見まわした。スキーマスクからのぞいている目は鮮やかな青だ。わたしはしばらく女を観察したあと、質問した。「できれば教えてもらいたいんだけど、これからどうするつもり?」

「まったく、あなたはちっとも人の言うことを聞かないのね。黙ってて」女のひそめた声はとげとげしい。

ここは命乞いをするべき場面だとわかっていても、その声のトーンが気に入らなかった。「そっちこそ聞きなさいよ。わたしはね――」

女が一気に距離を詰め、棒の先でみぞおちを突く。それが牛追い棒であることに気づいて、わたしはひるんだ。「わかった。黙るわ」

「黙らなかったら、口をテープでふさぐから」女が脅す。

〝さっきまでみたいに？〟そう返そうとしたとき、女の背後でドアが開き、光が差しこんで部屋が明るくなった。

そのあとは目まぐるしく事態が進展した。

大声をあげながら駆けこんできた革エプロンをスキーマスクがよけたせいで、革エプロンが台に激突して、そこに拘束されていたわたしは激しく揺さぶられた。すぐに振り返って殴りかかった革エプロンの巨大なこぶしをスキーマスクがしゃがんでかわし、軽やかな動きで革エプロンの背後にまわる。わたしのいるところからではそのあと起こったことが正確には見えなかったけれど、結果として革エプロンが手足を広げてわたしの（裸の）胸の上に倒れこんできて、その重みで肺が押しつぶされ、肋骨（ろっこつ）も何本か折れたような感じがした。

そのまま息つく間もなく、牛追い棒が繰りだされた。わたしがやめてと言う前に、スキーマスクは男の首の一番太い部分に棒を突き入れた。

電気が男の体を通ってわたしにも流れこんでくる。全身が硬直し、すべての神経の末端が同時に燃えあがったような恐ろしい痛みが爆発した。

またしても気絶しそうになり、必死に意識を保ちながら胸にのしかかる重みに逆らって息を吸う。「いったい……何が……どうなってるの？」

スキーマスクは牛追い棒を剣みたいに構えながら、後ずさって暗がりに身を潜めた。

わたしを押しつぶしている男はぴくりとも動かず、息もしていないようだ。

「死んでるの？」わたしは声を絞りだした。

暗がりからスキーマスクが出てきて革エプロンをつついたが、押されてかすかに動いただけで、自発的な反応はない。スキーマスクは男の首に牛追い棒の先端を当てながら慎重に手を伸ばし、だらりと垂れた手を取って脈を探った。「ああもう、今年になって二度目だわ」うめくように言って、牛追い棒を調べる。「これは取り替えたほうがいいのかも」

「二度目って……何が？」薬がまわって頭がくらくらするせいで話についていけない。酸素不足がそれに拍車をかけている。

わたしの言葉が聞こえなかったかのように、女は黙ってスキーマスクを脱いだ。見たところ、三十代半ばくらいだろう。ブロンドの髪をベリーショートにして、シャープな目鼻立ちの顔を不機嫌そうにゆがめていても、美人としか言いようがない。女がため息をついた。「目の前で死なれるの、いやなのよね。計画が台なしよ」

「計画って？」わけがわからなくて、さらに質問する。彼女は革エプロンの共犯者ではないの？　もし違うなら、いったいここで何をしているのだろう？「ねえ、あなたがこいつの仲間じゃないなら、わたしの上からどけてくれない？」

女が眉をあげる。「偉そうな口をきくのね」

「だって体を真っ青に塗られてこんな台に拘束されているうえ、死んだ変態野郎につぶされそうになってるのよ。ちょっとくらい言い方がきつくなってもしかたがないじゃない」

「わかったわよ」女が右脚を出して、革エプロンの両脚をさっと払う。すると重い体がゆっくりと滑りはじめ、お面だけ残してどさりと床に落ちた。女が革エプロンを見おろして、不快そうに鼻にしわを寄せる。

「どうしたの？」ようやく思いきり息ができるようになったことに感謝しながら、わたしは地下室のすえた空気を吸いこんだ。

「エプロンがはずれたのよ。いやなものが目に焼きついちゃった」スキーマスクがむっとした表情で、わたしの手足を拘束している革ベルトを手早くはずしていく。

慎重に体を起こしたわたしは、全身に広がったちりちりする痛みに悶絶（もんぜつ）した。裸の体は冷えきっていて、歯の根が合わない。わたしは両腕で胸を抱え、スキーマスクに問いかけた。「つまり……わたしは死ななくてすむのね」

「誰だっていずれ死ぬわ」スキーマスクが軽い口調で返し、身をかがめて男の首に触れる。「でも、とりあえず今は大丈夫。ここを出たあとバスに轢かれるなんてことがなければね。それにしても、ほんとまいっちゃう。きっと心臓に持病があったのね」

ようやく起こったことが現実として迫ってきた。わたしは危ういところで恐ろしい運命をまぬがれたのだ。正確には、救いだされたのだけれど。悪夢は終わったのだと思うと安堵に襲われ、台から飛びおりて女の首に抱きついた。「ありがとう。あなたは命の恩人よ！　なんてお礼を言ったらいいかわからない。もうだめだと……」すすり泣きがこみあげ、涙と鼻水がだらだら流れる。

服に青い染みがついたのを見て、スキーマスクがいやそうな顔でわたしを押しやった。「感謝したいなら、わたしの服を汚さないで」頭を動かして、部屋の隅に積まれている服を示す。「あれ、あなたのじゃない？」

「ああ、そうよ。よかった」わたしはぼそぼそと言い、あわてて服を取りに行った。誘拐された日の朝に図書館へ着ていったものはすべてあり、袖口とパンツの裾にダクトテープの跡が残っている以外、まあまあきれいな状態を保っている。なかからキャミソールを見つけて体の青い絵の具を拭き取ろうとしたものの、汚くなるだけでいっこうに落ちなかった。しかたなくそのままスウェットシャツとジーンズを着たが、これまで生きてきて服を着るのがこんなにうれしいのは初めてだった。

　ぼんやりしている頭はなかなか元に戻らなかった。何を注射されたのかわからないけれど、すべてがいつもの半分の速さで動いているように感じる。わたしを救ってくれた女が部屋のなかを歩きまわっているのをしばらく眺めてから、尋ねた。「何をしているの？」

「忘れ物がないか、確かめてるのよ」

「忘れ物って？」

「証拠になるようなもの」

「ふうん……」裸で死んでいる男を身振りで示して、女に言う。「とにかく、そいつはもう確実に旅立っちゃってるわね。ところで、携帯電話は持ってる？　そろそろ誰かに連絡するべきじゃない？　もうしたならいいけど」目をそらそうとするのに、どうしても革エプロンを見てしまう。死んでいてもなお恐ろしかった。年齢はおそらく四十代前半。農夫のように真っ黒に日焼けしていて、頭は剃りあがっている。がっちりした大男で、手も巨大。開いたままの目はわたしの肩の向こうに不可解なものでも見つけたかのように、右を向いていた。「こいつに殺されるところだったのね」ぽつりと言ってしまう。

「ええ、そうね」スキーマスクが同意する。「この男はこれまでの犠牲者を何時間もかけて絞め殺したわ。死ぬ寸前まで首を絞めて、喉がつぶれそうになると手をゆるめる。これを何度も繰り返した。低酸素状態が進んで、女性たちの体が回復しなくなるまで。そして、最後にナイフを突き立てた。それにしても彼のペイントの腕はなかなかのものよね」

「なんですって？」もう服を着ていて寒くないのに、体が震えだした。共犯者でないなら、なぜペイントを見たことがあるのだろう。彼女の言ったことは何もかもしっくりこないし、意味が通らない。頭をはっきりさせようとして振ると、くらくらして崩れ落ちそうになった。

彼女がそれに気づく。「ねえ、ショック状態に陥りかけているわよ」

「ええ、そうかも」わたしはしびれを取るために腕をこすりながら質問した。「それで、警察はもうこっちに向かってるの？」

するとスキーマスクはまさかというように手を振って、男を示した。「もう死んでるんだから、急ぐ意味はないじゃない。警察もそのうちこいつを見つけるでしょ」

「意味がない？」わたしは啞然とした。「本気で言ってるの？　あなたは連続殺人鬼を始末して、わたしの命を救ったのよ。ヒーローじゃない！」

「殺すつもりじゃなかったわ」彼女がいらだったように言う。

「でも……誰かに知らせなくちゃ。そうでしょう?」頭はまだまともに働いていないけれど、普通はそうするものだということはわかる。わたしも別に警察が好きなわけではないが、これは彼らの専門分野だ。

「そうしたいならご自由にどうぞ」スキーマスクが腕時計をチェックする。「ああもう。一時間前にはここを出ているはずだったのに」

そう言うと、彼女は背を向けて出ていった。

2

奇妙な女 (一九四六)
THE STRANGE WOMAN

呆気(あっけ)に取られて一瞬背中を見送ったわたしは、すぐにあとを追った。「行っちゃうの？」

スキーマスクは黙ったまま、薄暗い廊下を歩いていく。さっきまでいたのは地下室だったようだ。ざらざらしたコンクリートの壁は黒く塗られていて、暗闇で光る大きな絵文字のステッカーがいくつも貼られている。廊下にぼうっと光るステッカーが浮かびあがるさまは、ひどく滑稽で気味が悪い。前方にぼろぼろの階段が現われ、その上に明るい出入口が見える。わたしはそれを見て、目の前でドアが閉まり永遠に出られなくなるのではないかという根拠のない恐怖に襲われた。スキーマスクを押しのけてあそこまで駆けあがりたいという衝動を、ありったけの自制心で抑えこむ。

わたしはなんとか普通に振る舞っていたけれど、かろうじて踏みとどまっているだけにすぎなかった。今起こっていることが現実だと、まだ受け入れられずにいた。悪夢を見ているだけなのではないかという気持ちがぬぐいきれない。どっと汗をかきながらベッドの上で目覚めるのではないかと、心の隅で思ってしまう。

スキーマスクがいきなり止まったので、背中にぶつかってしまった。

「ちゃんと距離を空けてついてきてくれない？ それと、九一一に電話をするならわたしのことは言わないでもらえると助かるわ」

「なんですって？」

「キッチンに固定電話があるからそこからかけて、犯人に牛追い棒でいたぶられたって言ってちょうだい。手の拘束がはずれたから、牛追い棒をつかんで反撃したんだって。どうせ新しいのに買い替えなくちゃならないから、これはあげるわ」彼女が棒の向きを変えて、持ち手側を差しだす。

「ええと……話は上に行ってからにしない？ 狭い場所が苦手なの」今も、壁が脈打ちながら迫ってくるように思えてしかたがない。

「わかったわ」

彼女が軽快に階段を駆けあがったので、わたしも急いでついていく。出入口を通り抜けるとまぶしいくらい明るい部屋に出て、目をすがめた。まるで洞窟からいきなり太陽の下に出たようだ。あるいは暗い井戸から引きあげられたような。あるいは――。

「うわっ」目が慣れると、思わず声が出た。そこはキッチンで、反対側の壁にスキーマスクが言っていた電話がある。ねじれた茶色のコードがついた一九八二年頃のモデルで、それはまあ比較的きれいなのだが、あとがひどい。あちこちにピザの箱が積みあがり、中華料理のテイクアウトの容器や空き缶が散らばっている。カウンターやテーブルの上には汚れた皿が落下しないぎりぎりのところまで置かれているし、そこらじゅうにハエが群がっていた。思わずえずきそうになって鼻を覆う。

「連続殺人鬼のほとんどは、こんなにだらしなくないんだけどね」スキーマスクが言う。「電話をかけるまで五分待って」

明るい場所に来たので、彼女の姿がよく見えた。わたしよりだいぶ長身で、普通にしていても怒っているように見えるきつい目鼻立ちが特徴だ。鞭のように細くしなやかな体をぴったりした黒いタートルネックと濃い色のジーンズで包んだその姿は、道ですれ違ったらピラティスにいそしむA型人間（よく遊びよく働く、競争的でエネルギッシュな人間）のママだと思っただろう。大企業での仕事を辞め、代わりにPTAを牛耳っているような女性だと。

彼女が牛追い棒でわたしの腕を軽く叩く。「ちょっと、聞いてるの？」

「ええと……なんの話だっけ？」わたしはまぬけな顔を彼女に向けた。

「五分待ってから九一一にかけてって話よ」スキーマスクがばかな子どもを相手にするように、ひと言ずつはっきりと発音する。「警察が来たら、運よく拘束を解くことができて、犯人に電気ショックを与えたって言うのよ。それか、ただ立ち去ってもいい。あなたの好きなほうを選んで」彼女は早く受け取れとばかりに、もう一度牛追い棒を突きだした。

わたしはぼうっとしたまま、それを受け取った。「でも……どういうことなの？ あなたはどこへ行くつもり？」

「あなたには関係のない場所よ。じゃあ、うまくやってね」彼女がふたたび背を向け、隣の部屋に向かって歩きだす。

「やだやだ、待ってってば！」わたしは天井近くまで積みあげられた新聞のあいだをすり抜けながら、あわてて追いかけた。彼女はどこに向かっているのかはっきりわかっているかのように、自信に満ちた足取りで進んでいく。「お願い、待って！」

「どうして？」足を止めずに、彼女が返す。

「だって……だって……わたしはもう少しで死ぬところだったのよ！ それなのにあなたが誰なのかも、どうやってわたしを見つけたのかも教えてもらってない」

「わたしは彼を追っていたの。あなたはただ……そこにいただけ」彼女がもういいでしょうというように手を振った。

「でも……どうして？」おでこにしわが寄る。「どうして警察やＦＢＩに通報して任せなかったの？」

「前にそうしてみたけど、うまくいかなかったから」

視界の端に何か動くものが見えて、わたしはびくりとした。ただの鏡だとわかり、ほっとしてそこに映った自分の姿を見つめる。肌を青く塗られていることも忘れていたけれど、それ以上に髪をすっかり剃られていることにショックを受けた。しかも髪だけでなく、眉毛まで剃られている。頭に手を滑らせてざらざらしたなじみのない感触を確かめたあと、下着のゴムを恐る恐る引っ張ってなかをのぞくと、やはり毛がなかった。さっきは急いで服を着たので気づかなかったのだ。

今回起こったことのなかで、これが一番ひどい行為だと感じた。今の今まで怯えていたのに、急に怒りがわきあがる。「あの変態野郎。ほんと許せない！　これじゃまるで化学療法を受けたあとのスマーフ（青い肌と丸い鼻を持つ妖精）じゃない！」

「大丈夫。毛はまた生えるわ」スキーマスクが足を止めずに振り返る。

「ねえ、待ってよ！」わたしは彼女に続いて、床板がふかふかするポーチに出た。ここは連続殺人鬼のすみかとして想像していたとおりの、ちょっと強い風を受けたらばらばらになってしまいそうなぼろ家だ。階段をおりるときに、スキーマスクが軽くつまずく。偽装された花屋のヴァンは砂利(じゃり)敷きの小道に斜めに止められたままで、見たとたんに体が震えた。わたしのバックパックはおそらくまだあのなかだ。バックパックには、携帯電話やノートパソコンや家の鍵(かぎ)など大事なものがすべて入っている。でも車のなかに入ることを考えただけでぞっとした。

さっと取れば平気よ。わたしは急いでヴァンに近づいて、スライドドアを開けた。床にはスペアタイヤだけでなくしおれた花やダクトテープの切れ端や黒い袋が散乱していて、わたしのくたびれたバックパックは一番奥に立てかけるように置かれていた。大きく息を吸ったあと、思いきって車内に乗りこんで荷物をつかみ、踏み段ですねが擦りむけるのもかまわず急いで外へ出た。バックパックのファスナーは開いていなかったので、そのまま片方の肩にかけてスライドドアを閉める。

スキーマスクを探すと、森に向かってだいぶ進んでいた。わたしは走って追いつき、はずんだ息を整えながら質問した。「ここはどこなの？」

「警察が来たら教えてくれるわ。さっさと小屋に戻りなさいよ」大股で小道を進みながら、彼女が返す。

「でも……あなたの車が見当たらないけど」

彼女が足を止めて、手をあげた。「ねえ、あなたが今日大変な思いをしたのはわかってるわ。でも――」

「大変ですって？」わたしは愕然とした。

「あなたはショックを受けた。それでまともにものが考えられないのよ。でもよく聞いて。あなたはなんともないの。頭をつるつるにされたこと以外は」彼女がわたしの頭を身振りで示す。「殺人鬼は死んで、危険は去った。だからあとはわたしが言ったとおりにすればいい。五分待って、警察に電話する。そうしたら家に帰れるわ。わかった？　さあ、小屋に戻って」スキーマスクは小屋に向かって銃を撃つ真似をした。

彼女の視線を追い、開いたままの玄関を見てわたしはひるんだ。「あそこには戻らないわ。絶対に」

「あらあら。ずいぶん芝居がかっているのね」彼女がため息をつく。「人がいるところまで歩くとかなりあるわよ。まあ、方向くらいは教えてあげるけど」

「車に乗せていってくれない？」情けなくも懇願するような声になってしまったけれど、暗いなかをひとりで歩くことを考えただけで鼓動が速くなった。

スキーマスクはすでに首を横に振っている。「だめよ」

「どうしてだめなの？」

「あなたっていつもこんなふうにしつこいの？」

「あなたっていつもこんなふうに冷たいの？」

彼女が片眉をあげ、わたしに背を向けて歩きだす。

「待って！　ごめんなさい。そういう意味じゃ――」

「いいのよ。気にしないで」

「でも――」

「残りの人生を楽しんでね。それじゃ」

スキーマスクがヒールで音をたてて砂利を踏みながら三メートルほど進んだところで、わたしは言った。「警察に言うわよ」

彼女が足を止め、振り向かずに言う。「なんですって？」

スキーマスクの声は凍りつくように冷たく、険しかった。

だけど、そんなの関係ない！　正常に作動するかは別として、牛追い棒を持っているのはわたしのほうだ。「黙っていてほしい？　それなら街まで乗せていって」

彼女が激怒した表情で向き直る。「ジョンソンシティは逆方向だわ」

「待って。どうしてわたしが住んでいる場所を知ってるの？」スキーマスクが黙っているので、先を続ける。「まあいいわ。とにかく公衆電話と、できれば食べ物があるところなら、どこでおろしてくれてもいいから。でも絶対にあそこには戻らない」振り返って小屋を指さす。「それにこんな夜に森のなかをひとりで何時間も歩くのもいや。こんなについてないんだから、また別の変態に出くわすのがおちよ」

「本気でそんなことを考えてるの？　ありえない。あんな変態はめったにいないわよ」

「お願い。人がいるところまで連れてって」

スキーマスクはため息をついて、顔をしかめた。「わかった。ただし、わたしがおりろと言ったところでおりるのよ。いい？」

「ええ、絶対にそうする。ありがとう」

むっとした表情のまま小道を歩いていくスキーマスクのあとを追うわたしのすねに、牛追い棒がこつこつと当たった。

わたしたちはくねくねした土の道を三十分近く歩いた。スキーマスクはあれからひと言も発しなかったけれど、わたしはおしゃべりが止まらなかった。口をつぐんだら、正気を保っている細い糸が切れてしまいそうだった。悪夢のような出来事の断片が、次々と頭に浮かぶ。エプロンをつけた男の姿や、鼻をついた体臭や、ヴァンの床に横たわっていたときの恐怖や、鏡に映った丸刈りの頭といった断片が。

それらを締めだすために、わたしは過去のガールフレンドからお気に入りの音楽グループのことまで、ひたすらしゃべりまくった。それでもわたしたちの判断が間違っていて、革エプロンは死んでいないのではないかという疑念がまとわりついて離れなかった。あの男が息を吹き返して、今もわたしたちを見ているかもしれない。ホラー映画だと、〝ジャンプスケア（大きな音とともに映像や出来事を突然変化させる手法）〟が起こりそうな場面だ。木の後ろから突然、男が飛びだしてきてやりかけの仕事を終わらせるのを、わたしはびくびくしながら待っている。肉厚の大きな手が喉をつかむ感触をまざまざと感じてつばをのみ、一車線道路の真ん中に目を据えて一歩一歩進んでいく。

スキーマスクの車は、木々のあいだの小さな空き地に止められていた。緑色の防水シートをかけ、葉のついた木の枝をのせて隠してある。彼女は抜かりなく準備を整えてきていたのだ。早春のひんやりした空気でぼんやりしていた頭がようやく動きだし、質問が次々にわいてくる。わたしは咳払(せきばら)いをして、それらを口にした。「あなたの名前は？　わたしの住んでいる場所をどうやって知ったの？」

スキーマスクがいきなり立ち止まり、わたしは危うくぶつかりそうになった。どうやら足を止めた理由はわたしではないようだ。彼女が険しい表情で、まわりの木々のあいだに視線を走らせている。

「どうしたの？」不安になってきいた。「もしかして……共犯者がいるんじゃないかって思ってるの？　わたしたちを追ってきてるって？」

「いいえ。あいつが単独犯だったのはたしかよ」彼女がそっけなく返す。

「じゃあ、何？」

彼女はしばらく木々のあいだに目を凝らしたあと、小声で何かつぶやいた。はっきりとは聞こえなかったけど、〝あの野郎〟と言ったような気がする。

心臓がばくばくして喉が干あがり、つばがのみこめない。すぐにでもバックパックを捨てて逃げられるよう、心の準備をする。

でもスキーマスクはただ首を振って、いらだったような表情を浮かべた。「さっさと行くわよ」そう言って防水シートの上の枝を払いのけていく。わたしも手伝おうとしたが、身振りで止められた。「あなたが触ると絵の具がつくわ。現場からこれだけ離れたところで、鑑識に痕跡を見つけられるわけにはいかないの」

「わかった」抑えた声で返す。わたしを置き去りにする理由を与えたくなかった。そこらに誰かが潜んでいるかもしれないのなら、なおさらだ。彼女が手慣れた動作で防水シートをはずすと、暗い色の中くらいのサイズのセダンが現われた。

「わたしが先に乗って移動させるから、そのあとで乗ってちょうだい」彼女がそっけなく言う。

わたしがうなずいて一歩さがると、スキーマスクは防水シートをトランクのなかの大きなダッフルバッグの上に丁寧にのせた。それから運転席に乗りこんで車をゆっくりバックさせ、わたしの横で止める。

わたしはすぐに助手席に乗りこむと、座席とドアのあいだの隙間に牛追い棒を置いた。ヘッドライトがついて、闇に包まれた木々の葉を照らしだす。そこに潜んでいるかもしれないさまざまな恐ろしい生き物が頭に浮かんで、体がこわばった。

やめなさい。もう大丈夫なんだから。

けれども、本当に大丈夫だと感じられるようになるまでは長い時間がかかるだろうと、心の底ではわかっていた。

スキーマスクが落とした枝を踏みつけながら、道路へと車を進める。沈黙したまま十分ほどたった頃、いきなり木立が途切れて砂利道ではないなめらかな舗装道路が現われた。彼女が右折のウィンカーを出し、左右を確認してから道路に出たので、その行動のばかばかしさに噴きだしてしまう。

「何よ」

「なんでもない……たいしたことじゃないわ」スキーマスクの車は、散らかり放題だった革エプロンのあばら家とは大違いだった。レンタカーであることを示すステッカーが貼ってあるその車には、塵(ちり)ひとつ落ちていない。時計を見ると午前四時だった。丸一日意識を失っていたのでなければ拉致(らち)されてまだ半日もたっていないということだが、とても信じられなかった。一生にも等しい時間が過ぎたような気がする。わたしは咳払いをした。「いい車ね」

「全然。でも実用的ではあるわ。後ろの座席にタオルがあるから、体を拭くのに使っていいわよ」

ぎこちなくタオルを取り、サンバイザーについている鏡を見ながらできるだけ絵の具を落とす。種類はわからないが濃くてべたべたする絵の具をちゃんと落とすには石鹸(せっけん)と水が必要なのだろうが、少しでも薄くなればと強くこすった。道路の両側の木立は次第に畑へと変わったが、目を凝らしても見覚えのあるものはなかった。といっても、これまでほとんど出歩いたことがないのだから、それも当然だ。大学の最終学年が始まるときにジョンソンシティに住みはじめてから、家と学校と仕事場だけを行き来する生活をしてきた。

恐ろしい場所から遠ざかるにつれてこわばっていた体が少しずつほぐれ、ゆったりと呼吸できるようになった。座席の背にもたれて、彼女に話しかける。「わたしはアンバーよ」

「興味ないわ」スキーマスクが返し、手を伸ばしてラジオのスイッチを入れる。ラジオはAMに合わせてあり、当然というか、よりにもよってというか、番組内でピカチュウ・キラーに関する電話を受けつけていた。

「もうあのゲームはできないわ。ちっとも楽しめなくなっちゃった」女性が鼻にかかった声で言った。

「ゲーム会社は犯人のせいで大損害を被るな」番組のパーソナリティーが同意する。

「連続殺人鬼は商売の敵ね。とくに扱っているのが子ども向けの商品の場合は――」

わたしは手を伸ばしてスイッチを切った。「目の前で死なれるのはいやだって言ったわよね」

「だから？」

「だから、前にも死なれたことがあるんだなって」奇妙なほど淡々とした態度、牛追い棒、彼女の現われたタイミング。点と点をつなぎあわせて、結論を導く。「今年になって二度目だとも言ってたわ」

スキーマスクは答えなかった。畑のなかに小さな建物がときおり現われはじめた。

そろそろ街が近いのだろう。夜空の色が薄くなり、地平線のあたりが白みつつある。〝バーンズヴィルまで十五分〟という標識を通り過ぎた。バーンズヴィルは大学から南に一時間ほどのところだった気がする。

これまでの出来事がリールをまわすように次々と頭に浮かんだ。ヴァン、手術台、スキーマスクが男を倒したときの様子。彼女はずっと冷淡とも言えるほど落ち着いていた。オフィスでいつもと同じ一日を過ごしているかのように。頭がひどく痛み、わたしはこめかみをこすった。「つまり、こういうこと？　あなたは連続殺人鬼を探しだして、犠牲者を助けている」

スキーマスクがいきなり車のスピードを落とし、道の端に寄せて止めた。「もう我慢できない。おりて」

「何言ってるの？　いやよ！」心臓がふたたび激しく打ちはじめた。まだ暗いのに道端にひとりで取り残されるなんて、考えただけでも恐ろしかった。恐怖に喉が締めつけられ、懇願する。「お願い！　街まで乗せていってくれるって言ったじゃない！」

「いいえ、わたしが連れていくのは電話と食べ物があるところまでよ。そしてここはもう、充分そこに近い」スキーマスクが険しい表情を向ける。「それに、わたしがおりろと言ったところでおりるって約束したわよね」

わたしは腕を組んで、座席の背に背中をつけた。「いやよ」

彼女がぐるりと目をまわし、座席の下から何かを取りだす。「本当はここまでしたくないいんだけど」体を起こしたスキーマスクの手には銃が握られていて、銃口はこちらに向けられていた。「おりて」

「本気で言ってるの？　本当に撃つはずがないわ」わたしは首を振りながら言う。

「試してみれば」

「銃を持っているなら、どうしてあの小屋に持っていかなかったの？」

「なんなのよ、さっきから質問ばっかり。きっとすぐに誰かが通りかかるから、乗せてもらえばいいわ」視線をそらして、彼女がつけ加える。「運転しているのがまたしても連続殺人鬼だって可能性は、ほぼゼロに等しいから」

「先に謝っておくわね」

彼女が眉をあげる。「謝るって何を？」

答える代わりに牛追い棒を突きだし、先端を彼女の腿につける。スキーマスクが目を見開くのを見つめながら、わたしはボタンを押した。

3 ノー・クエスチョンズ・アスクト（一九五一）
NO QUESTIONS ASKED

バーンズヴィルへ入る少し前に、スキーマスクは意識を取り戻した。「ああ、起きた？ さっきはごめんなさい」

彼女がわたしをにらむ。「いったい何をしたのよ？」

「ふふふ。今度はどっちがききたがりかしらね」彼女に鼻であしらわれたときを真似て、ふんと音をたてる。後部座席で彼女が身をよじるのが、バックミラー越しに見えた。

スキーマスクは革エプロンの体の大きさに合わせて電圧をあげていたに違いない。電気を流すと彼女の目がぐるりと裏返って、殺してしまったかとあせった。だから、ぐったりした手から落ちた銃を彼女の足をどけて拾い、銃口を彼女のこめかみに当てながら脈を探して指先に触れたときにはほっとした。そのあとイグニションからキーを抜いて車をおり、トランクを開けてなかを調べた。

彼女はさまざまな事態に備えて準備を整えていた。ダッフルバッグのなかにはダクトテープを始め、ありとあらゆるものが詰まっていて、工具類もそろっていた。スキーマスクを運転席から後部座席に移動させるのは簡単ではなく、彼女の体にはおそらくいくつもあざができてしまっただろう。手足を縛るときには良心が痛んだ。革エプロンと大差ないことをしているという自覚があったからだ。でもこれは必要なことなのだと自分に言い聞かせて作業を進めた。

それに彼女が言ったとおり、わたしはまだ薬の影響が残っているし、ショックから脱しきってもいない。つまりまともにものを考えられる状態ではなく、自分の行動に責任を持てないのだ。

「なんて女なの。最低。撃ってやればよかった」スキーマスクが噛(か)みつく。「銃を調べたら弾(たま)が込められていなくて驚いたわ」

スキーマスクが黙って膝を胸まで引き寄せ、わたしが座っている座席の後ろを思いきり蹴りつけてきた。

「やだ、そんなに興奮しないで。わたしはただ答えがほしいだけなんだから」後ろから車が近づいてきた。ハイビームで車内が明るくなったと思うと、わたしたちの横の車線に光が集中して車が通り過ぎていく。

「あなたなんか地獄に落ちればいい」

「あなたの機嫌がよくなるまで、このままわたしが運転を続けたほうがよさそうね。方向を変えられる場所がないかしら……」視線を道に向け、ちょうどいい場所を探す。

「勝手なことを」スキーマスクが歯ぎしりをしながら体を起こし、背後で両手を拘束されたまま身を乗りだした。「耳を食いちぎってやってもいいのよ」

「いいけど、そうしたらたぶん車はクラッシュするでしょうね」アクセルを踏むと車が勢いよく発進し、転がった彼女が金切り声をあげる。「わたしにはエアバッグがあるけど、あなたはフロントガラスを突き破って飛びだしちゃうわよ。だから頭を冷やして、耳を食いちぎるなんてことは忘れたほうがいいんじゃない」

「恩知らず」

「あら、心から感謝はしてるわ。ただ長い距離を歩きたくないだけ」

「わたしの銃はどこ？」

「安全な場所よ。心配しなくても、あとでちゃんと返すわよ」銃はトランクのスペアタイヤの内側に入れてある。

「あとでっていつ？」

「わたしがいいと思ったとき」こうして主導権を握るのはやっぱり気分がいいものだ。

性格がいいとは言えないけれど、これがわたしだ。

　スキーマスクが突き刺すような目でにらんでいるが、彼女を真似て無視する。「あの男の名前は知ってるの？　革エプロンをつけてたあのクソ野郎の名前」答えはない。「ねえ、結局わかることなんだから教えてよ。あいつ、田舎者の変態マッチョ（レッドネック）だよね」

「ボー・リー・ジェソップ」ようやく彼女が答えた。

「ふうん。それで、どうやってわたしたちを見つけたの？」スキーマスクが口を結んで、窓のほうを向く。「だって、あなたが来たタイミングがドンピシャだったんだもの。あと少しでも遅かったらわたしは死んでたわ」

「そんな間違いは二度と犯さない」彼女がつぶやく。

　その台詞（せりふ）は気になったものの、追求しないことにした。今はもっとききたいことがある。これまでいろいろな人間を観察してきたけれど、謎に満ちた彼女のことを少しでもいいから知りたかった。

　しかも気持ちをそちらに向けていれば、あの男のことを思い出さずにすむ。それは今のわたしにとって必要なことだった。「あなたはひとりで勝手に連続殺人鬼を追ってるの？」

　一拍の間を置いて、彼女がしぶしぶ返す。「そんなような感じ」

「へえ」わたしは考えこんだ。そんな危険なことを理由もなしにする人間はいない。彼女の理由は復讐だろうか。一般人が復讐のためにスーパーヒーローになるみたいに。「元FBI捜査官とか？ それとも警察官？」

「わたしが警察官に見える？」彼女が軽蔑したように言う。

「そうね、見えないかも」わたしは振り返って彼女を見た。「どちらかっていうと、企業弁護士みたい」

「弁護士じゃないわ」

「じゃあ、何？」

答えはない。

「まあいいけど」わたしはため息をついた。彼女は最近別れたガールフレンドより口が重い。そしてそれは、とんでもなく口が重いということだ。「どうしてそんなことをしてるの？」

「どうしてそんなことが知りたいの？」彼女がきき返す。

「ただ、変わった趣味だなと思って。それにすごく危険だわ。怖くないの？」

「おかげであなたは死なずにすんだわけよね」

「そうね……拉致されてからずっと、もうすぐ死ぬんだと思ってた。そうしたら、あなたがいきなりニンジャみたいに飛びこんできて――」

「飛びこんでなんかいないけど」

「とにかく突然現われて、あの男を殺した――そうするつもりじゃなかったとしても」抗議しようとする彼女を、手をあげて止める。「自分でなんとかしなくちゃならなかったら、もっと時間がかかっただろうし、痛い思いもしたはず。でもあなたはあっという間に片をつけて、あそこから去った。それってとんでもなくすごいことなのに、警察にはあなたのことを話すなって言う。そんなの、わたしがいろいろききたくなっても不思議じゃないと思うけど」

スキーマスクはそのまま何分も黙っていた。夜明けの最初の光が差してきて、彼女の肌を金色に染める。「質問に答えたら、車を返してくれる?」

「もちろん。それに聞いた話は絶対に誰にも言わないわ」

「この先に食堂があるの。わたしにはカフェインが必要だから、そこまで行って拘束を解いてちょうだい」

わたしは抑えきれずに、顔がにやけてしまった。「了解」

「あなたって本当にむかつく」

「よく言われる。しょっちゅうね」

十分後、わたしたちはボックス席に向かいあって座っていた。どうやら〈ブルームーン・ダイナー〉は小さな大衆食堂を表わす〝べたついたスプーン（グリージー・スプーン）〟を言葉どおりに実践しているようで、メニューまで驚くほどべたついている。右側に回転スツールが並んだ長いカウンターがあり、左側に色褪（いろあ）せたテーブルとひび割れたビニールシートから成るボックス席が並んでいた。髪を貧弱なフレンチブレードにまとめた中年のウエイトレスは、ヘビースモーカーなのか声がしゃがれている。客は、わたしたち以外には奥のボックス席で居眠りをしている年寄りの男しかいない。客が少ないのは朝早いからで、料理のせいではないことを願う。連続殺人鬼から逃れてサルモネラ菌で死んだら目も当てられない。

ウエイトレス（名札を見ると名前はビー（Bea）で、ボー（Beau）とあまりにも似ていて、心臓がひやりとした）がわたしたちのカップに勢いよくコーヒーを注（つ）いでから、注文をきく。最低の夜を過ごしたあとでカロリーなんて気にする気になれないわたしは〝農夫のための朝食〟を、今は捕らわれの身となったかつての救い主はトーストを注文した。しかも彼女が選んだのはプレーントーストだ。こんなに痩（や）せているのも不思議じゃない。ビーはわたしの坊主頭とスマーフみたいな肌を見ても動じる気配はなく、普段から頻繁(ひんぱん)に変人を相手にしているのは明らかだった。

「残ってる絵の具を洗い流したほうがいいわよ。トイレはあっち」ビーが行ってしまうと、スキーマスクがさっそく言った。

「あなたをひとりにしたくないから」車のキーがわたしのポケットに入っているとはいえ、彼女ならキーなしでエンジンをかけるくらいのことはできそうだ。

「まあ、いいけど。じゃあ、さっさと終わらせましょう」スキーマスクが袖を引きあげて、時間をもう一度確認する。見間違えていなければ、ベージュの医療用手袋の下につけているのはなんとロレックスだ。

「ねえ、それ、はずさないの？」

「そして指紋を残すの？　そんなのまっぴら」

「じゃあ、手袋をつけたままトーストを食べるつもり？」

「さっさと質問を始めなさいよ」彼女がいらだったように言う。

「わかった。わかったから落ち着いて」少し迷ってから最初の質問をする。「あなたの名前は？」

「それは必要ないでしょ。次の質問」

「本気で言ってるの？」彼女が黙っているので、わたしはコーヒーをすすった。そのまずさに思わず顔をしかめ、味をごまかすために砂糖を入れてかき混ぜる。「あなたのアクセントから考えて、いい家の出なんでしょうね。先祖代々お金持ちで、今着ているセントジョンのセーターは優に五百ドルはするけど、あなたにとってはひけらかすようなものじゃない。どう、当たってる?」

「全然」彼女はそう返したものの、表情を見れば当たっているのがわかった。

「相手がどんな人物かを当てるのが趣味なの」趣味というより能力とも言えるが、そのことを教えるつもりはない。

「そうね。ミスター・ジェソップのこともちゃんと当てたものね」

いやな記憶に思わず身じろぎをした。「あれは観察するチャンスがなかったから」

料理が運ばれてきたので、わたしたちは口をつぐんだ。ビーがそれぞれの前にがちゃんと皿を置き、コーヒーを注ぎ足す。とろりとした卵とベーコンとハッシュブラウンの匂いを嗅ぐと、涙が出そうになった。これまでで最高の料理というわけではないけれど、料理を前にしてこんなにうれしかったことはない。昨日食べた干からびかけたドーナツよりよっぽどいい。それでも、これからも干からびかけたドーナツをいくらでも食べられるのだと思うと、胸がいっぱいになった。

「何泣いてるのよ」スキーマスクが紙ナプキンを何枚か取って差しだす。「ほら、使って」

「ありがとう」信じられないことに、自分が泣いているとまったく気づいていなかった。顔を拭くと安っぽい紙ナプキンが濃い青に染まったが、それで鼻もかむ。わたしがぐしゃぐしゃになった紙ナプキンをこそこそとポケットに入れるのを、スキーマスクがいやそうな顔をして見ていた。「それで、わたしをどうやって見つけたの？」

「もう説明したと思うけど、わたしはあいつを追ってただけで、あなたを探していたわけじゃない」

それを聞いてほんの少し傷ついたが、その感情は無視することにした。「どうしてあいつを追っていたの？」

「加害者である可能性が一番高かったから」

「加害者ですって？　あなた、本当に警官じゃないの？」

「絶対に違うわ。次の質問は？」彼女がふたたび腕時計を見て、ため息をつく。「本当にもう行かなくちゃならないんだけど」

「どこに？」

「彼女が見てる。食べて」スキーマスクが低い声で言い、ナイフとフォークを持ってトーストを切り、丁寧に口へ運ぶ。

顔をあげると、ビーがキッチンの入口からあからさまにこちらを見ていた。そこでわたしもスキーマスクの言葉に従って料理を何度か口へ運び、インスタント食品でももっとましなものがあると思いながらも、ビーに親指を立ててみせる。彼女がキッチンへ引っこむと、わたしはコーヒーで口のなかの料理をのみ下した。「じゃあ、あの男のことはどうやって見つけたの？」

「コンピューターのアルゴリズムで」わたしの表情を見て、彼女が肩をすくめる。

「コンピューターが得意なのよ。それがわたしの趣味」

明らかな嫌味（いやみ）は無視することにした。「へえ。連続殺人犯を捕まえるアルゴリズムを作ったんだ。それって……すごいね」（すごいというより〝頭がぶっ飛んでる〟とか〝ぞっとする〟という言葉のほうがぴったりだが、まあいいとしよう）「そのアルゴリズムが犯人はあいつだって割りだしたわけ？」

答えるべきか考えこむように、スキーマスクが首をかしげる。「あいつだけを追ってたわけじゃない。ほかにも何人か候補がいて、絞りこむのに時間がかかったの」

「どれくらい？」

「二カ月」

「二カ月？」卵が喉に詰まりそうになった。「FBIがここに来たのは、ほんの二、三週間前よ！」

「ＦＢＩはそれほど頭が切れるわけじゃないから」スキーマスクがトーストをちびちびかじり、鼻の頭にしわを寄せる。「このパン、いやな匂いがする」

「つまり、あなたの趣味はコンピューターのアルゴリズムを使って連続殺人犯を追いつめることなのね。それからそいつを殺して、犠牲者を救出する」

彼女はふたたび首をかしげた。「正確に言うと、わたしが救出したのはあなたが初めてよ」

それを聞いて、肌にぞわぞわした感覚が走った。「つまりわたしは幸運だったのね。いつもは間に合わないの？」言ったとたんに後悔した。これでは彼女を責めているみたいだ。でも相手は動じなかった。

「そういうわけでもないんだけど」

それってどういうこと？　いつもは犠牲者を放置しているとでも？　上品にトーストを食べながら平然とこういう話ができる彼女に、落ち着かない気分になる。「あのタイミングで現われたのは偶然？　つまりわたしを助けられたのは」

「違うわよ。さらわれるところから見ていたもの」スキーマスクが皿を押しやる。「それであいつが犯人だって確かめられたんだから」

わたしは愕然とした。ヴァンに押しこまれるところを見ていたのに、彼女は何もしなかったということだろうか。「なんで……警察に通報しなかったの？」

「全部終わるまで警察に関わらせたくなかったのよ。あいつらは絶対に間違いを犯すから」

「あなたは犯さないの？」

「ほとんどね」

淡々とした冷たい口調にショックを受ける。「じゃあ……あなたは連れ去られたわたしを放置したのね。何時間も。そのあいだに髪を剃られたのに！　殺されたかもしれなかったのよ」

スキーマスクが鼻で笑った。「その可能性はほとんどなかったわ。あいつはこれまで、犠牲者を殺すのにじっくり時間をかけていたもの。それに、まだいくつか片づけなくちゃならないことがあったし。あなたを助ける前にね」彼女がわたしをにらむ。

「片づけなくちゃならないこと？」思わず険しい声が出た。「たとえばクリーニング店へ服を取りに行くとか？　今回は時間をかけなかったらどうなっていたのよ」

「そうしたら、あなたは死んでたでしょうね」スキーマスクは肩をすくめた。「わたしは車のキーを奪われずに自分で持っていたし、今頃はもっとましな朝食にありついていた。質問は終わり？　本当にもう行かなくちゃ」

これまでにも仮定を前提とした会話はしたことがあるし、今回もそういう会話のひとつとしてこだわらなければいいのはわかっている。でも、きくべきことは山ほどあるのに、急に心がついていかなくなった。アドレナリンが急速に引いて、残っていた気力が失せてしまったのだ。そしてスキーマスクは見るからに疲れていて機嫌が悪く、いらだっている。こわばった顎を見ると、何か質問を思いついたとしても答えてもらえるかは怪しかった。

それに、答えてもらうことがそんなに重要だろうか。たしかに彼女はどこをとっても普通じゃないし、わたしを救ってくれたやり方も奇妙極まりない。でも、わたしは今生きている。重要なのはそれだけだ。

そう思うと、こんなことはさっさと終わらせたくなった。家に戻ってゆっくりと心ゆくまでシャワーを浴び、ベッドに潜りこみたい。わたしは心を決め、テーブルの上に車のキーを放った。「はい、これ」

彼女は驚いた顔をしたが、すぐにキーをすくい取った。「ありがとう」

「どういたしまして。わたしのほうこそ助けてくれてありがとう。それから悪かったわ」手を振って車を示す。「いつもは人を拘束したりなんてしないんだけど」

「そう。まあ、あなたも大変な夜を過ごしたあとだったから」彼女が取りつく島もない態度をやわらげる。

そしてスキーマスクが伝票を取ろうと伸ばした手を、わたしは押さえた。「会計は任せて。これくらいしかできないから」

「ありがとう、ごちそうになるわね」彼女がボックス席を出る。「ところで――」

「五分待って、それから電話するわ」そう言ってからわたしはためらった。「名前は言わずに通報するだけにするかも」

「そうなの？　変わった選択肢を選ぶのね。警察が好きじゃないとか？」スキーマスクが興味を引かれたようにわたしを見つめる。

「過去に楽しくない関わりがあったとだけ言っておくわ」

「どうやらそうみたいね」一拍置いて、彼女がつけ加えた。「あなたが無事でよかったわ、アンバー」

「わたしもそう思ってる」ふたたび涙がこみあげ、わたしは震える息を深く吸いこんだ。「気をつけてね」

彼女がうなずく。「あなたも」

スキーマスクが出ていくと、ドアのベルが鳴りやまないうちにビーが来た。「ほかに注文は？」
「いいえ、もういいわ」駐車場を出たトヨタが左折して北へ向かう。車が見えなくなるまで待って、ビーに向き直った。「あなたの電話を貸してもらえないかしら？　市内通話をかけたいの」

わたしはビーを安心させるためボックス席にバックパックを残し、電話を持って外に出た。古いタイプのふたつ折りの携帯電話で、まだ販売されていたことが驚きだ。それを見つめながら、どうしようか考えこむ。

忘れてはならないのは、わたしの過去にはよくない意味でＦＢＩの興味を引く要素があることだ。実際、刑務所に入れられてもおかしくないような真似をしてきた。そうなったら理不尽だとは思うけれど。それに、スキーマスクのことは言わずに拘束から逃れた経緯を説明するのは難しい気がした。そして約束を破るのはあまりにも恩知らずだ。これまでにしてきたことを考えると、もう悪い業は重ねたくない。

そもそも電話をかけないという選択肢もあるけれど、ボーの家の汚れ具合から考えて、定期的に人が訪れていたとは思えない。もしこのままずっと発見されずに終わってしまったら、彼が生きているのではないかといつまでも怯えることになるだろう。

それではだめだ。ボーの死を確定させなくてはならない。

そこで非通知にして九一一にかけ、ビーの間延びしたしゃがれ声を真似てしゃべった。「ボー・ジェソップの家でおかしなことが起こってるわ。あの殺された女の子たちと関係があるんじゃないかしら」

それだけ言ってすぐに電話を切り、食堂のなかへ戻った。現金で支払い、ビーに電話を返して充分な額のチップを渡すと、わたしは最寄りの交差点へ向かった。途中で疾走するパトカーとすれ違ったときは、丸刈りの頭をフードで隠し、顔を伏せてやり過ごした。

バス停に着き、最短ルートを調べた(最短といっても直線的ではない)。それでも家まで戻るのに二時間近くかかり、そのあいだわたしはバスの窓の外をぼうっと眺めながら、拉致されてからの出来事をなんとか受け止めようと努めた。

自宅の最寄りのバス停は、アパートメントから一ブロックほど離れていた。バスのステップをおりる脚はがくがくして力が入らず、目は疲労でかすんでいる。わたしはそこらへんの芝生に倒れこみたい誘惑と戦いながら、一歩一歩足を運んだ。ボーに捕まった場所に差しかかると体が震えだし、なるべく距離を取って通過する。ようやくたどり着いた学生用のぼろアパートメントの玄関のドアを開けると、見慣れたものばかりなのに他人の家に来たような気がした。少しだけ開いているルームメイトの部屋のドアの隙間から、あわてて荷造りしたせいでベッドの上にぐしゃぐしゃに積みあげられた服の山が見える。

拉致されてからまだ一日しかたっていないなんて信じられなかった。ずいぶん昔のことに思える。

わたしはバックパックを床に落とし、シャワーの下で隅々まで念入りに体を洗った。それなのに湯が水に変わって、青い絵の具がすべて排水口に吸いこまれてこすりすぎた肌が赤くなっても、まだ自分が汚れている気がした。

一番大きなバスタオルを体に巻いて部屋に戻ったわたしは、そのままベッドに倒れこんで丸一日眠った。

目が覚めると、夜が明けたところだった。ベッドに横たわったまま、天井を見つめる。今日は聖金曜日で、信心深くなんかないにもかかわらず、こうして生きているのは神が与えてくれた奇跡だと思わずにはいられなかった。

休暇中なので、いないあいだに何かを逃してしまったということはない。授業が再開するのは月曜だ。ただし休暇中もキャンパスに残っている数少ない学生のひとりとして、今夜は研究図書館で特別シフトに入ることになっている。

わたしは声をたてて笑った。何事もなかったかのように、仕事に行かなくてはと考えている自分がおかしかった。不測の出来事ばかりの子ども時代を送らざるをえなかったことで、こういう事態に対する備えができていたのかもしれない。これをいいことととらえるべきかは微妙なところだけど、そう思うことにしよう。

ため息をついて携帯をチェックすると、知らない番号からメッセージが届いている。わたしは怪訝（けげん）に思いつつも開いてみた。

〈あなたはむかつくけど、現場に戻って指紋を拭き取っておいてあげたわ〉

メッセージの横にスマーフの絵文字がある。

「本当にコンピューターが得意なのね」わたしはまごついてつぶやいた。彼女にはファーストネームしか教えていないのに、どうやって電話番号を知ったのだろう？　ちょっと気味が悪い。でも彼女がしてくれたことはありがたかった。頭がまともに働くようになった今となっては、事件にこれ以上巻きこまれるのは絶対に避けたかった。もし頭を開いて過去三十六時間分の記憶を消去してしまえるのなら、必ずそうするだろう。

シーツを顎まで引きあげて考えこんだ。何も起こらなかったふりをしてやり過ごすなんて、本当にできるのだろうか？　それともわたしみたいな人間にとっても、それはあまりにも難しいことなのか？

「その答えを知る方法はひとつだけね」そうつぶやき、わたしは上掛けを押しのけて立ちあがった。

4 アイ・ラブ・トラブル（一九四八）

I LOVE TROUBLE

古くなって湿気(しけ)かけたコーンフレークを何もかけないでそのまま口に運んでいたとき、携帯電話の画面にニュースの見出しが表示された。〝ピカチュウ・キラーの死体を発見したことをＦＢＩが認める〟

コーンフレークが間違った場所に入りそうになってむせ、わたしはあわててこぶしで胸を叩いた。速報の上で指を浮かせたまましばらく迷ったが、わたしの知らないことが書いてあるはずがない。眉間にしわを寄せてボーの死体の上に身をかがめているセクシーなＦＢＩ捜査官の姿が頭に浮かぶ。彼女はボーの体についている青い絵の具の染みに目を留め、指紋がまったく見つからない（できればそうであってほしい）ことをいぶかしく思いながら、何が起こったのか割りだそうとしている。

わたしは唇を噛んだ。もしかしたら作戦を間違えたかもしれない。逃げるのではなく被害者として身をさらしたほうが、過去の罪を軽く見てもらえたかもしれない。わたしの言い分に耳を傾けてもらえたかもしれない。そうなれば、つねに背後を気にしないで生きていけるようになる。

でも、問答無用で逮捕される可能性もあるのだ。

やっぱり関わらないほうがいい。苦労して新しい自分を作りあげたのだから、それを危うくするような真似はしたくない。セクシーなＦＢＩ捜査官には不可解な現場を見て頑張ってもらえばいい。

その日はずっとソファの上で、テレビのチャンネルを次々に変えながらだらだらと過ごした。数分以上何かに集中することができず、夕方になると体調が悪いので仕事を休むと連絡した。人けのない夜の図書館で過ごすのは、今のわたしには耐えられないかもしれないと気づいたのだ。

土曜になると眉を描く練習をして、剃られてしまった髪と同じ色のウィッグをインターネットで注文した。そのあとは金曜と同じくだらだら過ごしたが、今日は宅配ピザを注文した（わたしの不在に気づいてもいなかったらしい配達員にむかついた）。日曜はもともと一日勉強する予定だった。仕上げなければならないレポートがふたつあったからだ。でも一時間ほど真っ暗な画面とにらみあった末、無理だとあきらめてソファに戻った。ばかげたリアリティ・ショーのシーズン３まで見終えていて、月曜までにシーズン４まで見るのがひどく重要に思えたのだ。

うとうとしていたら、突然鍵が差しこまれる音が聞こえてびくりとして目が覚めた。跳ねるように立ちあがって動悸を抑えながら玄関を見つめていると、ルームメイトのジョーニーが入ってきた。彼女が戻ってくることを忘れていた。これほど長くひとりで部屋にいたことがなかったので、彼女が侵入者のように思えてしまう。

「やだ、いったいどうしちゃったの？」キャスター付きのかばんのハンドルをぱたりと落として、ジョーニーが声をあげる。

思わず両手で丸刈りにされた頭を隠してしまった。ウィッグは火曜にならないと届かない。ピザの配達が来たときは野球帽をかぶっていたけれど、ずっとかぶっているとかゆくなるので脱いでしまっていた。

「これはその……インターネット・チャレンジ（特定の行動をする自分を撮影し、その動画を公開することでほかの人々にも同じことをさせようという試み）なの。病気の人たちのための」弱々しく言い訳をする。

ジョーニーが眉をあげた。彼女はルイスヴィル出身の普通のいい子ちゃんで、いきなり丸刈りの頭を披露する前からわたしをやや持て余している気配があった。彼女がテーブルの空いているスペースにところ狭しと並べている写真立てを見ると、わたしがテレビでしか見たことのない子ども時代を過ごしてきたことがわかる。二階建てのランチハウススタイルの家、チアリーダーとしてともに活動した友人たち、フロリダ大学の最終学年に在籍しているディランという名前のクォーターバックのボーイフレンド。教職課程をもうすぐ修了するジョーニーは、卒業したら彼の待っているフロリダへ引っ越す予定だ。この大学には大勢いるが彼女も福音派の信者で、わたし（とわたしのライフスタイル）に警戒の目を向けている。ふたりとも四年になるときにコミュニティカレッジから編入したため、必要に迫られてルームシェアをしているだけなので、必然的にわたしたちの話題は食べるものやクリーニングなど生活に関することばかり。それ以外の話はめったにしない。でもわたしとしては、それでかまわないと思っていた。ここへは友人を作るために来ているのではない。とはいえマフラーをはずす彼女を見ていると、胸にかすかな痛みを覚えた。心の内を明かせる相手がいたらどんなによかったか。そういう方面でもっと努力をするべきだった。

「わたしは誰のためでも絶対に髪は剃らないわ」ジョーニーが強い口調で言って、ソファにコートを投げる。コートがすぐそばに落ちて、わたしはびくりとした。「犯人が見つかったって聞いた？　ディランはわたしを帰したがらなかったの。犯人がわからないままだったら、きっとまだ家にいたわ」ジョーニーが向かいの椅子にどさりと座る。

「うん、聞いた。よかったよね。じゃあ、わたしはレポートを仕上げなくちゃならないから……おやすみなさい」

「よければ何枚かスカーフを貸すわよ」ジョーニーがわたしの頭を見つめながら申しでる。

「ううん、大丈夫。ありがとう」

「それならいいけど」ジョーニーはリモコンを取って、ネットフリックスに変えた。「あ、そういえば今週のバスルームの掃除当番はあなただからね」

「そうだった。やっておくね」わたしは部屋に入ると、閉めたドアにもたれて目をつぶった。彼女は親友とは言えないものの、悲鳴をあげたらきっと九一一に通報してくれるだろう（自分の身を守るためだとしても）。だから戻ってきて心強く感じていいはずなのに、なぜか孤独感が増している。

それでもジョーニーとの会話のおかげで今まで避けていたニュースを見る気になり、何を目にしても動じないよう心の準備をしてから、ボー・リー・ジェソップについて検索した。

わたしがかけた匿名電話のおかげで警察は木曜の昼前にボーを発見し、ＦＢＩに連絡していた（電話を受けてすぐに現場に駆けつけたわけではないようだが、彼らのために言い訳をすると、おそらくばかげた電話が山ほどかかってきているのだろう)。地方ニュースも全国ニュースも山ほどあるので、どんどんスクロールして見ていく(みんな野球と同じくらい連続殺人鬼に取り憑かれているようだ)。週末のうちにメディアはボーのはちゃめちゃな子ども時代やしょっちゅう訪れていた秘密のチャットルームなど、彼に関する大量の情報を掘りだしていた。ボーを知る者は彼のしたことを知っても驚かず、高校時代の同級生などはボーが〝連続殺人鬼になりそうな者〟にひそかに選ばれていたと証言していた。

ふと顔をあげるとすでに真夜中を過ぎていて、リビングの明かりは消えていた。ジョーニーはもう寝たのだろう。わたしも寝る支度をしてベッドに入り、シーツを首まで引きあげると、ふたたび始まった体の震えをなんとか抑えようとした。

心理学を専攻しているので、トラウマからの回復には三つの段階があることは知っていた。第一段階は安全の確立。第二段階は起こったことを人に話す(できれば訓練を受けた専門家に)。そして最終段階はふたたび他者と関わる。

問題は、まだ第一段階に取りかかる気にもなれないことだった。自宅のすぐそばで拉致されたという事実が無力感に拍車をかけているものの、学生ローンではこのぼろアパートメントの家賃を払うのが精一杯で、引っ越す余裕はない(しかもジョーニーなしではそれすら払えない）。そして残念ながら、現金が迅速に手に入る別の選択肢には二度と手を出さないと自分に誓っている。つまりこれから数カ月間、わたしは拉致された現場を毎日のように目にしなければならないが、そんな状態で安全だと感じられるだろうか。

ボーは死んだと頭ではわかっているけれど、理性とは関係ない部分で納得できていない。その夜はほとんど眠れなかった。夜中に何度も目を覚ましては、玄関や窓の錠を確かめた。少しでも音がするたびに飛び起きて、冷たい汗をぐっしょりかいていることに驚いた。朝になる頃には、ボー・リー・ジェソップに何か大切なものを奪われてしまったのだと痛感していた。あのぞっとする地下室にはわたしの一部が残っている。それを取り戻せる日はおそらく来ないだろう。

翌日は異常な精神状態から来る眠気に囚われ、午後の図書館での仕事中もそれは続いた。けれども、幸いなことにかなり忙しかったので、壁の内側に沿って設けられた薄気味悪い保管場所に行かされることはなかった。わたしの頭には多くの憐れみの視線が向けられた。おそらくがん患者だと思われたのだろう。別の生き方をしていたときなら大いにそれを利用しただろうが、今は違う。

夕食の時間になる頃には疲れ果て、足を引きずるようにしてアパートメントへ向かった。拉致された場所では道の反対側に渡り、通りかかるすべての車に警戒の目を向けた。

これほど張りつめていなかったら、ＦＢＩの紺色のウィンドブレーカーを着た男がわたしの住んでいるアパートメントから出てくるのを見逃していたかもしれない。野球帽を目深にかぶった、身長が百八十センチ以上はありそうな男が目をあげた瞬間、わたしはくるりと背を向けて携帯電話を耳に当てた。両親が与えてくれたものは多くはないけれど、警官を見たら逃げろという教えだけは叩きこまれている。

落ち着くのよ。自分に言い聞かせながら迷いのない足取りで一番近いアパートメントの入口に向かい、鍵を探しているふりをしてバッグを掻きまわす。

男の視線を背中に感じた。何してるの。ここで動じたらだめ。

もうすぐ入口というところでいきなりドアが大きく開き、スウェット姿の男が小走りに出てきた。男が驚いたような表情を向けているのを無視して（頭を丸刈りにしている若い女なんてしょっちゅう見かけるものではないのだろう）、急いでドアをつかむ。そして建物のなかに入ると、どきどきしながら後ろをうかがった。

すると、あからさまにレンタカーだとわかるどこといって特徴のないセダンに、Ｆ

BIの男が乗りこむところだった。これを言うと気にしすぎだと言われるかもしれないが、彼は絶対にわたしのほうを見ていたと思う。それであわてて階段をあがり、二階まで行ったところで廊下の奥からヨガマットを肩にかけ、ヨガパンツをはいた若い女性が歩いてくるのが見えた。わたしを見て、彼女がいぶかしげに声をかけてくる。

「ここの住人じゃないわよね」

「ええ、違うわ。知りあいを訪ねるところなの」そう言いながら、急いですれ違う。

階段をあがりきって屋上の扉の前まで行くと、〝緊急時のみ開閉可／警告音が鳴ります〟と書かれた看板の下に座った。

両手で頭を抱え、荒くなった呼吸を懸命に鎮める。この先、連続殺人鬼からも警察からも逃れ続けるためには、体調を万全に整えておく必要があるだろう。ズンバをやってみたらどうかとジョーニーにずっと言われているから、それを試してみてもいいかもしれない。十分待つのよ。その頃には男も行ってしまっているはず。自分にそう言い聞かせていたら、携帯電話が震えた。見ると新たな親友〝非通知〟さんからのメッセージが届いていた。〈FBIがあなたを追っている〉

「うん。そんなの知ってる。警告してくれたのはありがたいけど」

すぐに電話もかかってきた。「これからもメッセージを送りあうなら、非通知じゃなくしてよ」

するとと男の声が返ってきた。「アンバー・ジャミソンさん？　こちらはＦＢＩのキャボット捜査官です」

しまった。咳払いをして、さりげない声を出す。「ＦＢＩですか？　どうやってこの番号を手に入れたんですか？」

「あなたのルームメイトから聞きました。実は捜査の過程であなたの名前があがったので、できればこちらまで来ていただいてお話をうかがえませんか？」

「話ですか？」なんと言えばいいのかわからず、ばかみたいに捜査官の言葉を繰り返した。

「お時間は取らせません。明日はいかがでしょう？」

「ええと、授業があります」

「ご都合のいい時間でかまいませんので」

一瞬、きつく目をつぶる。わたしには断わるという選択肢はないと、彼はほのめかしているのだ。「わかりました。そういうことならうかがいます」急な展開に気が遠くなりそうだった。

「よかった。では明日の午後、メインストリートにある署まで来ていただけますか？

五時でどうでしょう」

「大丈夫です」

「ではそれで。受付の者にわたしの名前を言えば、案内してくれますから」

「わかりました」喉がからからになり、ごくりとつばをのみこむ。

「明日お待ちしています、ミス・ジャミソン」

わたしは電話を切ると、両手で頭を抱えた。FBIはどうやってわたしを見つけたのだろう？ そして彼らは何を知っているのか？ わたしに感謝状を渡したがっているという可能性を考えたが、それならそう言ったはずだ。だいたい電話をかけてきたのは小さな街の警察官ではなく、FBI捜査官だ。FBIなら五分以内にわたしに関するすべてを――ブラジャーのサイズまで――調べだせるのではないだろうか。

どうしよう。まずいことになった。時計を見ると午後六時だった。街を出る準備をする時間は二十四時間もない。

幸い、こういう追いつめられた状況になるのは初めてではなかった。そして逃亡を選ばざるをえなかったほかのときと比べて、二十四時間というのは無限にも等しい猶予だった。

でもこの街にはわたしが求めているすべてのものがあり、それらを捨てていかなければならないことに怒りがわいた。死なずにすんだのに、結局ボーに人生を台なしにされてしまったのだ。

とはいえ、くよくよしている時間はない。階段を一段抜かしで駆けおりて通りまで戻り、ドアの両脇にある植えこみで身を隠しながら、左右に視線を走らせる。とりあえず誰もいないことを確認して、小走りに次のブロックまで進む。このあたりの家はほとんどが猫の額ほどの芝生の庭がついた小さな平屋で、壁のペンキははがれかけている。そういう家のひとつの裏庭を横切って自宅のあるアパートメントの裏に出て、非常口から忍びこんだ。そのあいだずっと、頭のなかの時計で時間をカウントしている。キャボット捜査官が自分の言葉を守って、明日まで待つ保証はない。そして彼がわたしの過去を調べはじめたら、ここに戻りたくなる事実を見つけるのに時間はかからないだろう。

急がなければならない。

誰にも行きあうことなく、自分の部屋まで階段を駆けあがる。部屋に入ると、ジョーニーがコンロの前に立って鍋(なべ)をかき混ぜていた。サンドレスにエプロンをつけ、髪は頭のてっぺんでまとめている。部屋には湯気がこもり、パスタの匂いが充満していた。カウンターの上のポータブルスピーカーからはテイラー・スウィフトの歌が流れていて、振り返った彼女は好奇心に目を輝かせている。「ねえ、すっごく驚いたんだけど、ついさっき最高にホットなＦＢＩ捜査官があなたのことをききに来たのよ！」

「えっ、本当？」わたしはなんとか驚いたふりをした。「なんだろう。どうして来たのか言ってた？」

ジョーニーがじっと見つめる。「ううん、大事な用件ってことだけ。ねえ、もしかしてあのジェソップとかいうやつに関係あるんじゃない？」

殺人鬼の名前を聞いてびくりとしそうになったが、なんとか落ち着いた声を出した。

「そんなやつのこと、わたしが知ってるわけがないじゃない」

ジョーニーが首をかしげて、わたしの頭に目を向ける。「だって、なんか変なんだもの。あの男が捕まったのと同時に、あなたの頭がそんなふうになってるなんて」

「これはインターネット・チャレンジだって言ったでしょ」

「うん。でもそういうのには興味がないって、いつも言ってたじゃない。インスタだってやってないし」

「休暇で退屈してたのよ」ジョーニーはばかじゃないし、わたしの説明に説得力がないことはわかっていたので、急いで部屋に向かった。「これからやっつけなくちゃならない課題がいっぱいあるの。そのパスタ、ちょっと余りそうならすごくうれしいんだけどな」部屋のドアを閉める前に、振り返って言う。

「おすそ分けしたいのはやまやまなんだけど、わたしがいないあいだに誰かさんがストックを食べ尽くしちゃって、量がないのよね」

出ていけば、少なくともジョーニーとこんなふうにやりあわずにすむ。荷造りをしながら、自分を慰める。幸い荷物は多くないし、持っているものにそれほど執着もない。ほんの十分で、ダッフルバッグふたつに化粧品や洗面道具、服、わずかな思い出の品を詰め終わった。そのあと両手を腰に当て、くやしい思いで教科書を見つめて唇を噛む。教科書を借りたときの保証金は、あきらめるしかないだろう。あとたった二カ月で学位が取れるところだった。それなのにこれまでに取得した単位を別の学校で充当することもできない。そうしたらFBIに痕跡をたどられてしまうだろう。

ボー・リー・ジェソップがもたらした損害はとどまるところを知らない。

わたしはジョーニーとシェアしている部屋が建物の裏側にあることに感謝しつつ、窓から身を乗りだして下の茂みにダッフルバッグを落とした。それからクローゼットの上の棚に隠してあった拳銃――グロックを取る（厳重な身元調査のシステムを持たないアメリカはすばらしい国だ)。弾が込められていないことを確認してバックパックに入れ、銃弾も二箱加えた。

それではほぼすべてだった。銀行口座には一日に引きだせる限度額以内の二百ドルほどしかない。隣の街のATMでそれを引きだし、次はどうするべきか考えよう。

「どこに行くの?」リビングに戻ると、ジョーニーが口に運びかけていたフォークを止めて、声をかけてきた。

「図書館よ。忘れ物をしちゃって」

「ふうん」ジョーニーがフォークで運んだものを口に入れ、咀嚼しながら続ける。「ちょっとだけパスタを取っておいたわよ。そんなことをしてあげる義理はないんだけどね」

「ありがとう」わたしは驚いた。食べ物を分けてくれるなんて(少なくとも自ら進んで)、ジョーニーらしくない。何かわけがあるのではないかと勘ぐってしまうくらいだ。もしかしたらホットなFBI捜査官にわたしが帰ってきたと連絡を入れていて、彼が来るまで引き留めようとしているのかもしれない。「じゃあ、すぐに戻ってくるわね」

返事を聞かずに玄関を出て、急いで階段をおり裏口のドアを静かに開けた。誰もいないことを確認してから外へ出て、茂みに落としたダッフルバッグを回収する。車を止めておいた場所まで行って、乗りこんでエンジンをかけると、なんとか二度目でうまくいった。そのあとは交通規則に違反しないように慎重に運転しながら、街の外へ向かう。

十分後、ジョンソンシティはバックミラーのなかでどんどん小さくなっていた。追跡されている気配はなく、肩の力を抜く。うまく逃げだせた。少なくとも今回は。

さて、これからどうしよう？

5 泥棒を消せ（一九六五）

ONCE A THIEF

口座を空にするためにATMに立ち寄った以外はノンストップで走り、ケンタッキー州に入ってようやく車を止めた。〈ワッフル・バーン〉のがらんとした駐車場でしばらくじっと座ったまま、気持ちを落ち着ける。時刻はそろそろ午後八時になるし、睡眠不足がこたえていた。疲労のせいで運転に深刻な影響が出はじめている。この一時間で二度、対向車線へとそれていきそうになったし、胃が空腹を訴えていた。そこで、これくらい離れればさっと食事をとるくらいのリスクは冒しても平気だとわたしは判断した。

〈ワッフル・バーン〉は、スキーマスクと行った〈ブルームーン・ダイナー〉が高級店に思えるような場所で、ボックス席の代わりに禁酒会の会合にぴったりなみすぼらしいテーブルと椅子がフロアじゅうに置かれていた。地元の老人が数人シロップまみれの皿の上で背中を丸めている店内は、薄暗くて場末感が漂っている。けれどほかの

〈ワッフル・バーン〉と同じように、ここも清潔でトイレがあり、そこそこの味の料理が食べられるうえ、値段が安い。

しかも防犯カメラがなかった。

注文をすませてトイレに行き、戻るとうず高く積まれたワッフルと両面焼きの卵がのった皿が待っていた。そこから数分間は皿の上のものをひたすら口に運んで咀嚼することに集中し、おなかがふくれたところで椅子の背にもたれて大きく息を吸った。

隣のテーブルから年配の女性が笑みを向けてくる。彼女のウィッグは曲がっているし、ペンシルで描いた眉のせいでびっくりしたような表情になってしまっているが、わたしも人のことは言えない。おそらくひどいことになっているだろう。「ケンタッキーで一番おいしいワッフルよ」

「本当に」彼女のゆったりとしたしゃべり方を無意識に真似てしまい、わたしは心のなかで自分を罵った。相手の真似をする悪い癖をここ数年でかなり修正できたと思っていたのに、こうして逃亡する身となった瞬間に復活するなんておかしなものだ。

「あなたはどういうタイプのものなの？」老女が優しい口調できく。

ワッフルの話をしているのではないと気づくのに、一分ほどかかった。髪がないことをすぐに忘れてしまう。翌日配送で老女と同じようなウィッグを頼むべきだったと後悔した。「白血病です」

老女が首を振って、舌を鳴らした。「友人のキャロルを去年それで亡くしたわ」

わたしったら、ほんと最低だわ。こういう人に嘘をついちゃだめじゃない。そう思っているのに、言葉がつらつらと出てくる。「残念でしたね。お医者さんからはわたしはもう大丈夫だって言われています。化学療法もこれで最後なんです」

「それならよかったわ」女性が手を振ってウエイトレスを呼び寄せる。「サリー、このすてきなお嬢さんのお勘定はわたしにつけておいて」

「あら、だめです、そんな」

彼女がウインクをする。「いいのよ」

鞭のように痩せた体に、覚醒剤を使用していることが明らかなすかすかの歯をしたサリーは、ぐるりと目をまわした。「イカれたばあさんだね」

わたしはサリーをにらんだが、ウエイトレスはすでにキッチンに向かっていた。

老女がひしゃげたハンドバッグから二十ドル札を出し、水の入ったグラスの下に差しこむ。それからテーブルに手をついてそろそろと立ちあがった。とっさに手を貸そうと腰を浮かしかけたが、彼女が横に首を振る。「体力は温存しておきなさい。サリーのことは気にしないで。少し機嫌が悪いだけだから。ちゃんと全部食べるのよ」

「本当にありがとうございます」出口に向かう老女に声をかける。

手を肩の上にあげて振る老女を見送ると、わたしは周囲にすばやく視線を走らせた。みんな食べることに集中しているし、キッチンのドアはまだ閉まっている。だめよ、そんなことをしたら。頭のなかに自分を叱る声が小さく響く。でも口座に入っていた金額は思っていたより少なかった。どこまで行くかもわからないし、クレジットカードを使うという危険は冒せないから、手持ちの現金を少しでも増やしておきたい。

わたしは心を決めて最後のひと切れを口へ運び、コーヒーで飲み下しながら立ちあがった。出口に向かう途中で、テーブルの上の二十ドル札をさっと取る。いい気味ね、サリー。わたしも機嫌が悪いのよ。

車まで戻ると、フロントガラスのワイパーの下にポストカードが差しこまれているのが見えて、顔をしかめた。取ってみると格安のラスベガス旅行の宣伝で、〈ワッフル・バーン〉の顧客層にそぐわない気がしていぶかしく思う。けれどもそのとき、背後から騒ぎが聞こえたので急いで車に乗りこんでポストカードを助手席へ放り、駐車場をあとにした。

その夜は、住宅街のまわりの家からは見えない路上に車を止め、そこで眠った。疲れているのにヘッドライトの光が通り過ぎたり、木の枝が揺れたり、動物が動く気配がしたりするたびにびくりとして目が覚めてしまう。後部座席で小さな子どもが毛布を握りしめるようにグロックを握って横になっていたが、背中にシートベルトのクリップが食いこんで気になってしかたがなかった。結局、日がのぼるまで三時間くらいしか眠れなかった。

歯を磨かなかったので起きると口がねばついていやな味がしたし、全身がこわばって痛く、砂が入っているみたいに目がざらついた。車で寝泊まりする生活から脱してだいぶたつので、体が慣れていないというのもあるだろう。とはいえ、モーテルに泊まるなんて贅沢はできなかった。

こんなのいつものことでしょう。過去にこういう状況に陥ったことは何度もあるし、こんな事件に巻きこまれたつきのなさを思うと、きっとこれからもあるだろう。それでも、わたしはいつも生きのびてきた。とにかく今は行き先を決めなければならない。キャボット捜査官からできる限り離れて、自分を立て直せる場所を見つけなければ。

だけど、やっぱり納得できない。こういう状況には二度と陥らないはずだった。今のわたしは税金をきちんと納めて真面目に生きている一般市民で、二カ月後には角帽にガウンという格好で学位証を受け取るはずだったのだ。それなのに過去から脱するための努力は水の泡となり、元の場所まで引きずりおろされている。この先もずっとそうなのかもしれない。

わたしはため息をついて体を起こし、伸びをした。大口を開けてあくびをして、携帯でニュースをチェックする。ボー・リー・ジェソップの記事が増えているものの、ほとんどがすでに明らかになっていることの繰り返しで、新たな目撃者や参考人らしき人物がいるという情報はない。わたしが今日の約束に現われなかったら、それが変わるかもしれない。

ため息をついて、目をこする。本当に理不尽だ。だいたいFBIはどうやってわたしを見つけたのだろう？　大学警察（キャンパス内の治安維持のため大学が設置した自治組織）で学生証用に親指の指紋を取られてはいるけれど、ビーの電話を借りたあとは袖口で表面を拭いたから、そこからばれることはないはずだ。おそらくボーの家に痕跡を残してしまったのだろう。スキーマスクは自分で思っているほど有能ではないらしい。

スキーマスクがわたしを嵌(は)めたのなら話は別だけど。

その可能性についてしばらく考えたが、わたしは首を振った。それではつじつまが合わない。わたしが捕まったら彼女のことを話すだろうと、スキーマスクにはわかっ

ている はずだ。

そのとき、タイミングを計ったかのように携帯電話の通知音が響いた。〝非通知〟からのメッセージだ。〈大丈夫?〉

眉間にしわが寄る。スキーマスクは優しく人を気にかけるようなタイプじゃない。返事を打ちこむ。〈どうしてわたしのことがばれたのかな?〉

肩をすくめている絵文字が送られてくる。わたしは腹が立って、続けてメッセージを送った。〈もっと早く警告してくれればよかったのに〉

しばらく間が空く。やがて、もう返事は来ないのかと思いかけた頃、〈ごめんなさい〉という文字が現われた。

「本当に悪いと思ってるのかな」やはりこんなふうに謝るのは彼女らしくない気がする。リードにつないだゴールデン・レトリバーの子犬を連れた女性が近づいてきたが、わたしを見て通りの反対側に渡った。

わたしは移動することにした。ぎこちない動きでなんとか運転席へ戻り、エンジンをかける。そして車の向きをすばやく変えると、ハイウェイに向かって走りだした。おなかが空いているし、今すぐトイレにも行きたい。でもジョンソンシティからもっと離れるまで、レストランに入る気にはなれなかった。

突然、首の後ろがちりちりした。誰かに追われているときの感覚だ。そういう感覚は大切にするようにと、母親が口を酸っぱくして言っていた。それを無視して逮捕された友人が何人もいたのだという。

最初に目についたガソリンスタンドに入って現金を渡し、満タンにするよう頼んだ（ありがとう、サリー）。店員が給油しているあいだに、恐ろしく汚いトイレで息を止めながら手早く用を足し、そのあと車内で朝食がとれるようにレッドブルの六本パックとコーンナッツを一袋買った（コーンは野菜なので、健康的な朝食と言っていいだろう）。

レッドブルを一気に半分喉に流しこみながら、車へ戻る。運転席に乗りこむと、携帯電話にまたメッセージが届いていた。「急におしゃべりになったみたいね」思わずつぶやいて、メッセージを読む。〈**手を貸してもいいけど**〉

わたしは画面に向かって顔をしかめ、返事を打ちこんだ。〈**手を貸すって、何に？**〉

〈**新しいＩＤ**〉

これには興味を引かれた。新しいＩＤは必要だ。それも早ければ早いほどいい。

でも、どうしてスキーマスクがそのことを知っているのだろう？　長い長い夜のあいだに、わたしの頭には疑問が芽生えていた。あわてて逃げだす羽目になっていなければ、もっと早く気づいていただろう。彼女が知っている限り、わたしは当局に自分の生活をさらさなければならなくなっても何も問題ないごく普通の学生のはずだ。アンバー・ジャミソンは模範的な一般市民。この名前を使うようになってから、念を入れてそうしてきたのだ。たとえスキーマスクが国家安全保障局（NSA）レベルのコンピュータースキルの持ち主だとしても、わたしの本当の身元まではたどり着けない。

だからこそ、彼女がこんなふうに突然わたしに関心を示していることが不審でならなかった。そもそも本当にスキーマスクなの？　そうでないとしたら、いったい誰？　ＦＢＩならわざわざメッセージなど送ってこない。捜索指令を出して、検問をおこなうだけだ。

しばらく迷ったあと、わたしは**〈ありがとう、でも大丈夫〉**と返信した。

〈気が変わったら、言ってちょうだい〉

「言わないわよ！」思わず声が出た。ＩＤは自分でなんとかする。

といっても、新しいＩＤの入手にはいつも苦労している。今使っているＩＤは、ちょうどいいのを見つけるまで一カ月かかった（しかもそのための情報を得るのに、バイカーたちが集うバーでショットグラスのウイスキーを何杯空けたことか）。今はそんなことをする時間も金もない。つまり偽造書類を量産しているような場所へ行かなければならないということだ。

コーンナッツをいくつか口に放りこみ、考えをめぐらせながら咀嚼する。ニューヨークは論外だ――金がかかりすぎる。アトランティックシティならいいかもしれないけれど、あの街には昔怒らせてしまった人間が何人かいて、彼らは物騒なうえ記憶力が非常にいい。同じ理由でニューオーリンズもだめ。リバーボートもだめ。マイアミなんて話に出すだけでもだめ。残念ながら過去のわたしは、ミシシッピ川のこちら側ではほぼすべての場所で思いきりあとを濁しているのだ。

スナックの空き袋の下からのぞいている宣伝用のポストカードに目が留まった。そうだ。ラスベガスは当局の調べにも耐えうるＩＤを作っている場所として有名だ。つまり、今わたしが置かれている状況を考えると、ラスベガスこそ求めている場所かもしれない。

ハンドルを指先で叩きながら、じっくり検討する。ラスベガスは大きな街で人があふれているから、簡単に紛れられるだろう。しかも滞在にかかる費用は安いし、これまで一度も行ったことがないから、わたしにいい感情を持っていない人間に出くわす危険性は限りなく低い。もしかしたら、大陸の東側に別れを告げるべきときが来たのかもしれない。そもそも卒業したら、カリフォルニアで新しい人生を始める計画だったのだ。そこへ行く前に、ラスベガスに寄り道をしてもいいだろう。

頭のなかでざっと計算する。ぎりぎりだけど今ある現金でラスベガスまでたどり着けそうだ。足りなくなったら、その都度手に入れればいい。

計画とは言えないような計画だが、ほかにましな考えもない。わたしは車の窓を開け、冷たい朝の空気を入れて頭をしゃきっとさせた。そして『ラスベガス万才』をハミングしながらハイウェイに乗り、西を目指した。

予想よりもガソリンの価格が高かったせいで、二日後にアルバカーキの郊外に到達したところで現金は残り二十ドルまで減っていた。ガソリンがだいぶ減っていたので、ガソリンスタンドの看板を見てハイウェイをおりる。

わたしは車を止めてエンジンを切った。そこは家族経営ではなく全国チェーンの店で、給油ポンプの半分が使用中だ。混んでいるといえば混んでいるが、混みすぎているというほどではない。売店もあり、そのなかにピザのチェーン店も入っている。

完璧だ。

鏡で頭をチェックしたけれど、残念ながらまだ髪は生えていなかった。わずかに伸びているだけで、生まれたてのひよこのようだ。眉毛のほうがまだましで、ペンシルで描く技術が上達したおかげでロカビリー風にも見える。とにかく今の時点では、外見のこれ以上の改善は望めない。

さあ、ショータイムだ。

わたしは野球帽をかぶって店に入った。まっすぐトイレに向かいながら、店内の配置を頭に叩きこむ。

メインレジの店員は中年の男。奥のピザ店のカウンターの後ろにいるのはニキビ跡のあるティーンエイジャー。今風の尖った格好をした若者がふたり、チップス類の並んでいる通路にいて、冷凍庫の前では妊婦がフローズンドリンクのアイシーをカップに入れている。

はっきり言って、このうえなく理想的な状況だった。

まずトイレに行って時間をかけて念入りに手を洗い、静かに集中を高める。それからブラジャーのストラップをきつくして胸の谷間を作り、へそが出る位置でTシャツの裾を結ぶと、戦いに赴(おもむ)くように気合を入れてドアを押し開けた。チップスが並ぶ通路をぶらぶらと歩きながら、レジの店員とピザ店のカウンターにいる若者をもう一度ひそかにチェックする。口数の多い中年の男は行動が読みにくい。今はアイシーを購入した女性から金を受け取りながら、ジョークを交わしている。彼ははしこい目を持っていて、そういう目は要注意なのだ。

でもティーンエイジャーはティーンエイジャーで予測がつかない。

頭のなかでコイントスをすると、裏が出た。

ピザ店のカウンターにいる少年は十七歳を超えていることはないだろう。わたしが近づいていくと、どう見ても矯正が必要な歯を剝きだしにしてにかっと笑った。「今日はスペシャルデーなんで、ひと切れ分の値段でふた切れ食べられます。それにコーラもつきますよ」

「ダイエットコークでもいい？　ほら、女子は体型を気にしなくちゃいけないから」

わたしもにっこり笑みを返す。

「もちろんダイエットコークも大丈夫です。あ、でもあなたにダイエットが必要って意味じゃないですよ」彼がぱっと赤くなる。

うわあ、これはちょろすぎる。こみあげた罪悪感を抑え、彼自身の金をいただくわけではないのだからと自分に言い聞かせる。この店は全国チェーンのピザ店で、オーナーは反LGBTグループに寄付をした有名なろくでなし。つまりこれは公共の利益にかなうことなのだ。わたしは腰をきゅっと横に突きだし、甘い声で注文した。

「じゃあペパロニをふた切れとダイエットコークをお願い」

彼が注文の品をそろえに行っているあいだに、ふたたび店内の様子をうかがう。今風の若者たちがちょうど会計をしていて、面倒そうな店員の注意がそっちに向いている。声が届く範囲にほかに人はいない。

「お待たせしました。スポンジボブのカップにしておきましたよ」少年がカウンターの上にボックスを滑らせ、コレクターズアイテムの大きなカップを差しだす。

わたしは胸に手を当てた。「スポンジボブが大好きなの！」

「ぼくもです」少年の顔がポリエステルの制服と同じくらい赤く染まる。

わたしは丁寧に折りたたんだ二十ドル札をカウンターの上に滑らせた。「百ドル札しかないんだけど、かまわないかしら？」

「ええと、いいですよ。おつりはあると思います」彼がさっそくレジのボタンを押す。

「いつから働いているの？　これまで見かけたことがないけど」

「三週間くらい前です」

「じゃあ、わたしラッキーだったんだ」カウンターの上に肘をついて、体を乗りだす。彼の目が気前よく開いているシャツの胸元に落ち、ごくりとつばをのむ音とともに喉仏が上下した。「ねえ、彼女いる？」

「か、彼女ですか？」少年は口ごもった。レジの引き出しが開く。わたしの置いた札を取る彼の手はかすかに震えている。

少年がつかんだ札に目を向けようとしたので、わたしは急いで彼のもう片方の手をつかんでひっくり返した。「よければ手相を見てあげる。おばあちゃんがサーカスで手相占いをしてたのよ」手のひらの真ん中から手首にかけて延びている線を指先でなぞる。「恋愛線が長いわね。いいことだわ」

気の毒な少年は今にも心臓発作を起こしそうになっている。「サーカスで？　本当に？」

「本当よ」彼の手は離したものの、目を合わせたまま続ける。「母は軽業師だったから、わたしも体が柔らかいの」

「す……すごいですね」少年がレジのなかのケースを持ちあげて、わたしの出した二十ドル札を高額紙幣の上に重ねる。それを見て、ほっと息をついた。彼はシフトが終わるまで何が起こったか気づかないだろう。気づいた頃にはわたしはアリゾナにいる。

彼がおつりの九十三ドルを丁寧に数えているあいだ、わたしはカップを持って、ストローをもてあそんだ。

「ありがとう」おつりのなかから五ドル札を取って、チップ入れに入れる。「これはあなたに。すごく感じがよかったから」

彼に小さく手を振ったあと、これ見よがしに腰を振りながら店内の反対端にあるレジに向かう。二十ドル分のガソリンを注文したわたしに、中年の店員が眼鏡の縁越しに視線を向けた。「なんだよ、おれには愛想を振りまいてくれないのか?」

にっこりして、彼の指にはまっている結婚指輪に向かって顎をしゃくる。「奥さんが気に入るとは思えないもの」

彼が大声で笑った。「気にしないと思うがね。じゃあ、この先も気をつけてな」

わたしは最後にもう一度ピザ店の少年に手を振って店を出た。車まで戻ると、またしてもワイパーの下にポストカードが挟まれていた。今度のポストカードには安っぽいモーテルの写真と〝格安で泊まれます!〟という宣伝文句が印刷してあった。ラスベガスの観光協会が観光客を誘致するために木を切り倒すことをなんとも思っていないのは明らかだ。わたしはそのポストカードを前のカードの上に放った。

ガソリンを入れるのに永遠とも思えるほど時間がかかり、ひとりあるいはふたりの店員がいつ怒鳴りながら飛びだしてくるかとひやひやした。最悪、パトカーが駆けつけるかもしれない。けれども五分後には無事に車に乗りこんで、時速百キロ近いスピードで西へ向かって快調に走りだしていた。

自分がさっきしたことを恥じていると言えたら、どんなにいいだろう。わたしはあの哀れな少年の思春期のホルモンを利用したのだ。だけど正直に言って、今わたしは興奮して気分がハイになっている。バックミラーに映る自分をちらりと見てつぶやく。

「最高。バイクを飛ばしてるみたい」

こんなふうになってしまったのはわたしのせいではない。両親がケチな詐欺師で（ただし両親にきいたら史上最大の金融詐欺で逮捕されたマドフ氏レベルの大物だと主張するだろう）、わたしは子どもの頃からずっと、標的の注意を金からそらす役割を担わされていたのだ。

八歳ですでにいっぱしの詐欺師になり、中学生の頃には、両親とは別にひとりで詐欺をおこなうようになった。学校生活は端切れをつなぎあわせたパッチワークも同然で、学期を通して同じ学校に通えたことはほとんどない。帰宅すると両親が荷物を積みこんだ車に乗って、じりじりしながら待っているということが何度もあった。「早く乗りなさいよ。もうここはおさらばよ」母は決まってそう言い、わたしが乗りこむと新たなカモたちが待つ場所を求めて出発した。

ところが高校一年生のある日、帰宅すると車はすでに出発していた。

あとには手紙が残されていた。〝今回は急ぎなの。ごめんね〟そしてチップでも残すように、手紙に二十ドル札が重ねられていた。

探せば両親を見つけられたかもしれない。あちこちの州に散らばる両親の友人たち、の居場所は知っていたのだから。友人というのは、かつて両親と仕事で組んだことのある人たちのことだ。当時使っていたプリペイド携帯に電話をかけてみてもよかった。

でもわたしは、そのままキッチンへ行ってピーナッツバターとバナナのサンドイッチを作り、カウンターに座って食べながら考えをめぐらせた。

そのときのわたしは生物学的には十五歳だけれど、世渡りのすべや人生経験という観点からするとそれより十歳は上と言えただろう。両親のことは憎んではいないものの、とくに好きなわけではなく、さらにはふたりがたいした詐欺師ではないと理解するようにもなっていた。腕がよければひと仕事終えるたびにあわててそこから逃げだす必要はなかったはずなのに、金が入る前に逃げたことさえあったのだ。しかもわたしはがん患者のふりをしたり、交通事故に遭ったふりをしたりするのがすっかりいやになっていた（余談だが、両親が今のわたしの姿を見たら喜ぶに違いない。そもそも当時頭を丸めさせられなかったことが驚きだ）。

とにかくキッチンに座って指についたピーナッツバターを舐めていた十五歳のわたしの頭に、自分ひとりでやっていくほうがいろいろうまくいくんじゃないかという考えが浮かんだ。

その後の三年余りは両親なしで過ごした。仲間と仕事をすることも、ひとりで仕事をすることもあったが、両親はたいてい中西部のなかで移動していたため(母はとくにオハイオ州――〝トチノキ州〟――が気に入っていた)、わたしは東部にした。そしてしばらく沿岸地域で何カ所か移動したあと、南部に腰を落ち着けた。南部のアクセントは簡単に真似できたし、わたしは必要に応じて十四歳から二十歳までなら何歳にでもなれた。

わたしには必ず守っているルールがいくつかあった。信条と言ってもいい。できるだけ子どもからは盗まない。盗まれたことで致命的な損害を受ける人からも盗まない。とくに老人には手を出さない。仕事はきれいにすばやく片づけ、捕まるリスクが増す長期の計画には関わらない。あと、どんなことがあっても絶対に暴力には訴えない。

大金が動く大仕事をすることになるまでは、それでうまくいっていた。わたしは十九歳で、自分はなんでも知っているとうぬぼれていた。けれど端的に言うと、その仕事でわたしは判断を誤り、そのせいで人が負傷した。いや、正直なところ死ぬことになった。わたしがやったわけではないものの、わたしの過失だ。

そのときに足を洗おうと誓った。そして高校の卒業証書を偽造し、まずはコミュニティカレッジへ、次に東テネシー州立大学へ行った。専攻は心理学。わたしの褒められないスキルをいい目的のために使えるし、誰かの助けにもなれるかもしれないと思ったからだ。学費は〝ワークスタディプログラム〟によるキャンパス内での仕事（はっきり言って最悪だった）と学資援助で乗りきった。

元の道に戻りたいという欲求は、ときに耐えがたいほどだった。一回実入りのいい仕事をすれば、一年分の授業料を稼げる。でもわたしは、まっとうにやろうと心に決めていた。そして時間の経過とともに、犯罪に染まっていた過去の生活が他人の身に起こったことのように感じられるまでになった。

それなのに、今日またわたしは手っ取り早く現金を手に入れるためにティーンエイジャーの少年を餌食にしてしまった。とはいえ緊急事態だったのだからしかたないと、かすかな罪悪感を抑えて自分に言い訳をする。これで絶対に最後にするわ。

ああ、本当にまずい。わたしはもう自分に嘘をつくことさえうまくできない。

6

消えた目撃者（一九五〇）

WOMAN ON THE RUN

夜明けの光を浴びて輝いている、いわばこの街の象徴である〝ようこそラスベガスへ〟という看板を通過して、わたしはラスベガス・ストリップと呼ばれる通りに沿って車をゆっくりと走らせた。こんな時間なので、歩道には千鳥足でカジノから出てきた酔っ払いや、そういう人々の後ろでモップをかけている清掃人くらいしか見当たらない。一年前のわたしなら、街のスケールの大きさにめまいがするほど興奮していただろう。でも今はピラミッド型のホテル〈ルクソール〉にも〈シーザーズ・パレス〉にもほとんど目を向けず、古いモーテルが並んでいる場所まで進んでいった。

右側に見えた看板になぜか目を引かれて、縁石にゆっくり車を寄せる。〈バギー・スーツ〉という安っぽいモーテルの名前に記憶を刺激されて助手席に放ってあった広告のポストカードを探ると、やはりニューメキシコでワイパーの下に挟まれていたポストカードにこのモーテルの写真が載っていた。

　これはここに泊まるめぐりあわせなの？　そう考えると、眉間にしわが寄った。個人的な感想を言うと、このモーテルはかなり寂れた雰囲気で、暗黒郷（ディストピア）を描いた映画に出てきそうだ。二階建ての建物はL字型になっていて、Lの内側に駐車場がある。飛びはねる幌（ほろ）馬車のネオンサインが輝いているが、駐車場にはおんぼろの車が一台止まっているだけだ。きっと今は閑散期なのだろう。少なくとも、この宿にとっては。

「うわっ、ぼろい宿」つぶやいて唇を噛み、考えこむ。理由はわからないけれど、このモーテルを見ているとぞっとした。二階の部屋から脇に汗じみのついた白いタンクトップ姿の男が出てきて、ズボンのチャックを開けたかと思うと手すり越しに下の駐車場に向かって放尿を始めた。

「わたしを呼び寄せてくれた運命には悪いけど、ちょっとこれはないかな」鼻の頭にしわを寄せる。

　とはいえ、どうしても睡眠が必要だ。ここ何日かはトラック運転手用のドライブインでまずいコーヒーをがぶ飲みしてなんとか意識を保ち、対向車線に突っこんでいかないようにしていた。一日十二時間運転していたので、背中の下のほうがちがちに固まっているし、衛生面はウェットティッシュ頼みだ。だから休める場所を前にしながらさらに進まなければならないと思うと、がっくりきた。シャワーを浴びたい。朝食をとりたい。それなりに快適なベッドで眠りたい。順番はどうでもいいけれど。

幸い、八百メートルほど車を走らせたところで求めていたものが見つかった。〈ゲッタウェイ〉のネオンサインが〝空室あり／一泊三十ドル／ケーブルテレビ(HBO)無料／Wi-Fiあり／清潔な部屋！〟とうたっている。最後の部分は自慢するまでもなく当然そうあるべきだが、一泊三十ドルという値段で本当に部屋が清潔ならうれしい驚きだ。それに、ここなら現金払いを受け入れてくれるだろう。残りの現金は六十ドル。ここならひと晩泊まって二食食べられる。今日このあとの仕事がうまくいったら、いい宿へ移ればいい。

わたしは心を決めて、駐車場に車を入れた。

〈ゲッタウェイ〉はU字型の二階建てで、駐車場が半分埋まっているのはいい兆候だった。ざらついている目をこすってあくびを嚙み殺し、建物のなかに入る。

フロントのカウンターの向こうに座った女性は、一九五〇年代のホームコメディから抜けだしてきたような格好をしていた。花柄のハウスドレスに身を包み、カーラーをつけた頭に孔雀(くじゃく)の羽を思わせる青緑色のスカーフを巻いている。そしてキャッツアイフレームの眼鏡と、真っ赤な口紅で完成だ。「一泊？」カウンターの上に置かれたテレビで流れている白黒の映画に目を向けたまま、彼女がゆったりとした口調できく。

「とりあえずそれで。現金払いでいいですか？」

その言葉がフロントの女性の注意を引いた。わたしに目を向け、首をかしげて値踏みするように見つめる。「うちはちゃんとした宿で、ルールにのっとって経営してるの。お客を入れるのはだめだよ」

彼女の言葉の意味を理解するのに少し時間がかかった。「わたしは売春婦じゃありません」

「へえ、そう」彼女が怪しむように目を細くする。「男やクスリをちらっとでも見かけたら、すぐに出ていってもらうからね」

わたしはこみあげたいやな気持ちを懸命に抑えた。どうやらわたしの外見は思っているよりもひどいらしい。「ここにはギャンブルをしに来ただけですから」

「ならいいけど。現金なら一泊二十五ドル。チェックアウトは十時で、一分でも過ぎたらもう一日分払ってもらうよ」わたしが母親が昔使っていた偽名のひとつを宿泊簿に書きこむのを確認して、彼女はカウンターの上にカードキーを置いた。「九号室へどうぞ。車はその前に止めて。盗まれたくなかったら車には鍵をかけておくこと」

「ありがとう」わたしがカードキーを手に取ったときには、彼女はもうテレビに目を戻していた。

まず、車を九号室の前まで移動させた。部屋は一階の奥から二番目だ。ドアを開けた瞬間に強烈な芳香剤の匂いがぶつかってきて、わたしは後ずさりそうになった。鼻を押さえながら入ったのに、涙が浮かんでしまう。駐車場に面した壁に窓がひとつだけあったので、刺激臭を少しでも外へ逃がそうとすぐに窓を開けた。

これといった特徴のない部屋だが、宣伝文句に偽りはなく清潔だった。というより、古いなりに清潔と言うべきだろうか。内装のテーマはフィルム・ノワールで、どの壁にも額に入れた映画のポスターが飾られている。ぼこぼこした表面の大量生産品のカーペットはくすんだ茶色で、クイーンサイズのベッドにかかっているポリエステル製の掛け布団の柄はけばけばしく、絶対にブラックライトの光を当てながら見てはいけないものだ。隅にがたついていそうな机と椅子があり、それとそろいのドレッサーがベッドと向きあう位置に置かれている。バスルームはひとりしか入れないサイズで、シャワーボックスはまるで棺(ひつぎ)だ。でも便器には清掃済みであることを示す紙テープが巻いてあるし、見てわかる血の染みもない。つまりあれこれ考えあわせると、申し分のない部屋だった。

窓を開けてもまだ残っている匂いをなんとかしようと、エアコンのスイッチを入れた。それからダッフルバッグふたつとバックパックを部屋に運び入れ、整理簞笥(だんす)の上に置く（一泊三十ドルの安宿ならどこに南京虫がいてもおかしくない）。ようやくベッドに座ってスニーカーを脱いだが、何か忘れているような気がしてしかたがない。そこで携帯電話を出してチェックすると、わたしの誕生日だった。今日が誕生日だなんてすっかり忘れていた。「二十四歳になったよ」わずかな持ち物の山に向かって、声をかける。

けれども荷物からはなんの反応もなく、わたしはため息をついて目を閉じた。

シャワーを浴びたあと、次は睡眠をとるか食事をしに行くか迷ったけれど、ガソリンスタンドで買って電子レンジで温めたものを食べる生活が何日も続き、わたしは棚の上で五千年も埃をかぶっていたようなものではない食べ物に飢えていた。

そこで看板を見ながら、ホテルから一ブロックのところにある〈メガラック〉というビュッフェ式の食堂へ向かった。七ドルですべての料理が食べ放題だという。ラスベガスでもきらびやかなカジノではなく悪臭のするモーテルとビュッフェ式の食堂を選べば、たいして金がかからず過ごせるらしい。わたしはそこで丸一日何も食べなくても大丈夫なくらいおなかいっぱい詰めこみ（もしかしたら一日以上大丈夫かもしれない。なぜならこっそりフルーツをバックパックに詰めこんだから）、モーテルに戻った。

するとわたしの部屋の前の縁石に女がひとり座っていて、頭のなかで警報が鳴りだした。でも警察官には見えない。黒い巻き毛を大きくふくらませて濃い化粧を施した小柄な女は、どことなくエイミー・ワインハウス（イギリスのシンガーソングライター）に似ている。タンクトップにぴったりしたショートパンツ、それにスパイクヒールという格好はどう見ても商売女で、チェックインのときフロントの女性に疑わしげな目を向けられたのが腑に落ちた。

「たばこ持ってない？」一メートルほど手前まで近づくと、彼女が声をかけてきた。

「持ってないわ、ごめんなさい」

「いいのよ。ねえ、ここに泊まってるの？」女がわたしをじっと見る。

「ひと晩だけね」答えながらポケットに手を入れてカードキーを探った。

「知ってると思うけど、ここは客を連れこめないよ」彼女がヒールのストラップをもてあそぶ。

どうしてみんな、わたしを売春婦だと思うのだろう？ラスベガスには頭を丸めた売春婦が大勢いるの？「観光で来たのよ」

彼女がじろじろ見て、うっすら笑う。「そういうことにしておいてあげてもいいけど」

突然胃が変な音をたてたかと思うと激しく痙攣して、わたしは体をふたつに折った。

「ああ！　何これ」

「どうかした？」

「なんでもない。ただ……あんまり気分がよくないだけ」食べ放題だった料理を思い返す。「エビがいけなかったのかも」

彼女の薄ら笑いが大きくなる。「もしかして〈メガラック〉に行ったの？」

「そうよ」

「あそこに行くと下痢するのよ。〈ガーデンコート〉のほうがいいわ」

「そんな」今度は危険なくらい下のほうで痙攣が始まる。わたしはあわてて彼女の横を走り抜け、震える手でカードキーを取りだしてランプが緑になるまでパッドに三回滑らせた。

「早くよくなるといいわね」彼女の言葉を背中に聞きながら内股でバスルームにたどり着き、急いでドアを閉める。

たっぷり十分はトイレで過ごしたあと、最悪な段階は過ぎたと判断した。手を洗いながら、シンクの上の鏡で自分の姿をチェックする。蛍光灯の光はたしかに女の味方とは言えないが、それにしても二十四歳という年齢よりかなり老けて見えた。最近あまり眠れていないこともあって、げっそりやつれた顔になっている。

まあいい。ここへは別に恋人を探しに来ているわけではないのだから。恋の相手になりそうな女性が、都合よくわたしの部屋の外にいたとしても（縁石に座っている女性は、たしかにすごく魅力的だ。でも今のわたしが買える値段ではないだろう）。

よろめきながらバスルームから出て、窓が施錠されていることを確かめる。新しい友人は立ち去っていた。もしかしたら相手を見つけたのかもしれない。朝八時から金を払ってセックスをする人間がいるなんて信じがたいけれど。掛け布団をベッドから落とし（不快だから）、銃を枕の下に入れ（安全第一）、剝きだしになったシーツの上に横たわる。

エアコンは動いてはいるものの弱々しく、まだまだ悪臭が充満している部屋は息苦しい。南部で何年か過ごしたのなら暑さには慣れているだろうと思うかもしれないが、ラスベガスの猛烈な暑さはまるで灼熱地獄だ。これで四月だなんて信じられない。誰が好んでここに住むのだろう？

光をさえぎるために目の上に腕をのせ、逆流しそうになった胃液をのみ下す。できれば午後になる頃にはトイレから離れられるようになって、さっさと仕事をしたい。

そうしたらここから出ていける。

低く響くベースラインの音で目が覚めた。音は頭の上の壁が振動するくらい大きい。わたしは伸びをしてあくびをした。腕時計を見ると、午後六時だった。

「やっちゃった！」わたしは飛び起きた。ほぼ丸一日無駄にして得たものは、いまだに回復しない胃の不調と芳香剤の匂いから来る頭痛だけだ。

さらに皮肉なことに、それでも空腹を感じている。

足を引きずるようにしてバスルームへ行き、膀胱(ぼうこう)を空にした。〈メガラック〉から持ち帰ったバナナを見つめてしばらく迷ったが、これに大腸菌が付着している可能性は低いと判断してむさぼり食べる。それからもう一度軽くシャワーを浴びて、着替えながら仕事の作戦を練った。

パートナーなしでやる場合、できることは限られる。小道具を使った詐欺をしたくても手元には何もない。バード・ウィナーならいけるかもしれないけど、最初にいくらか費やしてカジノの偽チップを用意しなければならないし、そもそも偽チップを手に入れるのは簡単じゃない。売春婦のふりをして客から金を奪うのは危険が大きいし、不快でもある。たとえ今日会った全員に売春婦だと思われたとしても、坊主頭の女と寝ようなんて思う男とは関わりたくない。

だからシンプルに、今のわたしのみじめな状態を利用しよう。かわいそうな女の子を演じるのだ。

部屋を出て鍵をかけ、駐車場を横切った。太陽が沈みかけているのに、まだとんでもなく暑い。でもラスベガスが目覚めるのはこれからだ。この街は夜行性の獣のように、巣穴から優雅に姿を現わそうとしている。通りはきらびやかなストリップ地区を目指す車でいっぱいだ。歩道にも大勢の人がいるが、そこにいるのはわたしが考えていたような若い独身女性や、会議に向かうビジネスパーソンではない。ひび割れた歩道を行き来する人々のほとんどは老人や太った人、あるいは太った年寄りだ。酸素ボンベを引いていたり、歩行器を使っていたり、電動カートに乗っていたりする者までいる。楽しそうなおしゃべりは聞こえてこないし、誰も顔をあげて人と目を合わせようとしない。それはひどく気の滅入る光景で、わたしはもう一度念入りにシャワーを浴びたくなった。

携帯電話を出してマップを開くと、正式な〝ラスベガス・ストリップ〟（わたしでも聞き覚えのある名前のホテルがある地区）は一キロ半ほど先から始まるようだ。この暑さのなかで歩くことを思うとげんなりしたが、駐車料金を払う余裕はない。それに汗みずくでよれっとしていたほうが同情を引けるだろう。そこでわたしは、燦然(さんぜん)と輝きながらあたりを睥睨(へいげい)する巨大な塔に向かうゾンビの群れに加わった。
〈サハラ〉の前に着く頃にはへとへとで、わたしはベンチに座って額を手でぬぐいながら、なんとか元気を回復しようと努めた。今のわたしはぎりぎり人に見せられるくらいに化粧を施し（これでもう売春婦には見えないと思いたい）、サンドレスを着て坊主頭を隠すためにつばの大きいフロッピーハットをかぶっている。もう一度がん患者のふりをするつもりはなかった。そんなことを繰り返していたら、そうなる運命を引き寄せてしまうような気がするからだ。太陽が沈みはじめると気温が急激にさがり、セーターを持ってくればよかったと後悔した。

しばらくは静かに座ったまま、通り過ぎる人々を観察した。詐欺が成功するかどうかは、九割方、適切な標的を選べるかどうかにかかっている。そして誰もが食い物にされることを予想し警戒しているこういう街では、標的選びはいつにも増して難しい。

認めたくないけれど、その挑戦にわたしはわくわくしていた。

三十分ほどたっていい感じに冷えてきたとき、彼を見つけた。ポロシャツにチノパンという格好をした中年の〝ミスター・カントリークラブ〟。右の手首にゴルフ用の手袋でついたと思われる日焼けの線をつけ、ごつい金の腕時計とプラチナの太い結婚指輪をはめている彼は、わたしが見ている前で葉巻に火をつけて吸いはじめた。もう片方の手で携帯電話をチェックしながら、彼が近づいてくる。

一メートルほど手前まで来たのを確認して、わたしは携帯電話を耳に当て小さくすすり泣いた（いつでも泣けるのはわたしの特技だ）。ミスター・カントリークラブが携帯電話から目をあげて眉をひそめる。わたしは両腕で体を抱きながら前後に小さく揺れ、彼を見あげた。彼が足を止めないので声を大きくする。「全部盗られちゃって、食べるものも買えないのよ。免許証も鍵もないのに……警察は何もできないって！わたしが悪いと思ってるみたいな態度なの」

またひとしきりすすり泣くと、ミスター・カントリークラブが一メートルほど離れたところであからさまに聞き耳を立てているのがわかった。彼の注意を完全に引けたことが確認できたので、声のトーンを落とす。「うん、わかった。でも今夜はどうすればいいの？　まさか野宿とか？」

男の腕時計はピアジェで、やっぱり格好のカモだと内心ガッツポーズをしながら、手の甲で涙をぬぐう。「うん、ママ。わたしも愛してる。本当にごめんなさい。そんな余裕はないってわかってるのに」

わたしは電話を切って足元に視線を落とし、小さくしゃくりあげながら息を吐いた。

「大丈夫かい、お嬢さん？」顔をあげ、目の前に男が立っているのを見て驚いたふりをする。わたしがびくりとしたのを見て、彼は後ずさって両手をあげた。「すまない、きみが電話で話しているのを聞いてしまってね。何か困っているのかな？」

ミスター・カントリークラブにはかすかに中西部の訛りがあった。わたしが間違っていなければ、オハイオだ。母さんが聞いたら喜んだだろう。わたしはすぐに訛りを合わせた。「ありがとう。でも大丈夫です。ただ……」鼻をすすって顔の涙をぬぐう。「荷物を盗まれちゃって。トイレの個室でバッグを床に置いたら、隣の個室から手が伸びてきて盗られたんです。急いで出たけど、もうどこにもいなくて。それなのに警備員や警察は、わたしが悪いみたいな態度なんです！」ふたたび小さくしゃくりあげる。「そのバッグに全部入っていたのに。免許証もクレジットカードもお金も……」

「携帯はバッグに入れていなかったようだね」男が携帯電話に目を向ける。

わたしはうなずいた。予想どおりの反応だ。「手に持って見ていたので」

「ここにはひとりで？」

「違います。いいえ、今はそうなんですけど」震える息を大きく吸う。「最初はボーイフレンドと一緒でした。でもけんかになって彼がいなくなってしまったので、家に帰ろうと思っていたら……」

「そうか、なるほど」男が体を揺する。「どこから来たんだい？」

「オハイオです」

「たしかにオハイオの訛りがあるようだ」彼はうれしそうににっこりした。「わたしもクリーブランドで育ったんだよ」

「本当ですか？　わたしはシンシナティです」明るい声を出す。

「いいところだ」

わたしが葉巻の煙にむせたかのように小さく咳きこんでみせると、彼がそれに気づいて腕を伸ばし、葉巻を遠ざけた。「ごめんね。悪い習慣だがやめられないんだ。妻が怒るものだから、こうして外で吸っているんだよ」

「大丈夫です」しゃがれた声で返す。「ええと、とにかくそれで母が送金してくれることになったんですけど、届くのは明日になるかもって。でもバスのチケット代に足りるかどうか……母はあんまり余裕がないので」

ミスター・カントリークラブは心を決めかねている様子で、葉巻の先が少しずつ灰になっていく。ここが我慢のしどころだった。無理に押してはならない。自分でその結論にいたったと思わせなくてはいけないのだ。あとは彼の妻が様子を見に来ないことを祈るしかない。わたしは小さな子どもみたいに、両足の踵をベンチにぶつけた。

ここまでするのはやりすぎかもしれなかったが、望んでいた効果は得られた。彼が表情をやわらげて財布を取りだし、札を二枚抜いて差しだす。「ほら。これを使いなさい」

わたしは遠慮するように手を振った。「えっ、とてもありがたいですけど、いただくわけには——」

「どうか受け取ってほしい。今晩はカジノでいい思いをしたんだよ。部屋代がただになるくらいに。〈デザート・パインズ〉で法外な料金を取られなかったら、この旅行で儲かっているところさ」

わたしは下唇を噛んで、ためらっているふりをした。「本当に——いいんですか？」

「いいんだよ。わたしにはきみと同じくらいの歳の娘がいる。娘が同じようなことになったら、誰かに手を差しのべてほしいからね」

「いいお父さんなんですね」大きく息を吸って、差しだされた金を受け取る。「娘さんがうらやましい。住所を教えていただければ、あとでお返ししますから——」

ミスター・カントリークラブはわたしが言い終える前に首を横に振った。「気にしなくていい。きみは無事に家へ帰り着くことだけを考えなさい」

わたしは跳ねるように立ちあがった。「本当にありがとうございます！　バスの時刻表を調べに行かないと。今晩出発する便があるかもしれませんから！」

彼に小さく手を振って、スキップするように道を駆けていく。そして一ブロックほど進んだところですばやく建物のなかに入り、収穫をチェックした。真新しい百ドル札が二枚。「うわあ、信じられない。わたしってば、やるわね」思わず声が出る。

ゆっくりと手を叩く音に、わたしはすばやく金をブラジャーの内側に押しこんで振り返った。

モーテルにいたエイミー・ワインハウス似の女がすぐそばに立っていた。体に張りつくヒョウ柄プリントのドレスに着替えて十八センチのハイヒールを履き、淡いピンクに塗った唇の端にたばこをぶらさげている。

「何よ」

「嘘じゃなかったみたいね」彼女はにやにやしながら近づいてくると、わたしの横の壁にもたれた。

「嘘って？」

「たしかに売春婦じゃなかった。詐欺師だったのね」彼女が大きく吸ったあと差しだしたたばこを、わたしは断わった。

「もう引退したわ」

「引退したようには見えなかったけど」彼女がにやりとする。

「あたしもあの男に目をつけてたの。先に取られちゃって残念だったわ」

「時間を無駄にするだけだったわよ。奥さんと来てるって言ってたから」

「そんなやつばっかり」彼女が鼻を鳴らす。

わたしは彼女の向こうに目を走らせた。仕事をしたあとその付近に長くとどまるのは賢明ではない。「もう行かなくちゃ」

「そうね」彼女は道にたばこを放った。「〈サハラ〉ではひとりも引っかけられなかったの。これから〈ヒルトン〉に行くけど、一緒に来る？」わたしがためらっているのを見て、つけ加える。「カモがたんまりいるわよ。今週は建設業界の大きな会議があるから。脳みそより金をたくさん持ってる男がいくらでもいて、しかも奥さんは連れていない」

二百ドルでもなかなかの実入りだが、新しいＩＤを作るためにはもっと多くの金が必要だ。それにＩＤの入手先についても、モーテルでできたこの相棒はいい情報を持っているかもしれない。わたしは心を決めて彼女の横に並んだ。「名前はなんていうの？」

「マーセラ。あんたは?」モーテルで母さんのどの偽名を使ったか思い出そうとして、しばらく考える。「マリアン」

彼女が片眉をあげた。「ないわね」

「どういう意味よ、〝ないわね〟って」

「あんたの名前じゃないってこと。まあいいけど」

足を速めたマーセラを、一瞬躊躇(ちゅうちょ)したが追いかけた。「あなたの言うとおりよ」

「関係ないわ」

「わかってる。ただ……今はちゃんとした名前が決まってなくて」

「わかったって」マーセラが笑った。「マリアンって名前の子は何人か知ってるけど、あんたは絶対にそうじゃないんだよね」

「でしょうね。バズフィードの診断クイズでも〝マリアン〟じゃなくて〝ジンジャー〟って出るし」そう言って、目をしばたたいてみせる。

マーセラは考えこむようにわたしを見つめた。「へえ。あたしは〝先生〟よ」

(マリアン、ジンジャー、先生とも一九六〇年代のアメリカのコメディドラマ『ギリガン君SOS』『もうれつギリガン君』に出てくるキャラクター)

「そうなんだ」歩調を合わせるのは簡単なことではなかった。彼女は転べば足首を折ってしまいそうなピンヒールで、すいすい歩いていく。わたしは軽い口調で質問した。「どこに行けばもっといい名前が手に入るか、知らない？」

マーセラがちらりと視線を向ける。ヒールを履いているのでかなり上から見おろされているが、そうでなければ背は数センチしか変わらないはずだ。「あたしは知らないよ。でもたぶんドットなら知ってる」

「ドットって誰？」

「あんたが泊まってる〈ゲッタウェイ〉の女主人」マーセラが口紅を出して塗りはじめる。

フロントにいた女を思い浮かべて、わたしは眉根を寄せた。「赤毛の？」

「そう。ドットはラスベガスの影の女王みたいなもんだから、何か必要なら頼めば手に入れてくれるかも。ただし、彼女に気に入られればの話よ」

「そうなんだ。ありがとう」カーラーをつけた女と〝影の女王〟のイメージがなかなか重ならなかったが、マーセラが嘘をつく理由はない。わたしは剝きだしの腕をこすった。このままでは凍えてしまうから、土産物店でスウェットシャツでも買うべきかもしれない。それに大きめのサイズを選べば年齢より下に見せられる。マーセラはわたしよりずっと露出している部分が多いのに平気そうだ。「寒くないの？」

「慣れるものよ。ひとつアドバイスしてあげる。ドットは〈ゲッタウェイ〉で仕事をする人間とは取引しないの。だから、あそこの近くでは仕事しないほうがいいよ」

「どっちにしても、わたしのカモはああいうモーテルには泊まってないと思う」

「まあ、そうね。あたしの客にとっては悪い場所じゃないけど」マーセラは笑った。

「じゃあ、あなたは客をどこに連れていってるの？」

「通り沿いを少し行ったところにある〈バギー・スーツ〉ってとこ」わたしの反応を見て、彼女が眉をあげる。「知ってるの？」

「ううん。車で前を通っただけ」ためらったあと、つけ加える。「最初はあそこに泊まろうと思ったの」

「うわっ、やめときな。あそこはケチなの。きれいなシーツに替えてもらうのに金を取るんだから」マーセラが鼻の頭にしわを寄せる。

「それなら〈ゲッタウェイ〉にしておいてよかった」この先もっといい宿に替えようと思っていることは、言わないでおいた。今夜の首尾から考えると、一週間で二、三千ドルは稼げるだろう。そうしたらここを出ていく。

「ドットならきっと、〈ゲッタウェイ〉があんたを選んだんだって言うだろうね」マーセラがにやりとする。

「ドットはニューエイジ系なの？」

「ううん、もっと古いやつ。運命とか宿命を信じてる」

「本当に？」

「本当よ」マーセラが首をかしげる。「ばかばかしいって思う？」

ワイパーの下に挟まれていた広告のポストカードを思い出して、わたしは肩をすくめた。「ときどきね」

「あたしは信じる派。ねえ、あんたの星座は？」

「牡羊座（おひつじ）」

「へえ。火のエレメントだね」マーセラが訳知り顔でうなずく。

個人的には占星術は両親と同じくらい信用できないと思っているけれど、マーセラとのおしゃべりは楽しかった。はっきり言って、彼女はわたしの気を引こうとしているんじゃないだろうか。「いつ頃からこの街にいるの？」

「いやになるくらい前から」

「ふうん。どこから来たの？」

「どこってこともないな。あちこち移動してたから」

「わたしもそう」

「へえ、ほんと?」彼女がにやりとする。「じゃあ教えてよ、マリアン。あのいまいましい島からどうやって脱出したの?」

「そんなの簡単。ボートを直したの」

彼女が笑う。〈ヒルトン〉が見えてきた。ヤシの木に縁取られた湾曲した侵入路がアールデコ様式の張り出し屋根付きの玄関(ポルティコ)へとつながっている。「あたしはバーに行くから」マーセラが入口を指さす。「防犯カメラには注意したほうがいいよ。ここの客をカモにしてるところを見つかったら、優しくしてはもらえないから」

彼女が指したところを見ると、アルコーブのなかにひっそりとカメラが設置されていた。「わかった。ありがとう」

マーセラが笑って投げキスをする。「じゃあまた、モーテルでね」

「ココナツドリンクを用意しておくわ、先生」

ふたたび笑って玄関に向かうマーセラを見送りながら、わたしは久しぶりに胸がふわふわと浮き立つのを感じていた。

「ああもう、なんでこのタイミングなの?」

翌朝、ドアを叩く音で目が覚めた。あせって起きあがり、心臓が激しく打っているのを感じながら枕の下の銃を手で探る。音はいったんやんだあとまた始まったので、震える声で怒鳴った。「あっち行って！」

「ごめんなさいね。でも十時半だから、もう一日分払うかチェックアウトするかしてほしいの」

　肩から力が抜けた。モーテルの受付兼ラスベガスの女王、ドットだった。銃を枕の下に戻して箪笥の前へ行き、念のため引き出しの下にテープで留めておいた現金をはずす。昨日の夜はあれからさらに三人を詐欺にかけたが、最初の獲物のときほど稼げなかった。それでも合計四百ドルというひと晩にしては悪くない金額になり、まだまだ腕は鈍っていないことが判明した。最後の獲物など、ドライブインでウエイトレスをしながら苦労して育ててくれた母の話と、わたしを気まぐれに置き去りにした仕切りたがり屋（コントロール・フリーク）のボーイフレンドの話を聞いて、泣きだしてしまったほどだ。それでたしかに彼はちょっと酔っていたし、わたしは少しばかり話を盛りすぎた。それでもなかなかの腕前だと言っていいだろう。

　しわになった二十ドル札を二枚抜いて、残りを引き出しの裏に戻す。それからドアまで行って少しだけ開け、金を差しだしてしゃがれ声で謝った。「これを。ごめんなさい」

今日のドットは、裾にフリルがついた白黒の水玉模様のドレスでめかしこんでいた。アイラインでくっきり縁取った目にキャッツアイフレームの眼鏡をかけ、赤い髪はきつくまとめている。ジェーン・マンスフィールド（ブロードウェイやハリウッドで活躍した女優。一九五〇年代を代表するセックスシンボルのひとり）をさらにグラマーにしたようなゴージャスな彼女は、両手を腰に当てて確認した。「じゃあ、今晩も泊まるのね？」

わたしはため息をついた。その予定ではなかったものの、宿を替わるのはひどく面倒に思えたし、〈ゲッタウェイ〉には防犯カメラがないという利点がある。芳香剤の匂いが消えたのか鼻がばかになったのかわからないが、もう匂いはしないし、マーセラが言ったことが正しければドットがＩＤ問題に手を貸してくれるだろう。「ええ、もうひと晩」

「いいわ。それならおつりを取ってくる」

「急がなくても大丈夫ですから」ドットの背中に向かって言い、ドアを閉める。そこにもたれながら、わたしは目をこすった。驚くほどぐっすり眠ったのに、まだぼうっとしている。

ぐっすり眠れたのはここのベッドの寝心地がよかったからというより、仕事がうまくいったおかげだろう。これまでも仕事が成功するといつもぐっすり眠れた。カリフォルニア行きの旅費を稼ぐまでよ。わたしは自分にそう言い聞かせた。ありきたりだけど、子どもの頃からカリフォルニアで暮らすことを夢見ていた。ビーチを見おろす崖の上に立つ、寝室がふたつにバスルームが三つのオープンフロアのコンドミニアムを、あれこれ細かいところまで想像するのが好きだった。ヤシの木が何本か生え、できればプールもあるコンドミニアムを。だから、大学を卒業したら車で西へ向かい、理想としてはカリフォルニア大学の大学院で人生の新たなステージへと乗りだす計画だった。

その計画はとりあえず保留にしなければならないが、ジョンソンシティでのごたごたと完全に縁を切れたら、法を順守する一般市民に戻れる。

わたしはシャワーを浴びて着替えると、朝食をとりに向かった。マーセラが言ったとおり、〈ガーデンコート〉のビュッフェは〈メガラック〉よりはるかによかった。そして歯を失っていないことから生活レベルが高いとわかる客たちが大勢いたが、やはりエビを食べるのはやめておいた。

わたしは食事をしながら携帯電話でメールをチェックした。ジョーニーからの怒りのメール（予想どおり）には〝どこにいるのか〟とか〝戻ってくるのか〟と、質問が連ねてある。つまり彼女は、今後もわたしが家賃を半分負担する気があるのかどうかききたいのだ。そんな気はないので、彼女のメールを消去する。卒論の担当教官からは、予定していたミーティングに現われなかったことへの懸念を伝えるメールが届いていた。

これについては、忸怩たる思いを抱かずにはいられなかった。わたしはその教官が好きだった。これまで惜しみなく力になってくれたし、大学院への進学のために完璧な推薦状を書くと約束してくれていた。でも、もう推薦状をもらうことはない。ため息をついてそのメールも削除しながら、やるせない思いに駆られる。あとほんの二カ月で初めての本物の卒業証書を手にするはずだった。三年間懸命に努力して、夢のコンドミニアム（あるいはそれに近いもの）に手が届きそうなところまで来ていた。それなのにわたしは人をペテンにかける生活に逆戻りしているうえ、何もかも最初からやり直さなくてはならない。だったら卒業証書を偽造すればいいと思うかもしれないし、たしかにそれは可能だけれど、わたしはそういうものに頼らない道を歩もうとしているのだ。

その瞬間、ステラの姿が頭に浮かんだ。まわりに血が広がっていくなかで手を伸ばし、繰り返しわたしの名前を呼んでいる。彼女はとても怯えていた……。

わたしはその記憶を全力で頭から追いだした。自分自身に誓ったとおり、これからはまっとうにやっていく。ここでのことは、ちょっとしたしゃっくりみたいなものだ。

思い出したくないことから気持ちをそらすため、受信ボックスに注意を戻した。迷惑メールをのぞけば残りは一通。キャボット捜査官からで、約束した日時に現われなかったことをやんわりととがめ、至急次の日時を設定するよう求めていた。

これも削除する。

デンバーオムレツ（ふたつ目）を食べながら、昨日の夜の出来事を思い返した。人を思いどおりに動かすことで支配欲が満足するから詐欺はいい気分になれるのだと、心理学を勉強していなくてもわかる。まっとうに暮らしているときとはまったく違う環境に身を置き、人を思いどおりに操る。そうしていると、殺人鬼になすすべもなく拉致されたという事実を、少なくとも一時的に頭の隅へ押しやることができた（ヴァンやテーブルやエプロンといった映像が次々に浮かんでは体が震え、あわててそれらも頭の隅に追いやった）。

心のなかで、スキーマスクにふたたび感謝を捧（ささ）げた。彼女はわたしの命を救ってくれた。それが彼女の一番の目的ではなかったにせよ、わたしはこれほどのことを他人のためにしたことはない。長い道のりを車で走るうちに、彼女も同じような目に遭って生きのびたのかもしれないという考えが頭に浮かんだ。そしてボー・リー・ジェソップのような殺人鬼を捕らえることで、自分は無力だと感じずにすんでいるのだろうか。対処の方法としては危険だが、彼女には有効なのかもしれない。

〝そしてあなたの対処の方法は、人を詐欺にかけることなのね〟

「もう、黙って！」余計なことばかり言う心の声に怒りをぶつけると、わたしはオレンジジュースを飲み干し、充分なチップを置いて席を立った。モーテルに戻りながら、ドットにどうやって切りだせばいいか考えをめぐらせる。最近まで使っていたIDは手に入れるのに五百ドルかかったが、何年も前のことだし田舎での価格だ。今回はおそらく、あれの倍はかかるだろう。

マーセラは〝彼女に気に入られればの話よ〟と言っていた。〈ゲッタウェイ〉に滞在すれば、気に入られやすいはずだ。客としてきちんと振る舞えば、なおいいだろう。あと二、三日なら、〈ゲッタウェイ〉でも耐えられる。そうすればカリフォルニアで新たに出発するための資金も増やせるし、フィルム・ノワールのモチーフにもなじんできていた。むしろ、あれこそラスベガスという感じがする。

駐車場に入ると、フロントがあるオフィスの前の中庭にドットが座っているのが見えた。なんとパラソルを差していて、小さく会釈すると声が返ってきた。「おかえりなさい！」

「ただいま」

「ちょっと休んでいかない？」彼女が隣を示す。

機嫌を取るまたとないチャンスだと気づいて、わたしはうれしそうな声を作った。

「わあ、うれしいです！」

白いプラスチックの椅子に座り、顔を上に向けて太陽の光を楽しむ。「日焼け止めはちゃんと塗ってる？　あなたみたいに白い肌の子は一瞬で焼けちゃうから」

ドットはつややかでなまめかしい最高の声をしているが、あまり聞いたことのないアクセントはどこのものだかわからなかった。「ええ、本当にそうなんです」

「今のうちから気をつけたほうがいいわよ。そうすればだいぶ違うから」

うなずいて、こみあげてきたげっぷを抑える。「ところで、あの――」

「あら、いけない、忘れるところだった。あなたに渡すものがあるの」ドットがパラソルをたたんで立ちあがった。

「渡すもの？」

ドットはすでに薄暗いオフィスのなかに消えていたが、すぐに分厚いマニラ封筒で顔をあおぎながら戻ってきた。「昨日の夜、ドアの下にこれが差しこまれていたのよ」

わたしはその封筒に警戒の目を向けた。ここで宿泊簿に記入した偽名からわたしをたどれる人間がいるはずがない。スキーマスクでさえ無理だろう。「どうしてわたし宛てだってわかったんですか？」

「自分の目で確かめなさい」ドットが封筒をワイヤーテーブルの上に放った。

それこそ爆発物でも入っているかもしれないので、慎重にそれを取ってひっくり返す。するとブロック体で〝九号室のアンバー・ジャミソン宛て〟と書かれていた。しかもその下には、〝（坊主頭）〟と小さな字で注意書きまでついている。

うわっ、信じられない。こんなふうにスキーマスクがわたしの居場所を突き止めるやり方は神業としか思えない。きっと電話でたどっているのだろう。テネシーでプリペイド携帯に替えておくべきだったが、彼女から来るメッセージに脅威を感じなかったのだ。まるで駆け出しの甘ちゃんね。今のわたしは明らかに現役時代の鋭さを失っている。

「待っていたものではないの？」ドットがきいた。

「違います」そう返しながらも、目まぐるしくいろいろな考えが浮かぶ。どうしてわたしのあとをたどっているのかしら？　テネシーではさっさと離れたがったくせに。

いったい何を求めているの？

ドットはふたたび中庭の椅子に座ると、指先でテーブルの上を叩きはじめた。「それ、開けないの？」

わたしは赤面し、封筒を守るように手を置いた。「あとで開けます」

彼女がわたしを見る。「おかしいわね、たしか宿泊簿にはマリアン・マッシーって書いていなかったかしら」

「そうですね。ええと……アンバーはミドルネームなんです」

「だめじゃない。詐欺師ならもっとうまく嘘をつかなくちゃ」ドットが噴きだす。

詐欺師ですって？　今、彼女はそう言った？　「マーセラと話したんですね」いらだちを抑えながら断定した。

「うちに泊まる客のことは全部知っておきたいの」ドットがにやりとする。「ひと晩ふた晩泊まるだけの客でもね。それに、新しいＩＤを手に入れたがってるって、マーセラが言ってたし。もしかしてそれがそのＩＤなのかしら？」

わたしは椅子の上で身を縮めた。マーセラは聞いたことを何もかも〈ゲッタウェイ〉でしゃべったのだ。そういう人間だってことを、いろいろ打ち明ける前に知っておきたかった。「このなかにそういうものが入っているとは思えませんけど」ぼそぼそと言う。

ドットは大げさにため息をついた。「つまりわたしの現金払いのお客さんは、坊主頭の詐欺師で、謎めいた封筒を受け取り、新しい名前を必要としているってわけね」

「まあ、だいたいそんなところです」失敗した。もし彼女が警察に連絡したら――。するとわたしの頭のなかを読んだかのように、ドットが言った。「心配しなくていいわよ。あなたの面倒ごとはあなたのもの。客を売るような真似はしないから」

「ありがとうございます。ほっとしました」それでも動悸は収まらなかった。早くここを出て、新しい携帯電話を手に入れないと。態勢を立て直す必要がある。とはいえ新しいＩＤは絶対に必要で、それにはドットに頼るのが一番確実だった。そのためにはリスクを取らなければならない。わたしは慎重に口を開いた。「じゃあ、マーセラが言っていたとおりなんですか？」

「新しいＩＤのこと？」

「そうです」

ドットが控えめに首をかしげる。「そういうのができる知りあいなら、いるかもしれない」

肩から少し力が抜ける。彼女がわたしを嵌めようとしている気配はない。それに、こういうやり取りなら得意だった。何しろ子どもの頃から数えきれないほどしてきたのだから。ビジネスモードに切り替えて、交渉に入る。「ＩＤを全部そろえてもらうのに千ドルくらいかかるかなと思っているんですけど、どうでしょう？」

「まあ、そのくらいね」

「よかった。ではあなたへの手数料として、十パーセント上乗せします」

「十五パーセント」ドットが抜け目なく言う。

「十二パーセント」

ドットが首をかしげた。「その封筒の中身をちらっと見せてくれたら、十一パーセントでいいわ」

ふたりでテーブルの上の封筒を見つめた。ドットはどうしてそんなに中身が見たいのだろう？　いったい何が入っているの？　もしかしたら、ＦＢＩが作ったわたしのファイルをスキーマスクが送ってくれたのかもしれない。それなら他人に見られるわけにはいかない。わたしは首を横に振った。「それはできません」

ドットが眉を跳ねあげる。「あらまあ、よっぽど特別なものなのね」

「何が入っているのかはわからないけど、個人情報に関わるものかもしれないので」

「そう。残念だわ。謎を謎のまま残しておくのが大嫌いなの」ドットはにっこりした。

「でも、あなたのことは気に入ったから十一パーセントで手を打ちましょう。アンバーって呼んでほしい？　それともマリアン？」

「アンバーで」ため息をついて、名前にこだわるのをあきらめた。わざわざややこしくする必要はない。

「じゃあ、これからよろしくね、アンバー。クリーンなIDを用意するのに一週間ほどかかるわ。あと名前は選べないけど、それでいいかしら?」

一週間なんて永遠にも思えるが、しかたがない。「ええ」

年寄りのふたり連れがのろのろした足取りでモーテルのオフィスに近づいてくる。それを見て、ドットは指を立てた。「すぐに戻ってくるから」

ドットが受付をするために建物のなかへ入ってしまったあとも、わたしはしばらくためらっていたけれど、結局好奇心に負けて爪で封を開けた。

のぞいてみると、ファイルフォルダーがふたつ入っていた。上のものを出して開いてみるとどうやら警察のファイルらしく、わたしは眉をひそめた。

ぱらぱらめくってみたが、出てくる名前はどれも見覚えがない。しかも警察といってもラスベガス警察で、わたしも両親も過去にこの街に来たことはなかった。

いったいどういうことなのだろう。

めくっている途中で目に入った写真に、思わず息をのんだ。全裸の女がバスタブで泥水のような色の水に浸かっている。首がありえない角度に折れ曲がって、目は開いていた。首にはコードが巻きつき、磁器製のバスタブの側面には赤い筋が何本も見える。

どう見ても彼女は死んでいた。

なんなの、これ？　スキーマスクはなぜこんなものを送りつけてきたのだろう？

わたしのトラウマを刺激しようとしているとか？

気温は高いのに、体が冷たくなった。動悸が激しくなり、胸が大きく上下して息が吸えない。走って逃げたいのに、立ちあがるだけで気絶しそうだ。

「どうしたの？　大丈夫？」ドットの声が遠くに聞こえた。ぶるぶる震える手で、あわてて写真をフォルダーに戻そうとする。

でもすでに遅く、ドットに見られてしまった。ドットが写真を手で押さえて、詰問する。「どうしてあなたがローリーの写真を持ってるの？」

7 犯罪都市 THE LAS VEGAS STORY（一九五二）

返事をしたくても、できる状態ではなかった。望遠鏡を反対からのぞいているように、視界が端から暗くなっていく。口を開け閉めしても空気が足りず、駐車場から暗い場所に引きこまれていくように感じてしまう。頭に手術台とエプロンの映像が浮かび、血の匂いが鼻をついた……。

「ちょっと、どうしちゃったの？　クスリでもやってるの？」

わたしは首を横に振って、声を絞りだした。「ただの……パニック発作です」テーブルの端につかまって目をつぶり、呼吸に集中する。

「パニック発作ですって？」

井戸の底から響いているように聞こえるドットの声に、なんとかうなずく。もう何年も発作は起きていなかったのに、始まるとすぐにその感覚を思い出した。心臓が胸を突き破りそうな勢いで打っている。朝食が喉までこみあげ、よろめきながらあわてて立ちあがって、テーブルの前の駐車スペースに胃のなかのものをぶちまけた。

「まあ大変。清掃料金を払ってもらわなくちゃ」ドットが言っている。

膝に両手をついて必死に息を吸おうとしていると、背中にそっと手が置かれるのを感じた。「わたしの言うことを聞いて。目をつぶって、五秒息を吸うの。いい？　わたしが数えるから」

とうていそんなことができるとは思えなかった。必死に息を吸っても二秒間しか続かない。

「いいわ。じゃあ、次は三秒吐いて」

今度はなんとか言われたとおりにできた。わたしが五秒吸って二秒息を止め、五秒吐けるようになるまで、ドットは指示を続けた。わたしは少しずつ落ち着きを取り戻した。そしてそれと反比例するように、今起こったことへの恐怖がふくれあがっていく。

ドットが優しく背中を叩いた。「もう大丈夫ね。さあ、座って」

わたしは体を起こした。やっちゃった。ドットとは手早く事務的に話すだけのつもりだったのに、予想外の展開になってしまった。「ありがとうございました。じゃあ、わたしはこれで――」

「座ってって言ったのよ、お嬢さん」ドットからは有無を言わせない圧力を感じるし、拒否したら警察に通報されるかもしれない。わたしはため息をついて椅子に座ると、口のなかのいやな味を忘れようとした。

ドットがオフィスのドアの横にある自動販売機まで行って、コードを打ちこむ。出てきたコーラを渡してくれたので、わたしはありがたく受け取ってすぐに何口か飲み、手の甲で口をぬぐった。

ドットも座り、顔を寄せて眼鏡の縁越しに鋭い視線を向ける。「もう一度きくわ。言っておくけど、嘘が通用すると思わないでね。嘘で成り立っているようなこの街で生きているわたしには、すぐにわかるんだから」そう言って人差し指の先をフォルダーに突きつける。「これは誰が、なぜ送ってきたの?」

「正直言って、わたしにもわからないんです。少なくとも理由は」

「だめ、もう一度」ドットが言う。「写真の子はローリー・リフルっていうんだけど、三カ月前に殺されるまでここの七号室に住んでいたの」

わたしはまた気を失いそうになった。「ここで殺されたんですか?」

ドットが首を横に振る。「あなたにも言ったように、わたしはここで商売することを許していないし、泊まっている子たちはそれをわかってる。ローリーは通りの先にある宿を仕事で使っていて、そこで発見されたの」

「待ってください。それって〈バギー・スーツ〉ですか？」

「ええ、そう」

わたしの頭がふたたびぐるぐるまわりだす。偶然が重なりすぎている気がしてならなかった。州境をふたつもまたいだ場所で車に留めつけられていたポストカードに書かれたモーテルで、女性が殺された？　効果がないとは言わないけれど、あのモーテルが広告に大きな予算を割いているとは思えない。「じゃあ、犯人は捕まっていないんですね？」

ドットが鼻を鳴らして、腕組みをした。「警察は本気で捕まえようともしていないわ。ということは、あなたは警官じゃないのね」

「わたしが警官？　ありえません」わたしは噴きだしそうになった。あまりにもばかげている。

「でも、そこにあるのは警察のファイルでしょう？」ドットが指摘する。「わたしにだって手に入れられないわ。どうしてあなたがそんなものを持ってるの？」

「話すと長くなるんですけど……」恐怖が怒りに変わった。スキーマスクはいったいどういうつもりだろう？　このファイルは彼女が今追っている殺人鬼のものなの？

そいつを見つけるのを、わたしに手伝ってほしいと思ってるの？

そもそも、車にポストカードを置いていったのは彼女なのかもしれない。だとしたら、スキーマスクは大きな思い違いをしている。わたしはとりあえず作った現金を持って、今すぐにでもロサンゼルスへ逃げたいと思っているのだ。あっちに行けば、いいIDだって手に入れられるだろう。

でもそれは、また一から始めるということだ。そしてロサンゼルスのモーテルは一泊三十ドルで部屋を貸したりしない。わたしは時間を稼ぐためにコーラを飲んだ。どっちの道を選んでもリスクはある。

ドットはわたしが口を開くのをまだ期待して待っていた。「ねえ、それで？」もう、どうにでもなれだ。売春婦に部屋を貸し、偽造IDを斡旋（あっせん）しているモーテルの女主人が、わたしを警察に売るとは考えにくい。それにドットは、ローリーとかいう女性に個人的な関心を持っているようだ。わたしはため息をついた。「先週、男に拉致されたんです」

ドットが目を見開く。「それ、ほんとの話？」

「ええ。最近ニュースになってた連続殺人鬼です。ボー・リー・ジェソップっていうんですけど」

ドットが鋭く息を吸って、さらに目を見開く。わたしは先を続けた。「ジェソップは当局が発表したように心臓発作を起こして死んだんじゃありません。わたしが捕まっているところにある女性が現われて、殺したんです。まあ、もともとは殺すつもりはなくて、牛追い棒の出力制御に失敗しちゃっただけらしいんですけど」するすると言葉が出てくる。自分の身に起きたことをようやく人に話せるのがうれしかった。黙っていなければならないことが心の負担になっていたのだと、今になって悟る。「とにかく彼女に助けられて自由になったのはいいんですけど、なんていうか……それまでの生活を続けられなくなっちゃって。新しいＩＤが必要なのはそれが理由です」

ドットがいぶかしげな表情を浮かべる。「どうしてそれまでの生活を続けられなくなったの？」

「ええと、警察とはちょっと問題のある関係っていうか。問題といっても、暴力的なことじゃありませんよ」彼女の顔を見て、あわててつけ加える。「つまり……詐欺関係です」

「なるほどね」ドットが目をすっと細める。「いいわ。じゃあ今度は、そのファイルについて説明してもらいましょうか」

「まったく見当もつきません。わたしを助けてくれた女性はコンピューターがすごく得意なんだと言っていました。別れたあとも、どうやったのかわたしを見つけだして、メッセージで助けを申しでてくれたくらいです。でもこのファイルは、どうして送られてきたのかさっぱりわからなくて」指先でフォルダーを叩く。

ドットはわたしが正直に話しているかどうか推し量るように、じっと見つめている。ばかげた作り話に聞こえることは、自分でもわかっていた。こんな話、わたしだって信じない。けれどしばらくすると、ドットが眼鏡を頭の上に押しあげて立ちあがり、頭を傾けてオフィスを示した。「そう、じゃあ一緒に来て」

従わないという選択肢が与えられていないのは明らかだった。写真を見ないようにしてファイルを封筒に入れ、立ちあがる。オフィスに入ると、冷たい空気に包まれた。最初に着いたときは疲労困憊でなかの様子を見る余裕がなかったので、ドットがフロントデスクの向こう側へまわるあいだに室内を見まわす。まず、天井からつられているマクラメ編みのカバーに入ったシダの鉢が目についた。奥にはさまざまなパンフレットが置かれた棚があり、壁にはわたしの部屋にもあるようなフィルム・ノワールの大きなポスターが何枚も飾られている。壁に設置されたテレビで流れているのは古い映画で、古い車が音もなく崖から落ち、海に沈んでいく場面だった。それを見て、今のわたしの人生を表わしているようだと思ってしまう。

「こっちよ」ドットがさらに奥へと続くドアを開け、手を振っている。わたしは一瞬ためらったものの、彼女に従ってそこに入った。

奥のオフィスは居心地のいい空間だった。隅に開いたノートパソコンが置かれた小さな机があり、まわりの壁はやはりフィルム・ノワールのポスターと、〝魔性の女〟として名高い女優たちの写真で埋め尽くされている。

そのなかで、ドアのある壁だけが異質だった。大きなコルクボードに留めつけられたいくつもの新聞の切り抜きが、エアコンの風にはためいている。うわあ、ドットったらずいぶんいかれたボードを持っているのね。これを見れば、彼女の精神状態がわかるってもんだわ。

ドットは机の端に腰をのせ、芝居がかった仕草で壁を示した。「サンディ・ガントが最初の犠牲者で、ローリーより一カ月くらい前に〈サテライト〉で殺されたの。悪い客に当たっちゃったんだと思っていたけど——」ドットの顔が暗くなる。彼女は憂いを払うように首を振って先を続けた。「とにかく、今のところ犠牲者はわかっている限りでは三人。そこでわたしたちは——」

「〝わたしたち〟?」

「わたしは市民探偵グループの一員なの」ドットが得意そうに言う。「ゴールデン・ステート・キラー——黄金州の殺人鬼の逮捕を助けた女の子みたいなものと言えばわかるかしら?」

「ああ、なるほど」彼女が何を言っているのかさっぱりわからない。

「名前もあって、〈フェイタル・ファムズ〉と名乗っているわ。要するにファムファタール、魔性の女たちってこと。みんな、フィルム・ノワールが好きだから。全員が女ってわけでもないんだけどね。それがだんだん問題になってきていて、名前を変えたがってるメンバーも——」

「どうしてこんなものを見せるんですか?」わたしはまた気が遠くなりかけているのを感じて、ドットの言葉をさえぎった。〝バスタブで死亡している地元の売春婦を発見〟〝砂漠で行方不明になった少女を捜索〟〝場末の宿で頭部のない遺体が見つかる〟目の高さにあるいくつもの見出しが先を争うように飛びこんでくる。

「あなたの持っているファイルが、わたしたちにはどうしても必要だからよ」ドットが封筒を指さす。

わたしは眉をひそめた。「必要って、何にですか?」

「もちろん犯人を見つけるためよ」ドットが意気込んで言った。

最近は、素人が連続殺人鬼を追うのがひそかにブームなの？　「警察がいるじゃないですか」

「警察？」ドットが鼻で笑う。「警察は売春婦のことなんかどうでもいいと思っているわ」

「それで……この人たちも〈バギー・スーツ〉で殺されたんですか？」

「いいえ。街の反対側よ。でも同じ月だし、バスタブで殺害されたこと、殺害にロープが使われたことも一致してる。それなのに警察は関連を認めようとしないのよ。訴えてはみたわ。でも、ただの偶然だって言われて」

ドットは相当な数の犯罪ドキュメンタリーのポッドキャストを聴いているような話しぶりだ。それに何か個人的な関わりがありそうだ。「ひどい話ですね」

「まあ、驚きはしないけど。毎日この街で、どれだけの人が行方不明になるか知ってる？」わたしが首を横に振ると、ドットは不謹慎とも言えるくらいうれしそうな顔をした。「五人から七人よ。一カ月で約二百人。それってありえない数字よね？」

「ええまあ、そうですね。ありえません」

「でもあなたのお友だちが、ほら、殺人鬼から助けてくれた人——」

「友だちじゃありません」

「まあ、どっちでもいいけど、もし彼女もこの事件を調べているなら、協力しあえるんじゃないかと思って」ドットの熱心な口調は、まだ起きていてもいいかとねだる小さな子どものようだ。〝市民探偵〟たちが自分の領分を侵していると知ったら、スキーマスクはどう思うだろう。

なんにしても、やはりスキーマスクはわたしに手伝ってほしいのだ。それ以外にこんなものを送ってくる理由がある？　でも、この件に関してわたしは何もしたくないし、何かができるとも思えない。

「ちょっと待ってください」ドットに見守られながら、なるべく写真を目に入れないように緊張しつつファイルの中身を調べる。すると彼女の言うとおり、もうひとつのファイルはサンディ・ガントが殺害された事件に関するものだった。

わたしはいつの間にか、別の連続殺人鬼の狩場に足を踏み入れていたのだ。ひょっとして、わたしには彼らを惹き寄せる磁力でも備わっているの？

違う。犯人はわたしが来る前からここにいたのよ。日付を見ると、これらの犯行はボー・リー・ジェソップが殺しを始める何カ月も前から始まっていた。

わたしは気が進まないふりをした。「こういうのはどうですか。手配してもらうIDをいくらか値引きしてくれたら、これをあげます」

　ドットはためらっているが、彼女の心をつかめたのがわかった。「八百ドル」

「手数料も含めて？」

　ドットは渋い顔をしたが、目が輝いている。ファイルをどうしても手に入れたいのだろう。「ずいぶんふっかけるのね。あなたはほしくないみたいなのに」

「それはそうですね。シュレッダーに入れちゃってもいいくらいです」指先で顎を叩きながら返す。

　ドットがひゅうっと息をのむ音が聞こえた。「いいわ。八百ドルちょうどで」

　わたしは心のなかでこぶしを突きあげた。「よかった。ついでに、できれば部屋をアップグレードしてもらえたらうれしいんですけど」

　ドットが笑う。「あなどれない子ね。自分でもわかってるんでしょう？　じゃあ前金を払ってくれたら、取引成立ってことで」

「よろしくお願いします」

「まあ、部屋を替えてほしいって思うのも無理はないわ。九号室は最高の部屋とは言えないから。壁のなかでネズミが死んでたんだけど、その匂いがまだ取れないのよね」

「ネズミ？」わたしはまた気分が悪くなりそうだった。

「駆除業者に処理してもらったのよ。それじゃあ、十二号室に移って」ドットが手を差しだし、完璧なアーチを描く眉を片方持ちあげる。封筒を渡してしまうと、わたしはひそかにほっとした。「それから、またお友だちから連絡があったら、〈ファムズ〉がいつでも手を貸すって伝えてね」

「そうします」にっこりして返す。終わってみれば、今日はまずまずいい日だった。ポケットのなかで電話が震える。ため息をついてチェックすると、予想どおり今や親友となった〝非通知〟から、〈アンバー、家に帰りなさい〉というメッセージが届いていた。

十二号室は場所も〝ステップアップ〟していて、階段をあがった二階にあった。前より窓がひとつ増え、その窓は建物の裏側に面している（裏側は何もない空き地なので環境がそこまで改善されたとは言えないけれど、文句を言うつもりはない）。それにこの部屋は、死んだネズミがいた部屋に充満していた芳香剤の匂いがほとんどしない。バスルームにはバスタブがあったものの、昨今の事情を考えるとどうしても複雑な感情を抱かずにはいられなかった。

わたしはため息をついて荷物を置き、肩をまわした。それから首を左右に倒して、凝りをほぐす。「いい部屋ですね、ドット。ありがとう」

「どういたしまして」ドットがベッドを指す。「マジックフィンガーもあるから使って。ほかの部屋のはみんな壊れてて、ここのだけ動くのよ。だから普段はこの部屋にはお客を入れないようにして、自分専用のマッサージ室にしてるの」

「あー、わかりました」自分がそれを使っているところは想像できなかったけれど、必要なときが来ないとも限らない。わたしはドットに二百ドル差しだした。「とりあえず、これだけ渡しておきますね。残りもすぐに払います」

「これは前金として受け取っておくわ。残りは現物ができたときで大丈夫。それから、ルールは前と同じよ。仕事はよそでやること」

「わかりました」カップ一杯の硬貨でもほしいくらいせっぱつまったらドットの客に手を出すかもしれないが、それを言うのはやめておいた。硬貨はマジックフィンガーを使うのに重宝するかもしれないけれど、それ以上の役には立たない。わたしはベッドのそばにある別のドアを顎で示した。「あのドアは?」

「隣の部屋とつながっているの。家族で泊まるお客もいるから」

「家族連れのお客さんって結構いるんですか?」ありえないと思いながら質問する。

「聞いたら驚くわよ」わたしに向かって手の指をばらばらに動かす。「そんなに!って」

ドットが出ていくと、わたしはドアの鍵を閉め、チェーンもかけた。それから隣の部屋へ続くドアも施錠してあることを確認し、念のため取っ手の下に椅子も置く。新鮮な空気が入るように奥の壁の窓を細く開けると、ベッドに座ってマジックフィンガーに目を向けた。「試しに使ってみようかな」

四十五分後、わたしはすっかりリラックスしていた。でも、なんとなく吐き気もする。吐いてからあまり時間がたたないうちに胃や腸を揺さぶったのは、いい考えではなかったかもしれない。

携帯電話を取って一番新しいメッセージを見つめると、画面の向こうにスキーマスクのアイスブルーの目が見えるような気がした。〝家に帰りなさい〟というのはどういう意味なんだろう? わたしには帰る家なんかないのに。もしかしたらドットに封筒の中身を見せたのをどこかで見ていて、怒っているのかも。でもドットに託したのは向こうだ。わたしの部屋のドアの下から差し入れればよかったのに。

とにかく、新しい電話を手に入れなければならない。

画面の上で指を浮かせてしばらく迷ったあと、〈**もうかまわないで!**〉と打ちこむ。それで踏ん切りをつけ、バスルームに行って携帯電話を床のタイルの上に落とし、勢いよく踏みつける。そしてSIMカードを取りだして、トイレに流した。今夜、夕飯を食べに行ったときにプリペイド携帯を手に入れよう。

少し気分がよくなり、わたしはベッドに仰向けに寝そべった。頭の後ろで両手を組み、目をつぶる。獲物が外に出てくるまで、あと何時間かある。今のうちにひと眠りしておこう。

すばらしい夜になった。カモは真夜中を過ぎるとだまされやすくなることが判明した。小道具の安っぽいウィッグも成功の一因かもしれない。わたしは〈ザ・ベネチアン〉の外で、本物のテンガロンハットをかぶったひときわ気前がよく、ひときわ酔ったテキサス男を相手に〝かわいそうな子〟を演じた。そして彼が百ドル札を二十ドル札と間違えてくれたおかげで、新しいIDに必要な費用をすべてまかなえるだけの金額を手にすることができた。

この街に一年もいたら、十万ドルは稼げるだろう。

ただし、運はいつか尽きるものだ。同じ場所で長く仕事をするのは危険だと、いい詐欺師ならよくわかっている。いつまでも続く運などないことを、両親はけっして学ばなかった。ふたりの過ちを繰り返せば、待っているのは身の破滅だ。

だいたい、わたしの目的は法を順守するまっとうな生活に戻ることだ。それなのに、ひとりまたひとりとカモを詐欺にかけていくうちに、甘やかされた金持ちの〝問題〟に臨床心理士として耳を傾ける将来がどんどん魅力を失っていっている。

新しい部屋に戻ったわたしは缶入りのマルガリータで成功を祝い、午前三時を少し過ぎた頃、眠りに落ちた。

だから四時にドアを叩く音が聞こえると、むっとせずにはいられなかった。朦朧としたまま目を開けて叫ぶ。「どっか行って！」

だが、ドアを叩く音は止まらない。わたしはおぼつかない手で枕の下の銃をつかむと、もう一度怒鳴った。「本気よ！　武器だってあるんだから！」

叩く音が止まる。少しして、低い声が聞こえた。「なかに入れて」

わたしは眉をひそめた。今のはマーセラの声だろうか。「ちょっと待って！」

銃を持った手を脇にさげてドアスコープをのぞいたあと、チェーンをはずして鍵を開ける。とたんにドアが勢いよく開いて、千鳥足のマーセラがわたしを押し倒すように入ってきた。酒の匂いがぷんぷんするし、髪はくしゃくしゃだ。裸足でショッキングピンクの厚底の靴を手にぶらさげている。「わあ、嘘じゃないんだ」銃を見て彼女が言う。

「そうよ」わたしは安全装置を戻した。

「やっぱり、銃はいるよね」マーセラがよろよろと歩いて、ベッドにうつぶせに倒れこむ。

「それで何しに来たの、マーセラ？」

マーセラがもがくようにして横向きになると、黒いレースのミニスカートがずりあがって、なんというかほぼすべてが丸見えになった。「ねえ、あんたレズでしょ？」すっかり舌がもつれている。マーセラがここで吐いて、またしても悪臭のする部屋で過ごすことになったら、怒りでわれを忘れるかもしれない。「そういうこと、ストレートの人間が言うのはよくないんだよ」

「あたしがストレートだって、誰が言ったの？」マーセラが片眉をあげる。「セックスしたいんじゃない？」

わたしはマルガリータを飲んだことを後悔して、目をこすった。安物のテキーラのせいでものすごい頭痛がする。「水を汲んできてあげるから、飲んで」

「あたしみたいなのは相手にできないっていうの？」マーセラが険しい声を出して立ちあがる。彼女がよろめいて転びそうにならなければ、その行動はもっと効果があっただろう。「やだもう、すっかりべろんべろんね」

「そうよ。どんなに色っぽくても、途中で吐くかもしれない人とは寝ないようにしてるの。できるだけね」一度ひどい経験をしていることを思い出し、最後につけ加える。

マーセラはわたしをにらんだが、急に向きを変えるとおぼつかない足取りでバスルームに向かった。開けっぱなしのドアの奥から、激しく吐く音が聞こえてくる。つまり記録上は、この二十四時間でわたしは〈ゲッタウェイ〉のバスルームをふたつ汚したことになる。これは新記録ではないだろうか（でもよく考えてみると、やはりそんなことはないかもしれない。ドットには申し訳ないけれど）。

水を流す音が大きく響き、そのあとうめき声が続く。

わたしは銃をマットレスの下に押しこむと、マーセラを助けに行った。彼女はトイレの横にぐったりと座りこんでいた。開いた脚を前に投げだし、片腕をバスタブの縁にかけている。頬には流れたマスカラの跡がついているし、髪は電球用のソケットに指を差しこんで感電したかのようだ。わたしは腕組みをして、彼女を見おろした。

「ほらね。やっぱりこうなっちゃうのよ」

マーセラがげらげら笑いだし、わたしも続いた。こんなふうに笑うのは久しぶりだった。

マーセラが手で口元をぬぐう。「あんたの歯ブラシ、貸してくれる？」

「絶対にいや。でも、予備のがあるわ。三本入りだったから」

「わかった。シャワーは浴びてもかまわない？」

少し迷ったけれど、承諾した。「うん、いいよ」バスルームに金目のものは置いていない。ノーブランドのシャンプーやコンディショナーを盗みたいなら勝手にすればいい。どっちにしろ、わたしにはしばらく必要ない。

マーセラがシャワーを浴びているあいだに、わたしはダッフルバッグから予備の歯ブラシを出した。シャワーの音が止まって小さく開いたドアの隙間からそれを渡す。

「はい、これ使って」

「ありがと」彼女がドアを閉める。ベッドに座って待っていると、鏡に映った自分の姿が目に入った。ボクサーパンツと無地のタンクトップという、いつものパジャマ姿だ。眉毛は生えてきているもののまだまばらで、丸刈りの頭はいまだに見慣れない。目が大きく見えるとはいえ、異様なことに変わりはない。どうしてマーセラがわたしを口説こうとしているのか、さっぱりわからなかった。何かを求めているなら、話は別だけれど。

枕をクッション代わりにしてヘッドボードにもたれて座る。手持ち無沙汰でグラスに入れた水を飲んでいると、自分が神経質になっているのがわかった。でも、そんなのはばかげている。

ようやくバスルームのドアが開いて、マーセラが出てきた。頭と体にタオルを巻いている。「タオルを二枚とも使っちゃったの？」

「怒んないで。タオルならメイドのカートから取ってくるよ。ティナがどこに置いてるか、知ってるから」信じられないことに、マーセラはもう酔っ払っているようには見えなかった。化粧っ気のない顔は若くなり、わたしと同じくらいの歳に見える。しかも驚くほどきれいなうえ、曲線的な体は柔らかそうで――。

マーセラが笑いだした。「やだ、マリアン。あんた本当にレズなのね」

わたしは居心地が悪くなって、身じろぎをした。「アンバーって呼んで。わたしは別にいやらしい目で見てたわけじゃなくて、ただ――」

「かっこいい名前ね」マーセラがバッグを掻きまわして、電子たばこを取りだす。「かまわない？」

わたしが肩をすくめると、彼女はそれを口にくわえて数秒吸い、蒸気を吐いた。わたしも勧められたが、首を横に振る。「たばこは吸わないの」

「そのほうがいいよ」マーセラは落ちていた自分の靴を蹴り飛ばして、ベッドにあがった。膝と手を使ってわたしに近づき、眉を上下させる。「今のあたしはどう？」

「ごめん、本当にもう寝なくちゃならないの」

「あたしはそんなことないもん。三時間も寝れば充分。ラッキーだよね」彼女が体勢を変えて、わたしの横に並んで座った。

「そうかも」彼女が近すぎて落ち着かなかった。もう長いあいだ誰とも触れあっていない。ジョンソンシティはレズビアンにとって暮らしやすい場所とは言えなかった。

「ほかにも用があるの？　ゲロ吐いてシャワーを浴びる以外に」

マーセラがわたしのほうに頭を倒す。「ドットがあんたに話したって言ってた。ローリーのこと」

「うん、聞いた。彼女を知ってたの？」眉をひそめてきく。

「セフレみたいな関係だったんだ」

「ふうん、そう」マーセラの声がこわばっているのがわかった。少なくとも彼女にとっては、ローリーはそれ以上の存在だったのだろう。今日飲みすぎたのも、そのせいなのかもしれない。それとも、毎晩こんなふうに飲んだくれているのだろうか。どちらにしても、わたしには関係ないけれど。

しばらくして、マーセラは続けた。「ドットの話じゃ、あんたの友だちが彼女を殺したやつを探してるんだってね」

びる。

「まあ、いいんだけどね。彼女はもう戻ってこないから」マーセラが声が湿り気を帯びる。

「別に友だちじゃないよ」なんてこと。このモーテルでは話が筒抜けなのね。

慰めになるようなことを言いたかったけれど、疲れすぎていて何も思いつかなかった。未来のセラピストとしては褒められたことではない。「本当に残念だったわね」

マーセラは目を合わせないまま手探りでわたしの手を見つけ、指を絡めた。しばらくして、彼女が口を開く。「ここで寝てもいい？」

「眠るだけ？」片眉をあげて問いかける。

「何言ってんの。あんたにはあたしの料金は払えないよ」マーセラが鼻を鳴らす。「それに、あんたの使ってる歯磨き粉は最低。いいからさっさと明かりを消して」

正直言って、人と寝るのは好きじゃない――文字どおり〝眠る〟という意味で。これまで一度もやったことはない。人がいると安らげないし、そもそも他人の朝の息を嗅ぎたい人間なんているのだろうか？

それなのに、マーセラの軽いいびきを聞きながら横たわっていると、どういうわけか長いあいだ感じられなかった安らぎが広がった。そしてわたしは、夢も見ずにぐっすり眠った。

8 ノックは無用（一九五二）
DON'T BOTHER TO KNOCK

目が覚めると、マーセラはいなくなっていた。箪笥の上に未使用のタオルが置かれ、上にキスマークのついたティッシュがのっている。

思わず顔をほころばせたあと、すぐに現金と銃を確かめた。マーセラは好きだけど、信用しているとは言えない。

それでも、驚くほどよく眠れた。もう三時近い。十二時間は眠ったことになる（途中で一回起こされたけれど）。

エアコンは頑張っていたものの、外の暑さには対抗できていなかった。ブラインドを開け、まぶしさに目をしばたたく。すると駐車場の端で中年の男が体をふたつに折って激しく吐いているのが見えた。

「いかにもラスベガスらしい光景ね」つぶやいて、シャワーを浴びに行く。

部屋の電話が鳴り、出るとドットの声が響いた。「おはよう。今日は顔写真を撮るわよ」

「はい、わかりました」ベッドに座るとおなかが鳴った。昨日の夜は儲かったから、朝食には〈ガーデンコート〉よりいい店に行ける。「何時ですか？」

「五分後」

わたしが抗議しようとしたときには、すでに電話は切れていた。もう！　信じられない。

歯を磨いて着替え、ドットのオフィスに向かう。

「おはよう！　ほしければ隅にコーヒーがあるわ」ドットが奥のオフィスから明るく声をかけてきた。

コーヒーメーカーのポットはほぼ満タンで、その横に置かれた皿にはおいしそうなドーナツがのっている。「わあ、うれしい。おなかがぺこぺこだったんです」

ものすごい勢いでクルーラーを口に詰めこみ、カップに入れたコーヒーを一気に半分飲む。それからアーモンド風味のペストリー（ベアクロウ）にかぶりついた。ようやくおなかが落ち着いて指についたグレーズを拭いていると、ドットが奥のオフィスから出てきた。今日の服は、真っ赤なキモノドレスだ。髪は頭のてっぺんでまとめて蝶（ちょう）をかたどったオレンジ色のヘアクリップで留めている。いつもどおり完璧なメイクの彼女は日焼け止めを放ってよこすと、自分の頭をスカーフで包んだ。「オープンカーで行くから、たっぷりつけたほうがいいわよ」

「ありがとう」昨日の夜から頭がかゆいので、ウィッグはかぶっていない。言われたとおり髪が生えかけてざらざらする頭に日焼け止めをたっぷり塗りこんだが、まぶしいほど完璧なドットのそばにいるとやや気後れしてしまう。タンクトップにカットオフのショートパンツという格好では、映画セットの軽食コーナーでスターと顔を合わせてしまった照明係も同然だ。

ドットがヒョウ柄のスカーフの端を内側にたくしこみながら、話しかけてくる。

「ちゃんと眠れた?」

「おかげさまで、よく眠れました」マーセラがわたしの部屋から出ていくところを見られただろうか。とはいえ、もし見られていたとしても関係ないけれど。「新しい部屋は気に入ってます」

「よかった、いい部屋でしょう?」ドットがわたしをちらりと見て、口の端に触れる。

「ここになんかついてるわよ」

「ありがとうございます」あわててナプキンで拭く。

「いいのよ。さあ、出発よ!」

ドットの車は彼女と同じく最高だった。青緑色の巨大なオープンカーはデトロイトが最盛期だった時代のもので、テールフィンとソファのクッションみたいなシートが目立っている。ドットは顔の半分を覆う大きな白いサングラスをかけ、この暑さのなかで正統派のトレンチコートを着こんでいる。

それに比べたら、自分がいかにも精彩を欠いているように思えた。わたしではイメージに合わないと車から放りだされてしまうのではないかとさえ思った。

わたしたちは大勢の人たちの視線を引きつけながら、ラスベガス・ストリップを走り抜けた。ときどき口笛を吹く人もいて、ドットは女王のごとく手を振って応えている。ラスベガスは、太陽の光の下では何もかもやや大げさに見えた。この街は古代ローマのトーガと海賊と十階の高さまで水を噴きあげる噴水がごっちゃになってできている。巨大なカジノが何ブロックも立ち並ぶあたりでは、移動する群衆からもれだす欲望と絶望があたりに渦巻いていた。

わたしは見ているだけで疲れたけれど、ドットは家にいるかのようにくつろいでいた。「この街の出身なんですか?」〈ザ・ベネチアン〉を過ぎたあたりできく。

「生まれも育ちもここよ」

「うわあ、なんか……いいですね」

ドットが笑う。「そんなことないわ。女でこの体の大きさでしょう？　わたしの若い頃は、これで生きていくのは簡単じゃなかった。でもラスベガスのすばらしいところってなんだと思う？　誰でもなりたいものになれることよ」

「この街はあなたにぴったりって感じがします」

「ほかの場所に住んでる自分は想像できないわね」ドットがわたしを見る。「あなたはこの先どこへ行くつもり？　差し支えなければ教えてくれないかしら」

肩をすくめて返す。「決めてません。西海岸かも」はっきり言わないほうが、わたしたちのどちらにとってもいいはずだ。

「へえ。わたしもハリウッドには行ってみたいわ。ただし、タイムマシンに乗って、黄金時代のハリウッドにね」

「ですよね」彼女を刺激しないように返す。わたしならどの時代のロサンゼルスでもいい。そこで大金が稼げるなら。

「とにかく、父がいつも言ってたの。この世に悪い場所なんかないって。悪いのは人間で、そういう人間はどこにでもいるって」

「お父さまは賢い人だったんですね」悪い人間なら、これまでかなりの人数に会ってきた。

「ラスベガスにチャンスをあげてちょうだい」ドットが横目でわたしをうかがう。

「そうですね」そんなことは絶対にするものか。わたしは海辺に立って砂に爪先をもぐらせ、波がいやな記憶とともに砂を洗い流すのを見つめるのだ。過去とのつながりは完全に断たなければならないのに、ラスベガスにいたら過去を思い出すし、法を順守して暮らせないことはすでに明らかになっている。ここは誘惑があまりにも多い。糖尿病患者が菓子店を開くようなものだ。

それから数分走ると、高級ホテルとカジノは背後に消えた。ドットが腕時計を見る。

「急いだほうがいいわね。暗くなってから車を走らせたくないから」

「どうしてですか？」〈ゲッタウェイ〉がある場所とこの道沿いに、たいして違いがあるようには見えなかった。ラスベガスは巨大なカジノが林立している場所以外には、安モーテルやビュッフェ式の食堂や保釈保証業者や質屋が並んでいて、どこも変わらないように思える。

「ネイキッドシティは、わたしのベイビーには安全な場所じゃないの」ドットがダッシュボードを優しく叩きながら言う。

「ネイキッドシティ？　ストリップクラブが集まっているとか？」

「そうじゃないわ。ストリップクラブはほとんどディーン・マーティンにある」ドットが大まかな方向を示す。「五〇年代には、このあたりにカジノで働いているウエイトレスやショーガールのための安いアパートメントが並んでいたのよ。そして、そういう子たちはきれいに焼くために裸で日光浴をしていたから、みんながネイキッドシティって呼びはじめたの」

「おもしろい話ですね」

「おもしろくなんかないわ。警官でさえ夜はこのあたりに近寄りたがらないくらいなんだから。タクシーだってつかまらない」

だからこそ、ここで違法なIDが手に入るのだと腑に落ちた。〝アンバー・ジャミソン〟のIDはアパラチアの奥地のトレーラーに住むサバイバリストから買った。あのときは男が連続殺人鬼ではないかと本気で疑っていたので、ようやくIDを受け取ったときは心底ほっとした。

気温がこれだけ高いのに、体がぶるりと震える。

「さあ着いたわよ!」ドットがうれしそうに言い、モーテルの駐車場に車を入れた。

そこは一見、普通の安宿と変わらなかったが、ペンキが塗りたてで、レトロな書体の〈メイヘム・モーテル〉というネオンサインがひときわ目立っていた。ネオンサインにはよくある〝ケーブルテレビ無料〟とか〝日、週、月払い料金有！〟といった文言はなく（時間払いがないのは最初からそうだと認める客がいないからか）、〝こんなに近いのにこんなに遠い〟とだけうたわれている。ドアは水色からオレンジまですべて違う色に塗られていて、舗装し直したばかりの駐車場はハイブリッドのハッチバックからセダンのレンタカーまでさまざまな車で埋まっていた。

「ここにはいろんなタイプの人たちが泊まりに来てるみたいですね」

ドットが表情が曇(くも)らせ、エンジンを切って軽蔑したように言う。「Z世代のやつらが何もかもぶち壊しているのよ」

「ええと、わたしもそのZ世代なんですけど」

「あなたは例外ってことにしておいてあげる」ドットが寛大に言う。「ただし、わたしの前で〝ウォーク（社会的不公正、人種差別、性差別などに対する意識が高いこと）〟って言葉は使わないでちょうだい」

思わずにやりとした。「わかりました」

「ジェシーはいい人なの」ドットがダッシュボードのボタンを押すと、何かがこすれるようないやな音とともに大きな白い幌が現われて、わたしたちの頭上を覆った。ドットは彼女のかわいい車に少しでも危害が加えられるのを避けたいのだろう。「でもわたしに言わせれば、こんなふうにするなんて彼女はばかよ」

「その人がここのオーナーなんですか？」

ドットはうなずいた。「若いお客を呼ぶために大金をかけて改装して、メニューにアサイーボウルを加えたの。宿泊料金も二倍にして」ドットが舌打ちをする。「一泊六十ドル出せば、〈リオ〉にだって泊まれるのに」

わたしはほぼ満車になっている駐車場に目をやった。ドットの機嫌を損ねたくはないが、〈ゲッタウェイ〉よりよっぽど流行(はや)っているように見える。「うまくいっているみたいですね」

「いい、よく聞くのよ」ドットは指を立てて振った。「たしかに流行に敏感な人たちは常連客より気前よくお金を払う。だけど彼らは週末にしか来ない。そして人の少ない危険な場所に滞在することをおもしろいと感じるの。〝地元民っぽい〟ってね」ドットが首を横に振る。「だけど強盗に遭ったり暴行を受けたり、ひどいときには殺されたりすると、手のひらを返して二度と来なくなる。ネットの口コミに星ひとつをつけられて、わたしたちはそれを知るのよ。こんな言い方はひどいかもしれないけど、殺されたのが売春婦でジェシーはラッキーだった。もしそれが外から来たコンピューターオタクだったら、〈メイヘム〉は終わっていたでしょうね」

「待ってください。ここで誰か殺されたんですか？」わたしはドットを見つめた。

彼女が顔を赤らめる。「あら、言ってなかったかしら?」

「ええ、聞いてません。巻きこまれたくないってはっきり言いましたよね。ここへは新しいIDのために来ただけですよ」ドットをにらむ。

「ちょっと落ち着いて。IDもここで作れるから」

わたしは腕組みをした。「当ててみましょうか。ジェシーもあなたの入っているグループの一員なんでしょう」

「〈ファムズ〉を一緒に作った仲間よ」ドットは後ろめたそうに言い、座席の下から封筒を取りだした。

それを見てわたしは思わずうめいた。「信じられない」

「一石二鳥よ。偽のIDを作らせたらジェシーがこの街で一番なの。絶対に後悔はさせないわ」

わたしはため息をついた。選択の余地はないらしい。「ここは売春婦が仕事をするような場所には見えませんけど」

「あら、売春婦はどこにだっているわ。売春婦にもいろんなレベルがあるの。行きましょう。長くはかからないって約束する」

〈メイヘム・モーテル〉のロビーはドットのモーテルの倍の広さがあったが、それでもジェシーには窮屈そうに見えた。彼女をたとえるなら、そよ風ではなく暴風とでも言えばいいだろうか。優に百八十センチはある体をボヘミアン風のたっぷりしたワンピースで包み、顔には服装とは対照的に甘さのまったくないゴス風のメイクを厚く施している。この普通だったら相容れないふたつの要素が、彼女の手にかかれば違和感なく調和していた。いくつも置かれた多肉植物の鉢植えや額装された野外フェス〝コーチェラ〟のポスターも、強烈なジェシーの存在感の前では色褪せている。

ミッドセンチュリーのローデスクの向こうに座っていたジェシーが、ハーマンミラーの椅子から立ちあがってそっけなくうなずく。そこから銃の撃ちあいのようなものすごい速さの会話が展開しだした。

ジェシー（わたしを頭のてっぺんから爪先まで眺めまわして）：あんたはショーガールじゃないね。ストリッパーかい？ それとも売春婦？

わたし：選択肢はそれしかないんですか？

ジェシー：このあたりにかい？ おおよそそんなもんだね。

ドット：ちょっとやめてよ、ジェシー。この子はつらい目に遭ったんだから。

ジェシー：あんたのとこに泊まってるなら、そういうこともあるだろうよ。いいかいお嬢ちゃん、この人のところの料金に合わせてあげる。こっちに来たら同じ年頃の子たちと過ごせるよ。この人のところと違ってさ——。
ドット：ちょっと、本気でこの子をかっさらうつもり？　わたしの目の前で？
ジェシー：うちに泊まれば〈XSナイトクラブ〉のVIPパスがついてる。今週は音楽プロデューサーのスクリレックスがいるからね。
ドット：命が大事なら、ここから一ブロックだって移動しちゃだめ。
ジェシー：あらあら、あんたのところはパラダイスで、ここはそうじゃないみたいな言い草だね。
ドット：少なくともわたしは、ローンのためにロシアの新興財閥に魂を売ったりしてないわ。
ジェシー：彼がほしがったのはあたしの魂じゃないんだよ、お嬢ちゃん。
わたし：ええと、ふたりとも、そろそろ本題に入ってもらえると——。
ジェシー（フォルダーに目をやる）：そいつが例のファイルかい？
ドット：そう、持ってくるって言ったでしょ。ところで警察の規制テープは商売にまったく影響していないみたいだね。てっきりZ世代の子たちもそろそろアボカドトーストに嫌気が差す頃だろうって思ってたんだけど。
ジェシー：全然だね。むしろ予約は二十パーセントアップしたよ。警察の許可が出れば、あの部屋は二倍の値段で貸せる。

ドット：それで、あの子はどこなの？

わたしがふたりの会話を消化しきれずにいるうちに、ジェシーがワンピースの襞のあいだからトランシーバーを取りだした。「BJ、今すぐオフィスまでおいで」

不運にも呼びだされたBJは、一分でオフィスに現われた。十九歳を超えているようには見えない彼は、背は高いがひょろひょろで、骨の絵とともに〝上腕の骨を見つけました〟と描かれたTシャツにぴちぴちのブラックジーンズを合わせている。彼はドットとジェシーを怖がっているようだが、無理もない。わたしもほんの少しふたりが怖い。

「立ちんぼがどうやってうちの部屋に入りこんだのか、説明しな」ジェシーが椅子に座って、みぞおちの前で腕を組む。

BJは太縁の眼鏡を押しあげて、彼女の言葉に従った。「うん、ええと、あのときはちょっとした手違いがあったっていうか。つまり――」

「あたしがシルク・ドゥ・ソレイユの新しいショーを観に行ってるあいだ、このろくでなしがフロントにいたんだ」ジェシーがさえぎる。

「なかなかいいショーらしいね」ドットが言う。

「あたしは『ラブ』のほうが好きだったけど」ジェシーは鼻を鳴らすと、ＢＪに命じた。「続けな」

「ええと……とにかく女の子が来たんだけど、着てる服がその――」

「売春婦みたいだった」ジェシーが引き取る。

「そうなんだよ。でも思ったんだ。もしかしたら、そういうふうに見せてるだけなんじゃないかなって。ここに来る女の子たちはときどきわざとそういう格好をするから。ほら、コスプレみたいなノリでさ――」

「もう、全然だめじゃない」ドットがため息をつく。「暗記カードみたいなのを作って、この子に売春婦とそうでない子との違いを覚えさせたら？」

「かわいい甥っ子じゃなかったら、とっくにストックトン行きのバスに乗せてるところさ」ジェシーが鼻を鳴らす。

ふたりが彼のことを話しているあいだ、ＢＪは小さく身を縮めていた。そんな彼にわたしは同情を覚えながらも、いらだちを募らせた。「あの、この話ってまだかかります？　写真を撮るだけだと思っていたのに」

突然わたしの頭に角でも生えたかのように、三人がまじまじと見つめてくる。しばらくして、ドットがおもむろにＢＪに向き直った。「それから？」

「その子は……えっと……クレジットカードを持ってなくて。いや、そう言ってただけかもしれないけど。でも、ちゃんと一泊分を現金で払ってくれたから」彼がそこだけ強く言って、ジェシーを見る。

「そりゃあ間違いなく立ちんぼだね」ジェシーが断定する。

「断言できるの？」ドットがきく。

「ああ、絶対だよ」ジェシーが手を振って甥を促した。「彼女に男のことも話しな」

わたしはため息をついた。どうやらこの少女探偵ナンシー・ドルーごっこが終わるまでは、写真撮影はおこなわれないようだ。いらいらしながら隅にある椅子に座り、腕を組む。勝手にすればいい。時間ならあるのだから。

ＢＪがふたたび咳払いをした。「彼女にキーを渡したあと、ぼくは製氷機を見に行ったんだ。六号室からクレームが入ったから。まあ、簡単に復活させられたけどね。上の右端をがつんと殴ればいいのさ。ときどきそこに氷がつかえちゃうから――」

「もういい、ＢＪ。ドットは製氷機なんか興味はない」ジェシーがうなるように言う。

「うん、わかった」

「それが三日前の夜のことなのね？」ドットがきく。

「と思うけど」ＢＪが上を向き、頭のなかで計算を始めた。

「木曜だよ」ジェシーが確認する。

「ちょっと待って。殺されたのって、つい最近なんですか？」思わず口を挟んでしまった。だって木曜といえば、わたしがラスベガスに来る前の晩だ。

「そうだよ」ＢＪがわたしを見て、視線を胸までおろす。彼は赤くなって続けた。「とにかく六号室の女の子に製氷機が直ったって言いに行ったんだけど――」

「あんたなら当然行くだろうね。ロスから来た色っぽい子だったから。客には言い寄るんじゃないって言ってんのに」

「言い寄ってなんかいないよ！」意外なほど強い口調でＢＪが反論し、ジェシーが片眉をあげる。彼は深呼吸をして続けた。「六号室をノックしたら五号室のドアが開いて、女の子が顔を出した。なんだか怯えてるみたいで、どうかしたのってきいたんだけど、首を振るだけで引っこんじゃったんだ。でもなんか様子が気になって、それでカーテンがちょっと開いてたから――」

「この子は変質者みたいに、そこからのぞいたんだよ」ジェシーが口を挟む。

「彼女がなんともないって確かめたかっただけだ！　とにかく、のぞいてみたら男がいた。ひとり部屋だから、連れはいないはずなのに――」

「あばずれが忍びこむことがあるんだよ。前に、ひと部屋に十二人いるのを捕まえたことがある。なのにそこで寝てないって言い張るんだ。荷物を置いてるだけだから、かまわないはずだって。だから言ってやった――」

「男は何をしてたの？」わたしは好奇心を抑えきれずに、ジェシーの言葉をさえぎった。

「ただ立って、女の子を見てた。彼女は不安なことでもあるのか部屋のなかをぐるぐる歩きまわってて、何かしゃべってたけど聞こえなかった。ちなみに裸じゃなかったからね」

「男はどんな感じだった？」ドットが熱心にきく。

「背が高かった。こんなに暑いのに長袖の服を着てて、変だなって思った。あと野球帽をかぶってたよ」ＢＪが肩をすくめる。「まあ、普通の格好だね」

「顔は見た？」ドットが質問を重ねる。

「少しだけ。白人で、歳はちょっと行ってたかな。それと、ここに傷があった」ＢＪが左目のそばの頬の上に指を滑らせる。「タフな感じだったよ。普段ここに泊まる客と違って」

「ここの客は普通、立ちんぼなんか買わないからね」ジェシーがうなるように言う。「あんたの言うとおりだよ、ドット。暗記カードを作ったほうがよさそうだ」

「何歳くらいだった？」ドットが質問を続ける。

「そうだな、よくわかんないけど四十歳くらい？」

ジェシーが甥の腕を叩いた。「四十が年寄りだって言うのかい？」

「ほかにはない？　目は見なかった？　あとはタトゥーがあったとか」

途中からＢＪは首を横に振っていた。「いや、それだけ」両手を揉み絞りながら、床を見つめる。「ずっと考えてるんだ。あのときドアを叩いて声をかけてれば——」

「あんたも死んでたかもね。そして妹があたしの頭の皮をはぎに来たはずだよ」ジェシーの声がわずかにやわらぐ。

「彼女を発見したのは？」ドットがきく。

ジェシーがため息をついた。「あたしだよ。次の日の朝、このばかが前の晩の出来事を報告したときに。その子をほっぽりだしてやろうと思ったのに……」手のひらを上にして両手を広げる。

「バスタブで死んでいた」ドットが締めくくる。

「そう。首を絞められて、血まみれになってね」

「指紋は？」

「部屋じゅうきれいに拭きあげられてたよ。うちの掃除係よりいい仕事ぶりだった」

「ほかの現場にも指紋はなかったわ」

ドットが掲げた封筒にジェシーが視線を向ける。「そうだね。あんたがアップロードしたファイルを見た」

それを聞いて、わたしは気を失いそうになった。「インターネットにファイルをあげたの？」

「当たり前でしょう。それ以外にどうやってみんなと共有するの？」ドットが返す。

わたしは頭を抱えた。ドットやほかの仲間たちが使っている掲示板がどれくらい簡単にアクセスできるものかわからない。でも、わたしの居場所を見つけるスキーマスクの尋常ならざる能力を考えると、彼女からのささやかの贈り物を人に見せたことをすでに知られていてもおかしくない。

まあいいか。スキーマスクなんかどうでもいい。すべて言われたとおりにしたのだ。時間を置いてから警察に通報し、彼女のことは話さなかった。それにスキーマスクのとんでもない趣味に手を貸してほしいと頼まれたわけでもない。そもそも見たくもないあんな気味の悪いファイルをわたしが人に見せたことで気を悪くしたとしても、それは彼女自身の問題だ。

「ひとつだけ妙なことがあるんだ」ＢＪが言う。

「へえ、ひとつだけかい？」ジェシーが鼻を鳴らした。

「うん。女の子はチェックインのときにクリスタルって名乗ったし、警察もそう言ってた」

「それで？」ドットがきく。

「あんたたちの世代は、本当に陰謀論が好きだね」ジェシーがぐるりと目をまわす。

「事実の場合は陰謀論とは言わないよ」ＢＪが口をぐっと結んだ。「彼女が〝アンバー〟って刻まれたネックレスをつけてたんだ。アンバーって名前じゃないのになんでだろうと思って」

わたしは固まった。ドットがぽかんと口を開け、振り向いて目を合わせる。

「どうせ誰かから盗んだんだろう」たいしたことじゃないというように、ジェシーが手を振った。

「チェックインのときはつけてなかった、絶対に。だから犯人が残していったんじゃないかな」

全身が冷たくなる。偶然にしてはできすぎている。わたしはまたしてもパニック発作が襲ってくるのを感じた。ドットがすぐにそばに来て、低くした頭を両手で抱えながら必死に息を吸おうとしているわたしに寄り添う。

「それかあんたの記憶力が使いものにならないかだね」そう言ったあと、ジェシーはわたしの様子に目を留めた。「その子、大丈夫かい？」

ドットがわたしの横に膝をついて背中を撫でてくれている。「落ち着いて。息をすることだけ考えるのよ……」

部屋が静まり返る。わたしは目をつぶって歯を食いしばり、すべての出来事を頭から締めだそうとした。また人前で発作にのみこまれるようなことになったら、恥ずかしくて死んでしまう。

「なんだい？　どうしたっていうのよ」ジェシーの声。

「さっさと写真を撮ったほうがいいかも。この話はあとでもできるし」ドットが言う。

「好きにすればいい」ジェシーがＢＪのほうを向いて、つっけんどんに指示した。「あんたは仕事に戻りな」

ドアが閉まる音がした。まだ感覚は元に戻らず、思いどおりに体が動かない、それでもドットが背中に手を当ててくれているおかげで、自分を見失わずにすんだ。ようやく目を開けると、ジェシーが変人でも見るような目を向けていた。

「ごめんなさい」声がしゃがれる。

「あんたのことはドットが保証してくれてるからね」ジェシーは机に手をついて立ち

あがった。「それで充分だよ。じゃあ、ステラになる気はあるかい?」

思わず鋭く息を吸い、全力で拒否する。「それはだめです!」

ジェシーが眉をひそめた。「どうして? ちゃんとした名前じゃないか」

「『欲望という名の電車』はすごくいい映画よ」ドットが言う。

「言われなくても知ってるよ。若かりし頃のマーロン・ブランドのためなら、あたしはなんだって――」

「お願い……別の名前にしてください」わたしの上にまたがっていたステラの姿がよみがえる。キスをしようとかがみこんできた彼女の髪が顔に触れた感触も。彼女はあの唇を痛みにゆがめて、わたしの名前を叫んだのだ……。

「わかったよ。それならドーンなんてどう? あんたと同じくらいの歳のがある」

「それでお願いします」心のなかでため息をつく。どうやらわたしはストリッパーの名前で生きていく運命らしい。

「よかった。それならさっそく写真を撮ろうか」

ジェシーについて、これだけは認めざるをえない。彼女はいったん仕事に取りかかると、驚くほど効率的かつ迅速に実行した。ジェシーは奥のオフィスにフル装備の写真スタジオを持っていた。わたしは今度はカンザス州コールドウェル出身のドーン・ラムになる（出生証明書と社会保険番号をどこから手に入れたのかはきかなかった。正直言って知りたくない）。

〈ゲッタウェイ〉へ戻るために車に乗りこんだときには、すでに薄暗くなっていた。ドットが幌を戻してオープンにしてくれたおかげですぐに熱気が薄れ、やがてタンクトップだけの上半身が震えはじめる。

車に乗ってから、ドットは考えこんでいる様子で沈黙していた。「一泊六十ドル」しばらくしてそう言い、首を横に振る。「そうね、もしかしたら彼女が正しいのかもしれない」

さっきの出来事からわたしの気持ちをそらそうとしてくれるのはありがたい。それでもわたしは、ネックレスや〈バギー・スーツ〉のポストカードについて考えずにはいられなかった。どちらも単なる偶然だと片づけることもできるけれど、あとを追われているという感覚が振り払えなかった。追われているというより、狩り立てられているというほうがしっくりくる。でも、そのことはこれ以上考えないように、心の底に押しこめた。「あくまでわたしの意見ですけど、流行に敏感な層を取りこめば勝てると思います。フィルム・ノワールをテーマにしていることを大々的に宣伝したら、彼らは押し寄せますよ」それだけでなく建物を塗り直して敷物を替えたほうがいいということは言わなかった。

ドットが笑う。「そうかもね。ごめんなさい。最近ちょっと経営が厳しくて」

「ジェシーはあなたのフレネミーなんですか？」

「なんですって？」ドットがびっくりした顔をする。

「なんていうか、ずいぶんやりあっていたので」

ドットは笑った。「いつもあんな感じよ。ジェシーは黄金の心を持っているわ。彼女はわたしがまだ鼻水を垂らしている子どもだったときに引き取ってくれたの」

「そうなんですか？」子どものドットを想像するのは難しく、今の姿がそのまま縮んでキトンヒールを履いているところしか思い浮かばない。

「ええ。ジェシーは血のつながった親戚よりたくさんのことをしてくれた。この仕事を始めたのも、彼女が大きな理由よ」ドットは腕時計をふたたび見た。「しまった。ジムに三十分前には戻るって約束したのに」

「ジムって？」

「ボーイフレンドよ」ドットのチークの下に本物の血の色が広がる。唇が恥ずかしげな笑みを描いた。

「ああ、なるほど」ドットとうまくやっていける男性を思い浮かべようとして、なぜかマーセラの姿が頭をよぎった。

ドットがちらりとわたしを見る。「ひとつ助言をしてもいいかしら。近づきすぎないことよ。わかった？」

「どういう意味ですか？」

「つまり……マーセラはあなたの手には負えないってこと。誤解しないで。女の子たちのなかで、わたしはあの子が一番気に入っているの。でも――」

「タイプじゃありませんから」わたしは腕組みをして、居心地の悪い思いをしながら反論した。

ドットが笑う。「何言ってるの。あの子は誰にとってもタイプよ」

シートにもたれて、すれ違ったパレードを見つめる。車はラスベガスの古い地区に差しかかっていた。立ち並ぶ小さなカジノでは、賭け金が五ドルのテーブルや無料ドリンクを宣伝している。「こういう街で暮らすって、想像がつきません。すごく変な感じでしょうね」

「この街には、世間の人たちの目に映るより多くのものがあるのよ。前にも言ったように、一度試してみてほしいの。好きになれるかもしれないわ」ドットが〈ゲッタウェイ〉の駐車場に車を入れる。

「わたしに残ってほしいと思っているような口ぶりですね」疑いが声ににじむ。

「あなたのことが好きなのよ。それに、こんなふうに言って気を悪くしないでもらいたいんだけど、ほかにぴったりな場所があると思えないし」ドットが肩をすくめる。

「わたしが間違っているのかもしれないけど」

わたしは答えなかった。ドットは間違っていない。

ジムは百九十五センチを超える長身で、戦車みたいな体をしたクマを思わせる男性だった。白髪交じりの髪をエルヴィス・プレスリーばりのリーゼントにして、派手なアロハシャツを着ている。彼を見た瞬間、ドットがほかの男性といるところを想像できなくなった。彼もそう思っているのは明らかで、オフィスの入口にもたれながらとろけるような笑みをわたしたちに向けている。そしてドットが車をおりるなり正面からすくいあげるようにして抱きしめたので、彼女のスカートがふわりと舞った。

地面におろされたドットは彼の頬に優しく手を添えた。「何も問題なかった？」

「ラバーカップで直せないものはない」ゆったりとした低い声もプレスリーのようだ。

彼がようやくわたしに気づいて、手を差しだす。「ジムだ。会えてうれしいよ」

「アンバーです」

「きみがアンバーか。あのファイルのおかげで、ドットはものすごく興奮していた」

ジムがウインクをする。

「別に、そういうつもりじゃなかったんですけど」

ドットが彼の腕を叩く。「やめてよ。今晩は〈ナゲット〉で仕事？」

「九時からショーがある」ジムは彼女に片腕をまわして、首筋に鼻をこすりつけた。

「それまでたっぷり時間があるんだが――」

「わたしなら大丈夫ですから」わたしはすばやく口を挟んだ。「ドット、今日はありがとう」

「さっき言ったこと、覚えておくのよ！」ドットが立てた指を振って警告する。

「わかりました。じゃあ、また」ジムがドットを持ちあげるようにしてオフィスに入っていくのを見送る。ドットはずっとくすくす笑っていた。

ああいうのって、いいものなんだろうな。わたしはこれまでガールフレンドと二、三カ月以上続いたことがない。しかもいつも平穏な関係を築けず、愛しあうよりけんかをしている時間のほうが長かった。ステラとだって、彼女が死ぬ前（わたしのせいで殺される前）には関係がいつもどおりの経過をたどりかけていた。何が人と人とを結びつけるのかわからないけれど、どうやらそれはわたしのＤＮＡには組みこまれていないらしい。代わりにあるのは物事をめちゃくちゃにする才能で、心理学を学んでそれらに当てはまる言葉を知った。親に捨てられたことによるトラウマ、分裂、回避性愛着障害。わたしの両親のような親を持つと、原因は簡単にたどれる。

とはいえ、それが定義できたからといって何かが変わるわけではない。拉致される前からわたしはダメージを負っていて、今はさらにひどくなっている。壊れている人間は壊れている人間を引き寄せ、惨事を起こすのだ。ドットが心配する必要はどこにもない。今のわたしにはマーセラにかまっている余裕などないのだから。むしろ今すぐ彼女を避けるべきなのかもしれない。

「ねえ！」

振り向くと、マーセラが自分の部屋の入口に立っていた。着ているシルクのキモノは、腿のつけ根にようやく届く丈しかない。

「ああ、マーセラ」わたしは足を止めた。

彼女が物憂げに腕を伸ばし、戸枠に手をついて体の曲線を強調するようなポーズを取る。「今、忙しい？」

急に口のなかがからからになってどう返事をするか迷ったけれど、結局、わたしは駐車場を横切って彼女の部屋へ向かった。「タオル、ありがとう」本気で言ってるの？　われながら、なんてまぬけな台詞だろう。

マーセラが首をかしげて口を尖らせた。「さっきあんたの部屋に行ったんだけど、いなかったでしょう」

「ドットと出かけてたから」殺された女の子の話をしようとしたが、どう切りだせばいいのかわからなかった。〝ねえ、あなたの友だちと同じように殺された子がほかにもいたらしいんだけど、知ってた？〟こんな質問をするのは無神経だ。

「そっか。ジェシーはあんたのほしいものを用意してくれるって？」ゆるやかにカールしながら胸元に垂れるマーセラの髪に、思わず見とれてしまう。

それとは対照的な産毛の生えた桃みたいな自分の頭が気になって、無意識にそこに手を滑らせる。「うん。今度はドーンになるみたい」

マーセラが目を見開いた。「それ、あたしの母さんの名前よ」

「そうなんだ。いい名前よね」そんなことを言いながらうなずいているわたしは、さぞかしまぬけに見えるだろう。

マーセラがわたしの腕をぴしゃりと叩く。「ちょっとからかっただけよ。今夜は仕事するの？」

「たぶんね」困惑して、どう反応すればいいのかわからない。マーセラはどういうつもりなんだろう？「あなたは？」

「しないわ。今日はオフの日だから」マーセラがけだるい仕草で伸びをする。「ねえ、一緒に出かけない？」

「そうね……」わたしは言い訳を探したけれど、頭が真っ白で何も思いつかない。正直に言うと、午後にあんなことがあったので荷物をまとめてさっさと出発しようと思っていた。スキーマスクがどんなゲームをしているのかさっぱりわからないが、彼女には居場所を知られている。考えれば考えるほど、それがとてつもなく危険なことにしか思えなくなっていた。

「ねえ、きっと楽しいよ。ドットも誘うから。ドットがあんたを守ってくれる」

「守ってもらう必要なんかないわ」

「それはどうかな」マーセラがわたしの頰から顎まで指を滑らせる。「じゃあ、またあとで」

　わたしは閉まったドアをしばらく見つめたあと、重い足取りで駐車場を横切り、階段をあがって自分の部屋に向かった。

　部屋に入ると急に疲労感に襲われ、閉めたドアに寄りかかった。まだ六時にもなっていないのに、目を開けているのがつらい。それに、また急に空腹でたまらなくなり、バックパックからエナジーバーを何本か出してベッドの上で食べた。

パスポートと免許証用の写真を撮るとき、ジェシーがウィッグを貸してくれた。その色からしてドーン・ラムは赤毛のようだが、髪の色が変わるのはうれしかった。二日ですべての書類がそろうと言うジェシーに、できあがりを早められるならもっと払うと申しでてみたけれど、これ以上は無理だと断わられてしまった。

わたしはため息をついた。一日待つリスクを冒すだけの価値があるのだろうか？前金を払ったので、残りの現金は四百ドル。その金額じゃロスやサンフランシスコでは何日も持たない。それにラスベガスを出たら、宿泊代金を現金で払うのがはるかに難しくなる。やはりどうしてもIDが必要だ。

今の調子で毎晩二百ドルずつ稼げれば、カリフォルニアでいいスタートが切れるだけの金が一週間で貯まる。ラスベガスは大きな街で、身を隠せる場所はいくらでもある。だからあとを追われないよう、どんどんモーテルを替えていけばいい。新しいIDができるまで、なるべく目立たないようにするのだ。

ドットとマーセラに別れを告げることを考えると、なぜか悲しみに襲われた。ばかみたいに感傷的になるのはやめなさい。ふたりのことは何も知らないに等しいのだから。わたしがここを去ったら、ふたりはわたしを思い出しもしないだろう。

膝の上にこぼれた食べかすを払い、エナジーバーの包み紙をつかんでゴミ箱へ捨てに行く。それから喉が渇いたので、水を汲みにバスルームへ向かった。最初の一杯はごくごく飲み干し、すぐに二杯目を入れる。いくら飲んでも渇きは癒せそうになかった。ラスベガスの乾燥した暑さのせいだ。

四杯目を飲んで、ようやく落ち着いた。顔を洗ったあと、両手を濡らして頭に滑らせる。目の下のくまはいくらか薄くなってきているものの、まだディケンズの本の登場人物みたいだ。

だからマーセラは、酔っ払っているときにしかわたしとのセックスに興味を示さないのかもしれない。

わたしは頭に浮かんだ考えを振り払った。そんなことはどうでもいい。シンクに両手をついて体を支え、鏡のなかの自分と目を合わせる。「あとほんの何日かで、あなたは終わりね」

「何が終わるの？」

わたしは固まった。今しゃべった人間はすぐそばにいる——この部屋のなかに。殺人鬼に見つかった？　ドアに鍵をかけるのを忘れたの？　悲鳴をあげようとしたが、絞められたような喉からはひゅうひゅうと息がもれるだけだった。

バスルームにある武器になりそうなものといえば、ラバーカップだけ。グロックを部屋に置きっぱなしにしたまぬけな自分を罵りながら、それに飛びつく。ラバーカップを手に振り返ったときには、招かれざる客はバスルームの入口に立っていた。

「うわっ、汚いわね」スキーマスクが鼻の頭にしわを寄せる。「それを置いて手を洗いなさいよ。話があるの」

9

優しき殺人者（一九五二）
BEWARE, MY LOVELY

「もう！　心臓が止まるかと思ったじゃない。ノックって言葉を知らないの？」わたしは怒って言い、ラバーカップで彼女を突いた。

スキーマスクは前に会ったときと同じく黒ずくめの服装で、牛追い棒を持っている。ただし目出し帽はかぶっておらず、わたしは少しほっとした。彼女が首をかしげる。

「牛追い棒のほうがラバーカップより強いわよ。前のときに調べたもの」

わたしは牛追い棒をちらりと見た。「それはもう捨てたんだと思ってた」

「これはアップグレード版」彼女が円を描くように振る。「四百五十グラムくらい軽いのよ。カーボンファイバーってすごいわよね。これまで試したことなかったけど。実地テストをしてみてもいいかも」スキーマスクは先端をわたしの胸に向けた。

思わずごくりとつばをのむ。気味の悪いファイルを送ってきたかと思えば、いきなりわたしの部屋に現われるなんて、どういうつもりだろう？　何かしっくりこない。

しかも彼女は武器を携えてきている。わたしはラバーカップをいつでも使えるように脇に持ったまま、質問した。「どうやって部屋に入ったの？」

「カードキーをコピーしたのよ。デッドボルト錠もかけておいたほうがいいわ」

「へええ。前はさっさと離れたがったくせに、ずいぶんなストーカーぶりね」

スキーマスクが片眉をあげる。「そのことを話しあいたくて来たのよ。どうやってわたしの居場所を探りだしたの？」

「あなたの居場所を探りだした、ですって？」首を横に振る。「こっちの台詞だわ。まあ、携帯を替えたから悪ふざけはもうおしまいよ」

「悪ふざけ？」スキーマスクが怪訝な顔をする。

「わかってるくせに。わたしが移動しているあいだも、何度もメッセージを送ってきたじゃない。車のワイパーの下にモーテルのポストカードを置いていったこともあるし」ラバーカップをふたたび彼女に向ける。「捨てられた心の傷をなんとかしてほしいなら、セラピーの代金を払ってちょうだい」

スキーマスクが眉をひそめた。「拉致されたときに頭でも打ったの？」

「何言ってるの？　頭なんか打ってないわよ。というか、そうだと思う」彼女の口調に腹が立つ。ぐずる子どもを相手にしているみたいだ。

「話はあっちの部屋で続けたほうがいいと思うけど」

「わたしはここで全然かまわないわ」

「そう？　ゲロの匂いがするわよ」スキーマスクが顔をしかめる。

嗅いでみると、彼女の言うとおりだった。「わかったわ。でもラバーカップは持っていくから」

体を緊張させながら、スキーマスクのあとについていく。必要なら彼女の顔を突いて玄関まで走ればいい。わたしが玄関に近いベッドの端に座ると、彼女は整理簞笥にもたれてわたしと向きあった。彼女が話しだすのを待ったが眉をあげて見ているだけなので、しかたなくこちらから口を開く。「それで、あのファイルはどういうことなの？」

「ファイル？」

「殺された女の子たちのファイルよ。そもそも、あんなのがほしいなんて頼んだ覚えはないわ。だから、人に見せたからって怒られる筋合いもないわよね」

スキーマスクがわたしを見つめる。「あなたがなんの話をしているのか、本当にわからないんだけど」

「わたしの名前を表に書いた封筒を置いていったでしょう？」それでも彼女は怪訝な

ないの？」

表情を崩さない。「ローリー・リフルとサンディ・ガントのファイルよ。心当たりは

スキーマスクが突然固まった。「誰かがあなたの名前を封筒に書いて、殺人事件のファイルを置いていったってこと？」

一瞬間を置いて、わたしは問い返した。「ちょっと待って。あれはあなたじゃなかったの？　わたしをだまそうとしてない？」頭がぐるぐるまわる。

「そんなことはしてないわ」スキーマスクが牛追い棒を箪笥の上に置いた。「話を最初に戻しましょう。あなたはなぜラスベガスに来たの？」

「新しいＩＤが必要だったから。あなたのせいで」

「指紋は全部拭き取ったわ」

「ＦＢＩ捜査官によれば、そうじゃなかったみたい」

「ＦＢＩ捜査官って？」

彼女と見つめあう。わたしの体内にあるかなり性能のいい嘘発見器は、スキーマスクは嘘をついていないと告げている。胃がじわじわ冷たくなる。「彼のことを警告するメッセージを送ってこなかった？」

スキーマスクが腕組みをする。「わたしがメッセージを送ったのは二回だけ。一回

は現場からあなたの指紋を拭き取ったと伝えたとき。もう一回は昨日送った、家に帰りなさいってやつよ」

「ふうん。それで、あなたはどうやってわたしがここにいることを知ったの？」

「ここで会おうって、あなたが言ってきたんじゃない」

「そんなこと言ってない。もうかまわないでって伝えたはずよ」

「そのあとよ」スキーマスクがじれったそうに言う。

わたしは懸命に状況を理解しようとした。「そのメッセージの送信元は違う番号だった？」

「ええ」彼女の目を見ると、一緒に謎を解こうとしているのがわかる。

「それで？　なんて書いてあったの？」

「自分はここにいるから、わたしが大丈夫なら会いたいって」スキーマスクは唇を嚙んでいる。彼女がこんなふうに感情を露わにするのは初めてで、そう思うと居心地の悪さがさらに増した。

彼女の言葉にぷっと噴きだす。「それをわたしからだと思ったの？　ちょっと変だと思わなかった？」

「丁寧すぎるとは思ったわね」

「念のために確認するけど、ＦＢＩがわたしを追っているっていう警告のメッセージを送ったのはあなたじゃないのよね。ラスベガスのモーテルのポストカードを車に残したのも、あなたじゃない。ここに封筒を置いていったのも」

スキーマスクが眉間にしわを刻む。「最後に会ったとき、あなたとは二度と顔を合わせたくないってはっきり態度で示したと思うけど」

「たしかにそうだったわね」だから二通以外のメッセージから伝わる雰囲気がまったく違ったのだ。「わたしもあなたに会いに来てほしいなんて絶対に言ってない。それにしても……どうして何も言わずに部屋に入ったのよ？」

「いちおう万一に備えたほうがいいかと思って」彼女が体を前に傾けて、わたしをじっと見る。「話を元に戻すわね。ＦＢＩ捜査官って言ってたけど、ひとり？」

「そうよ」

「外見はどんなふうだった？」

「そんなの覚えてないわ。捕まらないようにってことだけ考えてたから」わたしはいったん口をつぐんで、思い出してみる。「どちらかといえば、背は高かったかな」

「ブロンド？」

「たぶん。帽子をかぶってたからはっきりとはわからないけど」

「名前は言ってた？」

「うん。キャボット捜査官って」

スキーマスクが引っぱたかれたように、鋭く息を吸う。

「なんですって？」

彼女の表情を見て不安に駆られた。ボーの地下室でも冷静さを失わなかった彼女が、取り乱している。それを見て、わたしも怖くてたまらなくなった。「ＦＢＩはあなたのことも追っているの？」

「そいつはＦＢＩじゃない」

「えっ？　じゃあ、あの男はいったい――」

スキーマスクが血の気の失せた顔で、ためらいつつ口を開く。「殺人鬼よ。わたしは何カ月も前にそいつを追ってここまで来たんだけど見つけられなかった。そのあとテネシーで起こってる連続殺人事件のことを聞いて、ここの事件と関連しているんじゃないかと思ったの。それだけの理由があったし」

「でも違った」

「ええ、違ったわ。でも向こうはわたしをつけてきてたのね」

「テネシーまで？」

「そう」

わたしはスキーマスクを見つめた。思いもよらない話の成り行きに、頭が混乱している。「つまりあなたは連続殺人鬼を追っていたけど、逆にあなたがそいつらに追われたってこと？」

「そいつらじゃない、ひとりだけよ」一拍の間を置いて彼女が続ける。「そして彼はボー・リー・ジェソップよりはるかに危険なの」

「なんてすばらしいのかしら。つまりわたしがこれまでの生活を捨ててラスベガスに来たのは、連続殺人鬼にそう仕向けられたからなのね」

「まあ、そうなるわね」

信じられない。わたしはせかせかと部屋のなかを歩きまわって持ち物を集めた。現金で泊まれる別のホテルをドットに紹介してもらえないだろうか。ドットはむっとするかもしれないけれど、すでに払った分は取っておいてもらい、なんならそれに少し上乗せしてもいい。キモノをまとったマーセラの姿が頭をよぎる。彼女とは縁がなかったのだろう。実際のところ、きっとそのほうがよかったのだ。「そいつはわたしのアパートメントに来てた。どうやって見つけたんだろう？」

「わからない」スキーマスクが動揺した様子で、髪を掻きあげる。「彼が広告のポストカードをあなたの車に残していったの？」

「うん、そう。被害者のひとりが殺された安モーテルのやつをね」そのことを考えると、体に震えが走った。そいつはわたしの車に触れ、わたしのアパートメントに入ったのだ。最初の朝に入った食堂からつけてきたの？　あのときはバスに乗ってもまだ呆然とした状態で、ほかの乗客に目を向けるどころではなかった。「一番新しい犠牲者は、わたしがここに着く前の晩に殺されたみたい。そしてわたしの名前が刻まれたネックレスをつけていたそうよ」

スキーマスクの顔から表情が抜け落ち、そのことがほかの何よりもわたしを不安にさせた。「なるほど」けれど彼女はそれしか言わない。

「何がなるほどなの？」わたしはダッフルバッグに服を押しこみながらきいた。「ねえ、あなたがつけられてたってことはない？」

「あなたのバックパックよ。ボーのヴァンにあったやつ」スキーマスクがそちらに目を向ける。

わたしは一瞬呆然としたあと、それが放射性物質でできているかのようにバックパックをこわごわと取って、ベッドの上に置いた。そしてためらいながら、中身をひとつひとつ出していく。土産物のスウェットシャツ、野球帽、しなびたリンゴ。何を探しているのか、自分でもわからなかった。中身が減っていくにつれて気持ちが急き立てられ、どんどん引っ張りだしては床に放っていく。「じゃあ、ボーとは関係ないのね」

「ミスター・ジェソップは単独犯だったと確信しているわ」

「どういうこと？　ボーじゃない誰かがあそこにいるのを見たの？」彼女の車が置かれたあたりでのことがぱっとよみがえる。「森のなかね。そうでしょう」

スキーマスクは答える代わりに、空のバックパックに手を伸ばした。「ちょっと貸して」

気は進まなかったものの、しかたなく渡す。彼女は表面の縫い目に慎重に手を滑らせたあと、バックパックを裏返した。古いリップクリームやガムの包み紙、綿埃が床に落ちる。やがて詰め物が入っている部分を探っていた彼女が、バックパックの底の切れ目から小さな電子機器を引きだした。

わたしははっと息をのんだ。「それって、今も誰かがわたしたちの話を聞いてるってこと？」

「これはただのGPS追跡装置」彼女が持ちあげて光にかざす。「遠距離用のやつね。ネットで誰でも買えるわ」彼女がベッドの上にそれを放ると、わたしは蛇が飛んできたかのように身を縮めた。自分のことをすごく頭がいいと思っていたのに、何も気づかないまま連続殺人鬼に追われていたのだ。心のなかで自分にパンチを入れる。チラシでラスベガスという場所を意識に植えつけるという手法は昔からある詐欺の手口なのに、まぬけにも引っかかってしまった。

ベッドにぐったり座りこんで、両手で頭を抱える。「誰が、なんでこんなことをしているの？」

「長すぎて説明できないわ」

「長すぎて説明できない？　それ、本気で言ってるの？」

スキーマスクが突然、駐車場に面した窓の前まで行って、ブラインドの隙間から外をのぞいた。「もちろん本気よ、アンバー。あなたの身に危険が迫ってる」

「でも……どうして？　なんでわたしなの？」

彼女がため息をつく。「彼は、あなたを通してわたしにダメージを与えようとしているの」

「全然意味がわからない。わたしたちが一緒に過ごしたのって、せいぜい一時間くらいでしょう？　それにわたしは別にあなたのお気に入りでもなんでもないのに」

「ほんとよね」彼女が淡々と言う。「でも彼はそのことを知らない。しかもこれは、わたしたちが仲よしかどうかは関係ない。わたしがあなたを助けたことに意味があるのよ。彼はその事実をなかったことにして、わたしを罰したがってる」

わたしは音をたてて息を吐いた。「そうなんだ、ふうん。つまりあなたのせいってことね」

スキーマスクがふたたび牛追い棒を手に取って、自分の脚をぱしぱし叩きはじめる。

「あの地下室に置き去りにされたほうがよかった？」

「もちろん、そんなことはないわ」わたしはこめかみを揉んだ。パニック発作と偏頭痛が主導権をめぐって争っている。わたしはどちらにも勝たせたくなかった。呼吸に意識を集中するよう、必死に自分に言い聞かせる。「じゃあモーテルを替えるわ。彼が追ってこられないように」

わたしが言い終わる前からスキーマスクは首を横に振っていた。「そんなの、彼はとっくに予想してる」

「じゃあ、どうしろっていうのよ」わたしはいらだって両手を振りあげた。「せっかくボーから逃れたのに、別の殺人鬼に殺されたら意味がないじゃない！」

「殺されないわ。わたしがなんとかする」スキーマスクが尊大な口調で言う。

「なんとかするって、どうやって？」

スキーマスクはすでに落ち着きを取り戻しているように見える。「信用して。自分のしていることはよくわかっているから」

自信ありげな彼女を見ていると、なぜか心が鎮まってきた。もちろん、彼女を信じたいという願望のせいでもあるのだけれど。「どうしてそんなに冷静なの?」

「何年もかけて訓練してきたから」わたしに牛追い棒を向けて、彼女が続ける。「二、三日、目立たないようにしていてもらえるかしら。ここなら、まあ安全だと思う。武器は持ってる? ラバーカップ以外の」

「持ってるわ」これからはどんなときもグロックを身につけていようと、わたしは決心した。それに彼女がなんと言おうと、モーテルは替える。郵便番号が違うところにしよう。殺人鬼とはできるだけ距離を空けたほうがいい。

「じゃあ大丈夫ね」スキーマスクがドアに向かう。

わたしはあわてて立ちあがった。「待って! 全部終わったって、どうしたらわかるの?」

「メッセージを送るわ」

「わかった。それなら……新しい番号を教えるわね」知られることに不安がないと言えば嘘になるが、携帯はいつでも新しいものに替えられる。

スキーマスクがスマホを出して画面を見た。「702‐213‐3131？」わたしは呆然と彼女を見つめた。確かめると、やはりその番号で合っている。「どうやって知ったの？」

「じゃあね、アンバー。メッセージを待って」

スキーマスクがドアを開けて出ていくと、わたしは急いで鍵とチェーンをかけ、念のためにデッドボルト錠もかけた。偏頭痛ではなくパニック発作が優勢になっている今、少なくとも安全な場所でやり過ごしたかった。

わたしは机の前の椅子に座って目を閉じると、やりきれなさに悪態をついた。

三十分後、恐怖による発作は収まりつつあった。わたしはベッドに横たわったまま荷造りする気力を奮い起こそうとしたが、立ちあがる元気すら出ないでいた。ところがドアをノックする音が響いたとたん、アドレナリンが一気に噴きだした。一瞬で起きあがり、グロックを手に怒鳴る。「どっか行って！」

「ねえ、それはちょっと失礼な反応じゃない？」深みのあるアルトの声。マーセラだ。

「開けて、バターカップちゃん！」ドットの声もする。

わたしはうめいた。出ていこうとしている今、ふたりと顔を合わせたくない。ドアから顔をそむけて返す。「気分がよくないから、話なら明日にしてください」

ドアの向こうでひそひそ話しあう声が聞こえる。やがてマーセラが言った。「ごめんね。勝手に入るわよ」

「やめて。本当に体調が悪いの」まだ現実のこととは思えない。どうしてこんなことになってしまったのだろう？　人生が坂道を転げ落ちるように悪化していっている。ほんの一時間前は、ドーンという名の赤毛の女として新しいスタートを切ることに喜びを感じていたのに。

ふたたびノックの音がして、今度はドットが言った。「マスターキーを使わせないで！」

「もう！　わかったから、ちょっと待って」体を転がしてベッドからおりる。勢いよくドアを開けると、小さなスーツケースをかたわらに置いたドットとマーセラが立っていた。わたしの表情を見て、ふたりが笑みを消す。

「何があったの？」ドットがきいた。彼女はフラメンコダンサーを思わせるレースの縁取りがついたシルクの黒いドレスに着替えていた。マーセラのシンプルな白のサンドレスは、これまで彼女が着ていた服のなかではもっともおとなしい。髪はシニヨンにまとめ、目や唇に施されたメイクも少なめだ。彼女は美しかった。ふたりとも美しい。でも今のわたしは、どっちの相手もしたくなかった。

「実は、ついさっき悪い知らせを受け取ったところなんです。だから——」

「ちょっと！　この子ってばわたしたちから離れる気よ、ドット」マーセラがわたしを押しのけ、ベッドにどさりと座る。

「そんなことさせないわ」ドットが鼻を鳴らす。「さあ、さっさと支度をして。出かけるわよ」

わたしはぶるぶると首を振った。「絶対にいやです。わたしは、ピザを頼んでシャワーを浴びたら、ベッドに入りたいんです」

マーセラがいたずらっぽい笑みを浮かべる。「わたしも一緒に入ってあげてもいいわよ」

「ふたりで何をしてもいいけど、あとにしてちょうだい」ドットがスーツケースを苦労して箪笥の上にのせる。ついさっきそこに牛追い棒が置かれていたことを思い出して、わたしは息をのんだ。「これからマーシーとわたしで本当のラスベガスを見せてあげる。地元の人間しか知らないラスベガスを」

「わあ、すてきですね」そう言ったが、わたしの経験では〝地元民のみ〟のイベントは往々にして動物になんらかの危害を加える行為が含まれる。そしてわたしは、〈デイリークイーン〉の駐車場で吐くことになるのだ。そこで、躊躇した末にお断わりすることにした。「でも、わたしは荷造りを終わらせなくちゃならないから」「この街から出ていくつもり?」マーセラが眉をひそめる。「だめよ!ジェシーに頼んだものだってまだできてないんだから」ドットも反対した。

わたしはふたりを見ないよう、両手に視線を落とした。「そうなんですけど」「前金は返せないわよ。そういう契約だったでしょ」ドットが厳しい声で言う。「かまいません。落ち着いたら住所を知らせて、そこに送ってもらいます」そのときまで新しいIDが必要な状況にならないことを祈るばかりだ。それでもいろいろ検討した結果、生きのびるためにはふたり目の連続殺人鬼とのあいだになるべく距離を置くことが必要だという結論に達した。別のモーテルに移るのはあきらめた。現金だけを使い、車で寝泊まりする。ロサンゼルスは大きな街でホームレスが大勢いるから、姿をくらませるのは簡単だろう。

ドットが呆然とわたしを見つめる。「でも……どうして?」

だって、わたしを殺したがっている人間がまた現われたから。そう思いながらわたしは肩をすくめた。「いろいろ複雑な事情があって」

「へえ、複雑な事情ね」マーセラがじっと見る。「ねえ、あたしはどうでもいいんだけど、ドットがあんたのために特別なことを計画してくれたのよ。だからそのかわいいお尻を椅子にのせて、好きにいじらせてあげてちょうだい。明日になったら勝手にしてくれてかまわないから」

わたしは眉をひそめた。「好きにいじるって、何をする気?」

ドットはわたしの態度にやや動揺していたが、それでもスーツケースを開いてぎこちなく中身を披露した。「じゃじゃーん!」

「うわっ、勘弁して!」アイシャドウやメイクブラシがところ狭しと詰めこまれている細かく仕切られたメイクケースを見て、わたしはうめいた。

「そうよ、かわいこちゃん。変身タ―イム! あんたのそのひどい外見をあたしたちがなんとかしてあげる」マーセラが声をたてて笑う。

わたしは目をつぶった。そんなことをされるくらいなら、あのビュッフェ式食堂の確実に下痢をする料理を食べるほうがましだ。いや、それよりさっさと車に乗りこみたかった。

それなのに、車に乗って走りだすことを考えると胃がねじれた。殺人鬼はおそらく今もその辺でわたしを見守り、じっと待ちかまえている。車にも追跡装置をつけられているかもしれないけれど、どんなものを探せばいいのか見当もつかない。彼を振りきるためには賢く立ちまわらなければならないのに、今はそんなふうにできる気がしなかった。

でも、代わりに何もかも片づけるとスキーマスクが約束してくれた。普段は盲目的に人を信用することはないけれど、どちらかといえばわたしよりも彼女のほうがやるべきことをわかっている気がする。だからといって、このまま彼女を信用していいの？　信用したせいでバスタブのなかで死ぬ羽目になるのでは？

額に両手で作ったこぶしを押しつける。簡単に出る答えなどない。

「大丈夫？　緊張をやわらげるために、何かしてほしいことはある？」ドットが心配そうにきく。

わたしは首を横に振った。今晩出発するには、気持ちも体も疲れすぎていることだけはたしかだった。朝出れば、遠まわりしたとしても日が暮れるまでにはカリフォルニアに着くはずだ。明日の今頃はビーチに座っているかもしれない。

それまでは……執拗(しつよう)な殺人鬼といえども、人がいるところで襲ってくることはないのではないだろうか。もしかしたら、ふたりと出かけるのが一番安全なのかもしれない。わたしが人目のあるところにいれば、スキーマスクが計画を遂行するための時間を稼げる。

「ねえ、信じて。すてきな夜になるから」わたしの決意が鈍っているのを見て取り、ドットが言う。

わたしはため息をついた。「わかりました。でも男性ストリッパーがいる店はやめてくださいね」

「残念。あたしはそこがいいのに」マーセラが口を尖らせた。

「痛っ！」わたしは抗議した。「ようやく生えてきた眉毛なんですから、そっとしておいてもらえます？」

「形を整えなくちゃならないのよ。ほら、じっとして」

「言うだけなら簡単ですけど」ドットが身をかがめているせいで、胸の谷間が丸見えだ。そして、その光景が不快とは言えないことは認めざるをえなかった。そのうえ彼女からはすごくいい匂いがする。イチゴと清潔なリネンの匂い。マーセラはベッドでくつろいでいて、ドットが底の広いシャンパングラス三脚とともに持ってきたスパークリングワインのプロセッコをひとりで楽しんでいる。まるでよくある女の子同士のお泊まり会のようだ。わたしひとりがいやいや参加しているだけで。

わたしも自分のグラスを取ってプロセッコをすすり、男女それぞれに課された役割分担のおかげで、男たちはこういう面倒な局面に向きあわずにすんでいるのだとむっつり考えた。ちゃんとした独身男性のパーティーなら、こんなふうにモーテルの部屋に座りこんでいるのではなく、すでに二軒目のストリップクラブに繰りだしている頃だ。こんなことをしていて何が楽しいのか、正直言ってわたしにはわからない。だってドットはこの一時間の大部分を、ようやく生えはじめたわたしの眉をピンセットで抜くことに費やしている。

とはいえ、ほんの少しは気が紛れていることは認めざるをえなかった。毛を抜かれる痛みに気を取られていないときは、自分が殺されることばかり頭に浮かんでしまう。

「あと少しで終わるわ」ドットが上唇に舌をつけて、マスカラを塗り重ねながら言う。

「よし、できた。もう見てもいいわよ」

あきらめきった心境になっていたわたしはのろのろと振り返って鏡を見て、思わず二度見した。「何これ！」

「うん、悪くないね」マーセラがいいねというようにうなずいている。「余裕で一回五十ドルは取れるよ」

「黙んなさい、マーセラ」ドットがマーセラをにらむ。

「何よ。この街ではなかなかの金額なのに」

わたしは言葉が出なかった。ドットはわたしの眉を完璧なアーチ形に整え、隙間をペンシルで埋めていた。頬骨の上にチークを入れ、目はアイシャドウとパウダーで強調している。まばらな髪は彼女にもどうすることもできず撫でつけてあるだけだが、それでもすごい。こんなにすてきな自分を見るのは生まれて初めてだった。

「どう？」ドットが心配そうにきく。

涙がわきあがった。もう長いあいだ、こんなふうに人に優しくしてもらったことはなかった。

マーセラが茶々を入れる。「もう、出かける前から台なしにしないでよね」にじんだマスカラをドットがそっと叩いてきれいにしてくれた。「ありがとう、ドット。本当に」

「お礼なんていいのよ」ドットがかがんで頬にキスをした。それからついてしまった口紅を親指で拭き取る。

「さてさて、お待ちかねのメインディッシュよ！」マーセラが芝居がかった口調で言い、ベッドの上のガーメントバッグを示す。そんなものがあったことにわたしは気づいていなかった。

「これはお客さんの忘れ物なの。三カ月くらい前に見つけたミニドレスでずっと取っておいたんだけど、どう見てもわたしのサイズじゃないし、マーセラは好みじゃないのよ。でもあなたならと思って——。だから、とにかく見てちょうだい！」

ファスナーを開けると、なかにはカクテルドレスが入っていた。自分で買うなら絶対に選ばないが、ただでもらえるなら文句を言うつもりはない。しかもちらりと見えたラベルに記されたブランド名からして、数百ドルはするものだ。「こんなのを置いていく人がいるんですか？」

ドットが顔をしかめる。「ほとんどの忘れ物はこんなにいいものじゃないわ。さあ、着てみて。ショーに遅れちゃう」

「ショー？」いぶかしげに問いかける。

ドットが両手で銃を撃つ真似をした。「あと五分よ、シンデレラ！」

そんなこんなで二十分後、わたしは〈シーザーズ・パレス〉の裏にある楽屋口をくぐっていた。そのあと人とすれ違うたびに躍起(やっき)になって顔を確かめているわたしの様子に気づいていたとしても、ふたりがそれを口にすることはなかった。といっても男の顔がわかるわけではない。背が高くてブロンドだったことしか覚えておらず、その条件はすれ違う男性の多くに当てはまった。

ドットが警備員と音だけの触れないキスを交わし、ここのオーナーであるかのように堂々と進んでいく。マーセラとわたしも彼女のあとから入り組んだ関係者用の廊下を進み、やがてなんの特徴もないドアの前に着いた。わたしたちににやりと笑みを向けたあと、ドットがそのドアを開ける。

わたしは息をのんだ。そこは円形の劇場で、舞台のまわりをたくさんのテーブルが囲んでいた。すでに席はほぼ埋まっていて、ドットがそのあいだを縫ってわたしたちをステージの真ん前にある小さなテーブルへと導いていく。テーブルには白いテーブルクロスがかかっていて、バラを一輪差した花瓶が置かれていた。

わたしはいかにも田舎者という感じでぽかんと口を開けてしまわないようにしながら、椅子を引いて座った。劇場には、これまで学校の校外活動で一度行ったことがあるだけだ。それにしてもここは巨大だった。洞窟みたいな空間におそらく五百人ほどの客が入っている。

「どうかした？」ドットがきいた。

「なんでもありません」わたしはつばをのんだ。殺人鬼に拉致されたあとこんなに大勢の人がいる場所に来るのは初めてで、空気が薄くなったかのように息が苦しかった。体の内側で渦巻いているパニックを、目をつぶって抑えようとする。ここは本当に安全なの？　ここに来たのは大きな過ちだったかもしれない。

「ねえ、本当に大丈夫？　無理やり連れだすのはいい考えじゃなかったかしら――」

ドットの声が遠くに聞こえる。

「この子は大丈夫よ」マーセラが割って入った。彼女の唇が口に押しつけられるのを感じるのと同時に、舌先で小さな錠剤が押しこまれる。「のみこんで」ささやかれて、反射的にのんでしまう。やだ、どうしよう。

照明が落とされると、わたしはマーセラに身を寄せた。「さっきのは何？」

「ママからのちょっとした応援」彼女がウインクをする。

「ほんと、やめて」そう言ったところで、パニックになった。「まさか――」

「しいっ。わたしを信用して」マーセラが肩に腕をまわして引き寄せる。

「きっと気に入るわよ。今、街で一番人気のチケットなんだから」ドットがわたしの膝を優しく叩いた。

「飲みなよ。気が楽になるから」マーセラがシャンパンのグラスを差しだす。

むっつりと黙ったまま、わたしはそれを半分飲み干した。あたりは完全に暗くなっている。周囲の人が見えないから安心していいはずなのに、かえって閉所恐怖症がふくれあがっていく。地下室に監禁されていたときと同じように、押し寄せる暗闇に押しつぶされそうな感じがするうえ、寒くてしかたがない。心臓が激しく打ちはじめて腕に鳥肌が立ち、逃げだしたくて立ちあがりかけた。

「落ち着いて。じきに効いてくるよ」マーセラがささやく。

目の前のステージの中央に、突然スポットライトが差した。手術台の上にぶらさがってた電球みたい。そんな考えが浮かんで、息が止まる。

「本当に大丈夫かしら？」ドットがささやいて、わたしの目の前で手を振る。「アンバー、どうしたの？　大丈夫？」

わたしは体が固まって動けなかった。あいつが捕まえに来る。やっぱり間違っていたんだわ。さっさとこの街を出て、逃げだすべきだった。

「大丈夫よ」マーセラが言い、わたしの腕をこする。

それなのに、こすられている感覚がほとんどなかった。ふたりの声がずいぶん遠くに聞こえる。わたしは円形の舞台のまわりに広がる闇に意識を集中し、背の高いブロンドの男が現われるのを待った。

「大丈夫じゃないわよ」ドットが顔を寄せて、わたしをまじまじと見る。「ほら見て、顔がシーツみたいに真っ白。やっぱりいい考えじゃなかったんだわ。早く連れだして――」

突然、わたしの全身をめぐる血が咆哮した。いや、咆哮というより……歌っている。何か小さくてあたたかいものが体の奥で芽生え、血の流れに乗って体じゅうを駆けめぐった。ざわめきは腕や脚へと広がって、頭のてっぺんまでのぼっていく。すべての神経がいっせいに燃えあがって……苦しいくらいだ。体のなかに溜まっていた息が一気に抜ける。

わたしはぐったりと重い体をなんとか動かして、マーセラのほうを向いた。「この、クスリは、何?」

「さっき説明したでしょ。あとはただ楽しむだけよ」マーセラがウインクをする。

頭が回転台にのっているかのようになめらかに動いた。ひとつひとつの筋肉がどう作用して頭を動かしているのか、すべて感じ取れる。ゆっくり向きを変えてステージに目を向けると、そこはもう恐ろしい場所ではなくなっていた。スポットライトがあたたかく楽しげに見える。そこへ突然、どこからともなくパフォーマーたちが現われた。天井からおりてくる者、とんぼ返りをしながら影のなかから出てくる者、観客のあいだから出てきてステージに跳びのる者までいる。彼らが物理の法則に反する技を次々に決めるのを見て、わたしは息をのんだ。まるで夢を見ているよう——いや、夢の世界に入ってしまったかのようだ。彼らがわたしひとりのために技を見せてくれているように感じた。恐怖を払って、まったく新しいわたしに生まれ変わらせるために。

ぼうっとしているうちに夜は過ぎていった。途中でわたしもステージにのった――ような気がする。何ダースもの優しい手が抱きしめたり支えたりしながらわたしを慰め、大丈夫、何も心配する必要はないと励ましてくれた。観客のなかにドットが見えた。マーセラもいる。ステージを取り巻く全員があたたかくわたしを見つめていた。かつてひとりぼっちだと思っていたのが信じられない。だって、それは違うから。わたしは愛に囲まれている。ううん、わたし自身が愛なんだ。そして――。

わたしは地面を見つめていた。どこもかしこも痛い。ぼうっとしたまま顔をあげると、ドットとマーセラが心配そうに見おろしていた。

「またゲロを吐きそうに見える」

「まったく、あなたって子は。マーセラ、あなたを蹴ってやりたい。彼女に何をのませたのよ?」ドットがうなるように言う。

「ただリラックスさせるだけのものよ。そんなに興奮しないで」

「このままの状態が続くようなら、彼女を病院に連れていかなくちゃならないわ」

「ドットだって、どんどんお酒を注ぎ足してたじゃない」マーセラが言い返す。

目をしばたたくと、まわりの景色がゆっくりと焦点を結んだ。わたしは縁石に座っている。そばに大きめの水たまりがあって、なぜかそれがわたしに関係しているという気がしてならない。わたしは腕で口元をぬぐった。「ここはどこ？」

「ほら。大丈夫だって言ったでしょう？」小さく円を描くようにわたしの背中をさすりながら、マーセラが言う。「あんたはね、ドットの靴の上に思いきり吐いちゃったの」

「二度目よ。お気に入りの靴なのに」ドットがうなるように言って靴を見おろす。

頭に綿が詰まっているような感覚は、革エプロンに何かを注射されたあと目覚めたときと気味が悪いほど似ていた。

ふたたび激しい吐き気がこみあげ、それを見たマーセラがあわてて足を引いたが遅すぎた。「げっ、最悪！」

「自業自得ね」ドットが気取って言う。

わたしは口のなかのいやな味を少しでも消そうとつばを吐いたが、ひどくなっただけだった。「あの、水を持ってませんか？」頭に痛みが走ってたじろぐ。いいかげん吐くのはやめないと、すでに癖になりかけている。

ドットが黙ってペットボトルを差しだした。それを一気に半分ほど飲んで休み、胃の落ち着き具合を確認する。頭の痛みはまだひどかったけれど、吐き気はいくらか収まった。ぼんやりとあたりを見まわし、もう一度きく。「ここはどこ？　ショーは終わったのかしら？」

「何言ってるの。ショーが終わったのは何時間も前よ。そのあとお店に行って――」

「〈チキ・ハット〉っていう、最高に安っぽくて酒がまずい店」マーセラが説明を補う。

「でもあなたはあそこがとっても気に入ったみたいね」ドットが言う。「バーカウンターから何度も引き離さなくちゃならなかったんだから。そのうえ、すぐに立って踊りだして――」

「女の子たちの喉まで舌を突っこんでた。あんた、結構ワイルドなんだね。あたしが嫉妬深いタイプじゃなくてラッキーだったよ」マーセラが言う。

「最後にはあなたが吐きはじめて、店から叩きだされたの」ドットが鼻をすする。

「彼が大事にしてるコイの池をあんなにしちゃって、レニーには当分口をきいてもらえないわ」

「ごめんなさい」ボトルの水を最後まで飲み干す。「だからクスリはやらないようにしてるんです」マーセラに向き直って言う。「クスリは人を単なるばかに変えちゃうから」

「楽しいばかだったよ」マーセラはにやにやしている。

「マーセラの言うとおりよ。あなたはとってもおもしろかった」ドットが同意する。

「少なくとも、スコーピオンボウルを飲むまではね。あのあとはひどいことになっちゃったから」

「今、何時ですか？」

「家に帰る時間よ。そろそろ迎えの車が来るわ」ドットがきっぱりと言う。

するとそれが合図だったかのように、リムジンがわたしたちの前に止まった。

「タクシーじゃないですね」

「ドットがこの街を動かしてるようなもんだって言ったでしょう？」

「いやだ、そんなんじゃないわ。ただ友だちが多いってだけ」

ふたりに両側から引っ張りあげられて立ったものの、ヒールを履いた足がぐらつく。足が頭と同じくらい痛かった。「ああ、もう。こんな状態でカリフォルニアまで運転していけるかしら？」

「言っておくけど、あなたはまず睡眠をとらなくちゃだめ」ドットが言う。「それからモーリーの車で吐いたりしたら、絶対に許しませんからね。そんなことになったら、モーリーは絶対にわたしを許してくれない。いい、わかった？」

「わかりました」弱々しく返す。

モーリーのリムジンのなかで吐かないようにするのは本当に大変だったが、幸いモーテルまで五分しかかからなかった。それより少しでも遠かったら、わたしのせいでドットはこの街のあらゆる車両関係のサービスから追放されていただろう。モーテルに着くなり車からよろめき出て、体をふたつに折って飲んだばかりの水をすべて吐きだした。

「あらら、かわい子ちゃんがひどいありさまね」ドットが首を横に振る。

「ほんと。自分の部屋に戻って寝たほうがいいんじゃない？　あとシャワーも浴びたほうがいいよ」マーセラが鼻にしわを寄せた。

わたしはうなずきかけて、眉間にしわを寄せた。「今晩は誰かと一緒にいないとだめだと思う」

「そうなの？」

自分の部屋には近寄らないほうがいいとささやく声が頭のなかでするが、その理由は思い出せなかった。「あの部屋では眠れない」

ドットとマーセラが視線を交わす。「じゃあ、あたしの部屋に泊まってもいいよ」マーセラがしぶしぶ申しでた。

「そもそもアンバーにクスリをのませたのはあなただしね。それが公平ってもんだわ」ドットがきびきび言う。

「二、三時間でいいの。ちょっと寝たら出ていくから」言葉を発するたびに新たな痛みが走って、顔がゆがむ。

「もちろんそうだろうけど」そこでマーセラが声をたてて笑った。「ねえ、二日酔いにすっごく効くものがあるんだけど」

「もうクスリは絶対にだめ！」ドットがマーセラに指を突きつけながら言う。

「ブリトーのことよ。そんなに興奮しないで」

胃がまたしても不穏にねじれた。「食べ物の、話を、しないで」

「まったく、あなたたちときたら」ドットがため息をついて、首を横に振る。「何かしてほしいことはある？」

「歯ブラシが必要なので、取ってくるあいだ、ふたりはここで待っててもらえますか？」部屋のある二階へとあがる階段を、不安げにうかがった。部屋を替えてもらったのは失敗だったかもしれない。階段は濃い闇に包まれていて、上で不吉なものが待っているという予感がぬぐえない。でも、どうしてもゲロの味を洗い流したかった。

ふたりがふたたび視線を交わす。事情を説明したいけれど、そうするためには今は意味の通らない断片的なイメージにすぎないものを、つなぎあわせなくてはならない。スキーマスクをかぶった女、バスタブのなかの女の子、コイが泳いでいる池。わたしは酔っ払いで、クスリでハイになっていて、ものすごい頭痛に襲われている。三重苦だなんてあまりにも理不尽に思えた。

「いいけど、わたしも暇じゃないから急いで」マーセラが早く行けと身振りで促す。

「わかった」わたしは大きく息を吸うと、駐車場をふらふらと歩きはじめた。一歩一歩足を前に出すことだけに集中する。夜が明けかけて地平線の上の空がうっすら明るくなってきたが、頭痛はひどくなる一方だ。吐けるものなら吐きたいのに、胃にはもう何も残っていない。これ以上吐いたら、内臓が出てきてもおかしくなかった。

歯を食いしばって階段の下までたどり着く。よろめきながら一段ずつ足を運んで二階まであがるのに、永遠にも思える時間がかかった。マーセラとドットが小声で話しているのが背後から聞こえる。きっとわたしの頭がおかしいなどと言いあっているのだろう。階段をあがりきったところでいったん足を止めて、エベレストを征服したような気分に浸る。息が整うと、部屋に向かった。

ドアの前の床に洗濯物らしきものが置かれているのが目に入った。とはいえ清掃の時間にはまだ早いから、洗濯物のはずがない。

近づいていくと、黒っぽい水たまりが洗濯物の下から通路の端に向かって延びていた。

布の塊（かたまり）が突然もぞもぞ動きだす。表情のない目がわたしを見あげ、手が伸びてきて……。

わたしは悲鳴をあげ、脚をもつれさせながら後ずさった。体の向きを変えて走りだそうとしたけれど、ハイヒールを履いていることを忘れていてバランスを崩してしまった。側頭部にがつんという音が響く。それとともにすべてが暗転した。

10 悪党は泣かない（一九五〇）
THE DAMNED DON'T CRY

目が覚めると病院のベッドに寝ていた。金属製のちょっと変わったベッドだけど。そしてすぐ横に点滴の袋がつられたスタンドがあるのはまあいいのだが、部屋を見まわすとなぜか何ダースもの胴体のない頭に囲まれていた。

頭を持ちあげると鋭い痛みが額から奥に向かって走り、びくりとする。「何これ、死ぬほど痛い」歯を食いしばりながら思わず言い、頭をどさりと落とす。

するとかつかつと駆け寄ってくるドットのヒールの音がした。「動いちゃだめよ。ドクター・アブードがじっとしているようにって」

「誰が、なんて言ったんですか？」舌がうまくまわらないし、頭がずきずき痛む。あんなクスリをのませたマーセラの首を絞めてやりたい。

「ドクター・アブード。すばらしい先生なの」ドットが部屋の入口を振り返る。彼女のゴージャスなワンピースには奇妙な模様がついていた。まるで大量の液体を浴びたみたいな――。

「それって血？」

ドットが自分の服を見おろして、しわを伸ばそうとするかのように両手を当てようとする。けれどももう少しで触れるというところで、ぴたりと手を止めた。「あなたのじゃないわ」いつもと比べて顔が白く、チークの赤がひどく目立っている。

「じゃあ、誰の――」

「あなたは何も考えずに、ゆっくり体を休めなさい」なだめるようにドットが肩を叩く。「ドクター・アブードによればひどい脳震盪で気を失っただけで、数針縫えばもとどおりになるそうよ。あっちの処置が終わったらすぐに縫ってくださるって――」わたしの肩を叩きながらふたたびドアに目を向けたドットの手には、さっきより力がこもっている。

「ちょっと、痛いですって！」わたしは彼女の手を払いのけた。「いったい何があったんですか？　それに、ここはどこ？」そのとき、壁の向こうから緊迫したやり取りが聞こえてきた。片方の声には聞き覚えがある。「あれはマーセラ？」

「彼女は大丈夫。隣の部屋で手伝いをしてるだけだから」

「何を手伝ってるんですか？」

「ドクター・アブードがあなたのお友だちの手当てをしていて、その手伝いよ」「わたしの友だち?」ドットの話を聞けば聞くほど、わからなくなってくる。「わたしには友だちなんていません。あなたたちふたり以外は」額に手を当ててると、何かでべたついている。「何があったのか教えてください」

「わたしにもわからないのよ」ドットがわたしの横に慎重に腰をおろす。それを見て、ベッドだと思ったものが実際は作業用のテーブルのようなものだと気づいた。金属製のそれはひどく冷たかった。わたしはドレスとも言えないシルクの薄いスリップを着たままだし、部屋は凍りついてしまいそうなくらい寒い。体が震えているのを見て、ドットが薄いコットンの毛布を肩まで引きあげてくれた。「もっと毛布を探してきましょうか。そこらへんにあるはずだから——」

「大丈夫ですから、早く話して」歯がかちかち鳴りそうになるのを抑えて、ドットを促す。

隣の部屋から大声で指示を飛ばす男の声が聞こえて、ドットがふたたび両手を揉み絞った。「ああもう、なんて夜なの」ため息をつく。「わかったわ。あのとき……言われたとおりマーセラと待っていたら、あなたの悲鳴が聞こえたの。マーセラがすぐに駆けあがっていったんだけど、今度は彼女の悲鳴が聞こえて。それでわたしも行ったら――」

部屋の前に人がいたことを思い出した。わたしはドットのドレスを指さした。「それは誰の血ですか？」

「あなたのお友だちよ。今……」ドットがふたたびドレスを見おろす。「ドクター・アブードが頑張ってくれているけど、やっぱり病院に連れていくべきだったかも。よかれと思ってそうしたけど、やっぱり――」

隣の部屋で大きな叫び声があがる。「ああ、本当に大丈夫かしら。かわいそうな子。警察には通報するな、病院にも連れていくなって、彼女に約束させられたのよ」

わたしがこの街で知っている人といえば、あとひとりしかいない。「やだ、スキーマスクなのね」部屋の前にあった洗濯物の山が動いて、そこから手が伸びてきたのを思い出す。あわてて逃げようとしたらハイヒールを履いた足がねじれて……その先は覚えていない。

ドットが首をかしげた。「スキーマスク？　名前はグレースだって言ってたけど」

「ブロンドで、背の高い、不機嫌そうな女性？」

「ええ、そうよ。『虐殺の街』のときのリザベス・スコットに似てる。血以外の部分はね」ドットが放心したような表情を浮かべる。「周囲は血だらけで、あちこちについてたから、廊下は漂白しなくちゃだめだわ。ティナに電話して、知らせておくべきかも――」

〝グレース〟今になって彼女の名前を知るのは変な感じだった。わたしには言わなかったのに、ドットにはすぐ教えたことにちょっとだけむっとする。今の状況ではどうでもいいことだけど。「じゃあ、彼女が出血したのね」

「かなりひどく。この歳だからわたしもいろいろ見てきているけど、こんなのは……初めてだわ」

ドットのメイクはにじんだり取れたりしてしまっていて、髪もくしゃくしゃになっている。見るからに取り乱しているが、こんなふうにしてしまったのはわたしだ。こういう事態をわたしが彼女にもたらした。昨日の夜、何もかも打ち明けて、すぐに出ていくべきだった。「本当にごめんなさい、ドット」

彼女がわたしの手を取って、ぎこちない笑みを作る。「謝らないでちょうだい。あなたが無事で本当にうれしいの。頭痛薬をのむ？」

隣の部屋からまたぞっとするような声が響いてくる。「隣で何をしてるの？」

「ドクター・アブードが傷の処置をしているのよ。グレースに、あなたたちふたりを安全な場所へ連れていってほしいと頼まれたの。ただし警察とつながっているような場所はだめだって」ドットが唇を噛む。「言うことを聞くべきじゃなかった。やっぱり病院に連れていけばよかったわ」

ウィッグのスタンドがちょうどわたしの正面にあった。その顔が妙にリアルなうえ、三年生のときに担任だったクラークソン先生に似ているせいで、どうやってもここでは休める気がしない。「それで、ここはどこなんですか?」

「警察には通報されない場所」ドットが言って、まわりを示す。「ドクター・アブードはシリアで外科医をしていたんだけど、この国では医師免許が取れなかったの。それでウィッグを売りながら、副業でこういうこともしているってわけ。わたしの友だちのリナも、胆石で苦しんでたときにお世話になったわ。でも、こんなのは……」ドットがふたたび両手を揉み絞る。「今からでも九一一に電話できるわ。どうかしら、したほうがいいと思う?」

返事をしようにも、脳みその代わりに湿った綿が頭に詰まっているようで、まともに考えられない。ボー・リー・ジェソップの地下室に囚われていた夜と同じだ。この二週間で、今まで生きてきて摂取したよりたくさんのクスリをのんでしまった。

枕の上に頭を戻して目をつぶり、考えることに集中する。マーセラは大丈夫。スキーマスクは本当はグレースという名前で(少なくともドットにはそう言ったらしい)、ウィッグ屋を営んでいる外科医に治療を受けている。わたしもけがをしているものの、それほどひどくはない。こんなときに不謹慎だとわかっているのに笑いがこみあげ、こらえようとして喉を絞められたような変な音がもれてしまった。

「大丈夫? 何かほしいものはない?」ドットが心配そうにきく。「氷のかけらなら持ってきてあげられるわよ――病人には氷をあげるものなんでしょう? どこかにあるはずなんだけど」彼女は部屋を見まわした。

ドットはショックでまだ呆然としているようだ。「わたしは大丈夫なので、グレースの様子を見てきてもらえませんか?」

「そうよね、わかった。それならできる。行ってくるわ」ドットがうなずき、ドアに警戒するような視線を向ける。「マーセラが手伝っているのよ。彼女がこういう状況に落ち着いて対処できるなんて、思ってもみなかった。人ってわからないものね」

「本当に。わたしも自分の頭がハンマーを詰めこんだボウリングの玉みたいになっちゃうなんて、思ってもいませんでした。そうでなければ自分で見に行くんですけど」

「そうよね。わたしが行くわ」ドットがこくこくうなずいている様子は、明らかに普通じゃない。

絶対に行きたくないと思っている。「グレースは死にそうなんですか？」

「まさか！　いいえ、もしかしたらそうかも。わからないわ」ドットがふたたび唇を嚙む。「ただ――ちょっと血が苦手で。それに、すごい量だったから」

「わかりました」わたしは深呼吸をすると、前腕をついて慎重に体を起こした。部屋がぐらぐら揺れたが、それは予想の範囲内だ。おそらく一分くらいで収まるだろう。少し待てばいいだけだ――。

「アンバー！」ドットが叫ぶのが聞こえ、部屋が闇に包まれた。


次に起きたときは、明るい光に目がくらんだ。「いやになっちゃう。もうこんなことはやめにしてもらいたいわ」

「指が何本立っているか、教えてくれるかな？」訛りの強い男性の声がする。

「二本です」目をすがめて見て答えたあと、つけ加える。「親指も入れたら三本」

「どうして親指は数えないんだい？」

「ほかの指とは違うから。あの、もう明かりを消してもらっていいですか？　頭痛がひどくなるので」

「相変わらず愛想のいいあんたが見られて、ほんとうれしいわ」頭を動かして見ると、マーセラが右肩のすぐ横に微笑みながら立っていた。その姿がホラー映画のセットから抜けだしてきたように見えなければ、もっとうれしく感じただろう。彼女の白いドレスにはドットよりさらに大量の血がついていて、腕や顔にも飛んでいる。

「こっちの子は大丈夫だね」かちりと音がして、明かりが消えた。血のついた手術着に身を包んだドクター・アブードは華奢な男性で、思っていたより若くておそらく三十代半ばくらいだろう。優しそうな目をしている。有能さと疲労感を同じ割合で漂わせている彼が、医療ドラマに主演しているところが容易に想像できる。「あっちの子をもう一度診て戻ってきたら、きみの傷を縫うよ」彼はペンライトでわたしの腕を叩いた。「いいかい、動いちゃだめだからね。またきみが気絶したら、ドットの心臓が止まってしまう。ここには患者をもうひとり受け入れる余地などないんだ」

「わかりました。グレースの具合はどうですか？」マーセラと医者が視線を交わすのを見て、体の内側が冷たくなる。「まさか、死んだんですか？」

「彼女は眠っている。この先どうなるかはまだわからないな」ドクター・アブードの声は慎重かつ明快だ。「だが彼女は若いし、健康だからね。切られた傷は深いが、主要臓器は傷ついていない。もろもろ考えると、彼女はとても幸運だった」

「先生はすばらしかったのよ」マーセラがわたしの手を取って、ぎゅっと握る。「ほんとに、あんたも見るべきだった。ちょっと好きになっちゃったくらい」

「わたしは結婚している」医者が眉をひそめる。

「客のなかでもいい男はみんなそうよ。電話番号を渡すわね」マーセラが気にせず言う。

「必要ない」ドクター・アブードはこわばった声で言うと、逃げるように出ていってしまった。

「本気で彼ならただで寝てあげてもいいくらい。だって、ほんとにすごかったんだもの。外科医になればよかった。手術着を着たあたしも、きっと最高にセクシーよ」

わたしの頭はまだちゃんとは働いていなかったものの、彼が〝切られた傷〟と言ったのは覚えていた。「グレースは刺されたの？」

「ドットから聞いてない？」

「ドットは怯えちゃって、そんな話をするどころじゃなかったのよ」マーセラを見る。

「あなたが悲鳴をあげたとは聞いたけど」

マーセラが隅にあるテーブルに腰をのせてわたしの肩に手を置くと、毛布を通してぬくもりが伝わってきた。「倒れてるあんたが見えたとき、死んでるとしか思えなかった。ぴくりともしないんだもの。そうしたらあんたの友だちが――」

「友だちじゃない。なんでみんなそう言うの？」

「まあ、なんでもいいけど。とにかく彼女が、ローリーを殺したのと同じやつにやられたって言ったの」マーセラの顔が曇る。「それから普通の病院には行けないって。まったく何様のつもりなのか、ドットがジムに助けを求めるのも許さなかった。だからあんたたちをドットの車に乗せて——」

「やだ、嘘でしょ」ドットの車のぴかぴかの座席が血まみれになったところを想像して、思わず声をあげてしまった。

マーセラがその言葉を退けるように手を振る。「心配しなくて大丈夫。あたしたちはどんなものについた血でもきれいに落とせる男を知ってるから。とにかくドットの車でここまで来たんだけど、そのあいだずっとあたしがグレースの脇腹にタオルを当てていたわ。血がどんどん出てくるから、押さえてなくちゃならなかったの。ガールスカウトだったときに応急手当てを教わって、出血したら押さえるってことは覚えていたから」

「ガールスカウトだったの？」これほど意外なことを聞いたのは初めてではないだろうか。

「そうよ。制服もまだ持ってる。いつか着てみせてあげるね」マーセラが明らかにこの場にそぐわないウインクをして、先を続ける。「とにかくそんなわけで、先生があんたを診て大丈夫だって診断したあと、彼女の手当てをするのに手を貸してほしいってあたしに頼んできたの」マーセラは頰は紅潮させ、うっとりした表情になっている。「ねえ、あんたはほんとに大丈夫なのよね？」

「頭が割れそうなくらい痛いけど」

「あたしもよ。でもそのおかげで、ばっちり素面に戻った」マーセラがわたしの額に目を向けた。「血を拭いてあげる。そのほうがたぶん傷を縫うときにやりやすいから」

マーセラは医療用品の入った箱が積まれたサイドテーブルまで行くと、ガーゼと消毒薬の瓶を取って戻り、ラテックスの手袋を音をたててつけた。「ラテックスはラテックスでも、いつもとは用途が違うのね」

「おもしろい冗談だこと」

マーセラが瓶を振ってから、ガーゼに消毒剤をたっぷりしみこませる。「しみるよ」

「上等だわ」おでこの右側をガーゼでポンポン叩かれたとたん、びくりとしてしまった。「傷はどれくらいひどい？」

「そこまでひどくないよ。たぶん跡は残らないんじゃないかな。でもあんたの友だちはもうビキニは着れないかも。残念だね。引きしまったいいおなかなのに」

こんな状況でもマーセラがグレースの体を見たのだと思うといやな気分になり、眉間にしわが寄ってしまう。今はそんなことを気にしてる場合じゃないでしょう。自分を叱るとひときわ鋭い痛みが走って、思わず声が出た。

「小さな子どもみたいに、いちいち声をあげないの」マーセラが言う。

「患者への態度がなってないよね」わたしはぶつぶつ言いながら、手当てを受けているあいだ、何が起こったのか考えをめぐらせて傷の痛みから気をそらしていた。

スキーマスク／グレースが首尾よく〝やつをなんとか〟できなかったのは明らかだ。そう思うと先行きに暗雲が立ちこめている気がした。だいたいそいつは、わたしが泊まっている部屋の前で彼女を刺したのだ。男はわたしを探しに来たのだろうか？　部屋の外でナイフとロープを持って潜んでいる大柄な男を想像する。昨日の夜、もし出かけずにひとりで部屋にいたらどうなっていたのだろう？　悪夢のようなシナリオが頭に浮かんできて、体ががたがたと震えだした。

「寒い？」

「ううん、大丈夫。ただ……ちょっと怖くなっちゃって」

「そうだよね」マーセラが手を引っこめる。こんなに深刻な顔をしている彼女は初めて見た。「つまり、彼女があんたを助けてくれたって人なの？」

「昨日の夜、部屋に来たの。あなたたちふたりが来る直前に」

うなずくと頭に鋭い痛みが走って後悔した。「この街に来てるって知ってた？」

「うん」

マーセラの顔に腑に落ちたような表情が広がる。「だから街を出ようとしてたのね」

「まあ、そんなところ」一瞬口をつぐんで、すぐに続ける。「わたしを殺そうとしているやつがいるって、彼女に言われたから」

「どうしてあんたを殺したがってるの？」マーセラが眉間にしわを寄せた。

「彼女にダメージを与えるため」マーセラの表情を見て、つけ加える。「いろいろ複雑な事情があるみたい」

ドクター・アブードが戻ってきた。「調子はどうだい？　傷を縫う心の準備はできたかな？」

「ええ、できました。もう待ちきれません」わたしはつぶやいた。

三十分後、傷を縫ってもらい水分を補給したわたしは、立ちあがっても気を失ったり吐いたりしないでいられるようになった。いやいやながらもドットが手を貸してくれて、ゆっくり歩いて隣の部屋までたどり着く。わたしは金属の台の上に両手をついて体を支え、グレースを見おろした。

この部屋はわたしのいた部屋より広くて、ウィッグも少ない。手術室みたいな雰囲気で、樹脂製のシートが四方に張りめぐらされていた。使いこんだ酸素ボンベや可動式の手術用の照明があり、床には血のついたタオルやガーゼが散らばっている。

グレースは毛布でくるまれ、腕に点滴の針が刺さっていた。血の気のない体は小さく見えるけれどそれ以外は普通で、ただ眠っているようだ。

「本当に大丈夫なの？」ドットが心配そうにきいた。わたしのすぐ後ろに立っているのは、また気を失ったときに支えられるよう備えてくれているのだろう。

「大丈夫です」そう返したものの、本当はかなりふらついていた。傷を縫う前にドクター・アブードから薬を与えられたが、体内にまだ残っていたクスリの成分と混ざって好ましくないことになっているのだろう。少なくとも痛みはなくなっているけれど。

「彼女はもう目を覚ましたんですか？」声を低くして質問する。

「それはないと思うわ」ドットも小声で返す。さっきよりもだいぶ落ち着いているようだ。ドクター・アブードが彼女にも薬を与えたのかもしれない。「少なくとも二、三時間は眠っているはずだって先生が言っていたから」

「そうですか」足が震えだし、わたしは顔をしかめた。「ちょっと座ったほうがいいみたいです」

ドットがあわてて隅にあった折り畳みの椅子を取ってきて広げてくれた。「あなたもやすんでいるべきなのに」

「大丈夫ですよ。少なくとも彼女よりは」そう言って、ベッドに身を寄せる。こんなに弱々しいグレースには違和感しかなかった。彼女を勝手にスーパーヒーローに祭りあげていたのか、無力で小さい姿に動揺してしまう。自分が始末をつけると彼女が言ってくれたから、恐怖に負けないですんだ。こういうことに関しては彼女はエキスパートなんだからと、信じることができた。

彼女がいなければ助かるチャンスはない。〝アンバー〟と刻まれたネックレスを思い出すと、体が震えた。殺人鬼はわたしの居場所を知っている。今の状態では車の運転は無理だけど、ドクター・アブードがいつまでもここに置いてくれるとは思えない。

ドットがわたしの隣に椅子を持ってきた。「本当に怖かったわ」

「ごめんなさい」うわの空で返す。

「あなたのせいじゃないけど」ドットが悲しげに微笑んだ。「こういうのって……現実に起こると映画とはまるで違うのね」

「そうですね。全然違います」

「いざというときには勇敢に行動できるって、ずっと思っていたのよ」ドットは両手に視線を落としたままだ。「でも実際はヒロインって柄じゃなかったみたい」

「何言ってるんですか」わたしは手を伸ばして、彼女の両手に重ねた。「あなたは赤の他人を助けたんですよ。それってすごいことです」

「ええ、そうね」ドットが弱々しい笑みを浮かべる。「ありがとう、そう言ってくれて」

わたしたちはしばらく黙って座っていた。ドアの上の掛け時計は七時半を指している。ドットにメイクをしてもらってから、まだ十二時間もたっていない。それなのに永遠にも等しい時間が過ぎたような気がした。気の毒なドット。彼女はわたしに楽しい夜をプレゼントしようとしてくれただけなのに、代わりに得たのがこれだ。「あなたはもう家に帰ってください」

「すぐに帰るわ。だけどその前に、彼女の容態が安定したことを確認したいの」ドットがグレースを示す。

するとそれが合図だったかのように、ベッドからうめき声がした。「まったく、もうちょっとゆっくり寝かせておいてくれないの？」

「あっ！　目が覚めたのね！」あわてて彼女のそばへ行こうとして、点滴のスタンドにつまずきそうになる。

グレースが薄く目を開け、部屋を見まわした。「まさかここ、病院じゃないわよね」

「違うわ」ドットが断言する。

「よかった。ところで、どうやってここまで来たのかしら？」グレースはついさっき手術を受けたばかりであることを考えると、驚くほど意識がはっきりしていた。

「ドットが車で運んでくれたのよ」彼女に教える。

グレースは顔を傾けて、ドットを見た。「ああ、赤毛の人ね。売春婦の子はどこにいるの？」

それを聞いて、わたしはかっとした。「まずはありがとうって言うべきでしょ！　ふたりはあなたの命を救ってくれたんだから」

グレースがぐるりと目をまわす。「別に死にそうじゃなかったけど」

「血まみれのタオルがこんなにあるじゃない」

「車も血だらけになったわ」ドットがつぶやく。

グレースはあろうことか煩わしそうな顔をした。「余計なことはいいわ、アンバー。ここに来るまでの出来事を、細かいことまで全部教えてちょうだい」

「その前に説明すべきことがあるでしょう？」腕組みをして彼女をにらむ。

「そんなことをしてる時間はないわ」

「あるわよ。その状態じゃ血まみれにならずにはどこにも行けないんだから。今度出血したら放っておきますからね」

「そうよそうよ」ドットも言う。

グレースは大きくため息をついた。「わかったわ。でも、さっさとすませて」

「まず、どうしてわたしの部屋に戻ってきたの？　殺人鬼をつけてたら、モーテルまで来たってこと？」

グレースが眉をひそめる。「わたしはモーテルには近寄ってないわ」

「でも、いたのよ。あなたはわたしの部屋の前で血を流してたの」

彼女が目を閉じる。「最悪」

「〝最悪〟？　言うのはそれだけ？」

「うるさいな。ちょっと考えさせて」グレースが震える手でこめかみを押さえる。

ドットの顔に血がのぼった。「アンバー、あなたのお友だちのことはあんまり好きになれそうにないわ」

「友だちじゃないから」グレースとわたしが同時に言って、にらみあう。

「つまり、問題の処理がうまくいかなかったってことよね」彼女に確認する。

「不意を突かれたのよ。くそっ、本当にもうちょっとだったのに」

「そんなの聞いても、ちっとも安心できない」心が重くなる。彼女がなんとかしてくれたらと、ずっと期待していたのだ。それなのに今の彼女はわたしよりひどい状態だ。椅子に座り直して、考えをめぐらせる。これからどうすればいいのだろう？

グレースがわたしの額に目を向けた。「それで、あなたは何があったの？」

わたしは思わず額を手で隠した。「あなたを見て、あせって逃げようとしたら――」

「逃げようとした？」グレースが片眉をあげる。

「あなただってわからなかったから。ものすごい量の血で驚いたっていうのもあるし。そうしたら転んで頭を打っちゃって――」

グレースがばかにしたように笑う。

「わかってる。ばかみたいよね。刺されるのと同じくらいばかだと思う」

「刺されたのはしかたがなかったのよ」

「そうでしょうとも」わたしは彼女の態度にだんだん腹が立ってきた。「それでドットとマーセラはあなたに言われたとおり、わたしたちを病院じゃなくウィッグ屋の店主兼医者のところへ連れてきてくれた。九一一に電話すればすむ話だったのに」

「ここはウィッグ屋なの？」グレースが首を持ちあげて、部屋を見まわした。わたしは彼女の言葉を無視して続けた。「ふたりにちょっとくらい感謝してもいいんじゃない？　はっきり言って、あなたなんてこのまま外に放りだして、あとは勝手にやってもらえばいいって気になってるんだから」

「そうそう、本当にそのとおりよ」ドットが同意する。

「わかってないわね」グレースがいらだったように言った。「あいつがわたしをあなたの部屋の外に置いていったのは、メッセージを伝えるためよ。あなたはもうゲームの一部なの」

「わたしが？　どういうこと？」

「なんのゲーム？」ドットがきく。

グレースは肘をついて体を起こした。「医者にモルヒネを減らすように言って。準備を整えておかなくちゃならないから」

「準備ってなんの？」

グレースはふたたびわたしを見つめた。「兄があなたを殺しに来たときのための準備よ」

「えっ、なんて言ったの？」わたしの頭はぐるぐるまわっていた。だからグレースの言ったことが理解できなかったのだろう。「あなたのお兄さん？」

「そう、わたしの兄。ちゃんと話についてきて」グレースが座ろうともがいている。

「兄がわたしに薬を打って、あなたのモーテルまで連れていったの。たぶん、あなたを殺すところをわたしに見せたかったんでしょう。でも、あなたは留守だった」

「ちょっと待って」胃液が喉までせりあがってくる。「お兄さんって、家族でしょう？　その人があなたの追っている連続殺人鬼なの？」

「同じことを二度も説明しなくてすむと助かるんだけど」

「連続殺人鬼がわたしのモーテルにいたの？」ドットは気絶しそうになっている。

「そうよ」

わたしはのろのろと言った。「じゃあもし昨日の夜出かけてなかったら、わたしは……」

「おそらく死んでいたでしょうね」

わたしは乗りだしていた体を戻し、ぐったりと椅子の背にもたれて考えをまとめようとした。彼はどれくらいのあいだわたしを待っていたのだろう？　本当にわたしの部屋のなかに入ったのだろうか？

体が震えた。あそこにはもう戻りたくない。

「まわりに人がいる場所にいたのは賢明だったわ。思ってたより分別があったのね」

「褒めてくれてありがとう」起きたことの重大さのわりに、わたしは奇妙なくらい落ち着いていた。もしかしたら、アドレナリンを使いきってしまったのかもしれない。

「どうして昨日の夜、わたしを狙っているのがお兄さんだって教えてくれなかったの？」

「教える必要はないと思ったから」

「必要はないですって？」

「本当にお願いよ、アンバー。そういう質問は時間の無駄なの。黙ってわたしに話をさせて」グレースがふたたび体を起こそうとして、痛みにひるむ。

こんなに弱っている相手なのに、引っぱたいてやりたいという衝動は耐えがたいほど大きかった。それをなんとか抑え、代わりに両手の親指でこめかみを揉む。「わたしだって、今こんな話はしたくない。脳震盪を起こしているし、薬が抜けきっていないんだから。でもあなたのお兄さんに殺されることになるなら、理由は絶対に知っておきたい」

「理由は、兄が精神病質者(サイコパス)だからよ。ほかにないわ」

「ずいぶん偶然が重なったものね。連続殺人鬼を狩るのが趣味だっていう妹に、連続殺人鬼の兄だなんて」

グレースは苦労した末になんとか四十五度まで体を起こした。だけど痛みをこらえているつらそうな表情を見ても、わたしは手を貸す気にはなれなかった。彼女が目をつぶって深く息を吐く。「わたしのやっていることは、兄が理由よ。ずっと兄を追ってきた。兄だけを。ほかは、たまたま見つけただけ」

驚いて彼女を見る。「そうなの？」

グレースが脇腹に手を当ててうめいた。「手術をしてくれた男は本当に医師免許を持っているの？」

「つまりあなたのお兄さんは連続殺人鬼で、わたしたちが誰で、どこに住んでいるのか、すべて知っているってこと？」ドットが弱々しい声で言う。

「これを聞いて安心できるかどうかはわからないけど、あなたに危険が及ぶことはないと思う。兄が狙っているのはアンバーだけだから」グレースが首をかしげる。「といっても、保証はできないわ。こんなことになるなんてわたしも予想していなかったから。ねえ、わたしの服はどこかしら？」

わたしはドットの腕に手をかけた。彼女の体はこわばり、下唇が震えている。「落ち着いて、ドット――」

「警察に通報しましょう。そうしたら特殊部隊をよこしてくれるはず――」

「詐欺師と売春婦とモーテルの受付のためにSWATですって？　ありえない。それに彼がやったって証拠は何もないもの」

「あなたがいるじゃない。あなたが刺されたことを話せば――」

「わたしは否定するわ」

「どうしてそんなに頑なの？」ドットが叫んだ。

グレースが口をつぐんでドットを見る。「あなたがいろいろと受け止めきれないのはわかるけど――」

「ほんとにわかってる？」わたしは思わず口を挟んだ。

「でも兄はすごく頭が切れるし、とんでもなく危険なの。警察では手に負えないわ」

「あなたの手にも負えないみたいだけど」彼女の傷を示して言う。

「もう少しで仕留められるところだったのよ」グレースは自分に言い聞かせるように低い声で言うと、痛みに息を荒らげながら両脚をベッドの端に移動させた。

奇妙な落ち着きは続いていて、それはいいことではないのだろうが、少なくとも感情的にはならずにすんでいる。グレースの話でいろいろなことが腑に落ちた。なかでもグレースがなぜこんな危険な〝趣味〟を持っているのかという根本的な疑問が氷解した。連続殺人鬼は子どもの頃から兆候を見せはじめることが多いという。グレースも兄のそんな部分を目撃したのかもしれない。

片脚をベッドからおろしたグレースが小さく声をあげる。それを見て、わたしはため息をついた。「あきらめなさい。そんな状態じゃどこにも行けないわ。縫った傷が開く前に頭を冷やしたほうがいい」

「ここにいたら、あなたもわたしも安全じゃないわ」

「彼はモーテルでわたしたちを殺せたはずよ」その光景が頭に浮かんで、ごくりとつばをのむ。人けのない駐車場で丸腰の女三人を殺すのは、たいして難しいことではなかっただろう。それなのに殺さなかったことには意味があるはずだ。「でも生かしておいたんだから、次に何かしてくるまで少しは時間があるんじゃない？」

「そうかもしれない」少し間を置いて、グレースが認める。

「でしょう？　だから、さっさと寝なさい」

グレースはわたしをにらみながらも、そろそろとふたたび体を横たえた。

「さて、じゃあわたしたちの質問に答えてもらいましょうか。全部の質問にね。答えないと枕で窒息させるわよ。ここは砂漠で、死体の始末なんて簡単なんだから」

「そうよ、簡単よ」ドットが加勢する。

「わたしを怖がらせようとしてるの？　ばかじゃない」グレースが鼻で笑い飛ばす。ちっとも動じていない様子に、感心しそうになった。「あなたに助けられたおかげで、なぜか別の殺人鬼のターゲットにされてるってことはわかったわ」そう言ったあと、ドットに目を向ける。「でもマーセラとドットは平気なはずよね」

「正直、本当にわからないの」グレースが疲れたように言う。「最近、兄の行動はどんどん予測がつかなくなっていて」

「予測がつかない？　人を殺すこと以外で？」

グレースは肩をすくめた。「これまでは、グンナーが何をするつもりかもっと予想できていたの。でもこれは――」彼女が自分の傷を示す。「いつものやり方と違う」

〝グンナー〟というのか。どうやら彼女の家族はGのつく名前が好きらしい。「つまり、行為がエスカレートしてるのね」

「明らかに」グレースが淡々と返す。

「お兄さんがあなたを殺そうとしたのはこれが初めて？」

「グンナーがわたしを殺すことはないわ」

「医者によれば、危ういところだったみたいだけど」

「失血死するところだったって言ってたわ」ドットが補う。わたしがちゃんと助かるように、グンナーは近くで見ていたはず」

確信に満ちた彼女の口ぶりに狼狽する。それに、兄の名を口にするときの声の調子が気に入らなかった。明らかに愛情がにじんでいる。いったいふたりはどういう関係なのだろう。

ドットが見るからに体に力が入らないという様子で、椅子にどさりと腰をおろした。

「こんなことが起こっているなんて、信じられない」

おそらくわたしもショック状態に陥っているのだろう。彼女と兄の関係を知ってもたいして驚いていない。リモートで会話に参加しているように、現実とのあいだに距離を感じる。頭全体に等高線のように痛みが張りめぐらされているのを忘れて頭に手をやってしまい、痛みにひるみながら彼女の言ったことについて考える。「じゃあ、あなたに近づかないようにしたら、彼はわたしたちを放っておいてくれるの?」

「もうだめよ」グレースは首を横に振った。「あなたのことはすでにターゲットとして認識しているから」とってつけたように、つけ加える。「申し訳ないけど」

「〝申し訳ない〟? そんなことを言ってもらっても意味ないわ」彼女の首を絞めて

やりたい衝動を抑えながら、ドットに向き直る。「わたしたちできっとなんとかできます。警察に連絡しましょう。証人保護プログラムとかの対象にしてもらえるかも」

「民間の警備会社で働いてる知りあいがいるの」ドットが言う。「彼には貸しがあるから、連絡したら――」

「わかってないわね。わたしが今までに捕まえたやつらは、グンナーの足元にも及ばない。あなたたちを守れる人間なんていないのよ」

今度も彼女の声には誇らしげな響きがにじんでいる。「じゃあ、わたしたちはどうすればいいの?」

「〝わたしたち〟?」グレースが眉をあげる。

「そうよ、わたしたち。わたしたちが友だちだってお兄さんに思われたばかりに、死ぬのはごめんよ」

「わたしも」ドットが言う。

グレースが口をつぐんで天井を見あげた。しばらくして口を開く。「あなたたちには借りがあると思う」

「〝思う〟ですって? それに気づいてると思うけど、今のあなたは身動きができない状態なのよ」

グレースが顔をしかめた。「なんとかなるわ」

「砂漠に埋めるわよ」彼女にずいと顔を寄せる。

「あなたって、ほんとに感じ悪い」

「わたしだってあなたのことがそれほど好きなわけじゃないわ。でもドットやマーセラに手を出させるわけにはいかない。まあ、あなたにもだけど」グレースは黙っている。わたしは彼女の上に体を乗りだし、厳しい声で言った。「ここは人間らしく振る舞うって同意するところよ」

「わかったわよ。これから計画を立てる」グレースが重いため息をつく。

「よかった」わたしは手を打ちあわせ、彼女がびくりとするのを見て溜飲をさげた。

「で、まずはどうする？」

グレースが顔をしかめる。「ここを出ましょう。兄に気づかれないよう、こっそり」

「それなら役に立てると思うわ」ドットがゆっくりと言った。

幕間　過去を逃れて　OUT OF THE PAST（一九四七）

少年と少女が木の枝に座って、葉の隙間から犬を見つめていた。

「もうひとり見つけるぜ。賭けてもいい」グンナーがリコリスグミを噛みながら言う。十歳にしては背が高いが、それを言うなら少女も同じだ。夏のあいだにひょろりと背が伸びたふたりは、仔馬のようにおぼつかない印象を与える。ふたりとも母親からブロンドとアイスブルーの目を受け継いでいて、どちらかといえば背が低く華奢で暗い色合いを持つ父親とは似ていない。双子のあいだの明らかな違いは——少なくとも外見上の違いは——グレースの髪が長いことだけだ。

「あそこって、わたしたちがポピーを埋めたところじゃない？」グレースは心配になって、慎重に体を乗りだした。この木は厳密には隣の家のものだが、枝が彼らの家の裏庭まで伸びているため、ふたりは昔からずっと裏塀の穴から隣に忍びこんでは、この枝にのぼっている。この木は低いところから何本も枝が伸びているので、最初の三メートルくらいは簡単にのぼっていける。双子は成長するにつれて、どんどん高い場所まで行けるようになった。今は細長いグミの入ったプラスチック製の容器を挟んで、九メートルほどの高さにある太い枝にまたがっている。

「だな。きっともう骨だけになってるぞ」グンナーはグミで真っ赤に染まった歯を剝きだしにして、にやりと笑った。

グレースが兄にしかめ面を向ける。「そういうこと言うのやめてよ」

「おまえこそ黙れ」

犬が吠えるのが聞こえて、ふたりは下を見た。犬はつながれている紐をぎりぎりまで引っ張って、地面の一点を熱心に嗅いでいる。紐の端を持った警官が手を振ると、防護服を着た人間がひとり近づいてきた。

「ただのポピーなのに。あの人たち、ほっといてあげられないのかしら」グレースは腹が立って、涙が出そうになった。

「だめだろうな」兄がレッドバインズをもう一本取ってかじる。男が彼らの家の裏庭にまばらに生えている草をざくりと切って地面を掘っていくのを、ふたりは見守った。

「もしかしたら、ポピーと同じところにもう一体埋めてあるのかもしれない」

グレースは警戒するように兄を見つめた。グンナーの目はぎらぎらした光を放っていて、頬は妙に赤い。グンナーは、兄といっても四分早く生まれただけで、それほど違いがあるはずもないのに、なぜか上に立つようになっている。彼女はいつも兄がすることに従ってきた。グミを容器ごと盗んだときもそうで、警察が裏庭を掘り返すのを見るために木にのぼろうと言われたときもそう。ゲームを思いつくのはいつもグンナーで、勝つのもグンナー。兄のお気に入りで彼女が大嫌いな〝わたしを捕まえて（キャッチ・ミー）〟という〝かくれんぼ〟と〝真実か挑戦か〟と〝鬼ごっこ〟が混ざったようなゲームでも、彼女はいつも負けていた。

グンナーはふたりで秘密のやり取りをするための言葉まで作りだしていて、まわりに誰もいない今もそれを使っている。「父さんはそんなことしないもん」グレースは言い返した。

グンナーが肩をすくめる。「ポピーなんてただのばかな犬じゃないか」

グレースは黙っていた。ポピーはまだ若かったのに、突然死んでしまった。飼いはじめてまだ三週間くらいのときに、気がついたら裏庭で脇腹を下にして横たわり、苦しそうにぜいぜい息をしていた。ポピーの目が絶望と恐怖に曇っているのを見てグレースは吐いてしまったが、グンナーは顔を近づけてまじまじと見ていた。

あのときふたりはまだ七歳だったが、グレースには別の犬をねだらないだけの分別があった。

グンナーがレッドバインズをもう一本口に入れながらにやりとして、彼女をつつく。甘ったるい匂いにグレースは吐き気がこみあげた。「あそこでもう一体見つかるほうに十ドル」

「あんたって最低」グレースはつぶやくと、背中が幹にぶつかるまで体を後ろに滑らせた。木をおりたいけれど、ほかに行くところがない。家は人でいっぱいだし、グレースにはグンナー以外の友だちがいなかった。

匂いを嗅いでいた犬が、新しく掘り返された土に向かって興奮したように吠え立てる。ほかの穴のまわりに散らばっていた十二人の防護服のなかから、ふたりがそこに向かった。裏庭には今や九つの穴が開いていて、点々と爆発跡が残る地雷原のようだ。

それを見ていたグレースは、月面を思い出した。何度もあの芝生の上に横たわって空を見あげたことがある。あそこでグンナーとピクニックをしたり、蛍を捕まえたり、あたたかい夏の夜にはキャンプをしたのだ。だけど、そのあいだもふたりの下にはずっとあれがあったのだと思うと、震えが走った。

少なくとも、グレースは知らなかった。でもグンナーの部屋の窓は裏庭に面している。そこから父親が穴を掘るのを見たことがあるのではないか？　何が埋められているのか、見たことがあるのではないか？　兄を前にして、疑問がわきあがる。

兄は新しい穴に注意を向けていた。防護服のひとりが写真を撮っているかたわらで、もうひとりが穴の横に防水布を広げている。

「あいつらがポピーも数に入れたら、おもしろいんだけどな」グンナーが言う。

「おもしろくなんかないよ。ねえ、もう母さんのところに戻らなくちゃ」グレースは食べかけのリコリスグミを塀の向こうに投げた。ふたりがいなくなったことに、母はたぶん気づいてもいない。〝神経を鎮める〟ために何かのんでいて、まだ午後も半ばだというのに友だちのナンシーの家で寝ているのだ。いや、ナンシーは友だちとは言えない。ふたりが共有しているのは、ふたり以外の近所の人々への嫌悪だけだ。もしかしたら、大人は友情を築くのにそれだけで充分なのかもしれない。

グレースとグンナーは、昨日からナンシーの家の娯楽室に身を潜めていた。実際はそこは娯楽室というより洗濯機と乾燥機に引き出し式のソファベッドのある地下室で、ふたりはすぐにきしむうえ、少し黴臭い(かびくさい)ベッドで何もしゃべらないまま昨日の夜を過ごした。自分は一睡もしていないと、グレースは自信を持って言える。

「あそこには戻らない」グンナーが宣言する。

グレースは鼻を鳴らした。「戻らないとだめに決まってるじゃない」

「誰が戻れって言うんだ」

「ほかに行くところなんてないでしょ」

それに兄には友だちもいない。友だちなんかいないほうがいいと、兄は言い張っている。〝ぼくたちにはお互いがいればいい〟兄はときどきそう言うが、そこにこもった激しさにグレースはうれしくなると同時に恐怖も覚えてしまう。

「わかんないかな。ぼくたちはどこにだって行けるんだよ」グンナーが下の枝に踵を打ちつける。

「ばかじゃないの？」グレースは普通の英語に戻して言い、顔をそむけた。警察犬がふたたび熱心に地面を嗅ぎまわっている。今度は父親が去年の夏に植えたバラの茂みの前だ。母親はいつも夫の〝ガーデニング熱〟をばかにしていた。何カ月も放置して草が茂るのに任せているくせに、突然盛りあがって裏塀沿いにチューリップの球根を植えたり、キッチンの窓の下にローズマリーを植えたりしはじめるからだ。そして二、三週間水をあげ続けたあと、急にまた興味を失う。その結果、庭は雑草がはびこっているなかにところどころ枯れかけた植物が生えているという妙なことになっていた。母親は庭師を雇おうかとときどきつぶやくが、実行したことはない。そんなのは金の無駄だと、父親にいつも却下されるからだ。

そのわけがようやくわかった。

「家からいるものを取ってこられるかな。あの人たちが許してくれると思う？」十個目の穴が掘りはじめられるのを見つめながら、グレースはきいた。枝の上にもう何時間も座っていて、ここにいるのがだんだんつらくなってきている。ショートパンツの薄いカーキ地を通してごつごつした樹皮が肌に食いこみ、居心地が悪い。侵入者たちが一本だけまだ花をつけていたバラの木を引き抜くのを見て、グレースの目に涙がわきあがった。まるで一枚一枚服をはぎ取られていくようで、どこかほかの場所に行きたかった。ナンシーの家のぞっとする地下室でもいいから。

彼らの生活が崩壊してから、まだ丸一日もたっていない。紺色のウィンドブレーカーを着た陰鬱な表情の男たちが踏みこんできて、父親に手錠をかけてから。父親は仕事から戻ってスーツの上着とネクタイを二階のクローゼットにつるしたところで、明るい灰色のスラックスに糊のきいた白いシャツという格好だった。母親は言葉を押しこめるように手で口を押さえ、黙ってその場に立ち尽くしていた。グレースとグンナーは自分たちだけでそれぞれの部屋に行くことは許されず、FBI捜査官が二階までついてきてふたりが着替えと洗面用具をバックパックに詰めるのを見守った。グレースはもう何年も前に一緒に眠るのをやめていたぬいぐるみのゾウを、なぜかそこに加えていた。

「大丈夫、入れてくれるさ。ぼくたちの家なんだから、入れないわけにはいかないはずだ」グンナーが言う。

グレースはじっくり考えてみた。自分はまだここで暮らしたいと思っているの？　母さんはどう？　おそらく望まないだろう。グンナーはきっとどうでもいいと思っている。何かを気にすることなんてないからだ。

父さんはもう二度と戻ってこない。グレースは下の人々が一番近くの穴から泥まみれの大きなゴミ袋を慎重に持ちあげるのを見つめながら、そう悟った。持ちあげるのに苦労している様子から、あのゴミ袋が重いのは明らかだ。

「あれはポピーじゃないな」グンナーが言う。

グレースは言葉が出なかった。自分たちの生活が元に戻ることは絶対にないのだという事実が、突然胸に迫った。学校にも二度と行けない――気味の悪い双子と思われていたこれまでも居心地のいい場所ではなかったけれど、これからはさらにひどいことになる。

もしかしたら、グンナーの言うようにここから出ていくべきなのかもしれない。夏休みはあと二週間しか残っていない。学校が始まる前に身の振り方を考える必要がある。グレースは考えこんだ。ナンシー以外に家族も友だちもいない。ずっと四人だけで生きてきたのだ。ただし大きな家に住んでいる、枯れた花の匂いがする鼻の尖った女性の記憶はおぼろげにある。

「ボストンのおばあちゃんのところで暮らせばいい」グレースは賛同を求めて兄を見た。

グンナーがゆっくりうなずく。「ボストンか。いいかもな。ここよりは絶対にいい」

「どこでも、ここと比べたらましよ」グレースはきっぱりと言った。

その声が大きすぎたようで、防護服のひとりが上を向いてふたりを見つけた。男がこっちを指さしながら、怒鳴る。「おーい、きみたち！　危ないからおりなさい！」

「見つかっちゃった」グンナーがにやりとした。そして男に向かって中指を立てると、器用に手脚を動かして木をおりはじめた。「捕まえてごらんよ、グレース！」

グレースもあわてており、通りに向かってすでに歩きだしていた兄に追いついた。

11 ユー・キャント・エスケープ（一九五七）

YOU CAN'T ESCAPE

ウィッグ屋の通用口に配達用トラックがバックでぴたりとつけているのをたまたま目撃した人がいたら、奇妙に思ったことだろう。トラック出発から五分後、ケータリングに花屋、事務用品店、果てはケーブルテレビのヴァンまで次々とやってきたのには、ますます首をひねったはずだ。

いぶかしく思った観察者がそのうちの一台でもつけていたら、ラスベガス・ストリップを連れまわされ、さまざまなホテルやカジノの関係者専用駐車場へ警備員に手招きされて入るのを外で見守るはめになっただろう。どの場所でも立ち寄る時間はほんの数分で、車両はすぐに出てくると次の目的地へ向かった。

誰も車両を気に留めたりしない——結局のところ、それらはラスベガスの生活の一部で、金メッキの下のニッケル、ルーレットのホイールみたいにすべてを円滑に回転させるための歯車なのだから。次のギャンブルや酒、セックスやクスリを求めてふらふらしている連中の目には事実上見えておらず、それこそがまさに狙いだった。

車両が立ち寄った場所のうち、実際の目的地は〈ザ・ストラット〉一箇所だけだ。このホテルは砂漠から突きでた細い針を思わせる外観で、てっぺんのスカイポッドは四つのアトラクションが楽しめる。街を見おろしてはいるものの、ホテル周辺の治安が悪く、通りにきらびやかな新顔が登場するたびその魅力はどんどん褪せていた。

とはいえ、〈ゲッタウェイ〉からは大幅なステップアップだ。

ドット、マーセラ、グレースとともに、わたしたちは食品配送の冷蔵トラックの荷台で何枚も毛布をかぶってがたがた震えながら、〈ザ・ストラット〉へと運ばれた。

「保冷車のあとをつける人なんていないでしょ」グレースを乗せた間に合わせの担架を荷台へ滑らせながら、ドットはそう断言した。

わたしはそこまでの自信は持てなかったけれど、何も言わなかった。花屋のヴァンじゃないだけましね。だけど毛布をかぶっていても、ホテルに着く頃には凍傷で足の指が一、二本なくなりそうな気がした。

グレースときたら、眠りこんでいる始末だ。ドットでさえ、柄にもなく静かだった。わたしは担架を蹴って起こしてやろうかと思った——わたしたちをこんなろくでもない状況に巻きこんだ張本人なのだから、一緒に震えるくらいしてほしいものだ。だけど、なんとか自制した。ドクター・アブードに追加のモルヒネを打たれているから、一概に彼女のせいとは言えないのだ。

ようやく扉が開いて業務車両用の駐車場が見えた。つなぎの作業服を着た、恰幅のいい中年のドライバーが立っている。ドットはドライバーの手を借りてトラックからおりると、彼を盛大にハグした。「ありがとう、スタン。あなたはプリンスよ」

スタンは照れくさそうにうなずいた。「二十分後には〈ザ・ミラージュ〉に着いてなきゃならん、急ごう」

わたしはドットに続いて飛びおりた。駐車場はありがたいほどむっとしていた。冷蔵庫からオーブンへ足を踏み入れた気分だ。わたしは感覚を取り戻そうと腕をさすり、足踏みした。マーセラはぶらぶらと柱のほうへ歩いていくと、そこに寄りかかって電子たばこを取りだした。彼女とドットの服は血まみれのままだった。駐車場に人けがなくてよかった。これではどう見ても怪しげな集団だ。

わたしはグレースの足を叩いて起こした。「自分でおりられる？」

グレースが頭をもたげた。顔をしかめて担架から荷台の降り口まで体をずらしていく。車椅子が待機しているのを見るや、彼女は言いはなった。「あれには乗らない」

「じゃあ、自分の部屋まで這っていくのね」わたしはぴしゃりと言った。とにかく熱いシャワーとあたたかい食事を欲していた。ドクター・アブードが見つけてきた湿気ったトルティーヤチップスでは、腹の足しにもならなかった。

グレースのクレイジーな兄がドクターまで標的にしないよう願うばかりだ。グレースいわく、その可能性はほぼゼロらしいけれど、それは誰にもわからない。わたしとほんの一瞬でも接触した人はみんな感染してしまう気がする。より正確には、彼女とだけど。わたしは、文句を言いながらスタンに車椅子へ乗せられているグレースをにらみつけて思った。念のため、ドクター・アブードには数日間、街を出てもらった。彼はマーセラの視線を避けて、少し遅れたが結婚記念日のお祝いと称して妻を旅行へ連れていくとかなんとかぼそぼそ言っていた。

これで残るは、ドットとマーセラだ。ふたりの身に危険が及ぶ可能性を尋ねても、グレースははっきりしたことを言おうとしないため、わたしたちは万一に備えることにした。

「本当にジムといれば安全なんですか？」わたしがドットにこう尋ねるのは百度目だ。

「心配しないでちょうだい、ハニー。ジムは海兵隊員よ。二度も戦場へ行ってるし、黒帯の有段者なの」

「はいはい、でしょうね」わたしは言った。「彼は完璧な男だもの」

ドットはなんとか笑ってみせた。「あなたがそう言ってたって、彼に伝えておく。

きっと喜ぶわ」不意にわたしに抱きつき、窒息させんばかりに締めつける。「気をつけるのよ。解決策は見つかるわ、絶対に」

「ええ」わたしは声を絞りだした。

ドットはわたしを放すと、マーセラに向き直った。マーセラは早くも空いている手を振っている。「やめて。あたし、匂うわよ」

「もう、黙りなさい」ドットはかまわず彼女も抱きすくめた。

「従業員用エレベーターはあっちだ」スタンが右側へ顎をしゃくった。「キャンディがルームキーを用意して待ってる」

「ありがとう」

ドットはふたたび荷台にあがり、毛布を肩に巻きつけた。なかで手を振る彼女を残してスタンは荷台の扉を閉め、運転席へ戻っていく。わたしたち三人はトラックがのろのろと出ていくのを見送った。車両はもう何箇所かに立ち寄ったあと、ジムの待つ〈ゴールデン・ナゲット〉で彼女をおろす予定だ。わたしは声に出さずに彼女の安全を祈った。

それからの十分間は怒濤のようだった。普段その手のことは信じてないけれど。極めて有能なキャンディはわたしたちを従業員用エレベーターへ押しこむや、八階にある並びの三部屋まで人目につかないよう案内した。

「自分でやれる」わたしが一番目の部屋へ車椅子を押していこうとすると、グレースが嚙みついた。

「あっそ」わたしは車椅子の持ち手から手を離した。車椅子はごろごろと前進し、ドア枠にぶつかった。グレースは険悪な顔で車輪をずらして戸口を通り抜け、その背後でドアがばたんと閉まる。わたしが振り返ると、マーセラの部屋のドアもちょうど閉まったところだった。これから身を隠すことを彼女はこばかにしたが、それは当座の住まいのアップグレードという特典に気づくまでのことだった。

「なんでも必要なものがあったら、電話であたしに知らせて」キャンディがカードキーを渡しながら言った。「ひとり五十ドルまでならルームサービスをただにできるから。でもミニバーには手を出さないで。あそこの代金はカバーできないの」

「了解」わたしは言った。

「服も何か用意できるか見てみる」キャンディはわたしのドレスに目をやって言った。

　彼女があわただしく廊下を歩み去ると、わたしはカードキーをスキャンして室内へ足を踏み入れ、息をのんだ。「すごっ！」

　なかは〈ゲッタウェイ〉の部屋の優に三倍の広さがあった。テネシーで住んでいたアパートメントなら二倍だ。壁の一面には床から天井まである窓が並び、ラスベガス・ストリップが一望できる。遠くの低い丘陵まで見渡せた。

左手に置かれたキングサイズのベッドが部屋の片側を占めている。反対側はソファとアームチェア二脚がそろったシッティング・エリアだ。ガス式暖炉がある壁の上には大型テレビがはめこんである。真正面には、二脚の椅子に挟まれた円形のカフェテーブルが置かれていた。

わたしは目を丸くして窓辺まで進んだ。ここからだとラスベガスはまるっきり別の場所に見える。清潔感さえあった。それに二重窓のおかげで静かだ。

これまで目にしたなかでトップにあげられるくらいいい部屋だし、わたしが払っていた部屋代をはるかに上まわるのは確実だった。わたしは気後れして、汚れたドレスを引っ張った。これだけの部屋を用意するには、ドットはよほど強力なコネを使ったに違いない。

こんな状況なのに(あるいはそのせいかもしれない)、不意に浮かれた気分になった。ここなら掛け布団に触っても心配無用だ。わたしは頭痛のこともつかの間忘れ、助走をつけてベッドへ飛びこみ、手脚を伸ばした。

バスルームもすばらしかった。巨大な白いバスタブ、ダブルシンク、ノズルが四つあるウォークインシャワー。わたしはドレスを脱いでシャワーを高温にすると、長い時間をかけて全身をくまなくこすった。用心しながら頭まで洗った（縫合跡を濡らさないようドクター・アブードに言われたけれど、傷口は防水のバンドエイドで覆われているし、正直リスクを冒すだけの価値があった）。清潔になったのをようやく実感できたところで、部屋に用意されていた分厚いバスローブで身をくるみ、ふわふわのスリッパに足を滑りこませた。これが金持ちのバカンスの過ごし方なら、わたしも大賛成だ。

ルームサービスのメニューをぱらぱらめくり、予算内でもっとも割のいい組み合わせを頭のなかで計算した。注文後はソファにどすんと腰をおろし、待っているあいだの気晴らしにテレビをつけた。

まだ五分しかたっていないのにドアをノックする音が聞こえた。わたしは眉根を寄せた。料理がこんなに早くできるはずがない。

ほかの誰かだ。

ドアには掛け金をかけ、金属製のドアガードもかけている。侵入を阻むのにそれで充分だろうか？

もっとも、よほど礼儀正しい連続殺人鬼でなければ、わざわざノックなんてしないだろう。

心臓が喉までせりあがり、爪先歩きでドアへと近づいてのぞき穴に目を当てた。そこには、わたしとおそろいのバスローブにスリッパ姿のマーセラが立っていた。ほっとして掛け金をはずし、ドアを開ける。「ハイ」

「入ってもいい？」マーセラはいつになくおずおずと問いかけてきた。カールした髪は濡れていて、化粧は落としている。

「もちろん、どうぞ」わたしが脇へどくと、彼女は体を横向きにしてすれ違った。

「あたしの部屋と同じなのね」室内を見まわして言う。「反対だけど。つまり、あたしのベッドはここの壁の反対側」

「へえ」その情報をどうしろというのか。一メートルと離れていないところに彼女がいるのを想像したら、あとで寝る段になったときにさぞ目が冴えることだろう。

わたしと同じく、マーセラはこの部屋で居心地が悪そうに見えた。身振りでソファを勧めると、彼女は圧力センサーでも仕掛けられているかのようにそろそろと腰掛けた。

「で……落ち着いた？」わたしは尋ねた。

彼女が苦笑いする。「落ち着くと思う？　こんないい場所に泊まるのは生まれて初めて」

「わたしも」ソファの反対端に腰をおろした。「二泊しか泊まれなくてごめん」

マーセラは肩をすくめた。「あたしのことなら、ここを追いだされたあとは〈メイヘム〉に置いてもらえないかドットがジェシーに頼んでくれることになってる。万が一のときのために、ね」

「うん、そう聞いた」わたしはクッションをひとつ取って抱えこんだ。「あのね、これだけは言わせて。本当にごめん。その、こんなことに巻きこんで」

「たいしたことじゃない」マーセラはソファのペイズリー模様を指でなぞって言った。「あんたのおかげでローリーを殺した犯人がわかったし。警察の捜査以上の成果をあんたはあげてくれた」

「うーん、どうだろう。わかったのはシリアルキラー・ハンターのグレースがいたからだし、彼女には最初からわかってたみたい」

「かもね」マーセラがわたしを見据えた。「ねえ、彼女の目的はなんなの？」

「正直に言ったほうがいい？　答えは見当もつかない」かぶりを振ったあと、顔をしかめる。

それに気づいてマーセラが尋ねた。「頭のけがはどう？」

「よくはなってる」そう言ったものの、まだ頭の内側から木槌で連打されているみたいな感じだ。わたしは厳かにつけ加えた。「これはすべて、よりよいホテルの部屋へ移るための計画の一環である。よって任務は果たされた」

マーセラが笑う。「あんたの計画、これが？」

「そう、何から何までね」

「ほかにも何か計画があるの？」マーセラは肘をついて身を乗りだした。「教えてよ、いざってときにあたしも準備できてるように」

「食事を注文したわ」わたしは彼女の出方を見ながら言った。「まだ食べてないならどう？」

マーセラは小首を傾けた。「注文内容によるね」

「あれやこれやをちょっとずつよ」ちょうどいいタイミングでふたたびドアがノックされる。「待ってて」

五分後、テーブルに広げられたルームサービスはかなりの量が消えていた。わたしはミニサイズのエッグロールをもうひとつつまんでソースをつけて口へ放りこみ、うっとりと目をつぶった。「うーん。もう何日も食べてなかった気がする」

マーセラは口のなかがいっぱいで返事ができず、それを見てわたしは爆笑した。彼女はエッグロールをほおばったまま笑みを作った。テレビではホテルのプロモーションビデオが繰り返し流れていた。マーセラは水を飲み干し、画面に向かってうなずいた。「あたしね、初めてここに移ってきた頃は、いずれこういうショーに出るんだと思ってたんだ」

乳首にはぎらぎらと光る飾り、そして背中に背負った滑稽なほど大量の羽根飾りのほかは、服らしきものをろくに身につけずに笑顔を輝かせているショーガールの列へわたしは目をやった。「本当に？」

「そう、ほんとよ」マーセラはわたしをじろりと見た。「どうして？」

「ダンサーだって知らなかった」

「高校ではダンスチームに入ってたんだから」マーセラはむきになって言った。「しかも、なかなかのものだったのよ。ショーガールには身長が足りなくても、マジシャンのアシスタントとか、そういうのならいけるかなって」

「へえ」笑顔のマーセラの耳の裏からマジシャンがコインをひょいと取りだすところを想像するのは難しかった。「で、どうなったの？」

「お決まりのコースよ。ウエイトレスとして働くかたわらオーディションを受けまくったけど、不合格に次ぐ不合格。そうこうしているうちに歳だけは取って、やがてクスリに手を出し、仕事もクビになった。そして最後は……」マーセラは両腕を大きく広げた。「ストリートに立つ売春婦のできあがり」

「やめなよ、そういう言い方」わたしは気まずさに身じろぎした。

「なんで？」マーセラが足でわたしをつつく。「あたしは恥じてない。そうね、普段は」目を細くする。「あんたはどうなの？」

「わたしもそうだけど」体をよじった。「あなたのことをそんなふうには見てないってだけ」

「そんなふうって」マーセラは鼻で笑った。「じゃあ、あたしのことをどう見てるの？」

「うーん。頭の回転が速い。それに、おもしろい。しかも、ホット」言いながら顔が赤くなった。

マーセラが片眉をひょいとあげる。「ホット、わたしが？」

「それは間違いない」メイクなしでも彼女の目は大きく、きらきらしている。いつの間にか乾いた髪が、光の輪となり彼女の顔を包んでいた。少しはだけたバスローブからは谷間以上のものがのぞいている。

彼女はわたしの視線をたどって小さく笑い、自分の皿を押しやった。それから立ちあがると、気取った足取りでクローゼットへと進み、華々しく扉を開けはなった。「次なるマジックでは」深みのある声で告げる。「ミニバーを開いてごらんにいれます！」

「えっ？　だめだめ。キャンディに言われて――」

「キャンディが何よ。彼女が何をするっていうの？」マーセラはかがみこみ、何本か小瓶を引っ張りだした。それらを持ってきて、わたしの前に注意深く並べていく。

「ウオッカ、ウイスキー、それともテキーラ？」

「わたしは飲めないわよ。脳震盪を起こしたあとだし、薬ものんでるから――」

「アンバー」マーセラが腰をかがめてわたしの膝に両手を置くと、その動作でバスローブの合わせ目が開いた。わたしは懸命に見ないようにした。「連続殺人鬼があなたを狙ってうろついてるのよ。一杯飲まなきゃやってられないでしょ」

「ひとつ言っていい？　それって一理ある」わたしはテキーラの小瓶を、マーセラはウイスキーをつかんだ。かちんと乾杯し、ごくりと一気に飲み干した。マーセラも一気飲みしてから小瓶を後ろへ放る。「じゃじゃーん！」彼女のかけ声とともに、小瓶はソファに着地した。

　数本空けたところで、わたしたちはいつの間にかベッドにあがっていた。わたしは仰向けになって天井を見あげた。マーセラはパッド入りのヘッドボードに寄りかかってジンをすすっている。彼女を眺めつつ、わたしはよくまわらない舌でしゃべった。

「あなたなら、マジシャンのアシスタントになってたら大成功しただろうね」

「でしょう?」

「ショーガールにだってなれたと思う」

「本気で言ってる?」

「本気、本気。だって、ふるいつきたくなるような体だもん」

マーセラは笑った。「この酔っ払いめ」

わたしは小瓶をぐるりと大きく振った。「酔っ払いだよ。ねえ、聞いてくれる?」

「なあに?」

「連続殺人鬼なんてクソ食らえ」マーセラが鼻を鳴らして笑う。わたしは体を起こして真顔で言った。「笑わないでよ、本気で言ってるんだから。あいつらの頭のなかってどうなってんのかな? 朝、目が覚めたら、〝ああー、そうだなー、革のエプロンをつけて女をさらってくるとするか。そいつの体毛という体毛を全部剃り落としたら青く塗りたくって、それから殺すか〟って、そんなノリある?」

マーセラは片手を口へやり、目を見開いた。「何よ、それ。それでそんな頭にされたの？」

わたしは自分の頭に手をやった。なぜかもう痛みはない。「うん。だけどお笑いなのはあいつのほう。だってさ、びりびりびり、だよ」わたしが牛追い棒で電気ショックを与える真似をすると、マーセラは笑いこけた。小瓶をもう一本わたしに投げてよこす。「連続殺人鬼なんてクソ食らえ」

「そうそう！　みんなクソ食らえ」ふたりでふたたびかちんと小瓶をぶつけた。瓶を口へと傾けると、空っぽだった。「あらら」

マーセラは顔をしかめ、自分の瓶を逆さに振った。「ふたりで全部飲みきっちゃった？」

わたしは部屋に散らばる兵士たちの屍（しかばね）へ目をやった。「みたいね。ふたりとも、キャンディに殺される」

「ならキャンディも順番待ちの列に並ばないと！」マーセラが声高に笑う。おかしがることではないのに、わたしたちはげらげら笑い転げた。

奥の壁がどんどんと叩かれ、グレースのくぐもった声が聞こえた。「静かにできない？　こっちは眠ろうとしてるの！」

マーセラとわたしは目を見開いて顔を見合わせ、ふたたびくすくす笑った。わたしはベッドにばたんと倒れた。笑いすぎて（それにエッグロールの食べすぎで）おなかが痛い。「あー。食べすぎた」

「あたしも」マーセラはわたしのほうへごろりと体を転がし、頬杖をついた。

このときには彼女はもはやバスローブを着ているとは言えず、胸はすっかり露わになっていた。わたしは喉がからからになった。「水を飲もうかな」

「んー」マーセラは寝返りを打ってナイトスタンドの上のボトルを手に取ってから、体を戻してわたしの目と鼻の先まで近づいた。「ねえ、頭の痛みはひどいの？」

「うーん、そうひどくはないよ」彼女から水を受け取って飲んだものの、わたしが一番気になっているのはもう喉の渇きではなかった。

「ほかにはどこか痛む？」

「そうだね、膝を擦りむいた」わたしはごくりとつばをのんだ。「あと左肘が――」

「かわいそうなベイビー。これならどう？」マーセラがわたしのバスローブのなかへ手を滑りこませてきた。指の背でおなかをなぞられ、肌がちりちりする。

「悪くない」わたしは言った。ほかのところもすごくいい感じになってきた。「わたし――」

マーセラは自分の唇でわたしの唇を封じた。彼女は甘やかで、わたしは自分の息が気になった。だけど体を引こうとすると、マーセラはさらに強くキスをして、舌でわたしの唇を割り開いた。頭の後ろを片手で押さえ、わたしの耳を自分の口元へそっと引き寄せる。「どうしたら楽になるか、確かめてあげる」

　わたしたちは顔と顔を向かいあわせて横向きに寝転んだ。ブラインドを閉めていなかったので、全面ガラス張りの窓にネオンライトが映りこんで光っている。鈍い頭痛がぶり返しはじめても気にならなかった。重力が感じられず、体は弛緩していた。マーセラはわたしが気づいてもいなかった緊張を解きほぐしてくれたのだ。

「今の――」

「最高だった、でしょ。ええ、それは言われなくてもわかってる」マーセラはわたしの脇腹に指を走らせ、肌をすっと粟立たせた。「あたしはプロよ、覚えてる？」

　軽い口調だけど、わたしはその声に悲しみを聞き取った。「何を考えてるの？」

「なんにも」

「本当に？」彼女の顎を片手で包み、わたしと目を合わせさせる。そして、そっと問いかけた。「ローリーのこと？」

「えっ？　違うわよ」マーセラが強く首を横に振る。

「気持ちが乗らないなら、理解できるよ。ほら、彼女のあと、あなたに誰かほかの相手がいたかどうかは知らないけど――」

「何言ってんの？　相手なら何十人といたに決まってるでしょう」マーセラの声は困惑していた。

「そうだけど、でもこんなふうじゃないでしょう」

「こんなふうって？」

「つまり、ただ楽しむためだけってこと」ぎこちなく答えた。彼女の気分を読み取るコツがつかめてきて、神経質な一面がふたたび頭をもたげているのが感じ取れた。

長い間が空く。そのあとマーセラは声を落として言った。「あたしたちはそんなんじゃなかった。あたしとローリーは。たしかに彼女のことを愛してたけど、あたしたちはほんとにいい友だちで、それでときたまファックする仲だったたって感じよ、わかる？」

「わかるよ」わからないけどそう言った。正直なところ、わたしはセックスパートナーといい友人になったことが一度もなかった。そんなチャンスを相手に与えたこともなかった。

「彼女、どんな気持ちだったんだろうってつい考えちゃうの。だって、最期はひとりぼっちで」マーセラが視線をあげ、わたしと目を合わせる。「どんな気持ちだった？あんたのときは？」

「そうだな……」わたしはもぞもぞと体を動かした。あの夜の記憶をここで持ちだしたらすべてが穢(けが)される気がしたが、マーセラが知りたがっているのは声に表われていた。「うん、自分はひとりぼっちだって感じた。でも最悪だったのは、わたしがいなくなっても寂しがる人はひとりもいないんだって気づいたこと」マーセラの手を取る。「ローリーにはわかっていたと思う、あなたは寂しがってくれるって。それは慰めになったんじゃないかな」

「そうかな？」

「そうだよ」

彼女の指を撫でた。わたしのなかにいる心理学専攻の学生は、これは共通のトラウマに対する反応でしかないのを認識していた。どちらも孤独で、恐怖に駆られ、慰めを必要としている。救命ボートにしがみつく、ふたりの人間というところだ。でも、それ以上の何かがある気がした。そこまでにしなさい、とわたしは自分に言い聞かせた。

マーセラも同じことを考えたのか、彼女が唐突に手を引いた。「今夜は疲れて、もうへとへと」

「わたしも。寝たほうがいいね」わたしたちに蹴られてベッドの足元に転がっていた水のボトルを見つけて少し飲み、彼女に渡した。ふたりで飲んだらボトルは空になった。それをナイトスタンドに置いて、わたしは言った。「じゃあ、おやすみ」

「おやすみ」

マーセラに背を向けて目をつぶった。背後で彼女の吐息が聞こえる。マーセラもまだ起きているらしい。暗がりのなか、彼女が問いかける声は小さかった。「これからどうなるの？」

「わからない」わたしは言った。「明日、みんなで考えることになるんじゃない」

「そうだね」マーセラはかろうじて聞こえる低い声で言い添えた。「どのみち、自分がここまで長く生きるとは思ってなかった」

わたしは体を横たえたまま、長いこと暗がりを見つめていた。彼女の言ったこと、そしてその言い方に胸が痛んだ。わたしはとうとう寝返りを打って向き直った。マーセラはぐっすり眠っていた。唇がわずかに開き、髪は扇のように枕に広がっていた。

ああ、もう。わたしは胸のなかでつぶやいてベッドからおり、バスローブを手探りした。

グレースがようやくドアを開けるまで、どんどんと大きな音をたててノックしなければならなかった。彼女は目をしばしばさせながらわたしを眺め、ドア枠にぐったりと寄りかかった。バスローブではなく、ちゃんとしたパジャマを着ている。いったいどこで入手したのだろう？

「話をする必要がある」わたしは切りだした。

「ないわ」

「ある」わたしはそう言い張って、彼女を押しのけてなかへ入った。ベッドサイドの明かりがついていた。造りはわたしの部屋と同じだけど、こっちのほうがずっと片づいている。ルームサービスのトレイまできちんと重ねてあり、車椅子はバスルーム脇の壁際に背中側をつけて置いてあった。わたしはアームチェアに腰をおろすと、胸の前で腕を組んだ。

「五分よ」グレースは言った。「わたしは横になって聞くから」ソファに体を横たえる。痛みがひどいのだろう。

手を貸したいところだけど、そんなことをしようものならまた食ってかかられるだろう。グレースがソファに身を落ち着けると、わたしは口を開いた。「これは何もかもあなたのせいよ」

「ああ、それなら前にも聞いたわ」グレースが言った。「もうベッドへ戻っていい?」

「真面目に言ってるの。もしドットとマーセラがあなたのお兄さんのレーダーに引っかかったとしたら、それはあなたがのこのことモーテルに現われたからでしょう」

「自分で選んでそうしたわけじゃない」

「そんなことはどうだっていい」

わたしたちはにらみあった。

「話は終わり?」彼女が問いかける。

「まだよ。あなた、まさかわたしたちを置いて逃げる気じゃないわよね」グレースの視線が車椅子のほうへ流れた。本当にわたしたちを見捨てるつもりでいたんだ。「いい、朝になってあなたがここから消えてたら、わたしは警察に行って洗いざらいしゃべるわ。あなたのことも、あなたのお兄さんのことも、ボーのことも――洗いざらいよ」

「警察はあなたの話なんか信じないわ」

「かもね。でも、こっちには証人がいる」

わたしの言葉に、グレースは眉間のしわを深めた。「やめておくことね。グンナーがまだふたりに目をつけていなかった場合、そうすることで確実に彼女たちも標的になる」

「どのみちもう狙われているかもしれないんでしょ」

「前にも言ったけど、わたしにはわかりようがないわ。その可能性もあるけれど」グレースは深いため息をついた。「ベッドへ戻ってちょうだい。兄のことは朝になったらまた話せばいいでしょう」

「これからのことを」トラックの扉が閉まったときのドットの怯えた目、そしてマーセラの目に浮かんでいたあきらめを思い返して言った。「今ここで話すの。あなた、お兄さんをストーキングしていないときはどこか安全な場所にいるのよね?」

「ストーキング?」グレースが片眉をつりあげた。わたしの表情を見て、不服そうに認める。「ええ」

「やっぱり。わたしはあなたと一緒にそこへ移るわ。それで、あなたがよくなるまでそこにいる」

「あなたを連れていくのはお断わりよ」彼女は鼻を鳴らした。

「いいえ、連れていってもらうわ。だってあなたがお兄さんを捕まえるのをわたしも手伝うんだから」

「冗談でしょう」グレースは目玉をぐるりとまわした。「あなたが?」

「ええ、わたしが」

「わたしは何年も兄を捕らえようとしてきたのよ」グレースの口調は尊大だ。

「そうね、でもずっとひとりでやってきたんでしょう。これからはわたしがいる」

「そしてあなたはこれまでのところ、自分がたいそう役に立つことを証明してきた」わたしは身を乗りだして声を低めた。「あなた、わたしの過去を掘り返したんでしょう？」

「ええ。妙なことに、たいしたことは出てこなかったわ。五年前に自動車事故で不慮の死を遂げていること以外は」

わたしはつかの間、自己満足を味わった。彼女はそれ以上こちらの正体をつかめなかったことに、明らかにいらついている。「だったらわかるよね、わたしがとびきり役に立つって」

グレースはわたしをじっと眺めた。「あなたの持っているスキルがわたしの役に立つとは思えない」

「あなたは四の五の言える立場じゃない。それに、あなたが失うものが何かある？」

「わたしのプライバシーは？」自分の脇腹を指して言う。「これが治るには数週間かかるわ」

「そうね」

「看護師は必要としてないわよ」

「本当に？」わたしはふたたび身を乗りだした。

「だったら具体的に、どうやって家に戻るつもり？　体を起こしていることさえできないくせに」

グレースは口を開き、そのあとふたたび閉じた。

わたしは得々として言った。「わたしの計画はこうよ。ドットの手を借りて、わたしたちをラスベガスから脱出させてもらうの——今日の彼女の手腕はあなただって認めざるをえないでしょう」

グレースは不承不承ながら頭を傾けた。

「そしてドットとマーセラは、わたしたちが解決策を見つけるまで身を隠しておく」

グレースはこめかみを親指でさすった。「正気じゃない」

「まあね、でもさっきも言ったけど、あなたに選択肢はないわ。そうそう、あとミニバーの代金を払わないといけないから、少し現金をもらえるかしら」

話はわたしの予想を超えるスピードでまとまった。ドットはラスベガスの女王だと言ったマーセラは正しかった。この街では誰もが彼女に借りがあるか、無償で手助けするほど彼女を気に入っているかのどちらからしい。午後も半ばを過ぎた頃には、すべての手はずが整っていた。ドットがジムのところにいるあいだは、ジェシーが彼女に代わって〈ゲッタウェイ〉を管理することになった（彼女のことだから、哀れなBJをあっちへ追いやるんじゃないかとわたしはにらんでいる）。予定どおり、マーセラは〈メイヘム〉に滞在する。そして、グレースとわたしを街から脱出させるのに安全で追跡不可能な手段を見つけたと、ドットは断言した。「心配しないで、ハニー」キャンディが置いていったプリペイド携帯電話（服も用意してくれたけど、わたしとマーセラはどっちも着ることはなかった）を通して彼女は言った。「何もかも段取りはつけてあるから」

ドットはそれ以上教えようとせず、サプライズだからと言い張った。本当なら詳しいことをききだしたいところだが、そのときはマーセラがわたしの足首から太腿へとあがってきている最中だった。いわばそれが、その日一日のわたしたちの過ごし方だった。ふたりでテレビを観る。マーセラのほうの五十ドル分でルームサービスを食べる。そして回数を忘れるほど何度もセックスをする。

誰かと肌を重ねるのは久しぶりだ。大学に入ってからは、修道女同然の生活だった。それなのにマーセラは、するりとわたしの内側に入りこみ、ぱちんとスイッチを入れたかのようだった。ひとつひとつの愛撫が、キスが、快感が鮮明に感じられた。その強烈さは苦痛と紙一重だった。彼女の乳房の曲線を、太腿の内側の柔らかな肌を、わたしが官能のリズムをつかんだその瞬間に彼女が頭をのけぞらせてあえぐ仕草を、どれだけむさぼってもまだ足りなかった。それまでの経験では、初めての相手とは最初のうちは失敗とぎこちなさがつきものだった。〝これでいいの？〟〝彼女はこうされるのが本当に好きなのかな、それとも好きなふりをしてるだけ？〟とどうしても頭のなかで考え続けてしまうのだ。

でもなぜか、マーセラの求めていることなら感じられた。それはすばらしい感覚で、わたしを不安にもさせた。わたしは時間の感覚をすっかりなくし、沈む夕日が室内をまぶしいピンク色に染めていることさえぼんやりと意識しただけだった。

その夜遅く、キスの合間にマーセラがふと頭を引いて、わたしの目をのぞきこんだ。外の照明が彼女の顔を照らしだし、わたしは彼女の心のなかをまっすぐのぞきこんでいる気がした。

そんな感覚は初めてだった。正直、もう一度体験したいかどうかはわからない。それはひとりの人間では抱えきれない感覚であり、感情であり、抱えきれないものすべてだった。

その後、マーセラはわたしの脚の上に片脚を投げだして泥のように眠りこんだ。わたしもへとへとだったはずなのに、鼓動は高鳴り、肌はまだざわざわしていた。しかもわたしはサイコパスに追われているのだ、だから、そう――考えることはいくらでもあった。

だけどあの瞬間、わたしは主に自分の感情に怖じ気づいていた。

曙光が室内を藤色に彩ると、わたしはなるべく音をたてずに服を着て、部屋をあとにした。

冷たいのはわかっている。わたしは書き置きさえ残さなかった。

戸口で立ち止まり、ベッドの上で動かないマーセラの眠る姿をじっと眺めた。〝ごめん〟と口だけ動かしてドアを閉め、オートロックの大きな音に顔をしかめた。

グレースの部屋のドアを軽く叩いた。返事がなく、あれほど釘を刺したのに彼女に逃げられたかと一瞬パニックに襲われる。

けれど、しばらくしてグレースが手こずりながらドアを開けた。車椅子に座り、ジーンズに白のTシャツと、ちゃんと身支度をすませている。彼女はわたしの服を見てぼやいた。「勘弁して、服までおそろいじゃないの」

「声を抑えて」わたしは小声で注意した。

彼女はわたしの部屋へちらりと目をやり、薄く笑った。エレベーターへと車椅子を進ませて言う。「この街にいるあばずれ（ビッチ）はわたしひとりじゃないみたいね」

従業員用エレベーターに乗りこんで地下二階へ向かいながら、ドットが長年むさぼり観てきたフィルム・ノワールが今日のための充分な予習になっていますようにと、ひそかに祈った。

グレースはしぶしぶながらわたしに車椅子を押させ、ホテルの深部を通過し、清掃員とメンテナンススタッフしか目にすることのない薄暗い通路を進んでいった。わたしたちはランドリールームでまるまる一時間待たされた。そこは室温も湿度も高く、十台ものマシンが絶えずがらがらと音をたて、静かに話をするのは無理だった。どっちもおしゃべりをする気はなかったけれど。

「ねえ、いつまで待たされるのよ」ついにグレースが不満をもらした。「飢え死にしそう」

「黙って」わたしはそう言ったものの、自分のおなかも文句を垂れていた。上にあがればビュッフェが用意されているに違いない。そう思うとうらやましさがこみあげた。オムレツ・ステーションにワッフル、それから――。

ドアが開け放たれた。また客室係に怪訝そうな目を向けられるかと思いきや、カフタンをなびかせ、頭には正真正銘のターバンを巻き、ばかでかいサングラスをかけたジェシーが颯爽と入ってきた。ドットの好きな映画に出てくる亡命者みたいな格好でわたしたちを見おろす。

「なんて格好なの」グレースが小声でぼやいた。

「あたしもそう思うよ」ジェシーはキャンバス地の大きなトートバッグをわたしたちに放り投げた。「それに着替えてちょうだい」

中身を引っ張ると、布が次々と出てくる。「これに？」

グレースも困惑していた。「またトラックで運びだされるなら、なぜ着替える必要があるの？」

「なぜって、今回は——」ジェシーは大きな身振りを交えて言った。「正面突破だからよ」

「こんなのばかげてる」グレースがぶつぶつ言う。

「そうかな。なかなかの名案だと思うけど」わたしは車椅子を押して通路を進みながら、にやにや笑いをこらえようとしたがうまくいかなかった。「あなたも似合ってるよ」

「静かにしなさい、ふたりとも」ジェシーが小声で嚙みつく。「この作戦はあんたたちが役をきちんと演じなければ成功しないんだからね。もうちょっと……年寄りっぽくしな」カジノへ続く両開きの扉の前で足を止める。「いい、これだけは忘れないで。シャトルバスに乗りこむまではうつむいておくこと」

わたしは言われたとおりに背中を丸めた。ぎょっとするネオンカラーのカフタン、広いつばが揺れる流行遅れの帽子、それに事実上、顔の上半分を覆い隠している大きな安っぽいサングラスといういでたちだ。ど派手な口紅と真ん丸く塗りたくられたチークがこの変装の仕上げだった。

グレースもやむなくポリエステル製パンツスーツに着替えているが、これはわたしが今まで目にしたなかでも一番汚い茶色だった。さらに白のウィッグをかぶり、それと比べればわたしのやつがお上品に見えるサングラスをかけている。彼女は化粧は拒絶したものの、むすっとして口角をさげているから、どのみち老けて見える。

ジェシーが扉を押し開け、わたしたちはカジノのメインフロアへ進みでた。まだ早い時間だというのに、スロットマシンの半分は早朝からやりはじめたか、居座り続けている人たちが陣取っている。サイコロ博打(クラップス)、ルーレット、それにブラックジャックのテーブルは四分の一ほどが埋まっていた。

室内へ目を走らせると、ドットがまたしても、完璧な計画を考えついたことがよくわかった。客のほとんどは高齢者で、わたしたちはうまいことそこに溶けこんでいる。

それでも、ひそかに監視されている気がしてならなかった。

「絶対に失敗する」グレースはぼそりと言った。とはいえ、車椅子の上で体を丸め、背中の曲がった老人のふりをしている。両手はみすぼらしい膝掛けの下に隠れていた。

これならわたしでも、知らなかったら八十歳の老女だと断言するだろう。わたしは椅子を押すのに苦労しているふりをしてのろのろと前へ進んだ。

「お母さんったら、文句はよして」ジェシーが大声でたしなめる。わたしは噴きださないよう頬の内側を嚙んでこらえた。

わたしたちは、拷問のごとくゆっくりした足取りでカジノ内を横切った。ほかの年寄りたちは染みだらけの手にコインの入ったカップを握りしめ、わたしたちのまわりをよろよろと歩いている。ぱっとしないゾンビ映画のエキストラになった気分だ。わたしが押すと、車椅子はきいきいと音をたてた。現実的な話、フロアがカーペット敷きのため車椅子を押すのは楽ではない。帽子の下から汗が流れ、わたしの顔を滑り落ちていく。

「お手伝いいたしましょうか?」斜め後ろから明るく声をかけられた。

わたしは固まった。どうしよう、あいつなの? それはそうよ、目さえついていればこんなお粗末な変装はすぐに見破れる。

ゆっくり振り返ると、そこにはわたしと同じ年齢くらいの男がいた。大きな作り笑いを浮かべて、ホテルの制服に〝ブラッド〟と書かれた名札をつけている。

「結構よ」ジェシーが噛みつき、しっしっとハンドバッグで彼を追い払う。

ブラッドは顔をしかめた。「失礼しました、わたしはただお手伝いしようと――」

「その男に金をやるんじゃないよ」グレースがしゃがれ声をあげた。「どうせクスリに使うんだから」

これにはブラッドも憤慨した様子だ。「お邪魔をして申し訳ありませんでした。当ホテルでは最高品質のサービスをお客さまに――」

「シャトルバスはどこから乗るの?」ジェシーが彼に向かって吠える。

「ええと、すぐ前方です」彼は言った。「縁石のところに停車いたします」

「〈ハラーズ〉へ場所替えだよ」グレースがぶつぶつ言う。「あっちへ行けばきっと運も向いてくる」

「では皆さま、すばらしい一日となりますように」ブラッドはこわばった声で言い、踵(きびす)を返して案内デスクへと引き返していった。

こっちの話が聞こえないところまで彼が離れると、わたしは小声で確かめた。「今の、彼じゃないのよね？」

グレースは鼻で笑った。「もしそうだったら、あなたはとうに死んでる」

「それはどうも、サンシャイン」

「ふたりとも、おだまり」ジェシーが唇を動かすことなく叱責する。わたしたちはのろのろと前進を続けた。ドアはどんどん遠ざかるかのようだったが、最後は庇(ひさし)の張りだした車寄せに出られた。

サングラスをかけていてよかった。砂漠の太陽は早くもぎらぎら輝き、気温が上昇している。わたしの着ているレーヨンのテントドレスは効果なしだ。舞台化粧が崩れていくのが感じられた。幸い、無料シャトルバスはほんの数分でやってきた。車椅子のためのスロープ板がさがり、手を貸すために運転手がおりてくる。

車内にほかの乗客はいなかった。バスが縁石から離れると、ジェシーは運転手の肩を叩いて言った。「ほんと、恩に着るわね、チャック」

「どうってことない」チャックが言った。「どうせこの時間はたいして乗客もいないからな」

これもドットの計画の一部らしい。彼女のアイデアには本当に舌を巻く。「これでどこへ行くんですか?」わたしはジェシーの後ろのシートに座って尋ねた。グレースは車椅子に座ったまま、まだ背中を丸めている。本当に寝入ってしまったのだろうか。

「行けばわかるよ」ジェシーが返した。

「もうサプライズはこりごりなんですけど」わたしは言った。「それに、ほかのカジノをまわらなかったら怪しまれませんか?」

「いいや、なんにせよおれのシフトはこれであがりだ」チャックは安心させるように言った。「これからおれの最後の停留所へ向かう」

そう言われても、恐怖心を振り払えるものではない。わたしはつけられていないかと、道路を走る数台の車へ目を走らせた。気を紛らすためにジェシーに尋ねた。

「ドットとはいつからのつきあいなんですか?」

「彼女が〈ザ・サンズ〉（映画『オーシャンと十一人の仲間』が撮影されたホテル。一九九六年に閉鎖）をうろつく洟垂れだった頃からよ」彼女はふんと鼻を鳴らして言った。

〈チキ・ハット〉でスコーピオンボウルを飲みながら、ドットが子どもの頃の話をしていたのをなんとなく思い出した。しかも奇跡的に、ところどころ記憶に引っかかっている。「たしか、父親はコメディアンで母親はショーガールだったってドットが言ってました」

「というより」ジェシーが言った。「賭博師のなれの果てだよ。それに母親のほうはドットがよちよち歩きの頃に出ていった。彼女は、今は自分で所有してるあのモーテルで育ったようなものさ。その話は聞いてる?」

わたしは首を横に振った。

「父親は毎晩、自分が働くあいだ、娘をあそこに置いていったの。〝働く〟っていうのは稼いだ金を一セント残らず失ってくるっていう意味ね。ドットが五〇年代の映画に取り憑かれてるのは、唯一いつもそばにいる存在だったからなんでしょうね」ジェシーはため息をついた。「父親の肝臓がついに音をあげたとき、ドットは〈ゲッタウェイ〉の部屋を掃除して父親の借金を返済しなきゃならなかった。最終的にはあそこを買い取れるだけの金を作って、今にいたってるわけさ」

「へえ。彼女から聞いた話ではもっと――」

「きらびやかだった?」ジェシーは微笑んだ。「それがドットよ。なんにでも妖精の粉を振りかける。ああ、それ、もう脱いでいいよ」わたしのカフタンを顎で示す。

「ここから先はもう必要ない」

わたしはほっとして重たい服をはぎ取った。「あと、マーセラのことだけど……」

「ちゃんと用心させておく。心配いらない」ジェシーは苦笑いしてつけ加えた。「若い客たちは喜ぶだろうね、彼女は〈メイヘム〉に本場っぽさを添えてくれるから」

「彼女が安全ならそれでいいわ」わたしはまたも罪悪感がちくりと胸を刺すのを感じながらつぶやいた。

「大丈夫だよ」意外にもジェシーは母親みたいな仕草でわたしの手をぽんと叩いた。「ドットは家族だからね、彼女とマーセラの面倒はあたしが見る。あんたは自分の心配だけしてなさい。それから、彼女には気をつけな」グレースに目をやり、声を低めて言い添える。「あの顔つき、あたしは好きになれない」

「心配ご無用。自分の面倒を見ることにかけて、わたしはプロですから」

「それは見ればわかる」ジェシーがにっと笑う。「あんたの顔には〝サバイバー〟ってでかでかと書いてあるよ、お嬢ちゃん」

うれしい言葉だったけれど、自分では今はそうだと思えなかった。どちらかというと獲物の気分だ。ドットの助けがなかったら、おそらくわたしはとうに死んでいる。その事実にぞっとした。「この件にみんなを引きずりこんだのは、悔やんでも悔やみきれません」

「あたしも喜んではいないね」ジェシーは、わたしを値踏みするように見てから言い足した。「だけどドットは大人だ。彼女自身が関わりたくないと思ってたら、関わらなかったはずだよ。そういうところはあたしも敬意を払ってる」

バスが減速し、小さな飛行場の金属製のゲート前で停車した。ゲートの表示を見て、わたしは眉根を寄せた。「ちょっと待って、あれって――」

「やるじゃない」グレースがフロントガラス越しに見ようと首を伸ばし、満足げに言った。

ジェシーがうなずく。「ドッティがあんたたちのために手を尽くしたんだよ」

本当にそうだ、とわたしは思った。ドットはこの一週間で、わたしがこれまでの人生で出会った誰よりもたくさんのことをしてくれた。わたしの両親を含めてだ。そのお返しとして、わたしはうかつにも彼女の命を危険にさらした。彼女とはちゃんとしたお別れもしていない。

ドットと二度と会えないかもしれないのだとはっと気づいた。わたしは押し寄せる寂しさにのみこまれた。

それに気づいたジェシーが言った。「今はくよくよするのはよしな。それに心配しなくていい、あんたの荷物はちゃんとなかにある」

「わたしの荷物が?」今日一番の驚きと言えるだろう。「でも、あいつが部屋を見張っていたかもしれないのに」

「ドットがティナに指示して、二重にしたゴミ袋のなかに全部入れてゴミ収集箱へ放りこませたんだ。そこから友人に拾わせてきた。信用していいよ、みんな慎重に動いたからね」

「よかった」言いながら、わたしの荷物がゴミ収集箱に放りこまれた？　汚ないなあとは思ったものの、文句を言える立場ではない。

チャックがバスを止めて声をあげた。「到着だ」

わたしたちの前には、機体の側面に〝グランドキャニオン・ヘリツアー〟と記された、まばゆい赤のヘリコプターがあった。ローターがすでにゆっくりと回転している。

「これなら誰にも追跡できない」ジェシーは得意げに言った。

「そう……ですね」気が遠くなるのを感じた。もちろん、感謝しなきゃいけない――だってヘリコプターだよ？　ロックスター級の待遇じゃない？

わたしが高所恐怖症じゃなかったら。

わたしは駐機場へとおり立ち、こわごわとヘリコプターを凝視した。ジェシーがわたしの手にキーをいくつか押しつける。「向こうに着いたら車が待ってる。ジムの海兵隊仲間の厚意だよ。ドットがあんたのバッグに現金を入れてる。そうそう、あんたの新しいIDがこれ。急いで作ったけど、正直、あたしの最高傑作と言えるできだね」

「ありがとう」わたしはキーと分厚い封筒を受け取った。「本当に、なんてお礼を言ったらいいか――」

「わかってるよ、ダーリン」ジェシーはわたしに投げキスをした。「それじゃあ気をつけて、死んだらだめだよ」

わたしたちが話しているあいだに、チャックはグレースをシャトルバスからおろしてヘリコプターの後部に乗せていた。彼女は真ん中に座らされて退屈そうな顔をしている。ジェシーがシャトルバスのステップからわたしに手を振ると、その後ドアが閉まってバスは発車した。わたしは追いかけそうになるのをぐっとこらえた。

深く息を吸いこみ、ヘリコプターへ警戒の目を向ける。

「何をしてるの、急いで！」グレースが怒鳴った。

わたしのことをばかにする材料をこれ以上グレースに与えてなるものか。わたしはローターを避けるように体をふたつに折り、機体へ向かってもたもたと走った。

約束どおり、グレースの両脇にはゴミ袋がひとつずつあった。その光景に、わたしはかなり元気づけられた。ぷんぷん匂えばいい気味だ。パイロットは野球帽をかぶり、アビエーターサングラスをかけていた。彼がヘッドセットをつけるようわたしに身振りで指示した。グレースはすでに装着済みで、日々危険な場所の上空を飛びまわっているみたいな顔をしている。

パイロットの声が耳にうるさく響いた。「短いフライトです。シートベルトを締めてください」

突如空へ放りだされたときに何もないよりはましなので、わたしは複雑なシートベルトを大あわてで締めた。最後のバックルがかちゃりと音をたててはまると、ローターのうなりが耳をつんざく轟音に変わった。わたしは膝を握りしめ、祈りがどれだけ有効か再検討を始めた。

機体は驚異の速さで浮上した。きつく目をつぶっていたら乗り物酔いが余計に悪化してしまい、わたしは歯を食いしばって目を開けた。

「わあっ」息をのんだ。ヘリコプターはラスベガス・ストリップの上空を旋回していた。〈ザ・ストラット〉のタワーのてっぺんと同じ高さを飛んでいて、ほかのカジノがまわりに広がっている。〈ルクソール〉のピラミッド、エッフェル塔、自由の女神像が見えた。そそり立つガラス張りのタワーにきらめく光が反射し、虹を投げかけている。そのあまりに物珍しく、それでいて美しい光景に、わたしは恐怖を忘れた。

数分後には、機体はフーバーダムの上をゆっくり通過していた。わたしは身を乗りだしてダムを見おろした。パイロットの声が聞こえた。「せっかくの機会ですから、簡単なツアーを楽しんでいただこうと思ったんです」

彼はわたしににやりと笑いかけ、わたしも笑みを返した。グレースの声が耳元で響く。「あとどれくらいかかるの?」

わたしはじろりとにらんだが、グレースはまっすぐ前を見ていたから無意味だった。

「もうすぐですよ」パイロットの声からして、わたしと同じく閉口している様子だった。

五分後、ヘリコプターは寂れたオフィスパークの駐車場に着陸した。見える限り、止まっているのはおんぼろの青いミニヴァン一台きりだ。丸刈りの男が腕組みをして車体に寄りかかっている。パイロットは男のほうへ顎を動かした。「あれがおふたりの次の乗り物です」

わたしはそろそろとヘリコプターからおりた。男が駆け寄ってきて、わたしの手を握った。「おれはピートだ!」ローター音に負けじと声を張りあげる。

「今回はありがとうございます!」わたしは大声で返した。

ピートはうなずき、荷物をミニヴァンに積みこむ手伝いをしてから、グレースのために引き返した。少し手間取りながらも彼女を助手席に座らせる。「それじゃあ」彼はかぶってもいない帽子を傾ける仕草をしたあと、ヘリコプターへ駆け寄って乗りこんだ。

わたしは目の上に手のひらをかざし、機体が上昇して木立の上空でホバリングするのを見守った。機体はゆっくり回転すると、もと来た方角へと傾斜した。わずか数秒のうちにその姿は見えなくなった。

背後でグレースがきつい声をあげた。「誰もいないこんな場所に、一日じゅういるつもり？」

本当に、彼女ときたら。わたしは向き直って言った。「大勢の人たちがわたしたちのためにさんざん骨を折ってくれたのよ。あなたも感謝したらどうなの」

「そうね、寄付してもらった服には涙が出るわ」自分のパンツスーツを示して言う。「すぐに洗える服なら刺し傷のある人にはおあつらえ向きじゃない」ふたたびおなかがぐうと鳴った。「ああ、飢え死にしそう」

「我慢するしかないわね。しばらくレストランはないから」

「だったらガソリンスタンドに寄ろう。ううん、マクドナルドのほうがいい」

「ファストフード？　絶対にいや」グレースは不快げに言い捨てた。

「じゃあこうしましょう。途中に〈フォー・シーズンズ〉があったらそっちに寄ってあげる」横側のスライドドアを閉め、運転席へとまわりこんだ。

ミニヴァンの内部は外見と似たようなものだった。ひび割れたレザーシート、べたつくハンドル、古いたばこの煙が混じってよどんだ空気。それでも、わたしが乗っていたぽんこつより総走行距離は少ない。それにヴァンなら車中泊もずっと楽だ。わたしの車がいい値段で売れたことを祈ろう。ドットへのせめてものお礼になればいい。ダッシュボードの上に箱があり、プリペイド携帯電話が二台入っていた。わたしはそれらを後部座席へ放ると、ピートが置いていってくれた地図を取りだした。「ここがどこだかわかる？」

「ラスベガスの北西およそ五十キロ」グレースはシートを倒して目をつぶった。「十五号線を南下して」

わたしはオフィスパークを見まわした。高速道路の標識は見当たらない。気にする様子もないグレースに、わたしはいらいらと問い返した。「で、そこからは？」

「近づいたら指示する」彼女は言った。

「最高」わたしはぼやいてラジオをつけた。「車の旅って本当に楽しいわ」

12 L・A・コンフィデンシャル（一九九七）

L.A.CONFIDENTIAL

グレースよりもろくでもない旅の友は存在するはずだ。おならばかりの犬とか、ぐずりっぱなしの赤ん坊とか、車からあふれだしそうになっている白塗りのパントマイム集団とか。だけどハンドルを握って二時間もすると、わたしはその三組をすべて歓迎したい気分になっていた。

ラジオをつけるたび、グレースが手を伸ばして消すからだ。「静かにして」彼女は言った。「考えごとをしてるの」

「あっ、そう。あのね、わたしは考えないよう、に、し、て、る、の、あなたのお兄さんがどれだけわたしを殺したがっているかをね」わたしはむきになってもう一度ラジオをつけ、音量をあげた。「それに、ドライバーはわたし。つまりラジオをいじる権利はわたしにある」

グレースは大げさにため息をつくと、次の出口の標識へうなずきかけた。「ここでおりて」

「プリム地区？」わたしは眉間にしわを寄せた。「ここに住んでるの？」

「ガソリンスタンドがある」顎を突きだして言う。「満タンにして。わたしはなかで支払ってくる」

「現金でよ」わたしは言った。

グレースは冷たい視線を投げつけてきた。「言われなくてもわかってる。いい、わたしだって長いこと、こういう暮らしをしているの」

「その結果、自分がどうなってるか見てみたら」わたしはつぶやき、給油機に車を横付けした。わたしが止める間もなくグレースはよろよろと併設された売店へ向かった。

「ジャンクフードを買ってきて！」彼女の背中へ向け、声を張りあげた。「スパイシーなやつ！」

給油が終わる頃、グレースは手首にレジ袋をさげ、よろめきながら戻ってきた。ひと言もなしに運転席へ向かう。

「えっ、何してるの？」

「運転するのよ。いくつか予防策を取る必要がある」

「誰にもつけられてないよ」わたしは言った。「そもそも運転できるの？」

「ずいぶんよくなったわ」グレースは言い張ったが、目のまわりのこわばりはそうではないことを物語っていた。

「やめたほうがいいって」

「あなたはわたしに命を助けられたいの、助けられたくないの？」彼女が片眉をつりあげて問いかけてくる。わたしの返事がないと、運転席に乗りこみ、当てつけがましくシートの位置をずらした。わたしはふてくされたティーンエイジャーみたいに助手席に乗った。こっちはまだシートベルトも締めていないのに、車が駐車場を飛びだす。わたしがもたついているうちに信号が赤に変わった。それを無視して車はいきなり左に折れ、十五号線を北上する道へ突っこんだ。

「ちょっと！」わたしは叫んだ。「死ぬ気？」

「早く慣れることね」グレースが言った。「ここから数時間、今のを何度も繰り返すから」

「わたしは高速道路で死ぬために連続殺人鬼の手から逃れたわけじゃない」

「泣き言は聞かない。ちなみに、わたしはこれまで無事故無違反よ」手を伸ばしてラジオを切る。

「ちょっと！」

「ラジオをいじる権利はドライバーにあるんでしょう？」グレースはにやりとした。

わたしは小声で毒づき、レジ袋をつかんで中身を漁ってからうめき声をあげた。

「炭酸水にピスタチオ？　それと、何これ……」小袋を取りだす。「ひまわりの種？」

「ひどいわよね、まともな食べ物はそれしかなかったの」彼女は鼻を鳴らした。

「アーモンドくらい置いてありそうなものなのに」

「わかる？　あなたは車で旅行するのに最悪なパートナーよ」わたしは不満を吐きながら、ダッシュボードにぶつからないよう両手をついた。ミニヴァンは高速道路の出口へ向かって四車線を横切り、あとには腹立たしげなクラクションが鳴り響いた。

グレースの運転はインディ五〇〇の最終ラップもかくやという調子だったにもかかわらず、わたしはいつの間にか眠っていた。目を覚ますと、太陽は地平線付近まで傾いていた。ミニヴァンは大渋滞につかまっていて、どこまでも続くテールランプしか見えなかった。わたしは体を起こし、目をぱちぱちさせて眠気を払った。「ここはどこ？」

「パサデナ」グレースはこちらへ視線も向けずに言った。

「本当？」わたしは身を乗りだして窓の外をのぞいた。カリフォルニアだ！　と喜んだものの、あいにく暗すぎてパームツリーは見えなかった。というか、今いる幹線道路は殺風景さではよそと変わらない。それでもわたしは舞いあがった。

レジ袋をつかんでなかをのぞいた。グレースに食べられてピスタチオはずいぶん減っていた。わたしは殻をひとつ割り、実を口へ放りこんだ。わかってはいたけど、ドリトスとは比べようもない。「今夜宿泊する前にあとどれくらい走るの？」グレースとホテルの部屋をシェアするところを想像しながら問いかけた。マーセラと過ごした夜とはかけ離れたものになりそうだ。

「宿泊はしない。あともう少しだから」グレースの目の下のくまはいっそう濃くなり、両手でハンドルを握りしめている。痛みをこらえているのは明らかだ。

「わたしがまた運転しようか？」

グレースはかぶりを振った。「必要ない。あと十分で着く」渋滞に目をやって言う。「もしくは二十分」

「着くって、どこに？」わたしは困惑して問いかけた。

「わたしの場所」

わたしは彼女を見てぽかんと口を開けた。「ＬＡに住んでるの？」

「そうよ」こっちをちらりと見る。「何、驚くようなこと？」

「ちょっとね。もっと変わったところに住んでいるイメージだったから。島とか。地下基地とかね」

「がっかりさせたかしら」

車がじりじりと前進した。これならカジノで老女の扮装(ふんそう)をしていたときのほうが順調に進んでいたくらいだ。「それで、なんでLAに?」わたしは沈黙を埋めるために尋ねた。「ひょっとしてビーチ好き?」

グレースは一一〇号線に通じる出口へと車を進めた。「複数の空港へのアクセスがよくて、街への出入口が多い。そして匿名性が比較的高いから」

「そうなの?」

「そうよ」グレースが言う。「ここではゲートの奥に家があって、近所づきあいはほとんどない。どんなものでも配達してくれるから、家を出ないことにしたら、出る必要がない。小さな街にいるより、はるかに容易に身を潜められる」

「それって……息苦しそう」

「島よりも?」彼女はせせら笑った。「四方を海に囲まれ、すぐに脱出できるルートもない、八方ふさがりの島より? あきれたものね、アンバー。あなたのサバイバルスキルを鍛(きた)えないと」

「わたしはここまでうまく生きのびてきているんだから、大きなお世話よ」むっとした。「それにわたしの経験上、小さな街は理想的よ。都会よりも人と人の信頼関係が強いもの」

「それは事実ね」彼女が言った。「わたしの経験上、配送車に乗った連続殺人鬼まで信頼するまぬけがいたわ」

「それはそうだけど、そっちだって刺されてるじゃない」わたしはやり返した。

グレースは返事をせず、パームツリーが並ぶ閑静な一角へとハンドルを切った。わたしは窓に顔を押しつけたくなるのを我慢した。ロサンゼルス！　テネシーにいたときは、月ほど遠く思えた。「ここに滞在しているあいだに、ディズニーランドに行けるかな？」冗談半分で言った。

「グンナーに殺されたくないなら、わたしの足を引っ張らないで」グレースは言った。

「だから答えはノーよ」

グレースの住まいに到着した。

着いてみると、だいたい想像したとおりだった。通りから奥まった場所に建物があり、手前には巨大ゲート付きの高さ三、四メートルの生け垣。これをくぐって向こう側に出るのは不可能だろう。ドライブウェイは短く、まっすぐガレージにつながっている。ガレージ内は言うまでもなく、汚れひとつなかった。コンクリートの床に油染みもない。壁沿いには白いキャビネットが並んでいた。

家のほかの場所も、印象はほぼガレージと同じだった。清潔でぴかぴか、個性の〝こ〟の字もない。アート作品もなし、写真もなし、冷蔵庫にマグネットさえ貼っていない。仕切りのないオープンフロアで、ダイニングルーム、リビングルーム、そしてキッチンまでがだだっぴろくて空っぽなひとつの空間に収まっている。白のソファ、白のラグ、白の壁……病室だってここより活気のある場所を見たことがある。

「へえ、ここは……白いね」床にダッフルバッグをおろして言った。

「ゲスト用の寝室を使って。右手にある階段の上」グレースはわたしのバッグにじろりと目をやった。「自分の荷物を忘れないで」

「了解。ゲストルームね」バッグを抱えて階段をあがる。短い廊下の両端にドアがひとつずつあった。わたしは右側へ向かい、ドアを開けると――思ったとおり、やっぱりここも白い。ベッドにはパッド入りの白いヘッドボード、白の掛け布団、白のシーツ。ラグはアイボリー。とはいえ、〈ザ・ストラット〉を別にしたら、こんなに上等な部屋は初めてだった。わたしは気後れしながらクローゼットにダッフルバッグをしまい、膀胱を空にするためバスルームへ向かった。

そこもいい感じだった。バスタブ、別個になっているシャワー、ダブルシンク……ゲストルームでこれなら、グレースの部屋がどんなふうかは想像もつかない。

わたしはシャワーをじっと見つめた。体を洗いたいけれど、階下でグレースを待たせるのは申し訳ない。しかたなく顔だけ洗って鏡をのぞきこんだ。こめかみのたんこぶは紫と緑に変色し、醜い黒の縫合糸をぐるりと囲んでいる。両頬はコンクリートで擦りむけていた。それに唇がひび割れているのは、前の晩に何度もキスをしたせいだ。その思い出によって浮かんだ笑みは、ひとりで目を覚ましたマーセラがどんなにむかついただろうと思うや、たちどころに消えた。もう二度と口をきいてくれないかもしれない。グンナーが動きまわっていては、どのみちその選択肢はないかもしれないが。

マーセラたちに何かあったら……。

よしなさい。わたしは自分に命じた。ドットは誰よりもラスベガスに通じている、グレースのサイコな兄よりは確実に。ふたりとも身を潜めていると約束したし、〈ナゲット〉にも〈メイヘム〉にもふたりを結びつけようはない。彼女たちは心配ない。どうせあいつのメインターゲットは今もわたしのままだろう。

寝室のドアを開けるとシャワーの音が聞こえた。「失礼なやつ」わたしはつぶやいた。グレースは偉そうな態度だが、それで非の打ちどころのない女主人役を期待できるわけではなかった。わたしは音をたてて階段をおり、冷蔵庫を開けてピスタチオ以外に何かないか探した。

なかにはヨーグルトが数十個、ラベルの向きに一分の乱れもなく並んでいた。次の棚には未開封の豆乳の箱が、これも整然と一列に並べられている。その下は卵、次の引き出しには根菜。チーズさえなかった。

「何これ」わたしはつぶやいた。「彼女のほうこそ連続殺人鬼じみてるわね」戸棚も同じく期待はずれだった。ベジタリアン用高級スープ、パスタ、オーガニック・トマトソース。保存料や添加物が入ったものはいっさいないし、それどころか調味料を添加しているものすらない。わたしはカウンターの上のフルーツボウルからリンゴを取り、腹立ち紛れにかじりついた。こうなると何か死ぬほど体に悪いものを手に入れることが最優先事項だ。求む、なんでもいいから最低でも五十年の賞味期限があるもの。

二階へ戻ったときも、彼女のバスルームからはまだ水の流れる音がしていた。向こうがわたしを避けるなら、こっちだって。わたしはバスタブに湯を張り、洗面台の引き出しで見つけたおしゃれなラベンダー・バスソルトを全部ぶちこんだ。それからバスタブに体を沈め、皮膚がしわしわになるまで浸かっていた。

一時間後、清潔なショートパンツとTシャツに着替え、いくらか生き返った気分で階下へおりると、グレースはダイニングルームのテーブルにつき――なんということか――ヨーグルトを食べていた。彼女の前にはノートパソコンが開かれている。わたしが入ってきても、グレースは顔さえあげなかった。

「夕食に何かデリバリーを頼まない？」わたしは提案した。

「空腹ならパスタがあるわよ。スープも」

「それは見た」わたしはむっつりと言った。「中華料理を注文しない？」

「わたしは胃が受けつけそうにない」彼女はスプーンをくるりとまわした。「おなかに大きな穴が空いてるおかげでね」

「ああ、そうよね」こちらが自分のことしか考えていないみたいじゃない。「けがの具合はどう？」

「少し痛むわ。薬は一時間前に切れたし」彼女はヨーグルトの容器にスプーンを突っこんで押しやった。「必要なものはそろっていたでしょう？」

「うん、ありがとう。いい部屋だね」

グレースはうなずき、それから言った。「長い一週間だったから、わたしはもう寝るわ」

そう言い置いて二階へあがる。

彼女の寝室のドアが閉まったあと、わたしはノートパソコンに近づき、ボタンを押してスリープモードを解除した。当然ながら、パスワードで保護されていた。ため息をつき、わたしはパスタを作りに行った。

ささやかな反抗としてテレビの前で食べたけれど、音量はさげておいた。チャンネルを次々に変えたが、興味のある番組はなかった。結局、マイホームのリフォーム番組に落ち着き、わたしは白いブランケットをかぶった。

誰かがドアを叩いている。一瞬、モーテルに戻ってきたのかと錯覚した。暗がりに浮かびあがる見慣れない輪郭に目をすがめ、つかの間まごついた。ああ、そうだ、ここはグレースの家のゲストルームだ。彼女の氷の宮殿、孤独の要塞。自分のつまらないジョークにわたしは鼻を鳴らした。

ノックの音はどんどん大きくなっていった。奇妙なほど等間隔で、規則正しくこぶしを打ちつけているかのようだ。

わたしは唇を嚙んだ――まさか、グンナー? 彼はこの家にも侵入できるの? でもここの玄関は強化金属で、頑丈な鍵が三つもついている。夕食のあと、わたしはこの目でこの家の防犯対策をすべて確認していた。グレースは仰々しい警報装置までつけていて、窓をちょっと開けるのさえためらわれたほどだ。

どん！　どん！　どん！

目をしょぼしょぼさせながら、わたしはベッドから出て照明のスイッチを探した。まぶしさに目がくらみ、目をぎゅっと閉じたまま手探りしてドアを開けた。

廊下はまだ真っ暗だった。グレースの寝室はドアが開いているが、明かりはついていない。どんどんという音が、階下ではなくそこから聞こえてくることにわたしは気がついた。踊り場の上の時計は午前三時二十二分を示していた。

「ちょっと、グレース」呼びかけながら彼女の部屋へずかずかと向かった。「いったいなんの騒ぎ――」

息が喉に詰まった。グレースのベッドの足元に人影がしゃがみこんでいる。男がこちらへ顔を向けた。野球帽のつばでその顔は隠れている。片手にハンマーを握り、男の下には……。

わたしのなかのすべてが静止した――心臓が止まり、息は喉につかえ、あの恐怖の一夜が一から再現されているかのようだった。グレースは男の前で床に横たわっていた。両腕は横に投げだされ、苦痛のあまり目を固くつぶっている。指はひくひくしているが、両手は動いていない——動かせないからだ、男は彼女の手を釘で床に打ちつけていた。

グレースの頭がごろりとわたしのほうを向く。その口がありえないほど大きく開いて叫び声を発した。「アンバー、逃げて！」

自分がスローモーションで動いているように感じた。ばたばたと階段を駆けおり、パジャマの裾につまずきかけて何段か踏みはずし、両手をついてかろうじて転倒を防いだ。わずか数秒で玄関の前にいて、死にもの狂いで鍵を開けようとするが——鍵がかかってるのになんでなかにいるの？——間に合わなかった。Tシャツの背中をぐいっと引っ張られ、重さなどないかのように宙づりにされた。手脚をばたつかせたけれど、階段へ引きずっていかれる。頭に浮かぶのは、わたしたちが失敗したという事実だけだった。グレースの言うとおりだった、はなからわたしたちに勝ち目はなかった——。

肩をつかまれて目を覚ました。ぱっと起こした体を急いで後ろへ引き、その手を払いのける。暗がりのなか、グレースの青白い顔がわかるまで少し時間がかかった。

「落ち着いて、アンバー」彼女は両手をあげて言った。「あなたを起こそうとしただけよ。悲鳴をあげてたから」

ここはどこなのかと、わたしはまわりを見まわした。まだリビングルームだ。テレビの前で寝てしまったらしい。脚にはカシミアのブランケットが巻きつき、背中の下はソファの端っこだ。「ごめん。わたし――悪い夢を見て」

「でしょうね」グレースが言った。目を細くする。「わたしの兄の夢？」

わたしはうなずいた。まだ心臓はどくどくと脈打ち、喉はからからでつばものみこめない。「水がほしい」しゃがれた声で言ってブランケットを引きはがし、よろよろと立ちあがった。

グレースは、わたしが水を注いで飲むのを眺めていた。わたしは一瞬ためらってから、ふたたびグラスを満たしてもっとゆっくり飲んだ。血がのぼっていた耳が冷たくなると、鼓動も落ち着きだした。

「よくなった？」彼女が問いかけた。

「うん。起こしてごめん」

「別に、寝てはいないけど。仕事をしてたから」

「なんの仕事？」

「これであなたが安心できるならと思って、特別な警報システムを設置したわ」彼女は質問をはぐらかして言った。「敷地内のどこでも動きがあれば無音の警報装置が作動する。わたしが解除する前にドアや窓から百五十センチ以内に近づく人間がいれば、金属製のシャッターがおりる」

「シャッター？」わたしは確かめに窓辺へ行った。本当だ。フレームの内側に仕込まれた金属部分がきらりと光っている。ちょっと過剰な気はするけれど、彼女が自分の兄について話していたことからすると、金属製のシャッターはすこぶる効果的な対策に思える。ついでに――ゾンビの大群が襲いかかってくる終末世界の到来時にも有用だ。

「それに、わたしのクローゼットの奥は一カ月分の備蓄を備えたパニックルームになってる」グレースは言い添えた。

「わお。じゃあ警報装置が作動したら、わたしはそこへ逃げこめばいいんだ」

グレースの眉間にしわが刻まれる。「まあ、そうね」

「何よ、あなたのパニックルームに勝手に逃げこんじゃいけないわけ？」なんたる侮辱。もっとも、なるべくあっさり殺されるほうが、閉鎖空間で彼女と一カ月過ごすよりましな気はする。

「的はずれな問いね。誰であれ、あそこへはわたしに知られずに入ることはできない」

「あなたのお兄さんもコンピューターのエキスパートじゃなければの話でしょ」わたしは陰鬱な気分になってぼやいた。

「その可能性はある。正直、それはわたしにもわからない」グレースは思案するように言った。「グンナーは頭が切れる。それに言語の達人よ――彼は数週間あれば新しい言語を習得できる。本人がその気になれば、極めて魅力的にもなる」

「最高」わたしは言った。「それこそまさにわたしが連続殺人鬼に求めるものだわ。冴えないまぬけに殺されるよりずっとすてき」

　グレースはふんと鼻であしらった。「あなたにきかれたから言ったのよ」

「わたしがきいたのはあいつがコンピューターに詳しいのかってこと。万が一にも、よくわからないけど――」わたしはドアや窓を身振りで示した。「あなたのセキュリティシステムに干渉できるのかどうかよ」

「ああ、それはないわ」グレースは笑った。「そこは信頼して。あの暗号化コードは国家安全保障局（NSA）も解読できなかった」

「へえ、そう」それなら心強い。絶対に彼女に認めはしないけど。欠点は（多々）あれど、グレースはコンピューター関連にはたしかに秀でているようだ。彼女がどうやってわたしを追跡したのかは、今もって見当もつかない。

「で、なんの仕事をしてたの？」わたしはもう一度尋ねた。

グレースは大きなため息をついた。「寝たいんだと思ってたけど」

「寝る時間ならいくらでもあるでしょ？　あなたが出血してるあいだはどこかへ出かけるわけにもいかないし」彼女のシャツには新たな赤い点々が浮かびあがっており、わたしはそれを身振りで示した。

グレースは赤い染みに顔をしかめた。「また血が出てきた。傷口がすぐに開くの」

「ベッドで寝ていないからじゃないの」

「そうね」意外にも、彼女は疲れた様子で認めた。「レンジの上のキャビネットに創傷用（バタフライ）バンドエイドがあるから、取ってきてもらえる？」

「わかった」冷蔵庫同様、キャビネットも異常なほど整然としていた。なんとキャビネットのなかにミニキャビネットがあり、小さな引き出しすべてにラベルがついている。わたしは〝バタフライバンドエイド〟と記された引き出しを開けて四枚取りだした。

「ありがとう」わたしが手渡すと、グレースは礼を言った。クッションに寄りかかってシャツを引きあげ、顔をゆがめながら分厚いガーゼを腹部から引きはがす。

「それも替えたほうがよさそうね」わたしは言った。「ガーゼもさっきの場所？」

彼女がうなずく。わたしはガーゼのほかに、消毒用アルコールとコットンパッドを取って戻ってきた。「手伝おうか？」

「自分でできる」彼女はそう言って、傷口を慎重に消毒した。彼女の傷口を実際に見るのはこれが初めてだった。脇から二センチ内側が長さ五センチほどにわたって、ざっくり切れている。黒い糸で縫合した跡は醜く、少し曲がっている。

「ドクター・アブードの縫合の腕前は特筆するほどのものじゃないみたいね」わたしはぎこちなく言った。

「急いでいたからよ」グレースが言った。「むしろ、悪いできじゃない。もっとへたな縫合をされたことだってある」

「それよりも？」わたしは怪訝に思って尋ねた。「いつのこと？」

「わたしがなんの仕事をしているか尋ねたわね」彼女は新しい絆創膏(ばんそうこう)を押し当てて貼りつけた。「そこのなかよ」

グレースはわたしがランドリールームだと思っていた場所まで足を引きずっていった。ドア横の小さなパネルに手首をかざすとランプが緑に光り、かちりとロックが開いた。わたしは目を丸くして彼女を見た。「手をかざして、それで開錠できるの？」

彼女は手首を掲げた。「生体認証チップでロックを操作してるのよ」

「へえ、それが次世代なんちゃらってやつね」わたしはつぶやいてグレースに続いた。まあ、彼女が半分ロボットでも別に驚きはしないけど。

なかは十八平方メートルほどの広さの、ネジがぶっ飛んだ空間だった。一方の壁にはアメリカの超大型地図が貼られている。子ども部屋にありそうなやつだが、これにはカラフルなマップピンがびっしり留めてある。アラスカとハワイにはひとつもないが、ほかはほぼすべての州に複数刺さっていた。

地図の向かい側はコンピューターマニアが泣いて喜びそうなスペースだ。ずらりと並んだモニター、タワー型パソコン、キーボード。壁との隙間には、なんらかのコードで埋め尽くされたキャスター付きホワイトボードが押しこまれていた。

床にはカーペットの代わりに、黒の分厚いジムマットが敷かれている。ダンベルの棚、トレーニング用の人型、ほかにもわたしにはなんだかわからないものがあった。

「わお」わたしは地図へと歩み寄った。「あとは新聞の切り抜きと赤い紐があれば、捜査ボードのできあがりだね」

「ええ、ちょっとアナログよね」グレースはあたかもおかしいのはそこだというように言った。「だけど、これならすべてを一度に見ることができるから」

わたしは顔を近づけてノースダコタを見てみた。黄色のピンが三つ固まっていて、州の北端に青いピンがある。「色の違いにはどんな意味があるの？」

「青はグンナーが関わっていないのはほぼ確実だけど完全には除外できないやつ。黄色は、そうね――黄色は彼よ」

「はあ、本当に？」わたしは全体を見ようと後ろへさがった。

黄色いピンは大量にあった、全体の優に半分はいく。いくつあるか数えようとすると、わたしが地図へ近づく前にグレースが言った。「二百五十三」

わたしは彼女に向かって目を剝き、一瞬言葉を失った。「二百五十三人？」やっとのことで言葉を吐きだす。「嘘でしょ。そんなの不可能よ」

「ええ、すごいでしょう。数でほぼ互角なのはハロルド・シップマンだけ。彼はイギリス人の医師で、二百人を超える患者を殺害したとされている。だけどそれだって何十年も前で、コンピューターによる追跡技術がなかった時代のことよ」

「わたしなら〝すごい〟って言葉は使わない」ぼそりと言った。またもグレースの態度に落ち着かない気分になっていた。今の彼女の言葉はまるで称賛だ。わたしはグレースにちらりと目をやって思案した。こんなことになる前、彼女とその兄の関係はどんなふうだったのだろう。

「今の時代に二百五十三人の被害者よ?」グレースは首をかしげた。「いいことだとは言ってない、簡単には成し遂げられないことってだけ。もちろん、グンナーはさまざまな殺害方法を用いているし、ボー・ジェソップと違って、けっして派手な殺し方はしない。余計な注目を集めてしまうから」

〝派手な〟とはよく言ったものね。わたしは身震いをこらえてそう考えた。「それならどうしてグンナーの仕業だとわかるの、そんなにうまく自分の痕跡を隠しているのに?」

「誤差の範囲五パーセント以内で確定しているのが黄色よ」

「確定方法は?」

「コンピューターのアルゴリズム、前に話したでしょう」彼女は言った。「説明してもいいけど、その手のことに精通していない人には少し複雑でしょうね」

わたしは目玉をぐるりとまわした。「はいはい。そっちがマニアックすぎるのよ」

グレースはわたしの毒舌を聞き流してつけ加えた。「実際、兄は自制しているように思えるの。十七年のあいだに、グンナーならもっと大きな被害を出すことだって可能だったはずだから」

「十七年？」わたしは暗算した。「ほんの子どもの頃に始めたことになるじゃない」

「わたしたちが十六のとき、グンナーはわたしの親友を殺している」グレースは無表情に言った。

「えっ、それは――お気の毒に」グレースに一度でも親友がいたという事実がなかなかピンとこない。

「乗馬中の事故として扱われたから、ずっとあとになるまでそのことに気づかなかった。もし気づいていたら、あの時点で兄を止めることができたかもしれない」

　わたしは返事をしなかった。何を言えばいいかわからなかったからだ。わたしの考えは当たっていた。グレースは罪悪感から兄を追っているのだ。わたしは顔を寄せて、ラスベガスに固まって刺さっている黄色いピンを見た。黄色のピンが三本とグリーンのピンが一本ある。「これって――」

「ええ。もっとも新しい殺人事件」

　つまりこのうちのひとつがローリー、マーセラのセックスフレンドだ。わたしはごくりとつばをのんだ。「グリーンはどういう意味？」

「グリーンは、兄が殺さなかったケース」わたしがぽかんとしていると、グレースはつけ足した。「そのピンはあなたよ」

「へえ」弱々しい声が出た。もう一度地図に目を走らせる。「グリーンのピンは何本あるの？」

グレースはつかの間わたしを見つめてから言った。「一本」

幕間 ジ・アンノウン・マン（一九五一）
THE UNKNOWN MAN

「くそったれ！」ＢＪはうめいた。コーラの缶が詰まるとか、ついてない。〈ゲッタウェイ〉のいまいましい自動販売機にすでに三ドルのみこまれていた。ジェシーおばさんは絶対に返してくれないだろう。再度、自動販売機を蹴りつけたが缶は詰まったままで、こっちは足の親指を思いっきり突き指した。「ファック！」

「手がいるかい？」

ぎくりとして振り返ると、アビエーターサングラスにひげを生やした長身の男がにこにこと見おろしていた。しまった。客の前で汚い言葉を吐いたのがドットやジェシーおばさんにばれたら雷が落ちるぞ。

「すいません。このファッ――」はっと気づいて言い直す。「このやっかいな自販機はすぐに詰まっちゃって」

「どれどれ」男はよく見ようと進みでた。そしてこぶしを振りかぶった。一瞬、ＢＪ

は殴られると思って後ずさった。だが、男のこぶしは自動販売機の側面に叩きつけられた。

コーラがごとんと滑りでて、取り出し口に落ちる。BJは拍手した。「すげえ、たいしたもんだ!」

男がにこりとする。「以前の職場にあったやつもこんなふうでね。いらいらさせられたものだ、そうだろう?」

「いや、ほんとに」BJが缶を取りだして開けようとすると、男に止められた。

「炭酸が落ち着くまで待ったほうがいい」

「たしかに」BJはテーブルに缶を置いた。「ええと、失礼しました。お泊まりですか?」男のサングラスにはBJの顔が映っていて、なんだか落ち着かない気分になった。歯にほうれん草が挟まっているのが見え、手でこっそりほじりだした。

「いや、宿泊じゃない」男はふたたび微笑んだ。何か妙に見覚えのある男だが、どこで見たのか思い出せない。男は身を乗りだして言った。「実は、昔の知りあいを探している。あそこの角が彼女の持ち場だったんだが」

男が指したほうへ目を向けると、ミニスカートに網タイツの売春婦がたばこをふかしていた。「ああ、あそこですか、ええと……ここら辺の子たちはよく知らなくて。

でもネイキッドシティの子なら紹介できますよ。バンビって子がいるんだけど、これがすごいのなんのって、いやもう信じられねえ」

男は小さく笑い、言った。「ありがとう、だがそういう用事じゃないんだ。彼女は古い友人でね、ただ挨拶をしておきたかった」

「ああ、そっちね、そっちのほうもあんまし明るくなくって。わざわざ金を払うんだったら……」ＢＪの声は尻すぼみになった。男はお決まりの困惑の表情でこっちを見ている。それを目の当たりにし、かっと怒りが燃えあがった。ラスベガスは違うと思っていた、生まれ変われる場所だと。ところがどこへ行こうと、ＢＪはまぬけ扱いされるのだ。これだったらさっさと家に帰るべきかもしれない。

「ネイキッドシティか、なるほど」ようやく男が言った。

「ええと、はい。自分は、なんていうか、ここにいるのは臨時なんで。いつもは〈メイヘム〉で働いてるんです」

「〈メイヘム〉？」男は首をかしげた。「聞いたことがないな」

「こんな掃きだめよりずっと上等ですよ」ＢＪは言った。「自分はここで留守番をしてるんです、おばさんの友人のために」〝ドッティのことを街じゅうに触れまわるんじゃないよ〟というジェシーおばさんの謎めいた指示を遅ればせながら思い出した。

触れまわったら、なんだっていうんだ？　おばさんと殺人事件好きのくだらないグルーピー連中は、いつだってさも重要なことをやってるみたいな態度だ、誰からも洟も引っかけられないのに。連中はひとり残らずドラマのヒロイン気どりなんだよ、とくにドットは。「ぜひ行ってみてください」

「ありがとう、そうするよ」男は手を伸ばした。「会えてよかった、ＢＪ」

「ええ、こちらこそ」ＢＪは握手し、顔をしかめないようこらえた――この人、なんて握力だよ。

あの男がどうして自分の名前を知っていたのかとふと思ったのは、そのあとオフィスで腰をおろし、マリファナたばこを吸っていたときのことだった。だがコーラの缶を開けたのもその瞬間で、中身が噴きだしてＢＪは頭からコーラをかぶり、（さらにまずいことに）ドットのデスクに積まれていた書類にもかかった。

「ファック！」わめいて、シャツの裾であわててコーラをぬぐう。ジェシーおばさんが彼の働きぶりを確認しにモーテルへ立ち寄ったのももちろんその瞬間であり、おばさんは腰に両手を当てていつもながらの怖い顔で入口にたたずみ、びしょ濡れの書類とマリファナたばこを見まわした。そして彼は、夕暮れ時にはストックトンへ戻るバスに乗せられていた。

ＢＪは傷ついたプライドを抱え、ジェシーおばさんなんてくたばればいいと思った。どのみちあんな仕事は嫌いだった。彼は長距離バスの穏やかな揺れに眠りへと誘われながら、あのクールなひげの男が友人を見つけているよう願った。

13 ジグソー（一九四九）
JIGSAW

　これが映画なら、ここで画面がさっと分割され、さまざまなシーンが同時に映しだされるところだろう。わたしとグレースが格闘の腕を磨くシーン、ふたりで立てた天才的な計画の縮尺模型を作製するシーン、手と手をつないで公園を歩くシーン……。冗談よ。最後のやつは明らかにまったく違う種類の映画のシーンでしょう。

　そうではなく、わたしたちはすぐにひとつのパターンに落ち着いた。グレースはわたしが〝連続殺人犯部屋（シリアル・キラー・スイート）（ＳＫＳ）〟と名づけた場所でたいていの時間を過ごした。一週目が終わると、彼女がトレーニング用の人型をぼこぼこにする音が定期的に聞こえるようになった。あれ以後は傷の手当てに手を貸してほしいと頼まれることもなく、順調に回復しているものとわたしは受け取った（もっとも、毎朝ドアの前でタイピング音が聞こえるまで一分間耳をそばだて、寝ているあいだに彼女が出血死していないか確かめてはいるけど）。

一方、わたしは毎日ソファで手当たり次第にドラマの一気見をした。冗談抜きで、しまいにはホームコメディの博士号まで取れそうなくらいだった。気持ちを紛らす試みは部分的にしか成功しなかった。くだらないジョークに笑っている最中に、グリーンのピンがぱっと脳裏をよぎってパニックになるのだ。正直、どうしたらグレースの兄を止められるのかはさっぱりわからなかった。彼女がティーンエイジャーの頃から兄を追っているのなら、わたしにどんな勝算がある？　こっちはグレースにのけ者にされ続けているんだから、余計に分が悪い。〈ザ・ストラット〉では大きなことを言ったものの、わたしの人生でこんな事態への準備になることなんてあっただろうか。

気分転換に彼女の家の小さな裏庭に腰掛けてもみた。意外や意外、すてきな庭で、オレンジとレモンの木まである。それをのぞいたら、ふたりとも家の外へは出ていなかった。ディズニーランドは忘れよう。この調子だと、ここから一キロほどのところにあるハリウッドサインすら見られそうにない。今は人混みに混ざりたい気分ではないとはいえ。

わたしは落ち着かない気分になるたび、ＳＫＳのドアを叩いた。

「何？」いらだたしげな声が返ってくる。

「何かわたしにも手伝えることない？」

「ない」グレースの返事はいつもこれだ。そしてわたしはたいていドアへ向かって舌を突きだして下品なジェスチャーをし、ソファへずんずんと戻るのだ。

これでは発狂する。ドットとマーセラからの毎日の連絡以外（ドットのはつねに詳しくて最新情報付きだけど、マーセラは〈**まだ死んでない**〉を毎日コピペしてくるだけ）、人との接触は実質ゼロ。二週目の終わりには、わたしは子ども向けの学園ドラマ『セイブド・バイ・ザ・ベル』を観ながら、ケリーとジェシーが熱々のカップルになる、極上の同性愛ヴァージョンを夢想する始末だった。

そんなある日、目を覚ましたら家のなかは空っぽだった。

わたしは家のなかを隅々まで調べてそのことを確認した。そもそもグレースはほとんど気配がないのだ。だけど彼女の寝室からもSKSからも物音ひとつしなかった。庭にもおらず、ガレージにあった特徴のないセダンが消えていた。

「くそったれ」わたしはつぶやき、インターネットで取り寄せたポップターツをむっつりとかじった。いったいどこへ行ったのよ？　わたしを置いてひとりで兄を追いかけに行ったのなら……いや、それなら別に最悪の事態ではないか。とはいえ、メモくらい残していってほしい。

しかし二杯目のコーヒーを飲み終える頃には、わたしは完全に頭にきていた。わたしを単なる邪魔者扱いするなんて、どういう了見だろう？　彼女のせいでわたしの人生はまたも危険にさらされているのに、わたしはまったくののけ者だ。こちらはひとりでここから身動きできず、ドラマもすべて観尽くした。わたしが暇つぶしに家のなかを勝手に見てまわったって、彼女は文句を言えまい。

わたしはSKSのドア横についている電子パッドへ目をやった。ランプは間違いなく赤だ。わたしは立ちあがって近づき、ドアを調べてから蝶番に両手を滑らせ、にんまりした。

十分後、ガレージで見つけてきたハンマーとネジ回し（もちろん、きちんとラベルのついた引き出しに入っていた）のおかげで、ドアの蝶番ははずれ、わたしはSKSのなかにいた。何がテクノロジーよ。

キーボードを叩くと中央のモニターにパスワード入力画面が表示された。相手はグレースだ、わたしではパスワードは割りだせないだろう。壁の地図を調べたけれど、わたしにわかる限りでは彼女の突然の出発を説明するような新しいピンはなかった。ヒントとなるような住所もどこにも残されていない。

ため息をつき、彼女の回転椅子にどすんと座った。見た目どおりの座り心地のよさだ。椅子をゆっくりまわし、室内にあるものを眺めた。ホワイトボードの上部は、妙なシンボルの下にアルファベットを組み合わせたなんらかの暗号で埋まっている。下半分は花や植物の名前のリストで、ラストネームらしきものが続いていた。わたしはしばらく思案したが、匙（さじ）を投げた。グレースは暇なときはワードパズルでもやるのだろう。

わたしがグレースなら、どこにものを隠す？「ここはわたしの家」声に出して言った。「ということは、大事なものでもそこまで神経質にしまいこんではいない。どのみち、だいたいのものはコンピューターにしまってある、だってコンピューターマニアだもん」

だけど全部じゃない、とわたしは考えた。アームレストに手をついて立ちあがり、ホワイトボードを調べに行って、ごろごろと壁から引き離す。

大当たり。ホワイトボードの裏面はコルクボードになっており、丹念に整理されたニュース記事のプリントアウトが一面を覆っていた。ドットの捜査ボードに似ていなくもない。大半は古い記事で、二十五年近く前にまでさかのぼる。一番古い記事はどれも、とある連続殺人鬼に関するものだった。グレゴリー・〝身の毛もよだつ（グルーサム）〟・グライムス。彼はわたしが生まれてもいないときに捕まっているが、話は耳にしたことがある。去年、不眠症気味だったときに彼のおどろおどろしい再現ドキュメンタリーを観たのをなんとなく覚えている。グライムスはテッド・バンディ、ジェフリー・ダーマー、ジョン・ゲイシーとともに連続殺人鬼のトップテンリストに間違いなく入るだろう。それにゲイシー同様、彼は被害者の遺体を自宅近くに隠し、自身の子どもたちが眠っているあいだに裏庭にそれを埋めていたのだ。

でも彼が逮捕されたとき、グレースはまだ子どもだったはずなのに、なぜ関心を持つのだろう？　意味がわからない。わたしはほかの記事へ目を移した。そっちはグループごとに分けられている。グライムスの被害者に関するものがかなりあった。女性が十五人、年齢はみな二十五から三十のあいだで、ほとんどが売春婦だ。彼は裁判で、囚人にとってはアメリカ国内で最悪の刑務所、コロラド州フローレンスのスーパーマックス刑務所送りになっている。正直、そこにはテレビのドキュメンタリーですでに知っている情報以外はたいしてなかった。

ほかの記事は、それとはまったく関連性がなさそうだった。『テネシー・センティネル』紙からは、ローズ・アバナシー、十六歳の乗馬事故を報じる記事。彼女は、兄に殺されたとグレースが話していた親友に違いない。そのときはっと気がついた。だから、グレースはジョンソンシティの殺人事件を調べることにしたのだ。あいだにいくつか街を挟んでいるだけの近さだ。頭のネジがはずれた兄が彼女を嘲(あざけ)って初期の犯罪現場に戻ってきたと考えたのだろう。つまり、わたしが助かったのはローズのおかげということになる。

次の記事はその翌年のもので、卒業式の日に寮から姿を消した青年に関してだ。この青年がグレースのお兄さんなの？　わたしは眉根を寄せ、目を細くして写真を凝視した。これがグンナーだとしたら、彼女に似ているところはなかった。一番新しいのは、モーテルの駐車場で犯人を逮捕しようとして殺害されたオレゴンの警察官の追悼記事で、四年前のもの。

わたしはますます混乱して、後ろへさがった。これらの何がどう結びつくわけ？グレースはどう見ても感傷に浸るような人ではないから、これらをプリントアウトして貼りつけたのには必ず理由があるはずだ。

ハンマーとネジ回しを駆使した信頼の置けるドア破り法のおかげで、わたしは彼女の寝室のクローゼットでさらなる答えを発見した。クローゼットの一番上の棚にしまわれていたファイルボックスのなかに、家のほかの場所では全然見当たらなかったプライベートな品々がようやく見つかったのだ。わたしはボックスをつかんで自分の部屋へ持っていった。私物を荒らされたと知ったときの彼女の反応を思うと、怖い。なかは掘り出し物の山だった。たいていの人はどうでもいい私物を溜めこむもので、それを考えると量的には少ないが、彼女が保管していたもののおかげでようやくパズルのピースが結びついた。証拠物件Aはグレース・キャボット・グライムスの出生証明書。父親：グレゴリー・グライムス。

ちょっと待って。

つまりグレースの父親も連続殺人鬼で、彼女がまだ子どもだった頃に被害者の遺体を裏庭に埋めていたことになる。そんな体験は確実にトラウマになるだろう。そして双子の片割れには父親と同じ道を歩ませたらしい。わたしは身震いした。グレースがあれほど冷ややかな性格なのもこれでうなずける。彼女も殺人狂にならなかったのは、逆に驚くべきことだ。

キャボットは、彼女の兄がFBI捜査官のふりをしたときにわたしに告げた名前だ。モーテルのわたしの部屋で彼女がぎょっとしたのはこれが理由だったのだ。彼女は今もこの名前を使っているのだろうか。何週間も一緒にいながら、わたしは彼女のラストネームをまったく知らずにいた。

外で物音がし、わたしは跳びあがった。窓辺へ急ぐと、分厚い生け垣に阻まれて通りの様子はよく見えないが、どうやら庭師がトラックの荷台に芝刈り機を乗せているようだ。まだ安全ね――とりあえず今は。

残りの私物を急いで調べた。真珠を身につけた高慢そうな年配の女性ふたりに挟まれ、卒業式用のガウン姿で棒立ちしているグレースの写真、それに卒業式の日に失踪した青年と同じ高校の卒業証書。兄は彼女が親しくなった相手を殺害していたとグレースが言っていたから、あれは彼女のボーイフレンドだったとか？　わたしは鼻で笑った。それはグレースに親友がいたという話に輪をかけて信じがたい。でも、おそらく彼女にとって大切な相手だったのだろう。

マサチューセッツ工科大学（MIT）の卒業証書が出てきたのにはたいして驚きもしなかった。わたしは深々と腰掛け、これらすべてが意味することを理解しようとした。この新たな情報を考えに入れると、グレースの兄が連続殺人鬼になったことは、そう衝撃的ではなかった。彼女の反社会的人格（ソシオパス）の説明もつく。幼い年齢で気持ちの整理をつけるには大きすぎるトラウマだし、卒業写真で一緒に写っている女性たちは、いかにも心温かく優しそうには見えなかった。推測するに母親と祖母だろうか。

ガレージの物音に耳をそばだてたまま、わたしはピースを結びつけ続けた。昼には、見つけたものはおおむね頭に入っていた。グレース・キャボット名義の信託証書（案の定、彼女は親から信託財産を与えられており、兄を追いかけまわすための資金の出所はそれで説明がついた）。グライムスの名前を捨てたのも無理はないだろう。実は父親がサイコ野郎でした、というおちでなくとも、別段響きのいい名前ではない。グレース・キャボットでインターネットを検索しても何も出てこなかった。MIT卒の腕を駆使して、インターネットから自分の存在を抹消したに違いない。

彼女のクローゼットにファイルボックスを戻したちょうどそのとき、携帯電話が鳴った。あわてて出ようとしたせいで手が滑り、携帯電話が部屋の反対側まで飛んでいきかけた。見るとドットの番号で、これには少しがっかりした。グレースがいなくなって数時間になる。電話くらいしてくれればいいのに。ため息をついて応答した。

「ハアイ、お嬢ちゃん」ドットの甲高い声だ。「気晴らしに声を聞きたくなったの」無理して明るく振る舞ってはいるが、声から心労が伝わってきた。「ハイ、ドット。そっちはどうですか？」

「あら、そんなのきかなくてもわかるでしょう」一拍空けて、彼女が問いかける。「それで、わたしはあとどれくらいジムのところにいればいいのか、見通しは立ったかしら？」

わたしはしゃがみこんでグレースのベッドに寄りかかった。「ごめんなさい、まだわかりません。でも、そんなに長くはならない見込みです」

「了解。氷の女王の具合は？」

わたしを置き去りにするくらいにはピンピンしているわ。「傷はよくなったみたいです。わたしには何も話してくれないけど」

ドットが笑う。「あらあら、びっくり」

「そうだ、ドット」ぱっとひらめいて言った。「あなたとお仲間に調査をお願いできますか？」

「もちろんよ、ハニー」彼女の声がぐんと明るくなる。「〈ファムズ〉はいつでも喜んで力になる。調査って……例のあいつに関して？」

「そういうことになりますね」わたしは言った。「グレゴリー・グライムスについてわかることをすべて調べてください。とくに、その子どもたちのこと。ほかにもいくつかあるから、それはメールで知らせます」

「これはグレースと彼女のお兄さんに関係しているの？」

「そう、かな」わたしは言葉を濁した。

「いよいよ話がこみ入ってきたようね。任せて。本当に、気晴らしは大歓迎よ」

「よかった。あの……ほかのみんなはどうしてますか？」

「ああ、それならね」ドットはため息をついた。「ジェシーがマーセラに手を焼いてるのは間違いないわ。でも、みんななんとかやってるわよ、ドールフェイス。わたしたちのことは心配しないで」

通話を終えると、すべてを見つけたときの状態に慎重に戻してから、寝室のドアをふたたび取りつけた。そのあとは階下へおり、自分への当然のご褒美としておやつを食べた。

幕間　堕(お)ちた天使（一九四五）
FALLEN ANGEL

「言ったでしょう、クリッシー、あんたを非難してるわけじゃないって。あたしが非難してるのは、あんたの元夫、あのどうしようもない遺伝子袋だよ」ジェシーは窓ガラスに映る自分に目をやり、ターバンを整えた。ガラス越しに十八号室のドアが開くのが見えて眉根を寄せる。なかから出てきたのはジャージの上下を着たむさ苦しい男で、追われているかのように後ろをちらちら見ながら階段を駆けおりていく。

「いいかげんにしてほしいね！」ジェシーはつぶやいた。「えっ？　違う違う、あんたに言ったんじゃないよ、クリス。ねえ、いいかい、ＢＪにもう一度チャンスをやるのはあたしも承知した。だけど今度またへまをしたら、それはあんたの責任だよ。わかってる？」

ジェシーは返事を待たずに電話を切った。階段をあがり、少し息を切らして二階へたどり着く。やっぱり医者の言うことを聞いて、リピトール（コレステロール低下薬）をのみはじめるべきかね。それとも毎週のタンゴのクラスをもっと増やして——。

ドアを叩く。「マーセラ！　開けなさい」

返事はない。長い間のあと、ジェシーは怒鳴った。「今、バディが出ていっただろう。あのくそったれをあたしのモーテルへ近づけるなって言ったはずだよ」

それでも返事がない。ジェシーは舌打ちした。ドットの怒りを買おうと、半分はこの娘を追いだしてやる気になっていた。まったく、自分ひとりにどれだけ背負わせるのやら。役立たずの甥っ子をまた預かるだけでも面倒なのに。ため息をついてぼやいた。「あたしはね、もうこんなごたごたを抱えるには歳を取りすぎてるのよ」

キモノガウンの襞からマスターキーを引っ張りだし、ドアを開錠した。マーセラの姿が目につくなり、つぶやく。「ああ、大変」

マーセラはベッド脇の床に四肢を投げだし、腕は縛ったままで、残りの器具は彼女の横に散乱していた。頭はだらりと横向きに倒れ、目は閉じている。ジェシーは駆け寄ってしゃがみこみ、脈を確かめた。続いて別のポケットからナルカン点鼻スプレーを取りだしてマーセラの鼻に差し入れ、プッシュした。踵に体重を預け、つぶやいた。

「目を開けて、ほら」

息をのみ、まるまる一分が過ぎた。やがてマーセラがぱっと目を開け、のろのろと言葉を吐いた。「ファック！」

「それはこっちの台詞だよ」ジェシーは立ちあがり、腰に両手を当てた。「死にたいなら、どこかよそでやんな」

「いいわよ。出てくわよ」マーセラはろれつのまわらない口で言い、ふらふらと立ちあがろうとしている。

ジェシーは片足で彼女を蹴った。「好きにしな。それであんたがバスタブで死体になって発見されて、あたしはドットに串焼きにされるんだ」嘆息する。「お友だちから連絡があったんだろう？」

「彼女は友だちじゃない」マーセラはうめいた。

「なんだっていいよ。彼女、じきにけりがつくってドットに言ったんでしょ」ジェシーはカーペットに散らかった汚れた服の山とテイクアウトの容器に顔をしかめた。

これじゃ、カーペットは業者に頼んでクリーニングしないとだめね。もう一度マーセラを小突いて言った。「二度と売人を部屋へ入れるんじゃないよ。わかった？」

返事はない。ジェシーは腰をかがめて目を合わせ、マーセラがぶつぶつ言うまで待った。「わかった」

「ファン——ファッキング——タスティック」ジェシーはゴミの山に向かって指を

振った。「それから、虫がわく前にゴミをきれいにして」

腰を片手で押さえて階段をおりた。タンゴのクラスを増やすより、ピラティスに挑戦すべきかも。彼女は、甥っ子がタクシーをおりてこそこそ隠れようとしているのに気づいて、ぐっと目を細めた。「ちょっと！　そこの役立たず！　荷物を置いたら食料品店までひとっ走り行ってきてちょうだい。アボカドを切らしてるんだよ」

ＢＪはすぐさま口答えを始めた。ふたりはぎゃあぎゃあ言いあいながらオフィスへ入っていった。

どちらも、通りの向かい側に止まっているＳＵＶ車にも、運転席から双眼鏡でこちらを観察している男にも気づかなかった。ふたりが室内へ消えると、男は双眼鏡を二階の窓へ転じた。

14

美人モデル殺人事件（一九四一）

I WAKE UP SCREAMING

次の日、夜が明けてほどなく、ソファで寝ていたわたしはガレージのドアが開く音で飛び起きた。夜遅くに一度はベッドに入ったものの、ほんの小さな物音にも目が覚めてよく眠れなかった。車中泊のときみたいにびくついていたのだ。グレースはああ言ったものの、ここでは身の安全を感じられない。しかもこの二十四時間で発見したことはどれも、わたしの恐怖心をやわらげる役には立たなかった。むしろ、悪化させたくらいだ。

それでも少なくとも、主にドットのおかげで、いくつかの答えがようやく見つかった。ガレージのドアがきしみをあげて開くなか、わたしはＳＫＳのなかへと急いだ。グレースが家のなかを移動し、不愉快そうな声をあげるのが聞こえた（シンクに汚れた皿が溜まっているせいだろう）。しばらくして彼女が戸口に姿を現わしたときには、こっちは相手の怒りを浴びる準備ができていた。

「ここで何をしてるの?」グレースの声は普段よりさらに冷ややかだ。

「別に」わたしはあくびを嚙み殺してみせた。

「出ていって」グレースが胸の上で腕を組む。

「ねえ、ここにはたったの五分で入れたよ」わたしはドアのロックに向かってうなずきかけた。「ハイテクなチップを埋めこまなくても入れるもんだね。ところで、どこへ行ってたの?」

グレースは返事をしなかった。壁の巨大な地図にわたしが手を加えたのに気づいて目をすっと細める。彼女がつかつかと部屋を横切って地図に近づき、わたしは胸のなかでつぶやいた。さあ、いくよ。グレースは地図の前に立ち、両手を開いたり閉じたりしている。「いったい何をしたの?」

「ああ、それ?」わたしはのんきに答えた。

グレースがさっと振り返る。「わたしが何年もかけて作りあげたものをめちゃくちゃにして」

「いやいや、そんなことないよ。あなたはいい線いってた。でもね、わたしにはわかっちゃったんだ」

「わかったって、何が?」

「パターンが」グレースがにらみつける。わたしも腕組みしてにらみ返した。にらめっこコンテスト連続優勝記録は、わたしの履歴書に書けるもうひとつのスキルだ。最終的に目をそらしたのは彼女のほうだった。わたしに向かって手を払う。「出ていって」

「いいじゃない、認めなさいよ。少しは興味あるでしょ」

「出ていってと言ってるの」彼女が言った。「このくだらない試みは終了よ。あなたの助けは必要ない」

「ふうん、そっちがそう出るなら、いいよ、説明してあげる」彼女の脇をすり抜けて地図へと向かった。「パターンの起点はここ、あなたが高校を卒業したすぐあと、そうよね?」わたしは自分で結びつけた地図上のマップピンを指さした。

「それ……デンタルフロス?」

「そう。糸がこれしか見つからなかったから。そういえば買わないともうないわ」デンタルフロスはピンからピンへとつながり、酔っ払いが作ったマクラメ編み作品みたいなありさまになっている。

「あきれた」彼女が言った。「あなたは正気じゃない」

グレースを無視してわたしは続けた。「あの変な暗号になんであなたが執着してるのかはわかった」ホワイトボードへ向かって手を振る。「それはそうと、あれってなんの暗号？」

一拍の間のあと、返事があった。「暗号じゃない、アルファベット。グンナーとわたしが子どもの頃に作ったもの」

「双子語みたいなものか。なるほどね、それなら聞いたことがあるわ」

「わたしたちが双子だとは一度も言ってない」

「言われなくても、察しはつくよ」わたしはさらりと言った。加えて、ドットがオハイオ州の出生証明書データベースに潜りこみ、グレースの四分前に誕生した、グンナー・キャボット・グライムスの出生証明書を発見してくれていた。「それはともかく、彼が遺体を残していく場所が暗号になっていることにあなたは気づいた、そうでしょう？　それぞれの街で、それらの場所はあのシンボルのどれかを形作っていた」わたしはホワイトボードを指さした。

グレースはまだ冷ややかな目でわたしをにらんでいた。一拍空けて、肩をすくめる。

「ええ」

「そしてこれらのシンボルをいくつか解読すると、ひとつの単語を形成することに気がついた」ホワイトボードが意味するものがようやくわかったとき、わたしは興奮した。上はシンボル、下は花の名前。何百年間も誰にも証明できなかった数学の命題を解いた気分だった。「単語はすべて花の名前だった。バラ、チューリップ、そんなふうに。違う？」

「一部は植物よ」グレースは不承不承に認めた。

わたしは深く息を吸いこんで、爆弾を投下した。「そのとおり。それらの植物の下に、あなたの父親は被害者を埋めていた」

グレースは大きく口を開けてわたしを見た。ゆうべはそこへたどり着くまで何時間もかかったものの、ホワイトボードに書かれたラストネームを新しい記事と照らし合わせていたときに、あっ、と気づいた。グンナーは父親のパターンをなぞることでグレースを挑発していたのだ。「どうやって――」

「話はまだ終わりじゃないのよね」わたしは澄まして言った。「なぜって、あなたは見落としてることがあるから。いい、あなたは近視眼的になりすぎてた。ここにはもっと大きな全体像があるでしょう」地図上のピンをつなぐデンタルフロスに手をひらひらさせる。「これはね、グーグルアースみたいなものよ、わかる？」

「グーグルアースくらい知ってる」グレースはいくらか落ち着きを取り戻してそっけなく言った。

「あ、そう。それで……あなたが被害者から見つけたパターン？　あれはいわば都市レベル。だけどさらにズームアウトすると、あなたが見落としていたより大きなパターンが現われる」

「そして、あなたはそれを見つけたと言うのね」

「そう」この発見を勝ち誇るのはおそらく間違ったことだろう。今は文字どおり何百人もの被害者の話をしているのだから。とは言っても、ゆうべ自分が目にしているものに気づいた瞬間、わたしは〝やった〟と大声で叫んでいた。

彼らがやっているこのゲームのおもしろさをなんとなく理解できる自分がいた。そのこと自体に背筋が寒くなる。

「それで？」

わたしは説明しようとホワイトボードへ近づいた。「ひとりひとりの被害者へ目を向けるんじゃなく、どこで、いつ殺害されたかを見るの。一番古いのはこれよね？」ここでもドットが加勢し、〈フェイタル・ファムズ〉ネットワークの助力を得て、わたしに代わって殺人事件を塊ごとに結びつけてくれていた。

グレースもついつい興味をそそられている様子だ。「ええ、わたしはそう考えているわ」

「オーケー。つまり彼は、タルサからスタートした」しゃべりながら、ピンの塊を結びつけているデンタルフロスを指でたどった。「その後、シュリーブポート、ウィチタ、フォートワース、ファイエットビル、そしてスプリングフィールドへと移動。ここまででパターンが見える?」

「いいえ」彼女はそっけなく言った。

「次に」わたしは先へ進んだ。「彼は大きくジャンプして、北東部でふたつ目のパターンを開始した。スタートはオールバニ」線に沿って手を走らせる。「これも同じパターンよ」

「あなたはありもしないものをそこに見ているのよ」彼女ははねつけた。

「いいえ、わたしにはあなたが見落としたものが見えている」自信たっぷりにホワイトボードへ向かい、専用マーカーをつかんだ。自分が見つけたシンボルをでかでかと描き、どうだと提示する。

「双子座のシンボルね」グレースは淡々と言った。「それが?」

その反応からして彼女が失望しているのは明らかだ。わたしはかまわず続けた。「これにもとづくと、彼は最新パターンのおよそ半分まで来てる」

グレースは嘆息して頭を垂れ、片手でうなじをさすった。疲れた声で言う。「あなたはグンナーが次にどこへ向かうかをこれで予測できると考えてるのね」

「そのとおりよ。これなら彼が、何人も殺してまわるのをただ待つんじゃなく、わたしたちで先まわりすることができるかもしれない」わたしはマーカーをマイクみたいに差しだしたあと、その手をさげた。「ちょっと、認めなさいよ。実はあなたも感心しているんでしょう」

「興味深い見解だとは思う」彼女は認めた。もっとも、明らかに懐疑的な声だ。

「この見解は当たってる」わたしは言い返しながらも拍子抜けしていた。パレードを期待していたわけではないけれど、少しは驚いてほしかった。

「そうかもね」グレースは片手で顔をこすった。「ねえ、わたしはひと晩じゅう車を走らせてきて、空腹なの。何か食べないと――」

「どこへ行ってたの？」興奮のあまり、彼女がわたしを置き去りにしてどこかへ行っていたのを忘れるところだった。

「あなたには関係ない」グレースがぴしゃりと言う。

「わたしには関係ない？」わたしの声も跳ねあがった。「ちょっといいかしら。そもそもわたしがここにいるのは、あなたがわたしの背中に射撃の的を貼りつけたからでしょう」

「わざとじゃない」

「それこそ関係ある？　この家でわたしが暇を持て余しているあいだ、あなたは――何？　コンピューターの画面をにらんで子どもの頃に作った妙な暗号の解読を試みていたわけ？　しかもそうしているあいだ、あなたはこれを見落としていた」壁を身振りで示す。「ラスベガスにいたとき、あなたはこれはゲームだと言ったけど、それって病的だから。ちなみに、ここで最新のニュースをお届けしてあげる――このままじゃあなたの負けよ」

「あなたなんか死ねばいい」

「ふざけるな、あなたこそ死ね、グレース・キャボット・グライムス」

グレースは形相を変えてこちらへ足を踏みだした。わたしは引っぱたかれるか、突き飛ばされるか、もっとひどい目に遭うのを覚悟し……。

ところが彼女は白目を剝いて床に崩れ落ちた。

幕間 シーン・オブ・ザ・クライム（一九四九）
SCENE OF THE CRIME

ヒルダはベッドの下からのぞいている使用済みコンドームの袋に顔をしかめた。この部屋だけで、これで四つ目だ。うんざりした顔をして布巾でそれをすくいあげ、かたわらのバケツに入れる。本当にもっといい仕事を見つけないと、それもまっとうなホテルで。〈シーザーズ・パレス〉で夏の臨時雇いを募集しているとオディラが言っていた。運試しでシフト明けに寄ってみようか。

ヒルダは適当にバスタブをぬぐい、シンクにこびりついた歯磨き粉をこすり落とすあいだじゅう、文句をこぼし続けた。面倒ごとはもう充分だというのに、ゆうべは息子の寝室からガールフレンドがこっそり出てくるところを見つけた。もうどうしたものやら。頭のなかではゆうべの親子げんかがエンドレスで再生されていた。ティーンエイジャーの妊娠についてわめくヒルダ、用心してるさ、母さんがお堅いんだよ、こっちはオールAを取ってるんだ、母さんに文句を言われる筋合いはない、とわめき返す息子……。息子は間違っている。でもジョーは十五歳になったとたん、なんでも話してくれる優しい息子から、めったに口をきいてくれない、ぶすっとした他人に変わってしまった。涙がこぼれそうになり、ヒルダはそれをのみこんだ。もっとひどいことになっている子はいくらでも知っている。刑務所行きになった子ども、子どもができた子ども……うちはそんな心配とは無縁だと思っていた。うちの子に限ってありえないと。ジョーは賢いし、心優しい。だけどそれは息子がキャシーと出会う前の話だ。

〝キャシー〟、あの娘にぴったりの辛辣な呼び名をいくつか思い浮かべながら、ヒルダは便器をごしごしこすり、流してからよいしょと立ちあがった。ジョーを大学へ行かせることだけを長年夢見てきた。こんなに苦労してきたのに、その夢を棒に振らせてたまるものか。彼女は最後にバスルームを見まわした。これくらいでいいわよね。几帳面すぎるとマネージャーからはいつも言われているのだし。〈シーザーズ・パレス〉なら、そんな自分を買ってくれるかもしれない。

悶々としたままヒルダは次の部屋までカートを押していき、ノックして声をかけた。

「お部屋の清掃です！」

返事はなかった。ドアを開けてなかへ入るなり、がっくりと肩を落とす。これまで以上に最悪だ。あちこちにジャンクフードの袋が散らばり、そのうえ針が何本も転がっている……ここにはまともな客は来ないの？　少なく見ても三十分はかかるだろう。それに、もちろんチップはどこにも見当たらない。

ため息をつき、ヒルダはベッドから手をつけ、シーツをはがしてバスケットに押しこんだ。業務用カーペットに掃除機をかけて往復しながら、決意が固まった。あっちのホテルも部屋のひどさは変わらないかもしれないけれど、もっと客層がいいし、オディラの話が本当なら、チップを三倍稼げる。そのお金はすぐに必要になる。もう数週間もすればジョーが免許を取れるようになり、そうしたら中古車を買うと今から騒いでいるのだ。

バスルームに取りかかれるようになった頃には、休憩時間が近づいていた。今は節食しているから、昼はストリングチーズと固ゆで卵ひとつだけど、それだって朝に無理やり喉に流しこんできた粉っぽいスムージーよりはずっといい。

その前にバスルームだ。そう意を決したヒルダは、カートを引っ張って部屋を横切り、キャスターをロックしてスプレー洗剤とスポンジを手に取った。そして振り返り、悲鳴をあげた。

15 どろ沼（一九五三）
THE LONG MEMORY

「ちょっと、なんなのよ」わたしはグレースの脇にあわててしゃがみこんだ。胸が上下しているから、まだ呼吸はしている。だけどこっちは応急処置講習修了者じゃないので、呼吸以外は何を確認すればいいかもわからない。とりあえず、彼女の頬を叩いてみた。「ねえ、グレース？　何をすればいいの。グレース？」わたしは唇を嚙んだ。外出先で何かあったの？　またグンナーに捕まったとか？　出血はしていないようだけど……救急車を呼ぶ？

わたしは室内を見まわした。救急隊員はこの捜査ボードに深い理解を示しはしないだろうけど、リビングルームまで彼女を引きずっていっておいたほうが……。

グレースが何かうめいた。また何かもごもご言うのを聞き取ろうと、わたしはかがみこんだ。「ジュース」と聞こえた。

キッチンへ走ってグラスにジュースをどばどば注ぎながら、同じ量を床にこぼした。

靴下を滑らせて急いで戻る。ぎこちなく彼女の頭を持ちあげて声をかけた。「ほら、ジュースよ、飲める？」

グレースの口にそろそろと流しこむ。口の両端からあふれだし、これでは窒息するんじゃないかと一瞬不安に駆られたけれど、そのあと彼女がごくりと飲んだ。何分かかかりながらも、なんとかすべて飲み干した。ようやく彼女の目が開いてわたしに焦点が合う。「おかえり」わたしは言った。「糖尿病？」

グレースはかぶりを振ってつぶやいた。「血糖値がさがっただけ」

わたしはふうっと息を吐いた。「そう。まったく、びっくりさせないでよ。体を起こせる？」

彼女がうなずき、わたしはデスクの脚に寄りかかれるよう手を貸した。それから彼女と向きあって床に座りこんだ。「ジュースのおかわりは？」

「もう少ししてから」グレースは目をつぶり、頭をのけぞらせた。わたしは役立たずな気分で、つかの間彼女を眺めていた。おかしなものだ、わたしの頭のなかでグレースは超人みたいになっていた。だけど刺されたことやら、今回のことやらで……彼女も間違いを犯すのを実感し、わたしは大いにうろたえた。彼女が留守にしているあいだにひとりで出ていったほうが利口だったかもしれない。すでにＬＡまでたどり着いているし、新しいIDといくらかの現金もある。一か八かやってみれば？

不思議と、それまでそんな考えは起きもしなかった。

グレースが手を伸ばして言った。「起きあがるのを手伝ってくれる？」グレースは顔色がわたしは彼女を引っ張って立ちあがらせ、回転椅子に座らせた。グレースは顔色が少しはよくなったが、まだふらつくようだ。「何か持ってこようか？」

「食べ物がほしい」

「いいよ、わかった。何か取ってくる」

グレースは目を開けずに言った。「驚かせたならごめんなさい。もう長いこと、こんなふうになったことはなかったのに」

わたしは彼女を凝視した。「嘘でしょ」

「えっ？」

「あなたがちゃんと謝った」

「まあね、でも……習慣にするつもりはないから」彼女は薄く笑い、立ちあがろうと椅子を押した。「キッチンへ行ってヨーグルトを食べるくらいはできそう」

「何言ってるの」わたしはあきれて言った。「座ってて。パンケーキを作るから」

グレースの食品棚という制約をものともせず、わたしは意外にもちゃんとしたパンケーキを手際よく作ることに成功した。

「どう?」わたしは三枚目にぱくつきながら尋ねた。

「さらに詳しい検討が必要よ。だけど、パターンについてはあなたの考えが正しいかもしれない」

口へ運んでいたフォークがぴたりと止まった。「パンケーキのことをきいたんだけど」

「ああ。悪くない」グレースはひと切れメープルシロップに浸して口へ入れた。彼女のテーブルマナーは本当に上品だ。比べると自分は猿みたいに思える。「立証できるか、データを分析してみる。正しいとわかったら、それにもとづいて新たな予測アルゴリズムを組めるかもしれない」

「要するにあなたが言ってるのは、わたしはすごいってことね」パンケーキをもう一枚自分の皿に移した。

わたしがヌテラのチョコスプレッドをたっぷり塗りたくるのをグレースは不快そうに眺めた。「あなたの歯がまだそろっているのが本当に驚きだわ」

「優秀な遺伝子のおかげよ」わたしはげっぷをこらえて何も考えずに言った。そのあと、頭のなかで自分をぴしゃりと叩いた。親の仕事を誇りに思ったことは一度もないけれど、少なくともうちの親は連続殺人鬼ではない。「ごめん」

「何が？」彼女は純粋になんのことだかわからない顔をし、そのあと笑いだした。「そうね、総合的に見ると、わたしの遺伝子は最優秀とは言えない。それはそうと、わたしの父のことはどうやって突き止めたの？」

「インターネットでリサーチした」嘘をついた。一拍空けてつけ加える。「ごめん。大変だったんだろうね」

「ええ、まあね」グレースはコーヒーをかきまわした。

「自分の家族は選べないから。うちの家族も最高ってわけじゃなかったけど」

「ああ、タスカルーサの悪名高きジャミソン一家」彼女は片眉をひょいとあげた。「おかしなものね。あなたはべらべらしゃべりっぱなしなのに――」

「ちょっと！」

「あなたの過去について、わたしは正確なことはほとんど何も知らない。皮肉じゃない？」

わたしは彼女を見つめた。これくらい長く一緒にいると、彼女の癖がわかるようになっていた。眉間のあの小さなしわは、何かがどうしても気になることがあるのを示している。彼女のクローゼットにあったファイルボックスを漁った後ろめたさがちくりと胸を刺した。こっちは彼女が考えているよりずっとたくさん知っている。でも今は、そのことを持ちだすベストのタイミングではないだろう。「気になっていらいらするんだ？」

グレースは肩をすくめた。「情報が欠如している状況は好きじゃない」

「なるほど、情報が欠如している状況」もったいをつけて繰り返した。「起こりうるなかで最悪の結末なわけね」

彼女の仮面がすっと戻る。「パンケーキをありがとう」

グレースが立ちあがりかけた。わたしは彼女の腕に手を伸ばしてそれを止めた。

「ねえ、あなたの言うとおりよ。実際、わたしたちはよく似てる」彼女の表情を見て、言い足す。「少なくともいくつかの点ではね。わたしたちはふたりとも自分の過去について話すのが好きじゃない、そうでしょう？」

「ええ、そうだと思う」

「だけどひとつ強みなのは、わたしたちはふたりでここにいるってこと。お互いの情報を共有したら、計画を立てる助けになるんじゃないかな。わたしはグンナーの考え方を理解するのに、あなたたちふたりの生い立ちを知る必要がある」わたしは深く息を吸いこんだ。「それと引き換えに、なんでわたしがアンバー・ジャミソンになったのかを話してあげる」

グレースはわたしをまじまじと見た。「本気なのね」

わたしはうなずいた。「本気よ。でもお酒をがぶ飲みしないと話せない」

彼女はあきれて天を仰いだ。「まだ朝の九時よ」

「出かける用事でもあるの？」今度はわたしが片眉をあげてみせた。「ないよね？だったらお酒をしまいこんでる場所を教えて」

グレースはガレージにあった大型冷凍庫（酒を探したときにそこだけ調べていなかった）からウオッカの大瓶を取りだし、自分のオレンジジュースにちょっぴり垂らした。一方わたしは、まずは歯車にオイルが必要なので、ツーショット空けた。

三杯目を注いでいるとき、グレースは父親が逮捕された日の話をしだした。あくまで日常的な話をしているかのように、その顔には不思議となんの表情もなかった。彼女の話によると、グレースと双子の兄は、科学捜査班が裏庭を掘り起こして被害者の遺体が入ったゴミ袋を一ダース以上発見するのを眺めていたらしい。セラピストが身を乗りだして根掘り葉掘りききたがりそうなケースだ、とわたしは思った。

それ以後の彼女の暮らしはダニエル・スティールの小説そのままだった。翌週にはボストンへ引っ越し、金持ちで頭のイカれた子ども嫌いな祖母宅に居候。連続殺人鬼の父親とは、その後いっさい接触はなし。それどころか、家族の誰も二度と彼の話をしなかった。影の薄かった母親はますますよそよそしくなり、双子を別々のエリート寄宿学校へ送りこんだ（グレースは馬術で知られるバージニア州の学校、グンナーはコネチカット州の男子校へ行っている）。

「グンナーはいやがった」グレースは言った。「わたしたちは生まれて初めて引き離され、それだけで充分つらかった。だけど入ってみたら、彼の学校の実態は厳格な陸軍士官学校そのもので。グンナーはそこでくすぶるしかなかった」

「ふうん」わたしはオレンジジュースをすすって言った（酔いつぶれてこの千載一遇の機会を逃したくないなら、ペースを落としたほうがいいと気がついたのだ）。「だけど成長する過程で何かほかに兆候はなかったの？　ほら、放火とか動物虐待とか、そういうのは？」

「そうね、言われてみるとグンナーはネズミの脚を引きちぎって、ネズミが体を引きずるさまを眺めるのが好きだった」

「うん、それ、そういうやつ」言いながらも、わたしは気持ちが悪くなった。

グレースは自分のグラスにもう少しウオッカを足した。話が進むほどその回数が増えている。「それにわたしたちは家で何週間か犬を、ポピーを飼ってた。でもポピーはいきなり死んじゃって、あれもひょっとしたら……」彼女はかぶりを振った。「わたしたち兄妹がどれほど密接な関係にあったかを理解してちょうだい。両親はひどく古風な人たちで、親は子どもの面倒を見こそすれ、子どもの言うことを聞くものではないと信じていた。わたしたち兄妹にはお互いしかいなかった。

あとになって振り返って初めて、グンナーはわたしがよそで関係を築くたびに邪魔をしていたんだと気づいた。たとえば、わたしに幼稚園で初めて本物の友だちができたとき、その子が急にわたしを避けるようになり、お泊まりをしたときにわたしがおねしょをしたとみんなに言いふらした」グレースは唇をすぼめた。「グンナーはその子に仕返しをしてやると言って聞かなかった。一週間にわたってその子のランチをくすねておしっこを引っかけた。当時は、単にわたしを守ってくれているのだと考えていた。だけどあとから思うと――」

「彼がその子を遠ざけていた」

「ええ、おそらく。自分たちにはお互いがいるからほかには誰も必要ない、それがグンナーの口癖だった。あれは彼の本心だったんでしょう」

「そうだね」わたしは同意した。典型的なナルシシズム。グンナーはグレースを別の人格ではなく、自身の延長として見ているのだろう。他者と接する彼女の姿は彼を激怒させ、その結果、彼の攻撃性が牙を剝くのだ。「でもそれは、あなたが寄宿学校へ入ったことで変化した。あなたはふたたび友人を作った」

グレースはうなずいた。「ルームメイトのローズよ。彼女は聡明（そうめい）で楽しく、すばらしい騎手だった。わたしは彼女にあこがれた。そしてグンナーをないがしろにするようになった」

「どんなふうに？」

「彼からのメールにすぐに返信しなかった。夏は祖母の家へ戻らず、ローズと過ごした。要するに、グンナーを見捨てたのよ」

「いまだにそれが後ろめたいのね」わたしはそう気がついた。

グレースは首をかしげた。「わたしの精神分析を始めるつもりなら、この話はここで終わりよ」

「いいえ、ただ――自分を責めているみたいに聞こえたから。でも、あなたが死ぬまでグンナーの言いなりにならない限り、結果は同じだったっていうのが実際のところでしょうね」

「たぶん、そうだと思う」彼女は認めた。

「絶対にそうよ」わたしは断言した。「彼、筋金入りの束縛男じゃない」

「まあ、そんなところね」グレースはグラスをまわし、それを見つめて続けた。「とにかく、ローズはわたしたちが十六歳のときに亡くなり、公式な死因は乗馬中の事故とされた。わたしはそのときにはチョート校（全寮制の名門中学高等学校）に転校していたけど、彼女が親友だったことは変わらない。大きなショックを受けたわ」

「でしょうね」

「そのあと、わたしはマイクとつきあうようになった。わたしたちは卒業までの一年間ずっと一緒にいた。ふたりともボストンの大学へ進学予定で――」

「当てようか。ハーバードでしょ」

グレースがわたしをちらりと見る。「はずれ。ＭＩＴよ」

わたしは驚いたふりをした。「へえ、マニアックなあなたにはハーバードじゃ物足りなかった？」

「最後まで聞きたいの、それともここでやめる？」

「ごめん」わたしは手をひらひらさせた。「続けて」

「ところが」グレースは中空を見つめた。「卒業式の日、マイクは姿を見せなかった。

彼の両親、友人たち、それからわたしも、必死になって探せる場所はすべて探した」先を続ける彼女の声が険しくなる。「グンナーは探すのを手伝おうと申しでた。そのときは、兄にしては珍しいこともあるものだと思ったわ。お互いにほとんど口をきいていなかったから余計にね」鋭い笑い声をたてる。「グンナーが探しに行く前に、わたしはお礼まで言ったのよ。結局、その夜の捜索を断念してわたしが寮の部屋へ戻ると、卒業式にマイクがかぶるはずだった角帽がわたしのベッドに置かれていた」

　その光景を想像し、わたしはごくりとつばをのんだ。「何それ。ひどい」胃のなかでパンケーキが暴れだす。次から次へと人が殺される話に、わたしの消化器官は暴走していた。「それで……彼は発見されたの？」

「わたしが発見したわ」グレースの顔はいまだ無表情で、仮面のごとく凍りついている。しかし彼女はグラスにウオッカを注ぐと、ストレートであおった。「マイクの角帽の内側にはこう書かれていた。〝キャッチ・ミー〟って」

「捕まえてみろ（キャッチ・ミー）？」

「子どもの頃にグンナーが考えたゲームよ。片方が残した手掛かりをもう片方が追う、一種のスカベンジャー・ハント（「がらくた集め」という欧米でポピュラーな探し物ゲーム）。大きくなるにつれてゲームの範囲がどんどん広がり、ついには街全体を舞台にするようになった」

「つまり、マイクの角帽はゲームへの誘いみたいなものだった」わたしはつい引きこまれていた。ここでぶるぶる震えて座っているよりはいいんだろうけど、それでもわれながらどうかと思う。連続殺人鬼のイカれた息子が妹に遊んでもらうために、数百人が命を奪われているのだ。フロイトがこのふたりを分析したら、さぞおもしろい結果になっていただろう。

グレースは自分の皿を押しやってため息をついた。「とにかく、それを見た瞬間、わたしにはわかった。わたしはオハイオにいた頃に住んでいた家まで車を走らせ、父が最初の犠牲者を埋めた、まさにその場所でマイクを見つけた」彼女はわたしと目を合わせてうなずいた。「目印として、そこには双子座のシンボルが描かれていた」

わたしは彼女を凝視した。「ほら、やっぱり」

「そう、やっぱりよ。以来、わたしはグンナーを追い続けている」

「大学時代は別として、だよね」わたしは指摘した。

「結果を出すにはもっとスキルを身につける必要があるってわかっていた。あれは想定内のリスクよ」彼女は言葉を切り、それからつけ加えた。「わたしの知っている限り、グンナーはわたしが卒業するまで活動を停止していた」

〈ゲッタウェイ〉の駐車場でさっさと殺さずに、わたしたちがグレースの助けを得るまで待っていたように。わたしはそう考えて身震いした。

頭のなかを整理するのに少し時間がかかった。「それで、ラスベガスの前にも彼に追いついたことはあるの？」

「三度。最後はオレゴン州ポートランド」彼女は黙りこみ、空になった自分のグラスを暗い顔で見つめた。

警官が殺された一件だ。これで最後の謎が解けた。わたしはごくりとつばをのんだ。

「で、グンナーに逃げられた？」

グレースがうなずく。「わたしは現地の警察に任せることにしたけど、彼らはグンナーの危険性を理解していなかった。そのせいで、ええ、逃げられた。警察官一名を殺害されたあげく」

「だからあなたは警察を関わらせたくないのね」

「そうよ」

「それで、あなたたちが小さかった頃」わたしは思案しながら言った。「グンナーがそのゲームをするとき、彼は全力でかかってきた？　つまり、そこまでやるかってくらいに？」

「ええ、そうだった」

「それでたいてい彼が勝つ？」

ふたたび長い間があり、やがて彼女が言った。「いつも彼の勝ちよ」

それはそれは、なんとも縁起の悪いことで。わたしは自分の頭に片手を滑らせた。一センチくらい髪が伸びて芝生みたいだ。「そうやって、基本的に、この十七年間、あなたたちはゲームをやり続けてきた。彼が逃げ、あなたがそれを追っかける」

「そうね、基本的に」グレースはこめかみをさすって言った。「あなたの番よ」

「へ？」わたしは彼女から聞いたことをすべて反芻（はんすう）し、頭のなかで吟味している最中だった。異常な共存関係とはこのことだ。絆（きずな）の破綻によりお互いを傷つけあおうとするのはよくあることだが、その通ったあとに屍を累々と残していくのはよくあることではない。「ごめん、のみこむことが多すぎて」

「言い訳はいいから」わたしに視線を据えて問いかける。「あなたは何を隠しているの、アンバー・ジャミソン？」

「わかった」わたしは自分のグラスになみなみとウオッカを注ぎながら、このバーター取引に応じたことを後悔していた。この話は誰にも、一度もしたことがない。自分の頭から閉めだすためにありとあらゆる手段を駆使してきた。でも、どれひとつとしてうまくいかなかった。ステラのことを考えない日は一日たりともない。

わたしは両膝を立てて抱えこみ、話を始めた。「わたしの両親は詐欺師だった。三流だったけどね。わたしはずっと親と一緒に詐欺をやっていたんだけど、あるとき親に捨てられ、そこからは自分ひとりでやるようになった。やっとしのげる程度のケチな詐欺よ」

地震でも津波でもいいから起きてくれないかとわたしは無言で祈った。ここから先を共有しないですむなら、なんだってかまわない。早くもあのときの記憶がフラッシュバックし、わたしの耳には銃声と悲鳴が聞こえ、おびただしい血が――。

「アンバー?」

「わたしの名前はアンバーじゃない」小さな声で言った。「エミリー。エミリー・オースティン」

グレースの声が優しくなる。「オーケー、エミリー。無理してわたしに話す必要はないから」

「ううん、ある」震える息を深々と吸いこんだ。「誰かに話す必要が、わたしにはあるの」

だから、そうした。つきあっていた若い女の子が、成功すれば何年も、賢く立ちまわれば一生だって働かずに暮らせるうまい詐欺をいかに思いついたかをわたしは説明した。そう、当時のわたしときたら、自分は賢いと思いこんでいた。ちんけな仕事の連続に飽き飽きし、自分を捨てた親より腕のいいところをおのれとみんなに証明する必要が心の奥底にあったのだろう。

　女ふたりでできて、ほかには誰も必要ないのがこのペテンの醍醐味だった。それは信用詐欺の一種で、乳歯が抜ける前からわたしがやっている詐欺だ。ステラの話を聞けば聞くほど、わたしは乗り気になった。これよ、これが〝最後の仕事〟ってやつ。あとはどこかの島に隠居して、毎日マイタイをすすり、セックスして暮らせる。

「そういう詳細は省いてもらって結構よ」グレースがさえぎった。

「ごめん。つい話に夢中になって」ごほんと咳払いし、ウオッカをもうワンショット飲みたいけど、パンケーキとの食い合わせはいかがなものかと思案した。悪そうだけど、かまうもんか。わたしはぐいっとあおり、それから言った。「なんにせよ、ステラはすでにターゲットに目をつけていた。相手は正真正銘のくずで、分譲マンションを建設しては、実際には買う余裕のない人たちに売りつけ、それから管理組合費をどんどんつりあげてどうやってもローンが払えなくなるところまで追いこむの。そこまでいったら住人を叩きだし、次のカモに物件を再販売する」

「要するに、別の種類の詐欺師ね」

「要するにね。だけどわたしは余裕のない人からお金を奪うようなことは一度もしたことないから」わたしは自己弁護した。「それに住人を家から追いだしたこともない」

「わかった。続けて」

「オーケー、この話の舞台はフロリダで、そこでは彼のやっていることはあくまで合法だった。わたしが到着したときには、ステラは下準備をすべて終えていた。彼女は美人で――」興奮すると彼女の瞳がきらめくさまを思い返して、声が詰まった。「男たちは彼女の気を引くためならなんでもやった。そのクソ野郎も彼女の餌に食いつき、彼女のことを親からもらった信託財産でのんびり暮らしてる金持ちのビッチだと思いこんだ――悪く取らないでよ」

「別に」グレースは片手を振った。

「ともあれ、彼女が持ちかけた話はこう。コカインにはまってお金を使い果たしちゃったから、持っているものをすべて売り払っている最中だって。自分のヨットも含めてね」言葉を切った。つかの間、あの場に引き戻され、舳先に立って長い髪を風になびかせるステラを眺めている気がした。口に出したことはなく、当時自分自身に認めたことさえなかったが、わたしは彼女を愛していたんだと思う。「とにかく、ステラは現金五十万ドルでヨットを彼に売却することで話をつけた。そして親がかんかんに怒るから、絶対にばらさないと約束してほしいと彼に頼んだ」

グレースが眉根を寄せる。「ヨットは自分のものだと証明する必要はないの？」

わたしは手を払った。「偽の書類を作ってあったし、ありていに言って、相手はぼんくらよ。ろくに書類に目さえ通さなかった」

男の禿げ頭が早くも日焼けしているのにわたしは気がついた。彼は結婚指輪をぎらりと光らせながら書類へとかがみこみ、サインをするあいだもステラの胸の谷間から目を引きはがすのに苦労していた。わたしは白のパンツにヨットの名前が刺繍されたネイビーブルーのシャツ姿で、すぐそこにあるダッフルバッグには目を向けないようにしていた。ステラがバッグを開いてすでに中身は確認済みだ。わたしの頭のなかでは五十万ドル、五十万ドルと大合唱が延々と続いていて……。

「ヨットをありがとう、スウィートハート。下へ行って祝おうか？」彼は葉巻をくわえて言い、いやらしい目でステラを見た。

悲鳴があがったのはそのときだ。振り返ると、アサルトライフルを抱えた男ふたりがこちらをめがけて波止場を走ってくる。ひとりが発砲を開始した。

ステラはよく見ようとして立ちあがったところで、一発目の銃弾を浴び、その体がくるりと回転し……。

「よくわからないんだけど」

話を中断されてわたしは顔をしかめた。「わからないって、何が？」

「そもそもどうやってヨットにあがったの？」

わたしはいらいらしながら説明した。「二週間前にそのヨットのクルーとして採用されてたの。当日はほかのクルーは下船しているよう仕組んで、それから彼をヨットに招いた。これでいい？」

「そんなことでだませるとは思えない」

「それが詐欺なんだってば！」わたしは両腕を投げだした。「鍵は、打ってつけのターゲットを選ぶこと。頭からこっちを信じこむ程度のぼんくらでなきゃいけないの」

「だったら誰が発砲してきたの？　その男のボディガード？」

「そこよ、そこなの」わたしは言った。「わたしたちは知らなかったんだけど、その男はマンションの空き部屋をクスリや銃の保管場所として使うサイドビジネスをやっていたみたい。あの男が相当やばい連中の目をごまかしていたことは、あとになってわかったの」

「なるほど」グレースはわたしをじっと見た。「あなたの友だちは助からなかったのね」

今だけは彼女の冷ややかさに救われた。おかげでわたしは現在に錨をおろし、あの恐ろしい日からいくばくかの距離を保てた。「ステラは彼のすぐ後ろに立っていたから、まともに銃弾を浴びた」

「あなたは？」

「わたしは、その……海に飛びこんだわ」わたしは身をよじった。褒められたものではないが、あの瞬間、純粋に本能が働いたのだ。ヨットの縁を飛び越えるとき、最後に見えたのは、わたしへと伸ばされたステラの手と彼女の懇願のまなざしだった。

わたしは死にもの狂いで泳いだ。百メートルほど離れてようやく息継ぎをしに海面から顔を出したときには、船は火に包まれていて……。

グレースは眉根を寄せた。「今の話を聞いてもあなたが自分の名前を捨てた理由がわからないわ。彼女の死はあなたの責任ではないでしょう」

わたしは受話器を取る真似をした。「ハロー、警察の方？　あのね、友だちとふたりである男から大金を巻きあげていたら、その最中に密売組織に雇われた本物の悪人たちが現われて、わたしたちに向かって銃をぶっ放してきたの。それで、ええ、そう、わたしは目撃者ってことになるから、連中がまだわたしを探してるかもしれなくて」

「だけど――」

「聞いて、わたしはあせってたの」腹が立って勢いよく立ちあがる。「わたしは未熟で、震えあがっていて、警察との関係がよかったためしもなかった。それに、ただただあのことを忘れたかった。だから名前を変えて一からやり直した。足もきれいに洗った。だけど無駄だった。結局、振りだしに戻っちゃった。しかもわたしの命を狙う別のクソ野郎付きで」

わたしは荒い息をしてこぶしを握りしめていた。わたしの癇癪にグレースは驚いている様子だ。彼女はなだめるように両手をあげた。「落ち着いて、アンバー。エミリー。わたしが悪かったわ。大丈夫?」

胃のなかが波打っている。パンケーキとアルコールに癇癪は取り合わせが悪いらしい。わたしはくるりと踵を返して一階のバスルームへ駆けこんだ。顔に水をかけ、こみあげる吐き気をなだめようとする。吐くのはもうごめんだ。

胃が落ち着いたように感じたところで、ずるずると床にしゃがみこみ、壁に頭をもたせかけた。思い出すことよりなお始末が悪いのが、罪悪感だった。なぜならわたしは最悪の部分をグレースに話していないのだから。思い返すたび自己嫌悪に駆られ、わたしがそれまでの生活を捨てて二度と振り返らないことにした本当の理由を。海面に叩きつけられたあと泳いで逃げながら、わたしが考えていたのはステラのことではなかった。ぱっと頭に浮かんだのは、〝しまった。金を取ってくるのを忘れた〟だった。

あれがわたしの地金だ。まあ、生い立ちからしてクソみたいなわけだけど、そんなことは言い訳にならない。わたしはガールフレンドが血を流して死にかけているときに、金の心配をするクソ女だ。

この部分は死ぬまで誰にも打ち明けることはないだろう。たとえ生まれ変わっても。

バスルームのドアがノックされた。「エミリー？」

「アンバーでいい」わたしはかすれた声で言った。

「オーケー、アンバー」しばらくしてグレースが言った。「何か持ってくる？　水とか？」

わたしは目をつぶった。本当に必要なのは仮眠だ。だけど声をあげた。「水をもらえたらすごく助かる」

待っているあいだ、この数時間で判明したさまざまな事実が、わたしの酔って疲れた脳みそのなかをぐるぐるとめぐった。星座のシンボルに秘密のアルファベット、そして死体の山。とどのつまり、グレースとその兄は退屈しのぎに他人の命を駒代わりにして複雑なゲームを繰り広げているふたりの金持ちのガキなのだ。そして本心では、どちらもこのお遊びを終わらせたくないのかもしれない。

二時間後、わたしは同じ姿勢のまま目を覚ました。頭がずきずきし、口のなかはクソみたいな味がして、両脚はしびれている。そろそろと立ちあがった。シンクの縁に水の入ったグラスがあった。ふた口で飲み、キーボードを叩く音をたどってSKSへ行った。グレースはふたたびデスクに向かっていた。顔をあげずに彼女が言う。「気分はよくなった、エミリー?」

「アンバーでいいって言ったよね」おなかが鳴り、まだパンケーキの生地が残っているかを思い出そうとした。「何してるの?」

「あなたの仮説をダブルチェックしたら、どうやらありえそうね。今はさっき話した予測アルゴリズムを組んでいるところ。次にグンナーが行く可能性のある場所を正確に割りだせるかもしれない」

わたしは勝利のダンスを披露しそうになるのをぐっとこらえた。この状況でやることではないだろう。でもわたしたちの関係の何かが変化がしていた。友だちとは言えないものの、グレースの口調は軽蔑に満ちた状態がデフォルトではなくなっていた。これは前進だ。「あなたが言ったように、わたしは最高にすごいのよ」

グレースは顔をあげなかったが、笑みが唇の端を引っ張っている。「ええ、まあね。まったくの役立たずではないわ」

「それでよしとしてあげる」

コンピューターからぴーっと高い音がし、グレースが眉根を寄せる。わたしは彼女の肩越しに画面をのぞきこんだ。ラインのひとつが点滅している。「もうできたの?」

「違う。これは九一一番への通報のひとつよ」

心臓がぴたりと止まった。「それって――」

「グンナーだという保証はない」グレースがキーを叩くと、文字に起こした会話が画面に表示された。わたしはすばやく目を走らせた。キーワードが目に飛びこんでくる。

〝ラスベガス……バスタブ……売春婦……〟

「待って、これって……リアルタイムで起きてること?」

「起きたのは数時間以内よ。タイムラグがあるの、文字起こしを終えてからでないとアルゴリズムに引っかからないから。通報があったのは……三時間前ね」

「じゃあ、ゆうべってこと?」マーセラ。膝の力が抜けてへたりそうになった。わたしは床にしゃがみこみ、無我夢中でドットに電話をかけた。

ドットは最初のコールで出た。「彼女じゃないわ」

わたしは止めていることに気づいてもいなかった息を吐きだした。「たしかですか?」

「たしかよ。ちょうどあなたに電話をかけるところだったの、ハニー、でも先に彼女と話したくて。マーセラは無事よ」

「よかった」目をつぶり、胃袋をなだめようとした。「じゃあ、誰が殺されたの?」

「通りの北側にある〈スーパー8〉の外で仕事をしてた気の毒な子」

わたしの目はすぐさま地図へ飛んだ。次の被害者はここで見つかるとグレースが予測していたまさにその場所だ。わたしは彼女へ目を向けた。「あなたが襲われた場所って、〈スーパー8〉?」

グレースは顔を曇らせてわたしを見ている。彼女はゆっくりとうなずいた。「そうよ。グンナーはまだラスベガスにいるのね」

「ああもう」わたしは言った。「聞いて、ドット、心配させたくはないけど——」

「もう遅いわよ、お嬢ちゃん」疲れて打ち負かされたような声だった。わたしは最低な気分になった。なんてことにドットを巻きこんでしまったのだろう？

「お願いだから、今はただじっとしててください。わたしたちに考えがあるから」

「あなたたちに？」

「そう」嘘をついた。「もうそんなに時間はかかりません」

「よかった、それを聞いて安心したわ」だけど安心している声ではなかった。ドットの声はか細く、張りつめていた。

「ひとつお願いできますか？　この殺人事件についてわかることをすべて調べてほしいんです。もちろん安全な範囲で、できますか？」

「任せてちょうだい。それに心配しないで、マーセラのことはわたしがじっとさせておくから。椅子に縛りつけてでもね」

わたしは電話を切ってグレースを眺めた。彼女はすでに画面に向き直っている。

「この展開はむしろ好都合よ」

わたしは顔をしかめた。「またひとり女性が死んでるのよ」

「それはわかってる。だけどこれでグンナーがまだラスベガスにいることがはっきりした。少なくとも、今はね」

グレースはまたも抑揚のない声になり、わたしの視線を避けているように見えた。

何か隠してるの？

そういえば、彼女は昨日いったいどこにいたんだろう？　あれだけ時間があればラスベガスまで往復するのは難しくない。

唐突に、ここから逃げだしたいという強烈な衝動に駆られた。グレースとひとつ屋根の下で過ごして数週間になるが、いまだに彼女を信頼できる気がしない。

一方で、わたしはもとから人を信頼するたちじゃなかった。それに現実的な話、わたしに別の選択肢がある？　マーセラとドットはわたしを必要としている、そして彼女たちを救うには、わたしはグレースに頼るしかない。わたしはさりげないふうを装って問いかけた。「それはそうと、どこへ行ってたの？」

「なんの話？」

彼女の椅子の背をつかんでぐるりまわし、こっちを向かせる。顔を突きだして尋ねた。「どこにいたの？」

グレースは戸惑った表情だ。「ラスベガスまで車を走らせて誰かを殺してきたのかときいてるの？」

「そうだね、そういうことになる」

「それならやってない」

「だったらどこにいたの？」

「グンナーとは無関係よ」グレースは胸の上で腕を組んだ。「個人的な用事」

「個人的？」わたしは大笑いした。

「そうよ。わたしにも外での生活があるの、当たり前でしょう」

「わたしはこれまで一度も見てないけどね」ため息が出た。「ねえ、あなたを信頼したいのよ、だけど、あなたがそれを容易にしてくれない」

「そう、それは残念ね、アンバー。これ以上どうすればいいか、正直なところ、わたしにはわからない。わたしはあなたの命を救い――」

「そのあと危険にさらした」さえぎって言った。

「あなたを自宅へ入れたのに、それと引き換えにあなたがしたことといったら、わたし個人のスペースに侵入して、あることないことでわたしを非難するだけ」グレースは首をかしげた。「はっきりさせておきましょうか。わたしがあなたを殺す気だったら、あなたはもう生きていない」

わたしはもぞもぞと体を動かした。今のは間違いなく筋が通っている。けれど、まだ何かが引っかかっていた。「なんでわたしだけ？」

「あなただけ、何？」ふたたび冷ややかな声だ。何が前進よ。

「あなたが助けたのはわたしだけでしょう」

長い沈黙のあと、グレースは言った。「それまで、そのチャンスがなかったから」

「それ、本当?」わたしは胸の上で腕組みした。「何週間もボーに目を光らせていたって言ったよね。察するに、あなたは全員にそうしてきた。それなのに、ほかの誰かを救出するチャンスは一度もなかったって言うの?」

グレースは椅子をまわし、ふたたびわたしに背を向けた。「完全無欠のサイエンスではないのよ」

「つまりどういう意味?」

「意味することは、ノー。ほかの人たちの救出には間に合わなかった」

信じるもんか。口を開いてそう言いかけ、ふたたび口を閉じた。自分は単身で、ここは彼女の家で、血糖値の問題はさておき、彼女はわたしより体を鍛えていると、ふと思いいたったからだ。

それに、彼女がわたしを救出したことに変わりはない。彼女はたしかに事実を話していて、いつもは間に合わなかったのかもしれない。わたしの視線はふたたび地図を、無数の黄色いピンをとらえた。咳払いをして言った。「わたしたち、彼を止めなきゃ」

「言われるまでもないわ」グレースは椅子のアームを押して腰をあげた。「わたしは荷造りする」

「えっ、今から？」わたしは腕をさげた。

グレースが大股でわたしの脇を通り過ぎる。「傷はふさがったし、グンナーの居所もわかった、少なくとも現時点での居場所は。今回の殺人は最後のデータポイントよ」

「データポイント？」ばかみたいに繰り返した。グレースはラスベガスへ戻ろうとしている。わたしを殺そうと、彼が待ちかまえている場所へ。

「グンナーはシンボルを完成させた」彼女はホワイトボードへ歩み寄り、下にアルファベットのRがくっついている後ろ向きのKを指さした。「いつものパターンだと、彼はそれをやり終えたら移動してる」

「でも、計画を立てなきゃ」わたしは反対した。「だって正確な居場所はわかっていないんでしょう？」

グレースは嘆息し、うなじをさすった。疲弊し、やつれて見えた。「そうだけど。なら、あなたの提案は？」

わたしはぎょっとしてグレースを見た。「本当にわたしにきいてるの？」

「本当にきいてるわ」

一瞬ためらってからごくりとつばをのみ、壁の地図へと戻った。目を走らせ、ラスベガスに黄色のピンをもう一本立てなきゃとやるせない気分で考えた。深呼吸をして気持ちを落ち着かせ、それから言った。「つまりこれはゲームなのよね。グンナーはあなたたちがこしらえたアルファベットを使ってそれぞれの街で文字を書き、その文字が形作る単語はあなたたちの父親が被害者を埋めた場所を指している。並行して、アメリカ全土をキャンバスにして双子座の巨大シンボルも描いてる途中。彼はそれを何年もかけてやってる。それって……とんでもなく複雑よ」

「ええ、そうね。グンナーは物事をシンプルにするたちではない」

グレースはぼんやりと脇腹をさすっている。彼に刺された場所だ。わたしははっとした。「ラスベガス以前に、彼があなたに危害を加えたことはあった？」

間があり、それから彼女が返事をする。「ええ」

「だけどここまで深い傷を負ったことはない、そうじゃない？」

「グンナーに刺されたのはこれで二度目よ」

「そうなの？　前はどこだった？」

「脚」グレースはいったん言葉を切って、つけ加えた。「彼はわたしの行動を遅らせようとしただけだから」

はいはい。ごく普通のことってわけね、とわたしは思った。「それで、傷は深くはなかった？」

グレースは肩をすくめた。「離れた場所からナイフを投げつけられただけから、傷はそこまで深くはなかった」

「ということは、彼はあなたへの攻撃をエスカレートさせてる」わたしはかっと目を見開いた。「真の獲物はあなたよ！」

「それには二百五十四人が異議を唱えたがるでしょうね」グレースはそっけなく言った。

「違う、わたしが言いたいのは――グンナーにとって、真の獲物はあなただけなの。考えてみてよ。あなたは大人になってから、まさに人生を費やして彼の望みどおりに行動し――彼を追いかけている。グンナーはあなたを完全にコントロールしている。そしてあなたは、彼がそうするのを許してきた」

グレースがわたしを凝視した。その表情はうつろだ。何か言うかのように口を開け、それからふたたび閉じる。やがて左右に首を振ってつぶやいた。「あなたにセラピーは頼んでない」

「ああそうね、でも受けてもらう。だって、そんなのはクレイジーよ」わたしは唐突に凍りついた。そうよ。これまで思いつかなかったのがばかみたいだ。

「何？」グレースが問いかける。

彼女がにらもうと、わたしの興奮に水を差すことはできなかった。「わたしたちのやり方は根本的に間違ってる」

「貴重なご意見ね。ありがとう」

「真剣に言ってるの。これはゲームなのよね？ そして早い話、このままだとあなたが負ける。彼に勝つ方法はひとつしかない」

「そのとおりよ！」グレースはじれったそうに両手を投げだした。「グンナーを捕まえるしかないの！」

「そうじゃなくて」わたしは首を横に振った。「ルールを変更するの」

16
罠(わな)（一九四九）
THE SET-UP

「こんなの、ろくでもない計画よ」グレースはゲストルームの戸口に寄りかかり、わたしの荷造りを眺めている。

「あなたの意見はようくわかった」わたしはぴしゃりと言った。「でも、この上をいく計画がそっちにないなら、これでいくしかないでしょう」自分の荷物を（グロックもある――ドットがこれを回収できて本当に助かった）ダッフルバッグに詰め終える。

「いくつかいるものがあるから、途中でどこか寄らなきゃ」

グレースは、言うまでもなくすでに荷造りを終えていた。「グンナーが引っかかるわけがない」

わたしはため息をついて背筋を伸ばした。「たとえ引っかからなかったとして、何か害がある？　だって、こうでもしないと彼が別の誰かを殺すのをただ座ってぼうっと待ってるだけでしょう。少なくともラスベガスにいれば、おそらく彼の次の目的地に近い」

「モーテルの主人に対してたいそうな信頼ぶりね」グレースがぼやく。

「そりゃ信頼してるもの」わたしは言った。「なにせ単身で動くあなたの一匹狼(いっぴきおおかみ)スタイルは成功してるとは言えない、違う？　唯一グンナーが予想していないもの、それが数よ。そしてラスベガスでなら、それがある」

「どうかしら」

「いけるって」バッグのファスナーを閉めた。

この数時間は目がまわるほど忙しかった――まあ、少なくともわたしのほうは。グレースはむっつりとして、家電量販店に卸すのかというほど大量の電子機器を荷造りしていた。

わたしは別にかまわないけど。だって、われながらすばらしい秘策をひらめいたのだから。

グレースは兄の天才ぶりをぺらぺらとしゃべったが、ふたりは寄宿学校と信託財産付きの、かなりお上品っぽい家庭で育っている。

つまり根っこは甘ちゃんだってこと。グレースがこの〝ゲーム〟で負けているのは、ふたりの思考があまりに似ているからだ。ふたりはあまりに瓜ふたつなのだ。そのことを彼女に指摘するつもりはさらさらないとはいえ。

一方、こっちはサバイバーだ。わたしに何かを差しだしてくれる人なんてこれまでおらず、なんでも自力でつかみ取るしかなかった。それゆえ、わたしならまったく新たなスキルセットを持ちこむことができる。わたしが身につけている現実世界の切り抜け方は、このふたりには理解が及ばないだろう。

それにだ、秘密のアルファベットだのパターンのなかでパターンを形作るシンボルだの、あのくだらない話は本当に何？　金持ちのお慰みもいいところだ。

わたしはダッフルバッグを閉じ、肩にかけて立ちあがった。グレースは壁が怒鳴りつけてきたかのように壁をにらんでいる。わたしと目を合わせずに問いかけてきた。

「これがうまくいかなかったら？」

彼女の場合だと、不安げな眉間のしわは顕著な感情の表出を意味している。「必ずうまくいく」わたしは自信を振り絞って言った。「彼は抗えないよ」

「抗えたら？」グレースはなおも言った。

「あなたのアルゴリズムに目を光らせてて。もしも彼がどこか別の場所に現われたら、車をそこへ走らせて牛追い棒で小突きまわす許可をあげる」

「あなたの許可ですって？」グレースは片眉をつりあげた。

「そのときまでは」わたしはゆっくり前に進んで言った。「計画に従ってもらう。だからぐずぐず言わないで。あと、ここが重要だからちゃんと聞いて。ターキー・ジャーキーとミニ・プレッツェルは荷物に入れた?」

幕間　拳銃の罠（一九五九）
THE TRAP

@Ashleyk212：ヤバ　聞いた？　またセックスワーカーが遺体で見つかったって　どーなってんの #SerialKillerInVegas

@Ladyjanesdomain：マジメな話　#ウィメンズライヴズドントマターの証拠が必要ならラスベガス警察に電話して〝モーテルのバスタブで女性五人が絞殺〟されたのになんでそれがちっとも話題にならないのか尋ねることね

@itchyscratchykitty：#女性嫌悪殺人（フェミサイド）は実際にある　どうやればFBIの重い腰をあげさせられるんだろ　ああ連中は女性のことなんてどうでもいいのか #sexworkers#women

@JennyinLA：今マジでビビってる　宿泊中のモーテルでゆうべ女性客が自分の部屋で死んでるのが見つかったって　どうしてくれんのよトリップアドバイザー #nostarreview

@Keri_will：ラスベガス安全警報／〈バギー・スーツ〉には近づかないこと　そこのバスタブで売春婦がふたり絞殺体で発見された #BatesMotel #LeavingLasVegas

17 ノー・クエスチョンズ・アスクト（一九五一）
NO QUESTIONS ASKED

夜陰に紛れてこっそりラスベガス入り、とまではいかなかったが、最後の十数キロはジムのはからいで正真正銘のツアーバスの後方に乗車して移動した。わたしたちは〈ゴールデン・ナゲット〉ホテル／カジノの搬入口のなかでバスをおりた。エレベーターに乗りこみ、ドットの待つスイートルームがある五階へ向かうわたしは、興奮を抑えきれなかった。

残念ながら、ホテルは〈ザ・ストラット〉よりひとつふたつ格下だった（エレベーター内の広告によると、サメがうようよ泳いでいるアクアリウムのなかを通り抜けるガラス張りのウォータースライダーがあるらしいが、わたしたちがそれを楽しむことはないだろう）。ドットがドアを開け、さまざまな色合いのブラウンとゴールドで装飾されたあまりぱっとしない室内が見えたとき、わたしは失望感を隠そうとした。グレースの反応はいつもどおり、もっと率直だ。「たいした部屋じゃないわね」

「申し分ないわ、ドット」わたしはドットを引き寄せてハグしながら、その肩越しにグレースに警告の目を向けた。スイートルーム全体でもマーセラとシェアした部屋より狭いが、汚れひとつなく、わたしたちに必要な広さが充分にある。「ありがとう」

「わたしはできる限りのことをしたわよ」ドットは明らかにむっとしている。「ふたりとも偽名で部屋を取ったから、居場所を突き止める方法はないはず……これでいくつ借りができたかは数えあげるのも無理なくらいよ」

「その価値はある、わたしがそう約束します」

この数週間でドットは見るからに憔悴していた。丁寧な化粧でも目の下のくまを隠しきれず、口のまわりはこわばっている。派手な赤毛さえおとなしく見えた。それでも、本人は顔を輝かせていた。「再会できてよかった、ドールフェイス。何もかも準備万端よ、あとはあなたが指示を出してちょうだい」

グレースはすでにデスクにつき、モニターや機器を並べて自宅の部屋を再現している。やりすぎに見えるけど、彼女の説明によると、わたしの計画にはインターネットカフェで提供できる演算能力以上のものが必要らしい。プラス、プライバシーも。

わたしはドットのあとから起毛のソファへ向かい、みんなで使うことに決めたアプリを呼びだした。これまでわたしはいかなるときでもソーシャルメディアを避けるようにしてきた。顔認証ソフトウェアのせいで、あまりに簡単に追跡されるからだ。けれども情報の大量拡散が今回の計画の要であり、自分で言うのもなんだけど、わたしの作った一連の投稿はいかにも本物っぽい。

それらに目を通してドットは鼻を鳴らした。「ハ！　いいハッシュタグね」

「ありがとう」

「これが何個くらいあるの？」

「三百種類くらい書いたかしら」わたしは言った。「そのあとグレースがボットを作って――」

「ソーシャルボット」グレースがさえぎった。「人間の行動を真似するよう作られたアルゴリズムよ」

「それそれ、すっごくクールなんです」わたしは言った。「わたしたちでそれを設定して――」

「わたしが設定したの」グレースが言葉を挟んでくる。

ドットと顔を見合わせてから、わたしは続けた。「すご腕の偉大なるグレースがそれを設定して、それぞれの投稿が偽のアカウントでシェアされるようにし、次々に投稿を拡散させて……うまくいけば、いずれそれを見た本物の人間がツイートしはじめる、って寸法です」

「選挙運動みたいなものね、ここで売りこむのは連続殺人鬼だけど」ドットが明るく言った。

「そう。この情報が広まれば、〈バギー・スーツ〉で五番目の被害者が発見されたって噂がグンナーの耳に入る。わたしたちはそこからグンナーを追う」

「彼が食いつくかしら？」

「食いつかないわよ」グレースがつっけんどんに言う。

「彼は抗えないわ」わたしはふたたび彼女をじろりとにらんだ。「自分の手口と一致する別の殺人事件よ？　それは模倣犯の存在を示唆し、お株を奪われるなんて彼にはとても耐えられない」あくまでそう期待しているだけだが、わたしはうまくいくと直感していた。グンナーは十中八九、双子の片割れがこのゲームで攻勢に転じる決断をしたと考えるとわたしはにらんでいる。それは彼にとっては著しく好奇心をそそられる展開のはずだ。

この仮説はグレースとも共有していない。そう決めた理由は明白よね。

「まあ、計画どおりになるといいわね」ドットはスカートを撫でつけて言った。

わたしは携帯電話をスクロールし、トレンドになっているハッシュタグを見ていった。わたしたちが作ったやつはまだひとつも表示されていないが、わたしたちのサイバー攻撃はラスベガス入りしたあとに開始したから、まだ三十分しかたっていない。バズるのにどれくらい時間がかかるものかは見当もつかないけど、あんまりかかるようならちょっと発破をかけないと。

存在しない五番目の被害者の噂が耳に入れば、ラスベガスの警察署は仰天するだろう――けれど警察が否定すればするほどこちらの思う壺だ。それに偽の被害者をでっちあげることで、実際に被害者が出るのを防げるかもしれなかった。少なくとも、わたしは自分自身にそう正当化していた。

「もう一度言わせて。ここまで力になってくれて本当に感謝してます、ドット」わたしは言った。

「いいのよ、お嬢ちゃん、背後を気にしなくてよくなるならなんだってするわ」ドットはわたしの膝をぽんと叩いた。

「ああ、そうだ、マーセラは来るんですか？」わたしは努めてさりげなく尋ねた。

ドットの顔が曇る。「正直、彼女はわたしの〝悪い子リスト〟入りよ。ジェシーはすっかり手を焼いてる。〈メイヘム〉の自分の部屋に男を連れこもうとしたのはもう三度目ね」

それを聞いてわたしの胃はひっくり返った。それはマーセラが軽率になっているからで、わたしが嫉妬しているからではないと自分に言い聞かせようとする。結局のところ、彼女はそうやって食べているのだから。とはいえ、グレースを説き伏せて、潜伏中にドットとジェシー、それにマーセラが被る金銭的損失は全額彼女が持つようにしてあった。グレースの孤独の要塞に滞在してほどなく、わたしはこの話を持ちだし、当初彼女はうんと言わなかった。だけど彼女たちの身が危ないとしたら、それはグレースの命を助けたからでしかないとわたしは（何度も）指摘した。そのために彼女たちが罰せられるのはおかしいでしょうと。「わたしたちが送ったお金を受け取ってないんですか？」

「送ったのはわたし」電源コードをつないでいる場所からグレースがぶつぶつ言う。

「もちろん受け取ったわ。ジムは大喜びよ。ずっとビットコインを持ちたがっていたから」

「だったらマーセラはなんで仕事を？」

「マーセラだからでしょう？」ドットは嘆息した。「彼女、さよならもなしにあなたに置き去りにされたのもショックだったみたい」

「そう」わたしはデニムのショートパンツから糸くずをつまみあげた。「当然ね」

「だけど」ドットはにこやかに続けた。「あなたがここにいるあいだは仕事はしないって約束したわ。それから、なんであれ助けが必要なら力になるって。ローリーのために」

「よかった」悪いのは自分だけど、わたしにはマーセラの態度に傷ついていた。「みんながそれぞれの役目を果たせば、絶対に安全ですから」

「嘘よ」グレースが鼻を鳴らす。「どこが安全なんだか」

わたしは彼女に怒りの目を向けた。そりゃあ、めちゃくちゃ頭が切れて危険極まりない連続殺人鬼を相手にするのは、ディズニーランドのお子さま向けの乗り物ほど安全ではない。でもあれだって百パーセント安全ではないでしょう。せいぜい、そうね、九十九パーセントだ。「心配ありません、ドット。でも手を引きたいなら、それは理解します」お願い、手を引かないで、と心のなかで念じた。ドットに抜けられたらすべての計画が完全におじゃんになる。

「そうねえ」ドットがのろのろと言う。「最初に電話をもらったときは、喜んで踊りだしたとは言えない。それは認めるわ」眼鏡をかけ直してわたしに微笑みかける。「でも、あなたを信頼しているの。あなたは賢いお嬢ちゃんよ」

「ありがとう、ドット」わたしは胸を打たれた。人から信頼されるのには慣れていないのだ。「〈スーパー8〉で殺された女性については何かわかりました？」

ドットが舌打ちする。「かわいそうな子よ。マッケイラ・ニコルス、まだ十九歳。対策本部を設置する動きがようやく出てるわ」

「そう、それはきっと役に立つわ」元気が出てきた。「わたしはハッシュタグを盛りあげますね」

「わたしたちはこれからどうすればいいのかしら？」ドットが問いかけた。

「待機して」グレースはモニターからふんぞり返り、顔をしかめて言った。「そしてアンバーのせいで皆殺しにならないよう祈ることね」

「彼女は無視してください」わたしは安心させようとして言った。だけどドットの目には懸念の色があった。わたしの目にも写し鏡のようにそれがあからさまに表われていないよう願おう。

幕間　ハー・カインド・オブ・マン（一九四六）

HER KIND OF MAN

いつになく忙しいシフトで、レンタカーを返却する順番を待っている客がまだ五組もいる。キムはモニターで時間を確認した。退勤時間まであと五分。キムは、げっそりとした顔で目の前に立っている母親へ作り笑いを向けた。彼女の三人の子どもたちは、待合エリアのいたるところにチョコレートを塗りつけている最中だ。

「手続きは以上です。どうぞよい空の旅を」

「小さいモンスター軍団連れで？」女性は冷笑し、ドアに向かってキャスター付きのバッグを押しながら子どもたちを手招きした。

「車を受け取ったときに言ったぞ、保険なんか必要ないと！」

キムは隣の窓口へ目をやった。そこでは友人のテスがスタッフ内で〝迷惑客〟と呼ぶ類の相手を接客していた。自分はサービス業に従事する者なら誰でも怒鳴りつけることのできる権利を神から与えられていると思いこんでいる連中だ。この男性はその典型だった。中年、白人、日に焼けた肌、腹まわりがぴちぴちのTシャツ、横にはゴルフバッグ一式。

テスが男に薄く微笑む。「手違いがあり、申し訳ございませんでした、サー。本日は少々あわただしくて」

「店長はどこだ？」男はテスが店長をどこかに隠しているかのように、彼女越しにのぞきこんだ。

テスとキムは視線を交わした。こっちは最低賃金で働いてるのに、割に合わないよね。テスが淀(よど)みなく応じる。「わたしが呼んでまいります、サー。脇へずれてお待ちください」

「いいや、断わる。すでに三十分も待たされたんだ。飛行機に乗り遅れる」

「サー、よろしければカスタマーセンターの電話番号をご案内しますので――」

男はすでに歩み去り、領収書を振りながら怒鳴った。「この肥だめのことをツイートしてやる！」

「全部で十二人しかいないフォロワーにね」キムはひそひそと言った。

「ほんと」テスが同意する。

「すべての無作法な白人男性に代わってぼくが謝罪するよ」キムの窓口へと進みでた

次の客を見て、彼女は目を見開いた。長身、ブロンド、それにホットだ。彼がミラーサングラスをさげて美しい青い瞳を露わにしたとき、彼女はぽおっとなった。男性は彼女に微笑みかけてサングラスをポケットに差し入れた。

デスクの下でテスに蹴られてはっとする。「あ、い、いらっしゃいませ、サー。ラスベガスを楽しまれましたか?」

「あいにく期待していたほどの収穫はなくてね」彼は肩をすくめた。

キムは気づくとばかみたいにうなずいていた。「レンタカーに関してはなんの問題もなかったでしょうか、ミスター……」

「キーツ」彼が言った。「詩人と同じ名だ」

「わたしの好きな詩人のひとりです」キムは顔を輝かせた。ホットでしかもインテリ。超レアな組み合わせだ。「わたし、ネバダ大学ラスベガス校(UNLV)で英文学を学んでいるんです」

「そうなのかい?」彼がカウンターに両肘をついた。「ああ、帰るときになって残念だな。ロマン派の詩人が好きな人なんてめったにいないのに」

「ええ、わかりま――」キムは肩をとんとんと叩かれて話を中断した。椅子をくるりとまわすと、背後にジョーダンが立っていた。つまり形の上では、これで彼女のシフトは終了だ。

「ここから先はわたしがうけたまわります」ジョーダンはよだれを垂らさんばかりの目つきでキーツを見ている。

キムは顔をしかめた。「大丈夫よ、わたしがやっているところだから」

「それならお好きなように」ジョーダンはいつものごとく無駄口を叩きながら、彼女の左側の端末にログインしだした。キムは〝その口を閉じて〟と念を送ったが、ジョーダンは空気を読める人間ではない。「ねえ、聞いた？　ゆうべまた女性が殺されたみたい。これで二日連続。連続殺人鬼の犯行だって」

「ほんとに？」テスが大きな声をあげる。

ジョーダンがうなずいた。「これまで五人殺されてるのに、市長はみんなが騒ぎたてないよう沈黙を保ってるのよ」

「いつものことね」テスはかぶりを振った。

モーテルで何人ものセックスワーカーが殺害された事件について、ふたりはキムを挟んでぺちゃくちゃしゃべりだした。キムはミスター・キーツに申し訳なさそうに微笑みかけたが、彼はふたりへ注意を移していた。「すみません、何があったんですか？」

テスが自分の携帯電話の画面を彼に見せた。「インスタはその話で持ちきりなんです」

キムはいらいらと唇を噛んだ。強引に割りこんでくるなんて、テスはいつもこれだ。俳優のマイケル・B・ジョーダンが付き人を従えてやってきたときとまったく同じ。テスはキムを押しのけて彼を自分の窓口へ連れていってしまったのだ。テスにはボーイフレンドだっているのに。お客にとってはあずかり知らないことだけど。

「おそらくなんでもありませんよ、サー。深刻な脅威があれば、ラスベガス警察は必ず警告を発しますし……」客の関心を完全に失ったことに気がつき、キムの声は尻切れになった。彼はテスの携帯電話を手に取り、一心不乱にスクロールしている。

「ついでにお客さまの電話番号をそれに登録してもらったりして」テスはまつげをぱちぱちさせて言った。

彼は携帯電話を返した。「やはり、もう二、三日滞在しよう。どうやらぼくの運の変わり目らしい」

ずいぶん変なことを言うものだ。キムは眉根を寄せた。「本当によろしいんですか、サー？」

「車は同じやつでいい、まだ空いているならね」

キムはためらったあと、返却を取り消した。彼が去ると、ジョーダンは彼女に向き直って問いかけた。「ねえ、あの人、連続殺人鬼がうろちょろしてるのを知って滞在延長を決めたの？」

「ホットな人に限ってまともじゃないのよね」テスはやれやれとかぶりを振っている。

キムは返事をしなかった。彼女はすでにログアウトし、帰宅して熱い湯にゆっくり浸かっている気分になっていた。いやな同僚や変人ばかりではない職場を本気で探さなきゃ。

18 都会の叫び（一九四八）

CRY OF THE CITY

「かかったみたい」五時半に携帯電話をチェックしたドットが言った。

わたしは計画の失敗が心配で気疲れし、最終的に寝転がっていたベッドからがばっと飛び起きた。グンナーの関心を引いて確実にラスベガス周辺にとどまらせること、それがこの計画の軸だった。もしもわたしたちの投稿がトレンドにあがらず、彼が去ってしまえば、残りの計画はご破算になる。次にグンナーが姿を現わすのがどこであれ、そこではドットの人脈は活用できず、いわば振りだしからのスタートになるだろう。そうなると控えめに言っても彼に勝てるかは怪しい。

グレースはもう何時間もコンピューターに向かい、投稿を操作していた。一方わたしは取り憑かれたようにソーシャルメディアのサイトを監視し、ハッシュタグのトレンドをチェックし、祈っていた。期待していたより動きは遅かった。ラスベガスに連続殺人鬼がひとり現われたくらいでは誰の注意も引かないようだ。間の悪いことに、とあるセレブが空港で大騒ぎを起こした日に当たってしまってはなおさらだった。けれども午後二時を過ぎた頃、わたしたちのハッシュタグはようやく拡散されだした。リツイートされ、コメントがつき、存在さえ知らなかったたくさんの絵文字が(ナイフとバスタブはとりわけ安直だ)添付されて、この作戦がひとり歩きを始めるのをわたしは眺めた。反応がいきなり数百、続いて数千に跳ねあがった。「これで充分かしら」ドットが心配そうに問いかけた。

「充分よ」わたしは努めて自信に満ちた声を出した。

「兄がソーシャルメディアを追っていたらね」グレースがつぶやいた。彼女の機嫌はまだ直っていなかった。それどころか、わたしの計画の成功にいらだっているように見えた。

とはいえ、ようやく計画の幕が切って落とされたと言えそうだ。

今、ドットは受信したテキストメッセージに目を通している。「フレッドが、いましがた〈バギー・スーツ〉にチェックインした客が彼じゃないかって」

「ほうらね」わたしは鼻高々に言った。グンナーの人相と一致する人物に目を光らせるよう、地元のモーテルの主人たちにドットから頼んであったのだ。その日のあいだ、やけに興奮した(それにおそらく退屈していた)モーテルの主人たちから何件か連絡があったが、どれも空振りに終わっていた。だけどわたしは、〈バギー・スーツ〉でまた殺人が起きたとわかればグンナーはモーテルへ戻らずにいられないと踏んでいた。好奇心には逆らえないはずだ。わたしはグレースに顔を向けて言った。「わたしの勝ち。五十ドルね」

「グンナーかどうか、まだわからないでしょう」グレースが言い返す。

「フレッドが防犯カメラの画像を送信してくれているわ」ドットが言った。「ちょっと待って……」

彼女は写真を掲げた。グレースとわたしは顔を寄せ、斜め上から撮られている画像を調べた。「へえ、意外と解像度が高いのね」

「フレッドが熟知していることがあるとしたら、それはカメラよ」ドットが言った。「客室にまでいくつか仕掛けてるって噂なの。なかなかの変態よね」

「それで、彼なの？」わたしは詰め寄った。

グレースは写真を凝視している。そこに写っている男は長身で野球帽をかぶり、顔はやや右側へ向けられていた。カメラはほぼ顔全体をとらえているが、頬に走る線が傷跡か影かは判然としない。グレースは写真を拡大した。

「どう？」ドットが問いかける。

「彼よ」グレースは硬い声で言った。

わたしは威勢のいい声を出そうとしたが、不意に背筋に震えが走った。ここから一、二キロのところにグンナーがいるのだ。「ほら、言ったとおりでしょう。五十ドルは現金でも個人間送金アプリ（ベンモ）でも受けつけるわ」

「あなたの宿泊費と食費で帳消しよ」

「彼は七号室にチェックインしたわ」ドットは身震いした。「ローリーが殺された部屋よ」

「新たな殺人事件について彼は尋ねましたか？」妙なものだが、さんざん投稿したせいで、実際には新たな犠牲者など出ていないことを忘れそうになる。

「五号室の立ち入り禁止テープについてきかれたそうよ。フレッドは、なかで事故があったけど負傷者はいないと返答している」

「安モーテルのオーナーが客に逃げられたくなかったらそう言いますよね」わたしは満足して言った。その日の早朝、フレッドは（グレースが出した現金の助けとドットからの多大な圧力で）五号室に立ち入り禁止テープを張っていた。「フレッドは怖がってますか？」

「ええ、そりゃあもう」ドットが言った。「でも彼はいつもちょっとびくびくしてるから、違いは誰にもわからないんじゃないかしら」

「オーケー」わたしは両手を打ちあわせた。「第一段階は大成功ね」

「グンナーがここにいる」グレースは不承不承に認めた。「それはたいしたことよ」

「たいしたこと？」わたしは片眉をあげた。「へえぇ、グレース、ひょっとして
ひょっとすると、わたしを褒めてる？」

「兄をおびきだす段階はもともと困難な部分ではなかった」

わたしは彼女を指さした。「その前向きな態度、いいね。〝ファック・グンナー作戦〟の第二段階へ移りましょう」

実のところ〝ファック・グンナー作戦〟はかなりシンプルだ。この作戦は防犯カメラをハッキングするグレースの能力と、ドットが持つ、モーテルのオーナー、セックスワーカー、麻薬依存症者、そのほかラスベガスの怪しげな暗部の大規模ネットワークにかかっている。地元の〈フェイタル・ファムズ〉も何人か参加しているのは、本物の捜査に加わるチャンスに抗えないからだろう。

第一目標はグンナーの位置をとらえ、次に追跡すること。テレビ番組を山ほど観たおかげで、ＦＢＩの尾行は通常、車三台でおこなわれることを学んでいた。一定の間

隔で尾行を交替し、同じセダンがバックミラーに映り続けて怪しまれるのを避けるのだ。

わたしの計画では、その数をぐんと倍増させている。グンナーの尾行に参加してくれる人は文字どおり数十人にもなった。グレースに言ったとおり、ドットのおかげで、ラスベガスでは数の強みがこちらにはある。わたしの計画はリスクフリーではないけれど、できるだけ安全でいられるよう全員に明確な指示を出していた。

・ターゲットから五メートル以内には近づかない。これはあくまで監視である。

・ドットの携帯電話に現状をこまめに送信する。

・ドットに言われたら、離脱する。次の人への尾行の引き継ぎは彼女が手配する。

・いかなる時点でもターゲットに気づかれたと感じたら、一目散にその場を離れる。

ネットワークの構築は大変な部分だったが、わたしたちがＬＡで準備をしているあいだにドットがやってくれた。「みんなには彼が何者かは話していないの、具体的なことはね」ドットは電話で打ち明けた。「わたしたちが目を光らせておかなきゃいけない人間のくずだとしか」

それで充分だったらしく、グンナーが殺人現場であるモーテルにチェックインしたあと散歩に出かけるなり、現状報告が続々と入りだした。

「ジャッキーからよ、彼はウエスト・ハーモン大通りを東へ向かっているわ」ドットはルームサービスで頼んだフライドポテトをもぐもぐしながら告げた。窓辺のテーブルは皿で埋まっている。わたしたちはひたすら食べることでストレスを発散し、おそらくいささか食べすぎていた。

「了解」わたしはグレースのモニターのひとつに表示されているラスベガスの地図に顔を近づけた。「その方向には何があるんですか?」

ドットが肩をすくめる。「あらゆるものね。要するにラスベガス・ストリップ全体よ」

「どこへ向かってるんだろう?」わたしは思案した。

「息を吹きかけないで」グレースがわたしを押し返す。

「いい、あなたが複雑な気持ちなのはわかるけど、いいかげんにわたしの計画を受け入れることね」わたしはドットに聞こえないよう声を低めて警告した。

「いやだ、どうしよう」ドットが言った。

「何？」わたしは尋ねた。

携帯電話の画面を凝視するドットの顔には、本物の恐怖の色が浮かんでいた。ドットはゆっくり視線をあげてわたしの目を見た。「今、ウィッグ屋に入ったって」

「待って、えっ？」わたしは言った。「ドクター・アブードは街にいないんじゃなかったの！」

「先週戻ってきたのよ。クリニックをそんなに長く閉めていられないからって。今日は店に鍵をかけておくと約束したのに……」ドットは両手を揉みあわせている。

「まずい！」食べたものが全部喉までせりあがってきた。ドクター・アブードの身に何かあったら、わたしはけっして自分を許すことができない。

グレースはすでに立ちあがっていた。決然とクローゼットへ向かい、大きなダッフルバッグを取りだす。「あなたのくだらない計画を切りあげるときみたいね」彼女が言った。「わたしがグンナーを追う」

「待って！」ドットが叫び、片手をあげて新着のメッセージを読む。「彼が今、店から出てきたのをジャッキーが目撃した」

「グンナーからのメッセージよ」グレースが言う。「わたしたちに見られていること
に気づいているっていう」
「ほかの人に監視を交替させて」わたしはうろたえないようにして言った。「近くに
誰かいますか？」
「ドギー・デュース。頼りになる男よ」ドットはアプリで相手の位置を確認し、首を
横にかしげた。「ちょっと飲んだくれだけど」
「オーケー。ドクター・アブードからの返信はまだ？」
ドットは不安げな顔でかぶりを振った。「でも彼があそこにいたのはほんの一瞬だ
し……」
「それだけあれば人を殺せる」グレースが不吉なことを言う。
「あなたは助けになってない」わたしはグレースに指を突きつけてからドットに向き
直った。「誰か行かせてドクター・アブードの安否を確認させてください」
ドットが携帯電話を急いでタップしているあいだに、わたしは巨大なダッフルバッ
グの中身を仕分けているグレースのところへ行った。
「何？」彼女が顔もあげずに言う。
「計画に従うって約束だよね」わたしは厳しい口調で言った。

グレースがわたしをにらみつける。「じっとしているのがどんなに耐えがたいかわかる？　グンナーはすぐそこにいるのよ」

「わたしだってわかってる、本当よ」グレースの隣にしゃがんだ。「でもね、牛追い棒を手に大通りを突進したところで何も解決しない。あなたが言ったように、彼はこれが罠だとすでに気づいている」

「そうよ！」グレースはしびれを切らして言った。「だったら何を待ってるの？」

「彼は好奇心をそそられているはず」わたしは言った。「これまであなたから先に行動を起こしたことはなかった。グンナーには新たな殺人事件が事実かどうかわかりようがない。だから様子をうかがって、あなたをおびきだそうとしてる」彼女の腕に手を置く。「それに乗っちゃだめ。こっちの条件どおりになるまではね」

「ドクター・アブードは無事よ」ドットがほっとして告げた。「彼は入ってきて、〈サーカス・サーカス〉への行き方を尋ねたんですって」

「サーカスをやってるホテルでしょう、彼にしてはいささか低俗ね」わたしはグレースへ目をやった。「何か結びつくものはある？」

「わたしたちはサーカス好きな子どもではなかった」グレースは床に尻をつき、バッグの底を見つめている。だけど着替えようとしていないのはささやかな勝利だ。

「まあ、実際にそこへ向かっているって確証はないんだけどね」わたしは言った。

「向かってないわ」ドットが声を張りあげる。「ええ、正確にはね。ドギーが、彼は〈サーカス・サーカス〉の裏手にあるキャンピングカー専用駐車場に入ったって」

「上等じゃない」グレースがつぶやいた。

わたしは唇を噛んだ。これは望ましい展開ではなかった。こっちは人海戦術が使えて、グレースがその大半に侵入済みの防犯カメラがあるラスベガスの区域に彼がとどまるのを当てにしていたのだ。キャンピングカー専用駐車場は計算に入れていなかった。「ドギーに彼を追うなと伝えて。どんなところ？」

「キャンピングカー専用駐車場のこと？」ドットは肩をすくめた。「広大ね。キャンピングカーでいっぱい」

「出入口はたくさんある？」

「それはもう」ドットがため息をつく。「出入口に人を配置することもできるけど、あそこは開けてるのよ。身を隠せる場所がほとんどないわ。わたしの言いたいこと、わかるかしら」

「ええ」わたしはこめかみをさすり、考えをめぐらせた。この計画がなんの支障もなく進行するとは思っていなかったけれど、ほころびが出るまで一時間以上はかかると見込んでいた。わたしはグレースに向き直った。「キャンピングカー専用駐車場にも防犯カメラはあるはず。侵入できる？」

「ええ」彼女は認めた。「あるいは、わたしが直行することもできる」

「早まって飛んでいく前に、彼が何をしているのか探ればいいでしょう」

「あなたの〝計画〟はすでに破綻している」グレースが言った。

最悪なのは、それがあながち間違いではないことだ。実際に行動に移してみると、この計画は想像していたよりはるかに危うく恐ろしかった。わたしはわが身を危険にさらすようみんなに頼んでいるのであり、その事実に寒気がした。しかもグンナーは早くも想定外の動きに出て、状況を混乱させている。あらゆることがここからさらに複雑になるのを考えると、いい滑り出しではなかった。そしてここからはさらに気が抜けなくなるのだ。自分がこの状況をコントロールできなくなっているのが感じられた。グレースなしでは計画全体が失敗するのだから、彼女をとどまらせなくては。

「頼むから、今は……こらえて。事態が悪化したらすぐにプランBに移る、それならいい？」

グレースはわたしの決心を推し量るかのように、つかの間こちらをじっと見た。わたしは彼女の視線をまっすぐ受け止めた。ようやく彼女が小さくうなずく。「わかった。だけど彼を見失ったら――」

「見失わないよ、あなたがカメラにアクセスしてくれたらね」わたしは当てつけがましく言った。グレースはむっとした顔で自分の椅子へ戻った。ドットを振り返ると、彼女はソファの縁に腰をのせ、携帯電話を一心に見つめている。「ちょっといいですか、ドット？　ドギーにグンナーの尾行を誰かと代わらせてください。つけられていないか、引き返してくるかもしれないから」

「もう代わらせたわ。なんにせよ、あそこはダイヤモンドが客引きしてる場所だし」ドットの携帯電話がまた着信音を鳴らす。「オーケー、ダイヤモンドからで、彼は同じ出入口から戻ってきたって」

「彼女にもつけないよう言って」ダイヤモンドは彼の獲物の特徴にぴったり一致しそうだったので、わたしは指示を出した。「ほかに誰か彼を尾行できますか？」

「ええ。スキーターを呼びましょう」

「すてきじゃない」グレースはデスクチェアに寄りかかった。「蚊（スキーター）なんて名前の男にわたしたちの運命を委ねるとはね」

「男じゃない、スキーターはノンバイナリーよ」ドットは鼻であしらった。

わたしは爪を噛んだ。どうやら自分を過大評価していたらしい、あるいはグンナーを過小評価していたのか。いずれにせよ、彼は明らかに何かあると察知している。でもすでにここまできたのだ。わたしはドットを振り返って言った。「みんなに伝えて、彼がカジノに現われたらすぐに知らせるようにって」

グンナーは絶えず人が入れ替わるドットの監視チームを引き連れて、ラスベガス・ストリップをほぼ端から端まで移動した──認めよう、彼は間違いなく体力がある。八時になる頃には何キロも歩いていたのだ。彼はコーヒーショップへ入り、何も買わずに出てきた。それから五ブロックをぶち抜くアーケード街〈フリーモント・ストリート・エクスペリエンス〉をそぞろ歩いたが、そこは偶然にも通りを挟んでわたしたちのホテルの真向かいにあった。どういうわけか彼に居場所がばれたと思ってわたしは心臓発作を起こしかけ、そのうえ、グレースが彼に突撃しないよう、体を張ってドアをふさがなければならなかった。ホテル〈ベラージオ〉では、彼は正面にある巨大噴水をまるまる十分間眺めていた。

「まだ尾行をチェックされてる」グレースが言った。

「かまわないよ」わたしは言った。「それは計算に入ってるから」ドットが準備したシェルゲーム（伏せた三つのカップのひとつに小さなものを入れ、カップを移動させると元のカップとは別のものに中身が移動している手品）のおかげで、三十人を超える人たちが街じゅうでグンナーを追跡していた。こっそり見張るのが得意じゃない人もいるだろうが、その圧倒的な数には彼の感覚も追いつかないはずだ。ひとりやふたり、あるいは三人くらいなら気づくだろう。でも三十人が相手なら？

とはいえ、もしもわたしの考えが間違っていて、ドットが集めてくれた人たちに危害が及んだら、彼女は絶対にわたしを許してはくれないだろう。そう、わたしだって自分を許せない。自分がこんなにたくさんの人たちを危険にさらしていることに慄然とする。この計画には多くの命がかかっていた。

　わたしはふたたび行きつ戻りつを始めた。この数時間でわたしも何キロも歩いていた。〝うろうろしてないで座って〟とグレースに定期的に嚙みつかれるが、じっとしていられなかった。グンナーが目と鼻の先に、ときにはほんの数ブロック先にいることに、わたしは極度の緊張状態に陥っていた。

　ドットはいつになく一日じゅう静かだった。まあ、ひっきりなしにメッセージが入ってくるから、おしゃべりをする時間なんてあまりないのだが。けれど監視チームのひとりから、グンナーは食堂でランバージャック・ブレックファスト（卵料理、ハム、ベーコン、ソーセージ、パンケーキと、ボリュームのあるカナダの朝食）をフルで食べていると連絡が入ると、彼女はソファで自分の隣をぽんと叩いた。「お座りなさい、ハニー」

「無理よ」わたしは窓辺へ向かい、外をのぞいた。砂漠の太陽は沈みかけているが、手のひらを当てると窓ガラスはまだ熱い。けれど対照的に、わたしたちの部屋は精肉用冷凍庫並に冷えていた。グレースのかわいい機器たちは北極の気温でないと正常に動作しないらしい。

「彼ならわたしの友人のジーンが見張ってる、彼女はあの店のウエイトレスよ。それにあなたを見てるとめまいがしてくるわ」ドットはきっぱりと言った。「だからお座りなさい」

わたしはしぶしぶ彼女と並んでソファに座った。ドットは五〇年代風のキトゥン・ヒールを脱いでソファの上に膝を崩して座り、ヒールと同じ色合いの紫の読書用眼鏡をかけ、寒さ対策にパールボタン付きのカシミアセーターを羽織っている。どういうわけか、わたしの緊張が高まるほど、ドットのほうはどんどん落ち着きを取り戻していた。

「よくパニックにならないでいられますね」わたしは言いながら膝を揺すった。絶えず体を動かすことでしか神経が静まらない気がした。

「そうね、いつもなら連続殺人鬼の追跡は週末だけのお楽しみよ」ドットが澄まして言う。「でもあなたのためだもの、喜んで例外にするわ」

わたしはおずおずと笑った。「じゃあ、今もジェシーが〈ゲッタウェイ〉を見てくれているんですか？」

「おばかさんのＢＪの助けを借りてね」彼女はため息をつき、わたしの目を避けてドレスについた糸くずを払った。「見ていてもらうほどのものもないけど。最近じゃ、ひと部屋かふた部屋埋まってるだけだから」

「そうなんだ」わたしは言った。「それって普通なんですか？」

彼女が肩をすくめる。「ここしばらく、どんどんお客さんが減ってるわ」

「ごめんなさい、ドット。本当に。わたしのせいよね」

ドットが笑った。「違うわよ、ドール。むしろ、しばらく何か別のことをするタイミングかもしれないと気づかせてもらったわ。ジムと旅行に行くのもいいわね。わたし、ちゃんとしたバケーションなんて取ったことがないの」

「でも、わたしと出会ったことを悔やんでるでしょう」

「そりゃあ、思っていたよりちょっとばかりエキサイティングになってきたのは認めるわ」ドットは自分の髪をそっと押さえた。「でも一方で、こんなに楽しいことは初めてよ」

「こんなに危険なことも、ね」わたしは言った。

「あら、それはどうかしら」彼女は笑い声をあげた。「コパ・ルーム（〈ザ・サンズ〉にあったナイトクラブ。ホテルの閉館とともに一九九六年に閉業）でさせられた仕事のことをいつか話してあげる」

　わたしは笑みを作った。「もっといい状況だったらとは思うけど、あなたに出会えてよかったわ、ドット。あなたはわたしの人生で最高の友人です」

「ああ、ハニー。うれしいわ」ドットはそう言ってわたしの膝をさすった。デスクへちらりと目をやって顔を寄せ、わたしに尋ねる。「つまり、あなたたちふたりのあいだには絆と呼べるものはないの？」

「あるわけない」

「それを知ったらマーセラが喜ぶわね。あなたがホットなブロンドとふたりきりでいることに、彼女はむくれていたから」

　わたしは鼻を鳴らした。ホットなんて言葉、わたしならグレースには絶対に使わない。まあ、彼女は魅力的なんだろう。初めて会ったときは、わたしだってそう思った。だけど彼女は氷漬けで発見された、毛むくじゃらのマンモスみたいなものだ。つまり、その体にも心にも触れることは不可能。

　もっとも、そういうところがわたしのタイプではある。そう考えてわたしはつい口をゆがめた。グレースがわたしの視線に気づいて嚙みつく。「何？」

「別に」そうつぶやき、窓へ視線を戻した。高層ホテル群が夕日を浴びて、溶けた銀のようにゆらゆらと光っている。

ドットの携帯電話が着信音をたてた。「オーケー、彼がまた動きだしたわ。それにジーンが彼のチップは十パーセントだったって」かぶりを振る。「ケチねえ」

わたしはソファのクッションに寄りかかって目をつぶった。わたしの計画は、グンナーがラスベガスで一番の娯楽に興じることにかかっていた。つまりはカジノに行くこと。だけど彼がそうしなければ、その場合……どこかの時点でプランBに切り替えることになるだろう。それを想像しただけでわたしは身震いした。

一時間が経過した。従業員がまたルームサービスを運んできて退室する。ドットはソファに寝そべり、途切れることなく入ってくるメッセージから得た情報を、くたびれた様子でわたしたちに伝えていた。わたしはくたくたでベッドに横になっていたが、眠りにつくには緊張しすぎていた。グレースはまだコンピューターに向かってキーボードを叩いており、半径三キロ内にある侵入可能な防犯カメラすべてにハッキングするのに忙しかった。「カジノにはまだ入れない」わたしがディナーのカートを廊下へ転がしているとグレースが言った。「NSAよりセキュリティがしっかりしてる。どこのカジノも時間内にはハッキングできそうにない」

「最高」わたしはぼやいた。カジノ内に監視の目が届かないのは理想的ではないが、グンナーはまだどこにも入ってさえいなかった。それにドットが集めた有志の追跡ネットワークがあるから、カメラなしでもわたしたちの計画に支障はなかった。

計画の次の段階では、どのみち誰かが彼に近づくことになる。わたしとしては、それは楽しみでもなんでもなかった。

「妙ね」ドットが声をあげた。

わたしは体を起こした。「何がですか？」

「彼が〈サーカス・サーカス〉に引き返したのよ」

「またキャンピングカー専用駐車場に？」

「違う」ドットは顔をあげ、目を輝かせて告げた。「カジノに入ったわ」

グレースの体がこわばった。

「よし」わたしは頑張って声に自信を注入して言った。「第三段階開始ね」

「第三段階は失策よ」グレースが警告する。彼女のコンピューターの画面は〈サーカス・サーカス〉外側の車寄せの映像に切り替わっていた。ミニヴァンからおり立った四人家族が荷物と奮闘するのをわたしは見つめた。

「そうだとしてもやるわよ」わたしは無理して元気よく言い放った。

ドットは携帯電話を置き、両腕をあげて伸びをした。「カクテル・ウエイトレスに彼を見張らせてるわ。でもさっさと行動を起こさなきゃ——彼がいつまでいるかはわからないもの」

幕間　容疑者（一九四四）

THE SUSPECT

リズは尻に伸びてきた手を巧みにかわし、手首を無意識に動かしてドリンクのトレイを支えた。人混みのなかを（木曜にしては悪くない）ゆっくり進みながら、こちらに背を向けてバーに座っている男性から目を離さないようにした。広い背中ね。ジム通いをしているのは見ればわかる。彼はトラブルのもとだとドットは言っていたけど、そのほうがそそられる。

彼はタンブラーから何か透明のものを飲んでいた。ウオッカトニックか、それともただの炭酸水かしら。ドットから教えられていなくても、リズの目には彼はこの場で浮いて見えたはずだ。オーラが見えるのが彼女の自慢で、彼が発しているエネルギーはまわりと違っていた。ほかの人たちはみんな興奮しているか落胆しているかで、オレンジ、黄色、青のさまざまな色合いを放っている。ところが彼のオーラははっきりと見えず、つい近づいてしまいそうになる。〝五メートル以内に近づかないで〟とドットに言われたけど、ばからしい。まわりに何百人もいるなかで彼に何ができるの？

「ヘイ、スウィートハート、マルガリータを一杯持ってきてくれるかい？」振り返ると、すぐ後ろに金のチェーンをじゃらじゃら重ねた老人がいた。「氷入り、グラスに塩ね」

「かしこまりました、サー」リズは尻をぽんと叩かれて薄く笑い、水で薄めてとジョニーに言ってやると決めた。右側ではスロットマシンがにぎやかな音をたてて二十五セント硬貨を吐きだしはじめた。バーの男がいきなりびくりと顔をあげ、その唐突な動作にリズは息をのんだ。男は場内アナウンスに反応したのだと気がつき、彼女は首を傾けて耳を澄ました。「……グライムスさま、グンナー・グライムス……」お近くの内線電話をお取りください。グンナー・グライムスさま、お電話が入っております。

おかしな名前。明らかに偽名ね。リズは心のなかでつぶやいた。伏せたまつげ越しに見ていると、男はバーカウンターに五ドル札をぴしゃりと叩きつけ、両替所窓口（キャッシャー）の脇の壁に据えつけられた古めかしい電話機へと向かっていく。彼は見たところ平然として受話器を取った。

何をしゃべっているのか聞こえたらいいのに。

「なあ、ドリンクは？」

目を合わせずに甲高い声で応じた。

「すぐにご用意します、サー！」

例の男は通話相手が怒鳴りだしたかのように、耳から受話器を離した。その後、ふたたび耳に近づけて聞き入っている。リズは気づくとじっと見入っていた。あそこで何が起きてるの？　もっと詳しいことをドットにきいておけばよかった。

しばらくすると男が電話を切って振り返り、彼女と目が合った。リズは反応するのが一瞬遅れた。見つめあったまま鼓動が激しくなる。すると、男はまっすぐこちらへ向かってきた。

彼女はぎょっとして二、三歩後ずさりした。トレイがぐらりと傾き、空のグラスが滑りだす。トレイを戻したが、遅かった。グラスがひとつ落下し、床にぶつかってガラス片が四方へ飛散する。リズはしゃがみこんで大きな破片を拾った。彼女の脇でひと組の足が止まる。彼女はゆっくりと見あげた。

「手を貸そうか？」男が彼女を見おろしていた。下から見あげると、恐ろしいほど大柄だ。リズはごくりとつばをのみこんだ。「いいえ、サー。大丈夫です」

「本当にいいのかい？」

彼女は急いでうなずいた。男は肩をすくめ、そのまま通り過ぎていった。

リズはハイヒールの踵に尻をのせた。あんなオーラ、これまで見たことがない。深く暗い緑色で、ほとんど黒に近かった。「あれが意味するものって何？」ひとりでつぶやく。

「さっさとしないとわたしにクビにされるって意味よ」背後から大声が飛んできた。顔をしかめて首をめぐらせると、ドリンク係のボスのカレンが怖い顔で見おろしていた。

「すみません、ちょっと手が——」

「この仕事をほしがってる子なら百人はいるのよ」カレンががみがみ言う。「ジョニーがあなたのマルガリータができてるって呼んでたわ。早く行きなさい」

「はい」リズは首をすくめてバーへ急いだ。ドットへはこのあとメッセージを送ろう、あのカレンのばばあが鷹(たか)みたいに目を光らせていないときに。

19 コーリング・ドクター・デス（一九四三）

CALLING DR.DEATH

「彼が動いたわ」ドットが意気込み、興奮のあまり携帯電話を落としそうになった。

「どの出口？」わたしはずらりと並んだコンピューターへ駆け寄った。

「西側、駐車場に面しているところ」ドットがわたしへと顔をあげる。「彼が餌に食いついたわ！」

「そのようね」わたしは胸のなかで、ほうっと安堵のため息をついた。グンナーが場内アナウンスを耳にして電話に出たこと自体が勝利だ。

あとはわたしたちが仕込んだ手掛かりの糸を彼がたぐってくれるよう願うばかりだ。グレースの話では、彼が〝キャッチ・ミー〟のなかで好きなのはスカベンジャー・ハントの部分だ。それは今も変わっていないことをわたしは当てにしていた。〈サーカス・サーカス〉で電話交換手をしているドットの友人は内線電話で《ラ・マルセイエーズ》をかけていた。天才でなくとも、それが〈パリス・ラスベガス〉のカジノを指すことはわかるだろう。わたしの読みが正しければ、彼はまっしぐらにそこへ向かっている。わたしはグレースの肩越しに防犯カメラの映像に目を走らせた。「いた？」

グレースは中央の画面を指さした。映像の端っこに歩道を歩く男が映っていて、カメラから遠ざかっていく。黒っぽい服に野球帽、さっきと同じ服装だ。「これは〈バトルフィールド・ベガス〉射撃場の防犯カメラよ」グレースが言った。「すぐ隣のね」彼女の声にもかすかに感情がにじんでいるが、顔は相変わらずの無表情だ。

「そう」わたしは震えをこらえて言った。「いよいよみたいね」

「本当にやれるの、ハニー？」ドットが問いかける。

「ええ、任せて」言ったものの、あまり自信のある声にはならなかった。数百キロも離れた場所で誕生した計画は、突然はるかに危ういものに思えてきた。一番危険な役目は自分でやるのだからなおのこと。

「たいした自信ね」グレースがもらす。

わたしはにらみつけた。「だから、あなたは助けになってないんだって」

画面に目を据えたまま、グレースが言った。「この計画は失敗よ。不確実な要因が多すぎる」

「いいえ、そんなことない」わたしは言い返した。「シンプルな計画よ、だからこそうまくいく」

彼女はわたしに向き直って腕を組んだ。「うまくいかなかったときは？」

「そのときはあなたの計画をやる」けっしてそうなりませんように。グレースが考えた計画では危険度がさらに大幅アップするのだ。

「待ってちょうだい、ほかにも計画があるの？」ドットが眉根を寄せる。「それはどんな計画？」

「話すほどのものじゃないわ、どうせそっちの出番はないんだし」

「ひとつでもうまくいかなかったら」グレースは指を一本立てて言った。「すべて失敗となり、そのときはわたしの計画の出番になる」

ドットは不安そうな顔つきになった。「わたしにはよくわからないけど、アンバー、なんだかひどくこみ入ったことになっているんじゃない？　警察を呼んだほうがよくないかしら？　ジェシーのいとこが力になってくれるかも――」

「警察はだめ」グレースとわたしは声をそろえて言った。

ドットがため息をつく。「わかった。でも気をつけて」

「わかってます」一拍置いて、つけ加えた。「マーセラからはまだ何も言ってきませんか?」

「今朝のメッセージが最後よ、〈メイヘム〉でじっとしてるって」わたしの顔つきを見てドットは言った。「心配しないで。自分の面倒は自分で見られる子よ」

「ええ」マーセラのことを頭から追い払うために、自分の姿を鏡で確認した。「どうですか?」

「完璧」ドットは賛嘆の声をあげた。

「完璧なまでに滑稽ね」グレースがぼやく。

わたしはそれを聞き流した。変装の名人とはいかなくても、刈りあげたような頭に痩せた体つき(ヨーグルトとスープで暮らしていたらさらに体重が落ちたのはショックだった)のおかげで、これなら同年代の男性で通る。服も、デニムのぶかぶかのショートパンツをずりさげてボクサーパンツをチラ見せし、上は白のタンクトップにボタンダウンシャツを重ねている。ゴールドのぶっといチェーンネックレス、オーバーサイズの男性用腕時計、ヴァンズのスニーカー、ミラーサングラスで変装は完成だ。ドットが頬と上唇に少し影を入れてくれた。わたしはポケットを叩いて肝心のものがそこにあるのを確認したあと、くるりとまわった。うん、ガリガリに痩せたラスベガスのクソ男にしか見えない。これでグンナーをだませると期待しよう。

「すぐに見抜かれるに決まってる」グレースが言った。

「いいから口を閉じていなさいな、お嬢さん」ドットが優しい声で言い、グレースの口がきつく結ばれる。「さてと、ハニー、覚えておくのよ、もしもまずいことになったら――」

「あなたの友人のダリルが見てるから、合図を出す。了解」わたしはグレースを振り返った。「あなたは何をするのか、わかってるよね？」

一拍置いて彼女がうなずく。

「よし」鏡で最終確認し、腹のなかでごぼごぼと泡立つパニックを鎮めようとした。あのドアの外へ足を踏みだしたら、もう後戻りはできない。鏡のなかでわたしはドットとグレースに挟まれていた。ふたりとも不安げな顔だ。「心配しないで。わたしならできるわ」

「ええ、そうね」ドットが言った。

「殺されないようにしてよ」グレースがつけ加える。

なんとも心強い言葉にわたしは胸を張り、ドアを開けた。いざ、出陣だ。

四十分後、わたしは〈シーザーズ・パレス〉のバーに腰掛けてビールをちびちび飲みながら、そわそわして見えないよう気をつけていた。

実際はそわそわしっぱなしだったけれど。一日じゅうわたしを駆り立てていたアドレナリンがさらにもう一段階上昇し——エスプレッソを静脈注射した気分だった（がぶ飲みしたのも事実）。とにかく、〝のんびりやろうぜ〟みたいな雰囲気を出そうとしているのに、震える両手がそれを邪魔していた。

「息をして」わたしはささやいた。

「えっ？」すぐ後ろでドリンクを待っていた女性がきき返した。

「いや、なんでもない」低い作り声は、ビー玉を口に入れてうがいをしているみたいに響いた。案の定、女性は怪訝そうにこちらを見て、バーの奥へ移動した。

わたしは再度、腕時計を確認した。もう午後十時半になる。予想より時間がかかっていた。ドットかグレースにまたメッセージを送りそうになるのをわたしはぐっとこらえた。グレースからはもう一度邪魔したら携帯電話をトイレに捨てると脅されているし、ドットはテキストメッセージを通してグンナーを追跡するので手いっぱいだろう。ここから見える場所にいるどの男性がドットの仲間のダリルだろうかと考えた。どの人であれ、優秀だ、視線を感じすらしない。

実はここにはいない、なんておちでなければ。

わたしはそんな考えを頭から追い払った。今日ドットのネットワークが証明したことがあるとしたら、それは彼らが求められている以上の働きをきっちりしてくれたということだ。彼らなしではこの計画の遂行は不可能だった。怖い怖い連続殺人鬼のグンナー・グライムスが、ラスベガスを舞台に周到なスカベンジャー・ハントをやらされているのだからいい気味だ。

各ポイントでアナウンスに従って内線電話に出ると、録音された音楽が聞こえてくる。〈パリス・ラスベガス〉では、パヴァロッティの歌声が彼を〈ベラージオ〉へと向かわせ、次に《ウォーク・ライク・アン・エジプシャン》（わたしの個人的お気に入り）が〈ルクソール〉へ……最後までたどり着いたとき、彼は半ダースものカジノを引きずりまわされたことになるだろう。うまくいけばそれでこっちの期待どおりの効果が生じる。

わたしが調査したところ、連続殺人鬼というものは極度の仕切りたがり屋（コントロール・フリーク）なのだ。まわりのあらゆる側面をコントロールしたがるだけでなく、そうしなくては気がすまない。その多くは決まったパターンに従う、几帳面なA型人間だ。

グンナーには殺害方法を変えるだけの知恵があるとはいえ、殺害の瞬間にいたるまでは、すべてきっちり手順が決まっているのではないかとわたしはにらんでいた。子どもの頃に双子の片割れとともに考えた暗号を組み入れたり、犯行現場の位置を組み合わせて星座のシンボルを描いたり……あの男はその場その場の思いつきで動いているのではない。まったく、グレースなんて、わたしが豆乳を冷蔵庫の定位置へ戻さなかっただけでキレたくらいだ。現金を賭けてもいい、兄も彼女と同じはずだ。とりわけ殺人に関しては。

だから、さんざん引きずりまわされてさぞかし頭にきているだろう。それをこの目で見てみたかった気もする。

わたしの踵はスツールのフットレストを叩いてスタッカートを刻んでいた。ドットからの最後の情報では、彼は六つあるポイントの四番目、〈ザ・ベネチアン〉にいた。つまり、わたしのところへ来るまであと少し。

わたしならできる。勇気を出すのにお酒の力を借りてもいいよねと、わたしはバーテンダーに手を振ってワンショット注文した。待っているあいだに、頭のなかで計画をおさらいする。

ラスベガスのカジノでは、めったなことでは警備員に呼び止められない。チェーンスモーキングはオーケー、下着姿で悠然と歩いても問題ない、なんなら装弾された短機関銃（ウージー）を持ちこもうと、現金を落としている限りは看過されるだろう。

ただひとつだけ許されない行為がある。それは？

いかさまだ。

いかさまをすれば、大柄な男たちに取り囲まれて、〝話がある〟と人のいないところへ連れていかれてしまう。〈シーザーズ・パレス〉はそういうところは昔ながらなのよ、とドットが保証した。大勢いる彼女の友人のひとり、リンクという名のピット・ボス（カジノ内のエリアの責任者）が、彼が数週間前に没収した最新のいかさま用機器（デバイス）を提供してくれた。その遠隔操作のジャックポット発生機は、見た目は車のキーのようだが、特定のスロットマシンのそばで起動させると、コインをじゃらじゃら吐きださせるそうだ。

街のすべてのカジノがこのデバイスを警戒していた。リンクによると、所持しているのを見つかればただではすまない。

わたしのやることはひとつだ。グンナーに近づいて彼のポケットにデバイスを滑りこませたら、〝マシンなんて思いどおりにできる〟と彼が得意げに話すのを耳にしたとカジノの警備スタッフに通報する。自信はあった、わたしならこの役をうまく演じられる。

だけど彼に接近することには、恐怖を感じていた。

もちろん長期的な解決策にはならないが、カジノの警備員が一、二時間グンナーを拘束してくれれば、わたしたちはそのあいだに最後の罠を仕掛けられる。これでいくつもの問題がいっぺんに片づくだろう。カジノ側から帰すなと指示が出たら、その客が外へ出ることはできない。グレースとわたしはその時間を最大限に活用し、ラスベガス警察へのプレゼント用に彼をいわばギフト包装する予定だ。彼が解放される頃には、その身柄を確保しようと警官が大挙して待ちかまえているという算段だ。ポートランドで起きたことのせいで、グレースは計画のこの部分に強い懸念を抱いていた。わたしは単身の警官と特殊部隊チーム(SWAT)では違うと彼女に言い聞かせた。それに何よりいいのは、わたしたちは直接関わらずにすみ、彼が拘束されれば、以後いっさい煩わされないことだ。

わたしはドリンクのストローを嚙んで、室内に目を配り続けた。あともう少しのはずだ。グレースはすでに自分のパートに取りかかっているに違いない。

自分の携帯電話が鳴り、わたしは眉根を寄せた。やり取りはテキストメッセージに限定したはずだ。取りだすと、ドットからだった。彼女の声を耳にした瞬間、何もかも空中分解したのをわたしは悟った。

で問い返した。

「消えたってどういうこと？」まわりの雑音を消そうと、わたしは耳に指を突っこんで問い返した。

わたしの鼓動と同じ速さでドットの言っていることがほとんど理解できなかった。

わたしの鼓動と同じ速さでドットの言葉が転がりでてくる。速すぎだ。「コリーが〈ザ・ベネチアン〉で彼の姿をとらえていたのよ。電話に出たのを見てるし、それでグンナーは〈リオ〉へ向かうはずだったのに、彼はカジノから動こうとしなかったの。だからコリーは再度、館内アナウンスで彼を呼びださせたんだけど、今度は彼はさっさとビルから出ていってしまって、コリーが追いかけたときには——」

「消えていた？」唐突に、まわりにいる人たちがひりひりと意識された。三メートル先にグンナーがいるのに、わたしには見えていなかったとしたら。わたしは急いでバーをあとにし、後ろを振り返りながら電話がよく聞こえるよう近くの廊下へ向かった。

「タクシーに乗ったとコリーは確信してる。ハンナが〈リオ〉で待機してるけど、もし彼が姿を見せなかったら、どうすればいいかしら？」

胃が揺さぶられる。こんなに長くグンナーの関心を引いていられないことくらいわかっているべきだった。カジノをふたつ、三つ、連れまわすだけにしておけばよかった。彼の調子を狂わせることにこだわりすぎて、結局、網から逃してしまったかもしれない。わたしは目をぎゅっとつぶり、頭を働かせようとした。ドットがしゃべっているのが聞こえてくる。「アンバー、聞こえてる？　ハニー、わたしはどうすればいい？」

震える息を深々と吸いこんだ。「彼は計画どおりに動いてると考えましょう。ハンナには〈リオ〉を監視させておいてください。あそこへはどれくらいで着く？」

「この時間帯なら、十分か十五分くらいね」

「オーケー。それじゃ彼が――」腕時計を確認する。「十一時半までに現われなかったら、追跡は終了だとみんなに伝えて」

「それって、つまり――」

深く息を吸いこんだ。ああ、最悪。「ええ、プランBに移行する」グレースのお望みどおりにね。

「あなたはプランBに乗り気じゃないみたいだったわ」ドットが心配そうに言う。

「危険なの？」

「うーん、いや、そんなことはありません」嘘をついた。「ただ……グレースの計画ってだけ」

「ああ、そうなのね」ドットは嘆息し、それから問いかけてきた。「わたしに手伝えることは何かない？」

「もう充分手伝ってもらってますよ、ドット。〈リオ〉の状況だけ知らせてください。それにリラックスして、いい？」

「わかったわ」まるで確信のない声でドットは言い添えた。「蓋を開けたらきっとうまくいくわよ」

通話を切った。肌も露わなトーガをまとったカクテル・ウエイトレスが、ドリンクをのせたトレイのバランスを慎重に取りながら通り過ぎる。わたしは一杯すくい取ってぐいっとあおり、喉を滑り落ちるテキーラにむせた。わたしが生きて朝を迎えられるチャンスは一気にゼロに近づいていることだし、アルコールで景気づけだ。

とたんに、携帯電話がふたたび振動した。わたしは顔をしかめた。今度は何？

わたしの昔なじみである、〝非通知〟からのメッセージだ。たぶんグレースで、そっちの仕事が終わったと知らせてきたのだろう。

いきなり小さな写真が表示された。解像度が劣悪で、一瞬何が映っているのかわからなかった。奇妙なアングルで撮影されたクローズアップ。女性だ、バスタブに横たわっている。

それはジェシーだった。彼女は死んでいるように見えた。

20 拳銃の報酬（一九五一）
I'LL GET YOU FOR THIS

わたしの手は口へと向かい、携帯電話を取り落としかけた。「そんな」わたしはささやいた。

ジェシーのゴス風メイクは崩れ、ウィッグがずれている。口をぽっかりと開け、まるでしゃべっている途中のようだ。けれど彼女の目はレンズを通過して何も見ておらず、空っぽで生気がなかった。

わたしのまわりで壁がどくどくと不穏な鼓動を刻みはじめる。わたしは植木鉢の裏の一角にしゃがみこんで息をしようとした。だめだめ、と自分を叱りつける。パニックを起こしちゃだめ。わけがわからなかった。ジェシーとマーセラは安全な〈メイヘム〉でおとなしく身を隠している約束だ。それなのに何があったの？グンナーに見つかった？だけど、どうして？

マーセラも殺されたの？

あのクソ野郎。わたしは今日一日びくびくしていた。恐怖さえ感じていた。今やそれがすべて怒りに取って代わった。この手であいつを殺してやる。

ドット。ああ、どうしよう。ジェシーは彼女の親友というだけじゃない、いわば母親代わりだ。彼女の死にドットは打ちひしがれるだろう。

次のメッセージ受信の通知が表示された。震える手でそれを開いた。人は映っておらず、〈ゲッタウェイ〉の看板の写真だけだ。

ほっとする間もなく携帯電話がふたたび着信を知らせた。

圧倒的な恐怖に襲われて床に沈みこみ、壁に背中をくっつけて膝を抱えた。妙な目でじろじろ見てくる人がいてもかまわなかった。

携帯電話を胸に押し当て、覚悟を決めようとする。お願い、マーセラを殺さないで。お願いだから。

暗がりで微笑みかけてくるマーセラの顔が脳裏をよぎった。彼女の手の柔らかさを、わたしの頬は覚えている。なんでもっとしっかり彼女を守らなかったのだろう？〈ナゲット〉へ駆け戻り、ドットの腕のなかに倒れこみたかった。こんなことがった異常事態とは縁を切り、振り返ることなくすたすたと出ていって逃げたかった。だけど、この計画はすべてわたしの発案だ。善良な人たちがわたしのせいで殺されていく。今、わたしがそれを終わらせなくては。

頭のなかで十からカウントダウンした。そして震える手でメッセージを開いた。口にはまたクローズアップの写真、今度はマーセラだ。画面いっぱいの彼女の顔。口にはダクトテープ、髪は乱れ、目は恐怖に見開かれている。でも、たしかに生きている。わたしは震える息を吐いた。ジェシーが殺されているのに、マーセラが生きていることにほっとしているのに後ろめたさを感じた。

携帯電話をポケットにしまった。両手がまた震えているのは、恐怖ではなく怒りからだった。なるほど、そうきたのね。あのくそったれのサイコパスはマーセラを人質にして、わたしを〈ゲッタウェイ〉へおびきだそうという魂胆なんだ。わたしは叫びたかった。グレースの言ったとおりだ――わたしの計画はセミトレーラーが通れるくらいの穴だらけだった。そして彼女の予言どおり、失敗した。

壁を支えにしてのろのろと立ちあがった。脚の感覚がおかしくて、廊下の先にある化粧室へよろよろと向かった。走行中の列車のなかで激しく揺さぶられている気分だ。胃から苦いものがこみあげ、わたしは小走りになって個室のトイレが何十と並ぶ巨大な化粧室へ飛びこんだ。すぐ手前のドアを押し開けて体をふたつに折り、その日ストレスでばか食いしたルームサービスをすべて戻す。

「うわっ、飲みすぎ？」鏡に向かっていた若い女性があきれた声で言う。

「悪いことは言わないからさ、ペースに気をつけたほうがいいよ」その友人が同意する。「それに、ここは女性用だよ、おにいさん」

ドアを叩き閉めて鍵をかけ、さらに一分間便器の上に覆いかぶさり、出てくるものがなくなるまで吐いた。トイレを流したあと便座に座り、両手で頭を抱え、ジェシーがわたしの手をぽんと叩いて、ドットとマーセラの面倒を見ると約束してくれたことを思い返す。

ドットがいるホテルのスイートにジェシーとマーセラも呼んでおくべきだった。計画を進める前にふたりの無事を確認すべきだった。わたしはうぬぼれて自信過剰になり、その結果、罪のない人が命を奪われた。

〝**前のときとそっくり同じね**〟頭のなかで声がささやいた。

動転したステラの顔が目に浮かび、わたしは吐き気と戦った。その幻影を振り払う。今は過去の幽霊に囚われている時間はない。

ジェシーを救うには遅すぎた。だけど、マーセラを救うチャンスはまだある。かろうじて。

わたしは次の行動を決めようと、携帯電話の画面を凝視した。

警察に電話する？　ドットに頼んで、警察にいるジェシーのいとこに連絡してもらう？　いとこが殺されたのだ、犯人を捕まえようと躍起になってくれるよね？　躍起になりすぎるかも。連続殺人鬼の駆除か、セックスワーカーの救出かという二者択一になったとき、警察が選択するのはどっち？

答えはすでにわかっていた。そのシナリオでは、マーセラが生き残れるチャンスはほぼ皆無だろう。彼女の命はわたしにかかっている。今度は逃げはしない。

わたしはグレースみたいに冷淡に正義を執行するハッカーじゃない。その兄みたいな超悪人でもない。わたしはクソみたいな子ども時代を過ごした、ただの田舎者だ。ちんけな犯罪者。被害者になった心理学専攻の学生。この世にふたりしか友だちのいない、二十四歳の大学中退者。

ほんと、すごいところはなんにもない凡人。

だけどこのクソ野郎をむざむざ勝たせてやったら、わたしは地獄へ落ちるだろう。

「あいつをぶっつぶす」大声で宣言した。

「イエーイ、その意気よ」隣の個室から声があがった。「そいつにがつんと言ってやれ」

「言ってやる」勇気を奮い起こしてドアの鍵を開け、シンクへ向かった。鏡の前で化粧を直している女性たちにじろじろ見られているのを無視し、手を洗って口をゆすぐ。それから背筋を伸ばして彼女たちに会釈して、サングラスをかけた。

今度こそ、グンナー・グライムスはけんかを売る相手を間違えた。

タクシーの後部座席に座ると、ドットからメッセージが来た。唇を嚙んでそれをチェックする。**〈何も問題ない、ハニー?〉**

〈ええ〉ためらってから、メッセージをもうひとつ送信した。**〈一時間たってもわたしから連絡がなかったら、警察に連絡して〉**

〈了解。どこへ向かわせればいい?〉

わたしは躊躇した。〈ゲッタウェイ〉へ向かっていることを教えたら、ドットが何をするかわからない。彼女には安全な〈ナゲット〉に身を潜めていてほしい。

無論、プランBが失敗したら、一時間後わたしは生きてないだろう。**〈あとで知らせる〉**と送ってから、メッセージの送信予約をした。わたしがキャンセルしない限り、彼女は六十分後にあの〈ゲッタウェイ〉の写真を受信する。

そうならないことをわたしは心から願った。これからやることを彼女に伏せるのは心苦しいけれど、これ以上誰かを危険にさらすのは耐えられなかった。ドットや、ジムや、彼女の友人の誰かにまた何かあったら、わたしはけっして自分を許せない。わたしに親切にしてくれたせいでドットは大変な目に遭ってきた。ジェシーの死がわたしの心にいつまでもつきまとうことはもうわかっており、そんなに多くの幽霊を抱える余地はわたしの人生にはなかった。

〈気をつけてね〉

わたしは親指を立てている絵文字を入力した。状況を考えるとちょっとふざけているが、両手が震えていてアルファベットを打てる自信がなかった。目をつぶり、ひびの入ったヘッドレストに頭をもたせかけた。〈ゲッタウェイ〉まであと一分、自分がどんな状況へ乗りこむことになるのかは予想もつかなかった。

なるほど、グンナーなら、自分の妹を刺したあと捨てていったあの場所に隠れるだろう。あいつは自分がコントロールできる場所でないとだめなわけだし、あそこがわたしにとってはつかの間の安息の地だったことにも愉悦を味わっているのだ。

とんだゲス野郎ね。

タクシーが〈ゲッタウェイ〉の駐車場へ入ろうとした。わたしは身を乗りだして大あわてで伝えた。「そこはだめ！　もうちょっと先まで行って、通り沿いに止めてくれない？」

運転手は変な目でちらりとわたしを見ながらも、肩をすくめて少し先の縁石に車を寄せた。ドットのモーテルのネオンサインは〝ＣＬＯＳＥＤ〟と点滅している。少なくともそこは計画どおりだった。どの部屋も真っ暗だ。

十二号室をのぞいて。

わたしが宿泊していた部屋。カーテンが明るく、ドアがわずかに開いている。

「泊まるなら、もっといい場所があるんだけどね」運転手が言った。たばこのヤニで汚れた歯、脂っぽい髪の年配の男だ。「今日は木曜だから〈ナゲット〉が格安の日だ」

わたしは爆笑し、運転手は気でも狂ったのかとわたしを見た。あながち間違ってはいない。「親切にどうも。実はここに惚れこんでるんだ」

たっぷりチップをはずんでやった。どうせ夜が明けたらわたしにはお金なんてもう必要ないのかもしれないのだから、景気よくいこう。それに、どのみち実際はグレースのお金だ。

そのあと、持ち物の最終確認をした。水のボトルを持ってくればよかった。喉が干あがり、口にはまだゲロの味が残っている。いまさらだけど。それに実際、喉の渇きはわたしが抱えている問題のなかでもっとも些末(さまつ)なものだ。

携帯電話をもう一度確認する。グレースからはいまだ何もない。わたしは再度メッセージを送った。**〈今着いたとこ。いったいどこにいるの?〉**

それからふたたび目をつぶり、短い祈りを口にした。

「大丈夫かい?」運転手は心配そうな声だ。

双子のスタンスを真似ればいい、と自分に言い聞かせた。これはただのゲームだと考えよう。「うん、大丈夫」胸を張り、タクシーからおりて夜の大博打(おおばくち)へと足を踏みだした。

21 疑惑の影（一九四三）SHADOW OF A DOUBT

陰に身を潜めるよう心がけ、駐車場から階段までそろそろと進んだ。一階の部屋のカーテンはすべて閉まっている。何者かに飛びかかられるのをなかば覚悟しつつ、息を詰めて部屋の前を通り過ぎた。サングラスと野球帽は駐車場の端にあったプランターに捨ててきた。ショートパンツも脱ぎ捨てたいところだった。ウエスト部分が腰に引っかかって動きやすいとは言えないのだ。だけど、取っ組み合いを繰り広げるつもりでもないし、それにグロックをしまえる場所が必要だ。

こういうときにラスベガスは最高だった。頭に血がのぼった酔っ払いが武器を所持していようと誰も気にもしないので、わたしには好都合だ。

グロックを両手で握り、階段をゆっくりのぼっていく。心臓はどくどくと脈打ち、恐怖で呼吸が荒くなる。連続殺人鬼が仕掛けた罠のなかへまたも自ら入っていくなんて、われながら信じがたい。

それに、マーセラはもう死んでいるかもしれない。

いや。彼はマーセラを生かしておくはずだ、少なくともわたしが姿を見せるまでは。直感がそう告げていた。

プランBはグレースのいつものやり方だ。つまり、グンナーがひとりきりのところを狙って対峙する。ところが今や生きた(そう願っている)人質がいるため、事態はひどく複雑になっていた。わたしははなからこの計画には不服だった。わたしの計画に比べると、危険性が一気に跳ねあがるのだ。ミスひとつで、こっちはふたりとも殺される。最悪、殺されるのはわたしひとりかも。そしてグンナーは姿をくらまし、グレースはそれを追いかける。あとはふたりで終わりのない追いかけっこを再開する。わたしとジェシーとマーセラは、単にその巻き添えだ。

ふたりともぶっつぶす。胸につぶやき、新たな怒りの炎が燃えあがるのを感じた。手にしたグロックの重みが心強い。死ぬならグンナーを道連れにしてやる。

階段をのぼりきったところで、警察車両がサイレンを鳴らして通り過ぎた。その騒音が与えてくれたチャンスをとらえ、身をかがめて急いで前進した。二階もカーテンがすべて引かれている、わたしが泊まっていた部屋もだ。十二号室の少し手前で足を止めた。ドアはわずかに開いていた、グンナーがわたしを待ちかまえているかのように。

ここへ戻ってくるのは不思議な気分だった。通路で血を流しているグレースを発見したあの忌まわしい夜はもう何週間も前のことだ。暗がりでも、コンクリートに大きな黒い染みが残っているのが見て取れた。わたしはLAにたどり着いたところで消えるべきだったのだ。道がなくなるまでひたすら車を走らせて。そうしていたら、今もジェシーは生きていて、マーセラの身は安全だった。

今はそのことを考えるな。集中しろ。

ごくりとつばをのみこんだ。深く息を吸いこみ、覚悟を決めて部屋へ突入し……。カーテンに人影が映った。誰か出てくる。わたしは一歩さがって戸口へ銃口を向けた。腹のなかでパニックがふくれあがり、わたしは呼吸をコントロールしようとした。いよいよだ。

手が出てきてドアを押し、全開にした。顔をのぞかせたのは男版のグレースで、体はひとまわり大きい。ブロンド、青い瞳、ひげがきれいに剃られた角張った顎。わたしを見て彼は破顔した。「きみか！」通路へ出てきてつけ加える。「これはうれしいサプライズだな。さあ、なかへどうぞ！」

わたしが何週間ものあいだ恐れてきた怪物、ブギーマンがこいつだ。その男を初めて実際にそばで見て、わたしはひるみそうになった。ボー・リー・ジェソップみたいな巨漢ではないものの、この男の恐ろしさはそのほかすべての点でジェソップを上まわっていた。この男は二百人以上の人間を手にかけている。わたしは銃口をしかと彼に据え、胸板の中央を狙った。ちびりかけているのがばれないよう声を作ろう。「どうも。でも、わたしはここでいい。マーセラはどこ？」

「誰だって？」グンナーはドア枠に寄りかかり、胸の上で腕を組んだ。これは楽しいサプライズだとばかりに、まだににこにこしている。頭まですっぽり覆うつなぎの防護服に、ゴム手袋でもしている姿を想像していたのに、黒っぽいジーンズに黒のTシャツ、スニーカーという格好だ。正直、もっと恐ろしげな男だと思っていた。だけど、頬の傷を別としたら普通の男に見える。

それこそが、彼がこれほど長く逃げおおせてきた理由なのだろう。

「彼女は、どこ」わたしは顎を突きだして繰り返した。武器は見当たらず、ふたりの距離はおよそ一・五メートル。彼が襲いかかってきても、さすがにこの距離なら狙いをはずさない。

「どうしても部屋の前で話さなきゃいけないのかい？」彼は首をかしげて問いかけた。

気味が悪いほど見覚えのある仕草だ。長いこと離れているはずなのに、彼は物腰もしゃべり方もグレースとそっくりで、わたしは落ち着かない気分になった。

「そうよ」歯を食いしばって言った。

「まあいいか。正式な自己紹介がまだだったね。ぼくはグンナー――」

「あんたが誰かは知ってる」わたしは吐き捨てた。「マーセラはどこ?」

彼の眉間にしわが寄る。「きみがなんの話をしているのか、ぼくには本当にわからないんだ」

「彼女も殺したの? ジェシーを殺したように?」

面の皮が厚いというか、グンナーは目を見開いてむっとした顔をした。「なんだって? 言いがかりもいいところだな。きみ、大丈夫かい? なんだか興奮しているようだけど」

拳銃をまっすぐ突きだしたままにしているせいで腕がぶるぶる震えだした。「床に伏せろ」

「ここで? いやだよ」彼は不快そうに鼻にしわを寄せた。

「伏せろって言ってんの。撃つよ!」

グンナーは片手で額をさすった――その動作にわたしはびくりとし、引き金にかけた指に反射的に力が入った。「どうもきみは、ぼくについて妹から嘘を吹きこまれているようだね」

「嘘？」わたしはこの会話の主導権をうまく握れずにいた。少しも予定どおりにいってない。まずひとつには、わたしはとうに殺されているはずだった。「それはあんたが連続殺人鬼だってことが？　あんたを止めるために彼女が何年もあんたを追いかけていることが？」

グンナーは一瞬ぽかんと口を開けてわたしを見つめたあと、大笑いしだした。わたしは彼に視線を据えたまま、さらに一歩さがった。こいつはわたしの気をそらそうとしているだけだ、飛びかかって拳銃を奪うつもりなんだ……。

「ごめん、ごめん」グンナーがかぶりを振って言う。「笑いごとじゃないよな、ただ――信じられなくてね、グレースがそんなことを言うとは」目を細くしてつけ加える。

「きみもそれを信じて疑わないとはね」

「疑う理由がある？」

「あるよ」グンナーの顔つきが変化し、深刻な表情になる。「すべて逆なんだ。殺人狂はグレースのほうだよ」

22 コーズ・フォー・アラーム（一九五一）

CAUSE FOR ALARM

「もっとましな嘘をつくのね」わたしは言った。

くすくす笑う声が下のほうから聞こえた。若い女の子の一団が駐車場の入口をふらふら通り過ぎていくのが視界の隅に見えた。幸い、わたしたちには気づいていない。

「やっぱり話はなかでしょう」グンナーが言った。「誰かに警察へ通報されたら、きみは丸腰の男に拳銃を突きつけているところを見つかるんだよ」

「そうなれば警察が部屋を捜索してマーセラが発見される」わたしは言い返した。

グンナーはしらじらしくもじれったそうにしてみせた。「ほかに誰かいると思うのなら、どうぞ自分で確かめてくれ」わたしが逡巡（しゅんじゅん）するのを見て、言い添える。「武器があったとしても、手にする前にきみに撃たれるよ」

「あんたなら部屋のいたるところに銃を隠していてもおかしくない。隠し持っていてもね」

彼はゆっくりくるりとまわり、Tシャツを引きあげてみごとに割れた（ここは称賛に値する）腹筋を見せた。しかし、銃はなかった。しかもぴったりしたTシャツだから、ホルスターをつけていれば確実にわかる。「ほらね？　ぼくは丸腰だ」

「ジーンズの裾を引っ張りあげて」銃で示して命じた。「ゆっくりよ、太腿のところを引っ張って」

大げさにため息をつき（これもグレースにそっくり）、グンナーはジーンズを引っ張って足首を出し、反対の足首も見せた。ここにも武器は隠されていない。「満足かい？」

わたしは唇を嚙んだ。部屋に入るのは危険だ。でも、もしも誰かに警察へ通報されて、マーセラがここにいなければ、もう彼女を見つけられないかもしれない。加えて、この計画の現段階で警察を関わらせるわけにはいかなかった。わたしはこの男を足止めする必要があるだけだ。「わかった。ゆっくりさがって——それで動いているのかっていうくらいゆっくりよ——それに両手は頭の上にあげて」

グンナーは言われたとおりにし、少しずつ部屋のなかへさがった。なかは照明がすべてついていた。自分が使っていた部屋に他人の私物があるのを見るのはなんだか妙な感じだ。小ぶりの黒いスーツケースが部屋の隅に押しこまれている。ベッドは整えられていた。賢明にも、掛け布団はわたしがそうしたように引きはがされている。それ以外、部屋には何もなかった。わたしの視線をたどって彼が言う。「言っただろう、ぼくひとりだ」

「バスルームを調べるあいだ、壁に背中を向けて立ってて」出入口の脇へ行くよう彼に指示した。これにはリスクがともなう。彼はいつでも逃げだせるのだ。

だけど、そうなったらそうなったで最悪の事態ではないかもしれない。こうして彼を追いつめたはいいが、わたしはどうするべきか百パーセント把握しているわけではなかった。本来ならわたしの横にはグレースがいるはずだった。なんと言っても、これは彼女の専門だ。

でも彼は、殺人狂はグレースのほうだと言った。わたしは鼻を鳴らした。まさか、ありえない。

銃を彼に向けたまま、じりじりと部屋の奥へ向かった。バスルームの入口にたどり着き、思いきってすばやくなかをのぞく。シャワーカーテンは開いており、ドアは全開で壁に当たっている。

なかに人はいない。こぎれいなトラベルポーチがタオル掛けにさがっているだけ。

ああ、もう。マーセラはいったいどこにいるの？

　グンナーは偏頭痛のコマーシャルに出ているかのように、あげた両手で頭を押さえていた。「腕をさげちゃだめかな？」

「さげるな」わたしは言った。

「でも、腕が疲れてきたんだ。見えるようにしておくのはどうだろう、こんなふうに？」胸の前で腕を交差させる。

「ちょっと！」

「まあまあ、いいじゃないか。撃ったことはあるんだよね？」彼は銃へとうなずきかけた。

「さんざんね」嘘をついた。

「だったら、何を心配してるんだい？」

　迷ったあげく言った。「わかった」

「助かるよ」彼は壁に寄りかかると、カクテル・パーティーでわたしと談笑でもしているかのように片脚を反対の脚の上に交差させた。「それじゃあ、当ててみせようか。きみは何か恐ろしい状況にあったとき、グレースに〝救出〟されて彼女と出会った。その後の連絡はせいぜい散発的といったところで、電話かテキストメッセージを何度か交わしたくらいかな？　そしてぼくの妹は、きみがちょうど忘れた頃に姿を見せ、ぼくがいかに諸悪の権化であるかと詳しくきみに話して聞かせた」

わたしは返事をしなかったけれど、すっかり肝をつぶしていた。両腕が痛かった。射撃のマニュアルどおり〝ずっと肩の高さに拳銃を構えて〟いられるほど、わたしの体は鍛えられていない。肘を広げて言った。「わたしは自分の意志であんたを追ってきた」

「そうかな？　彼女がぼくを指さしたんじゃなく？　妹はもっともらしいことを言うからね」

「話を整理するけど……あんたが言うには、本物の殺人狂はグレースのほうで、そうなると――あんたは彼女を追ってるってこと？」

「ぼくらがティーンエイジャーの頃からね」

「はいはい」ばかばかしい。「彼女がわたしを殺すチャンスはいくらでもあった。なんなら、出会った夜にわたしを見殺しにすることもできた」

「だが、それじゃだめなんだ」グンナーは言いつのった。「グレースにとって、これはすべてゲームなんだよ。それがあいつのやり口だ。感化されやすい女の子を見つけては――」

「わたしは成人女性よ、女の子じゃない。それに感化されやすいなんてとんでもない」わたしははねつけた。

「いいだろう、誰か若い相手。妹は彼女たちを保護しては、自分はアウトローのシリアルキラー・ハンターだと手の込んだ作り話を聞かせるんじゃないかい——それも彼女の異常さの一部だよ。彼女は人を——ときには五人も六人も——殺して、その罪をぼくになすりつけているんだ」

「そんな話、ばかげてる」

「いいや、異常なんだよ。彼女はサイコパスで、しかも極めて特殊だ。ぼくらの父親の話は聞いたかな？」

一瞬ためらい、わたしはうなずいた。

グンナーは首をかしげた。「少なくとも、その部分は事実だ。そしてその事実はぼくたちふたりに甚大な影響を与えた。そのためにぼくは犯罪病理学を専門とする精神分析医の道を選んだ」言葉を切り、さらに続ける。「一方、グレースは殺人狂になった。だが被害者を殺すだけでは彼女には物足りないんだ。まずは救済者として、真のヒーローとして見られる必要が彼女にはある。そこできみのような人たちの出番というわけだ」

認めよう、彼の口ぶりはグレースよりもずっとまともに聞こえる。それに彼にはたしかに精神科医らしい雰囲気があった。相手を見くだしているような声までそうだ。

「仮にそれがすべて事実だとして。その感化されやすい若い女の子たちはどうなるの？」

「いずれ彼女に飽きられる」彼は目を伏せた。「たいてい、ぼくがたどり着いたときには手遅れだ」

どうやらふたりともタイミングには見放されているらしい。わたしは彼の言っていることを吟味した。「テネシーではなんでわたしのアパートメントにいたの？」

「きみの？　それは興味深いな。ぼくはピカチュウ・キラーの被害者の特徴と一致する女性たちに聞きこみをしていたんだ、現場の状況から、逃げることができた人がひとりいるのは間違いなかったからね。ミスター・ジェソップの携帯電話から、彼が直前にあの地域にいたことが判明した。そこでぼくは最後の被害者はあそこで誘拐された可能性があると推測したんだ。対策本部が解散するまでに、きみみたいな感じの若い女性たち数十人と話をしたんじゃないかな」

わたしは眉根を寄せた。その説明には明らかに穴がある。「つまり、あんたはＦＢＩのために働いてるふりをしたの？」

彼が肩をすくめる。「ふりじゃない、ぼくはＦＢＩの相談役を務めている。あの事件の捜査で、少し前からジョンソンシティ入りしていた。ボー・リー・ジェソップが発見された状況から、ぼくはグレースの関与を疑った。彼女の典型的なやり方だよ。あらゆるものからきれいに指紋が拭き取られていた。その後、彼女からこのモーテルの駐車場にいるきみの写真が送られてきた。彼女はそういうことをやるんだ、ぼくを挑発するために。彼女にとって、これは――」

「ただのゲーム？」

「それだよ！」彼は力強くうなずいた。「ぼくは今度こそ彼女を止めようとここへ来た。彼女が、そう……」

「わたしを殺す前に。あんたの話によるとね」疲れて両腕がぶるぶる震えている。胸には疑念がきざしはじめていた。わたしのほうが間違っていたら？　最初からグレースにだまされていたの？　そんなはずはない。わたしはそこまでまぬけじゃない。

「待てよ――」彼が眉根を寄せる。「どうしてぼくがここにいるのがわかった？」彼は本気で憂慮しているように見え、わたしはたじろいだ。

「あんたがわたしの友だちの写真を送ってきたんでしょう。殺した女性の写真も含めてね」

グンナーの目が見開かれ、その体が硬直する。彼は足を踏みだし、ドアの外をのぞいた。急に動かれ、わたしはぎょっとして後ろへよろめき、ベッドの上にひっくり返りそうになった。わたしは銃を振って怒鳴った。「動くな！　本当に撃つよ！」

グンナーは両手をあげ、すぐさま整理簞笥脇の壁へ体を引き戻すと、必死になって訴えた。「頼むから聞いてくれ、とても大事なことなんだ。ぼくはきみに連絡していない」

見え透いた嘘を。そんなたわごとにわたしが引っかかると本気で思っているなんて信じられない。「だったらどうしてドアが開いていたの？」

「ピザを待っていたんだ！　それに、この部屋は匂うから」

わたしは彼を見据えた。「嘘だね」（部屋が匂うのは事実だ。最近宿泊した客のたばこの匂いがぷんぷんする）

「好きなように信じるがいいさ。でも、そのドアに鍵をかけるんだ」彼は見るからに動揺している。

「あんたはそうしたいんでしょうよ」だけど心は疑念にむしばまれていた。全身を勢いよくめぐっているアドレナリンが、わたしの思考プロセスを最悪のタイミングで曇らせている。何かが欠けているとわたしの感覚が告げるのだ――彼の話を一からしっかり分析する時間が必要だった。なぜならその一部は本当のような気がすることを認めざるをえないから。グレースがたまにわたしへ向けるあの目つき、殺人について話すときのあの目の輝きは、なるほど奇妙だった。それにLAでは彼女は急に心を開いてわたしに過去を打ち明けたりして……今になって考えると、あれはたしかに彼女らしからぬ行動だ。

わたしがラスベガスにいると知って、彼女はなぜわざわざ接触してきたの？ あっちが用心していれば、わたしは彼女がラスベガスにいることすら知らずにいた。IDを手に入れ、何も知らずに晴れやかな気分でここを発っていただろう。そうよ、彼女が血まみれでわたしの部屋の前に転がっていなかったら、わたしはとっくにカリフォルニアのビーチでくつろいでいたかもしれない。まさかあの刺し傷が自作自演なの？ 彼女ならやりかねない。

それにだ、姿が見えなかったあの日、彼女はどこへ行っていたの？ その答えは聞いていない。グレースに実行可能だった唯一の時間帯に、またも女性が殺害されている……それを偶然で片づけるのは困難だ。

〝グンナーは頭が切れる〟頭のなかでグレースの声がささやいた。〝かもね。だけど彼の双子の片割れも同じく頭が切れる。危険なところまで同じなのだろうか？

「今夜、わたしを見てもあんたは驚かなかった」拳銃を振る。「どうして？　強盗かもしれないのに？」

「グレースから送られてきたあの写真を何週間も調べていたんだ。すぐにきみだとわかったよ、その頭でもね……」彼はわたしの短い髪へと顎を動かした。「きみを探したが見つけられなかった。最終的に行き詰まって、グレースをおびきだせればと、このモーテルにチェックインしたところだった。そこへきみのほうがぼくを見つけてくれたんだと、ぬか喜びをしてしまった」

「あんたは嘘をついてる」自信のないまま言った。

「証明ならできる」彼はナイトスタンドのほうへうなずきかけた。「携帯電話に写真があるんだ。彼女がよこしてきたメッセージも見せられるよ」

「動かないで」わたしは警告した。

「きみがそこまで言うなら」これで嘘をついているんだとしたら、たいしたものだ。わたしの嘘発見器の針は動きもしない。しかも彼はたしかに怯えている様子だった。悪魔がいつ現われてもおかしくないかのように、開いたままのドアへそわそわと目をやっている。

「だったら、わたしの部屋にいる理由は？」

グンナーが片眉をあげた。「きみの部屋?」

「ここは数週間前までわたしが使っていた部屋よ」

「いや、本当に何も知らない。一番いい部屋にしてほしいと受付で追加で二十ドルを渡したら、ここだと言われた」

うーん、そこの部分に間違いはない。ドットも同じようなことを言っていた。わたしは眉根を寄せた。「今は宿泊客は断わっているはずだけど」

「ああ、受付にいた若者からもそう言われた。だから二倍の料金を要求されたんだろう」

どんな質問にも答えが返ってくる。そして一見したところ、それらの大半は実際につじつまが合っていた。わたしはしどろもどろになってきた。「でもあんたが〈バギー・スーツ〉にチェックインするのを見た人がいる」

「えっ、何に?」彼が片眉をあげる。

「通りの先にある別のモーテルよ。そこの監視カメラがとらえたあんたの写真をわたしは見てる」

「なるほど。だけど、きみはぼくの見た目を知らなかっただろう? こうして顔を合わせるまでは」

たしかにそうだ、彼をちゃんと見るのはこれが初めてだ。

写真を見て彼だと言ったのはグレースだ。そしてわたしは彼女の言葉を鵜呑みにした。

考えてみると、わたしが知っているのは主にグレースから聞かされたことばかりだ。彼女が現われるや、わたしは自分の計画を丸ごと立て直す羽目になった。彼がわたしを殺すことに執着しているだの、わたしが死ぬまで追いかけてくるだのと言ったのは彼女だ。そして人生を捧げて兄を追うことになった詳しいいきさつを語ったあと、彼女はひとりSKSで長い時間を過ごし……何を企てていたの？

これ？

でも彼女はわたしが手を貸すのをいやがった――手伝わせるようわたしが彼女を説き伏せたのだ（いや、本当にそうだった？）。彼女はぶつくさ文句を言い、この計画のあらゆる段階でいちいち渋った。いつもの偏屈さを発揮しているだけだと思っていたけれど、それ以外の理由があったとしたら？

よくよく考えると、これは信用詐欺の基本的な手口と同じだ。鍵は、ターゲットにあくまで自分の考えで動いているように錯覚させること。

頭が混乱してきた。このひと月の出来事が――そうだ、ボーに誘拐されたことまで

――急にすべてまったく新たな様相を呈してきていた。しかも彼女なら発信器もポストカードも容易に仕込むことができたのだ。わたしが何もかもずっと見誤っていたのだとしたら？

「自分を責めてはいけないよ。妹は人を操る達人なんだ」グンナーの声には心からの同情がにじんでいるように聞こえた。「彼女が何年も磨きをかけてきたやり口だ。あれに引っかからないほうが驚くよ」

ごくりとつばをのんだ。「なんでわたしがあんたを信じなきゃいけないの？ そうよ、実際に証拠があるわけでもないのに」

「彼女には証拠があったかい？」

「ないけど」わたしは認めた。

「ちょっとおかしいと思わないか？ きみたちがどれだけ一緒にいたかを考えると。推測するに、少なくとも数週間は一緒にいたんだろう、それが彼女のパターンなんだ」

無数の黄色いピンが刺さった彼女の地図を思い返した。あれが本当はすべて彼女が手にかけた被害者だったら？ あの地図はトロフィーをずらりと並べた部屋みたいなもの？

「ああ、嘘だろ」グンナーが息をのんだ。

「何?」問い返しながら、わたしも視界の隅で動きをとらえていた。

「ハロー、グンナー」戸口でグレースが言った。

23 フォー・ユー・アイ・ダイ（一九四七）

FOR YOU I DIE

ああ、もう。全身黒ずくめのグレースが戸口に立っていた。銃まで手にし、兄に向けている。

グンナーは壁に背中を押し当て、すくみあがっている。怖がっているように見えた。

あれが嘘なら圧巻の演技だ。

わたしはふたりとも視界に入るようバスルームのほうへさがったが、グロックはグンナーへ向け続けた。

「やあ、グレース」そう言ってから、彼が咳払いする。「久しぶりだね」

「黙って、グンナー」

グレースの表情は読み取りがたかった。グンナーから聞かされたあれこれがわたしの頭のなかを駆けめぐっていた。銃一丁ではこのふたりを同時には狙えない。けれど、わたしは間違った相手のほうへ銃口を向けているのだろうか？　「銃は嫌いじゃなかったの？」

「これは例外よ」グレースはそっけなく返した。

「アンバー、ぼくを信じてくれ」怯えた顔でグンナーが懇願する。「ぼくらはふたりとも殺される」

「彼の言うことは全部無視して」グレースはわたしを見ずに言った。

彼女はレーザー光線のごとく双子の片割れをひたと見据え、銃を持つ手は揺らがない。対照的に、わたしの手は疲れてぶるぶるし、胸は疑念でいっぱいだった。咳払いして言った。「マーセラはここにはいない。彼女の居場所を彼に吐かせないと」

「もう死んでるわよ」グレースが冷ややかに言い放った。

「えっ？」胃袋がすとんと落下した。わたしは彼女を凝視した。「なんでそんなことを言うの？」

「彼女を生かしておく理由がグンナーにはないからよ」グレースはどこか様子が違っていた。ボーの殺人ルームに現われたときを思い起こさせる雰囲気。水を得た魚のようだ。楽しんでいるようにさえ見える。

頭がくらくらした。わたしの計画が失敗するようグレースが画策していたとしたら？　人を雇ってグンナーのふりをさせ、ラスベガスのあちこちへわたしたちを連れまわさせることは可能だ。あのメッセージだって彼女が送ったのかもしれない。

彼女は一日じゅうわたしたちとホテルにいたけど、それが何かの証明になるわけではない。ドットによると、彼女はわたしに続いてホテルをあとにし、その後わたしのほうは〈シーザーズ・パレス〉のバーに一時間いた。それだけの時間で、ジェシーを殺害し、マーセラを誘拐することは可能だろうか？ ふたりの居場所ならグレースは正確に把握していた。最初からそれが真の計画だったの？

グンナーはなだめるように彼女のほうへ両手をあげた。「お願いだ、グレース、彼女は逃がしてやってくれ。これはきみとぼくの問題だ」

「たわごとはもう充分」グレースは部屋のなかへ完全に入ってきた。「アンバー、ドアを閉めて」

彼女はまだわたしをまっすぐ見ようとしない。わたしはためらった。このふたりと閉じこめられるのは非常にまずい気がする。へたをすると、実は殺戮（さつりく）大好き兄妹ペアでした、なんてこともありえる。ここまで来たら、わたしはなんだって信じるだろう。

「ええと、わたしは外へ出ていようか。ふたりで話しあったほうがいいよ」わたしは戸口へじりじりと近づいた。「わたしはマーセラを探してくる」

グレースがようやく視線を動かし、わたしを見て眉根を寄せた。「どうかした？」

「別に。単に……ほら、あなたに任せれば大丈夫そうだし」ドアへ目をやる。グレースはまだその前に立ちふさがっていた。横をすり抜けて出られるかしら？

「きみを外へ出そうとしないのがおかしいと思わないか？」グンナーが言った。

グレースが目を細くする。「彼女に何を吹きこんだの？」

「真実だよ、グレース」

「彼女はあなたの嘘など信じない」グレースは一蹴した。わたしからの返事がないと、奇妙な視線をよこしてきた。「そうよね？」

「その……」もうドアまで一メートルもなく、グンナーより彼女に近かった。わたしは腕を休めたくてわずかにさげた。銃口がふたりのあいだの中空へ向く。

「ここまで来て、ふざけないで」グレースはわたしに向かって声を荒らげた。「いい、いくらあなたでも真に受けるほどばかじゃないでしょう」

「あなただって微笑み外交でわたしの信頼を勝ち取ったわけじゃないよね」わたしはやり返した。「それに彼の言ってることにはうなずける」

「あきれた」グレースはかぶりを振った。「いいわ。外へ出たいなら出ていって」

さあ、真実の瞬間だ。ふたりのうちのひとり（もしくは両方）には、わたしをこの部屋に引き留めておきたい強力な理由がある。

それはどちらか、明らかになるときが来た。

わたしはごくりとつばをのんでグロックを両手で握り、ドアのほうへ横歩きで近づいた。

「どうぞごゆっくり」グレースがいらだたしげに言った。「急いだところで何も変わらないのだし」

わたしはグンナーを注視していたが、その言葉に視線を動かして彼女をにらみつけた。「あなたって本当に――」

わたしが言い終えるよりも先に複数のことが起きた。

1. シャツの後ろ側を力任せにぐいっと引っ張られ、その勢いでわたしの足が宙に浮く。ひっくり返りながらわたしは思った。しまった、正解は〝彼〟だ。

2. グレースの目が見開かれて口が開く。彼女が銃を動かし、構え直すのが見えたが、わたしは(まぬけにも)彼女の視線をさえぎった。

3. 後ろへひっくり返ったはずみに、わたしの銃が上を向き――

4. 床に叩きつけられて激痛が尾骨を駆けあがると、反射的にわたしの全身が力み――

5. 引き金にかけていた指にも力が入って――

6. ばん！　と銃弾が発射された。

グレースが胸をつかんで後ろへよろめいた。わたしは無言で彼女を凝視した。ショックのあまり、自分が彼女を撃ったことが一瞬、理解できなかった。彼女はシャツに空いた穴を呆然と見おろした。それからわたしの目へと視線をあげ、しわがれた声をあげる。「このビッチ！」

彼女はスローモーションのようにドアの外へと倒れて、通路に転がった。

つかの間、世界が静止した。

それからわたしはあわてて起きあがり、ドアの外へ目をやった。グレースはそこに倒れたまま動かない。首はごろりと横を向き、両手はだらんとしていた。拳銃は落ちて彼女の横にある。

グンナーはわたしの左側にいた。首を突きだし、荒い息をして両手の指をぐっと曲げ――。

その頭がぐるりとわたしのほうを向いた。仮面が剝がれ落ち、顔をゆがめ、紛れもない憤怒にわたしは後ずさった。まるで悪魔憑きの顔だ。「殺しやがったな」

「そんな――そんなつもりじゃなかった」わたしは蚊の鳴くような声で言った。「本当に」

グロックがわたしたちのあいだに落ちていた――グレースがよろめくさなか、わたしはまぬけみたいに銃を手から放したのだ。グンナーがわたしの視線をたどる。わたしが銃に飛びかかった瞬間、彼の左足が蹴りだされて銃をベッドの下へ送りこんだ。わたしはあわてて床を這い、死に物狂いでベッドの下を手探りした（埃だらけで真っ暗だ。見えない、まったく何も見えない……）。

足首をむんずとつかまれ、わたしは悲鳴をあげた。

グンナーがわたしをベッドの下から引きずりだす。わたしは彼を蹴りつけて叫んだ。カーペットに爪を立てたが、布地が裂けるばかりで、つかめるものがない――。

「助けて！」声を張りあげた。「誰か助けて！　火事よ！」前のときとそっくり同じだった、窒息するようなあの無力感も。すべてが目まぐるしく展開するのと同時にひどくのろのろと進む、奇妙なタイムシフトが発生して――。

ふたたび、ばん！　と音がし――わたしははっとして首をめぐらせた。だが今度は銃声ではなかった。グンナーが隣の部屋のドアを蹴り開けたのだ。〝家族で泊まるお客もいるから〟彼はわたしを戸口へと引きずっていき、照明のスイッチを叩く。室内がまぶしく照らしだされた。

グンナーは超人的な力でわたしの足首を持って宙づりにし、整理箪笥のほうへ放り投げた。

腰骨から叩きつけられ、一番下の引き出しに後頭部をぶつけてわたしは悲鳴をあげた。あえぎながら息を吸いこむと、彼が突進してきて目の前まで顔を近づけてきた。かがみこんで歯を剝き、目の色を変えたグンナーはまるで別人だ。「静かにしろ」彼は吐き捨てて部屋の奥を指さした。「さもないとあの女を八つ裂きにする」

わたしは彼の指をたどった——マーセラがバスルーム脇の床に転がっている。裸足で、チューブトップにずたずたのミニスカート。顔はむくんで赤く、泣いていたようだ。頰には黒ずんだあざがあり、髪は乱れてもつれている。両腕は後ろへまわされ、足首と膝は口をふさいでいるのと同じダクトテープで縛られている。

彼女と目が合った。わたしを見てほっとしているのか、それともわたしまで捕まって落胆しているのかはわからなかった。

そうだったとしても、わたしに彼女を責めることはできない。

グンナーはドアと整理箪笥のあいだのスペースを行ったり来たりしていた。狂人みたいに髪を掻きむしり、興奮している。落ち着き払った〝精神科医〟はもう影も形もない。彼のこんな様子を目にすると、いったいなんでグレースを疑ったのかと思える。

このばか、ばか、ばか、と自分を罵倒した。

不意にグンナーが足を止め、憎悪を剝きだしにしてわたしを見た。「おまえは妹を殺した」

わたしは自分の〝詐欺テクニック〟の引き出しを大あわてでひっくり返した――グンナーはサイコパスでナルシストだ、だからそこを利用する手段がきっとある――だけど頭はずきずきと痛み、純然たる恐怖のせいで思考がまわらない。「あんたが――あんたが殺人狂は彼女だって言ったんじゃない」わたしはつっかえつっかえ言った。「あんたのせいよ」

言ってはいけないことだったのは明白で、グンナーは飛びかかってきてわたしの喉をつかんだ。首を絞め、同じ目の高さになるまでわたしを引きあげる。彼は目の前にあるわたしの顔につばを飛ばしてしゃべった。「このくそったれのビッチめ。おまえには想像を絶する苦痛を与えてやる。その体を少しずつばらばらにしてやる。何日も、何週間もかけて。おまえは殺してくれと懇願するだろうよ」

叫ぼうとしたが、喉笛をつぶされて息が遮断されていた。彼の肩越しに、マーセラが体を起こそうともがくのが見えるが、縛りあげているダクトテープがきつすぎるようだ。「あんたには……できない……」

彼は首をかしげ、わたしの喉をつかむ手をわずかにゆるめた。「おまえは虫けらだ。虫けらがおれに指図できるとでも？」重さなどないかのようにわたしをベッドへ放り投げる。「グレースがあの地下室に入ってきた瞬間に、おまえは死んだんだよ。自分で気づいてないだけだ」

その冷たく皮肉な口調に、わたしはまたもパニック発作を引き起こしていてもおかしくはなかった。なにせ、そのとおりなのだから。わたしは借りものの時間を生きてきたのだ。たぶん、ステラを見捨てたときから。だが、どうせ死ぬのだと受け入れてしまえば、もう怖いものはなかった。それに彼を怒らせればすぐに終わりになるかもしれない。〝ばらばら〟にされるのは相当痛そうだし。わたしは喉を手でさすり、しゃがれた声で言った。「グレースはあんたを憎んでた」

グンナーは顔をしかめた。「ばからしい。自分の一部である相手を憎むことはできない」

「あんたを殺したがってた。自分で殺すって言ってた」

一瞬、彼はわたしがいることを忘れているように見えた。「グレースだけが理解できたんだ」不意に何かに打たれたかのごとくつぶやく。「彼女がいないなら、ゲームは終わりだ」

わたしはわずかに体をずらしてマーセラと目を合わせた。彼女は疲弊し、怯えている様子だ。彼女が何か言おうとするが、言葉はダクトテープにかき消された。わたしはそろそろと肘をついて、体を起こした。毎日ひと箱空けているスモーカーみたいにがらがらの声で言う。「どうせパパの真似っこでしょうが」

彼の目がかっと光った。「父さんはずぶの素人だった」

「グレースは情けなく思ってたわ、あんたがパパの真似をするのをね」

彼は怒鳴りながらこっちへ来た。「嘘だ！」

「嘘じゃない」声の震えをこらえて言った。彼が怒りで真っ赤にした顔をわたしに近づけてくる。「あんたは――恥だって、パパの真似さえ上手にできないって言ってた。あんたのやり方は雑だって」

グンナーは不意に背中を起こすと、頭に片手を滑らせ、その仕草で髪が逆立った。

「嘘だ」歯の隙間から言葉を吐きだす。「グレースはそんなことは言わない」

わたしは勢いづいて続けた。「あんたが捕まらないのは単にラッキーだからだって言ってた」

「ラッキー？　誰もおれの足元にも及ばない」グンナーはわたしに顔を寄せて問いかけてきた。「どれだけの数かわかるか？」

　わたしは肩をすくめた。「さあ、一ダースとか？」

「それくらい、二十歳になる前に殺してる」彼は嘲笑（あざわら）った。「おれは社会の邪魔なお荷物を何百人と排除してやってるんだ。あいつみたいなやつらをな」払いのけるかのようにマーセラのほうへ手を振る。「ヤク中、売女（ばいた）、不法入国者。あいつらに存在価値はない、消えたところで捜索すらされない」

　それを聞いてマーセラがうなり声をあげる。わたしは目顔で彼女に警告し、それから言った。「へえぇ」

「おれの言うことを信じないのか？」

「だって、さすがに無理でしょ。それだけ大量に殺しておいて逃げおおせるとか、ありえない」かすれた息を吸いこんでつけ足す。「それに、意味がないじゃない、グレースが知らなかったんじゃ」

「妹は知っていた。知っていたに決まっている」グンナーは失望の表情に変わった。「おまえのせいですべて台なしだ。これからは自分相手にゲームをするしかない。おまえさえ――」

遠くでサイレンの音がした。彼は首をかしげて耳を澄まし、それから言った。「出発の時間だ。連中は腰は重いが、銃声が聞こえたと通報があればいずれ調べに来る」

「連れていくのはわたしだけにして」懇願した。「マーセラには手を出さないで。お願いだから！　わたしはなんだってやる、誓ってもいい！」

グンナーはすでにベッドを回りこんでマーセラのほうへ向かっていた。ベッドサイドテーブルの引き出しを開け、大型の狩猟用ナイフを取りだす。膝をつき、彼女の足首と膝を縛っているテープを切り離す。わたしを見あげて彼は言った。「ちなみに、おまえの言ったとおりだ。〈バギー・スーツ〉に一室取ってある。これからそこへ移動する。すばやく静かに動け。どちらかでも逃げようとしたら後悔するぞ」

マーセラの頬を涙がつうっと伝った。わたしは目で合図を試みた。逃げて、いっぺんにふたりを捕まえることはできない、助かる者がいるなら、それはあなたであるべきだ、と――けれどそれだけのことを目で伝えるのは無理で、彼女はただ困惑しているように見えた。

彼はマーセラを乱暴に引っ張りあげると、彼女の右腕をきつくつかんだままわたしを振り返った。「立て」

わたしは観念し、ごそごそとベッドからおりた。マーセラはこっちを見ていて――

互いの視線が交差した。これから彼女がやろうとしていることを見て取り、わたしはうなずいた。

マーセラがグンナーの胸のど真ん中に頭突きし、彼の足を踏みつける。彼がうめき声をあげて手を離すと、マーセラはよろめきながらベッドをまわって開いているドアへと向かった。彼女とすれ違いながら、あいつはすばやすぎるからうまくいくわけがない——と頭では考えながらも、わたしは反応した。

ふたつの部屋を仕切る開いた戸口へとマーセラを突き飛ばして叫ぶ。「走って!」マーセラは戸口の向こう側へと駆け去った。後ろ手に縛られたまま、ゴールを切るランナーみたいに胸を突きだして。

と同時に、わたしは後ろへ足を振りあげてグンナーの尻を蹴りつけた。彼は横側へよろめいて整理簞笥にぶつかり、大きな弧を描いて繰りだされた彼のナイフがあわやというところでわたしをかすめる。整理簞笥の上の鏡が落下し、粉々になった。わたしはベッドに飛びのって猿みたいに四つん這いで進み、バスルーム脇の床におりた。ついさっきまでマーセラがいたまさにその場所だ。

姿勢を立て直したグンナーの手には、まだナイフが握られていた。腕には血の玉が散らばり、そこに小さなガラス片が光っている。彼はマーセラが逃げていったドアへ血走った目を向けた――姿はもうない、彼女の素足が外の通路を叩く音が聞こえた。

わたしはほっとして肩の力を抜いた。マーセラはもう安全だ。またわたしが誰かの死の責任を負うことは、少なくともこれでなくなった。あとは自分の命の責任だけだ。

グンナーの形相が変わる。彼は大股二歩で部屋を突っ切ると、わたしの喉へとナイフをさげた。刃先が当たり、血が出るのがわかった。「今のは愚かの極みだ」彼は静かに言った。「自分が逃げればよかっただろうが、まぬけめ」

わたしはつばをのみこんだ。「ああ、まあね、まぬけってよく言われるかな」

「いいえ、まぬけで通ってる、よ」戸口からの声が告げた。

グンナーがさっと振り返る。そこにはグレースがスーパーヒーローのように大きく脚を広げ、威風堂々と立っていた。寂しげにも聞こえる声で彼女は告げた。「さよなら、グンナー」

そして、彼に三発撃ちこんだ。

24 罠にかゝった男（一九五五）

CONFESSION

そう、わたしはまるっきり正直だったわけじゃない。そこは習慣のなせるわざだ。プランBはグレースひとりの考えではなかった。さすがのわたしも、そこまでのまぬけじゃないから。

コントロールせずにはいられない人間が、わたしたちの追いかけっこにいつまでもつきあわない可能性くらい、最初から承知していた。グンナーが最後までつきあってくれたときはもうけもの。プランAは、彼をまっすぐ刑務所の鉄格子の奥へ送りこんでいただろう。彼がカジノの警備室で足止めされているあいだに、グレースが〈バギー・スーツ〉の彼の部屋にせっせと証拠を仕込んでいたはずだから。長年にわたって、彼女はグンナーの犯罪現場からあれこれ収集していたらしい――黒いケースいっぱいに証拠があった（見せてもらったときはぞっとした。これは彼女も現場から記念の品を持ち帰っていたとも取れる）。

そのあとは警察への匿名のたれこみと、またもドットの友人たち（グンナーに殺されかけたと言ってくれるセックスワーカーを含む）の掩護射撃で、いっちょうあがり。警察は連続殺人鬼が収集してきた記念品でいっぱいのモーテルの部屋と、彼が〈シーザーズ・パレス〉で運試しをすることにした有無を言わせぬ証拠を発見していただろう。

絶対確実とは言えなくとも、無能極まる刑事でさえ点と点を結びつけるのに充分だったはずだ。

まあ、そのプランの顚末はご存じのとおりだ。そこで登場したプランBでは、グレースのいつもの〝ろくな計画なしに突っこんでいく〟やり方に、人の行動、そして詐欺にまつわるわたしの一生分の経験を合体させた。

グンナーはまず間違いなくわたしたちを〈ゲッタウェイ〉におびきだそうとするはずだと、わたしは見ていた（これにもわたしはグレース相手に五十ドル賭けていた）。なにせ彼はグレースをあそこへ放り捨てている。しかも彼は、ほかのみんながあのモーテルに関わりを持っているのを知っていた。だからそっちへ転んだら、わたしは〈ゲッタウェイ〉へ行って、彼から自白を引きだせばいいだけだった。ださくてぶっといゴールドのネックレスに仕込んだ隠しカメラに、ちゃんと収まっているはずだ。

彼をしゃべらせるのにもうひと押し必要なときは、グレースが加勢に入って銃の暴発事故を決行する。グレースを失うことで彼は極度の興奮状態に陥るとわたしは予測していた（わたしにとってはここがリスクの一番大きなパートで、本当にその展開になったときは血の気が引いた）。彼が興奮しているのを利用してわたしが自白を引きだしたら、グレースがひょいと起きあがり、銃を突きつけて彼を拘束。この作戦でも、彼をギフト包装して警察への置き土産にできていたはずだった。

誰ひとり傷つかないはずだった。

しかし彼はジェシーとマーセラを狙い、その展開はどちらの計画にも入っていなかった。わたしはその場その場で判断して動くことを余儀なくされた。残念ながら、わたしは少なくともひとつの点について致命的な判断ミスを犯していたのだ。

「そもそもなんでここにいたの？〈メイヘム〉にいるはずだったじゃない」わたしはジェシーを見おろしてうめいた。彼女は十一号室のバスタブに横たわり、長い両脚をバスタブの縁からだらしなく垂らしている。首にはグンナーが彼女を絞殺するのに使った黒いコードがまだ巻きついていた。

マーセラはわたしのすぐ横に立ち、腕をぼりぼり掻いている——そこにある新しい注射痕にわたしは気づかないふりをした。彼女の格好はぼろぼろで、まだ裸足、顔には涙の筋がついている。〈ゲッタウェイ〉の駐車場の端まで逃げていたところを、戻ってくるようわたしに呼び止められて（通行人からは変な目で見られ）、彼女はしぶしぶ部屋まで引き返してきたのだ。

わたしは手首の拘束を慎重に解いてやり、腕をさすって血をめぐらせた。わたしがことの顚末を説明しても、彼女はほとんど耳に入っていないようだった。ショックのせいだろう。ジェシーはここにいると教えてくれたのは彼女だ。

「あなたが無事で本当によかった。写真が送られてきたときは――」

「あたしのせいなの」マーセラがさえぎった。

「えっ？」

マーセラは何かを振り払おうとするかのように頭を激しく振っている。「ジェシーはあたしがここにいるのを知ってた。あたしを連れ戻すために来たの」

「だって――なんでよ？」わたしは顔を曇らせた。「今日決行するのは知ってたでしょう。〈メイヘム〉から出ないよう言われてたよね」

マーセラは泣きだした。悲痛な声でうめくように訴える。「ストレスでいらして、一発打たなきゃやってられなかった」

わたしは呆然とした。「〈メイヘム〉で手に入れられなかったの？」

「あそこは売買禁止なの」マーセラは涙をのみこんだ。「あたしがなじみにしてる売人はこの界隈(かいわい)で商売をしてて。ほんの数分しかかからないって思ったの。だけどあの男が現われて、そこにジェシーまでやってきて、そしたら彼はあっさり……」両手に顔を埋(うず)めて背中を向ける。

「ジェシーはあなたを追いかけてここへ来たのね」わたしはのろのろと言った。

マーセラがうなずき、わたしは胃袋がすとんと落ちるのを感じた。〈メイヘム〉でマーセラの部屋がもぬけの殻だと気づいたジェシーの姿がありありと想像できた。行き先を悟るや、彼女を救おうと〈ゲッタウェイ〉へ急行したのだろう、わたしたちを救ってくれたように。

そして、その代償に命を奪われた。マーセラが麻薬の小袋をひとつ手に入れたがったために。

胸に嫌悪感がこみあげてきた。わたしはマーセラの顔を見る気にもなれなかった。マーセラがわたしの腕をつかむ。「ごめんなさい。ねえ、アンバー、悪かったと思ってる、本当にあたしが悪かったわ」

彼女の声は震えていた。同情しようとしても、心のなかにはなんの感情も見つからなかった。感情を出し尽くしてしまっていた。彼女はわたしの隣にたたずみ、しゃくりあげて泣いている。

ジェシーを見おろすと、怒りが胸にせりあがった。なんでめそめそ泣けるのよ。自分でドットに報告してちょうだい。彼女の許しを請う役目は自分でやって。人に言えた義理じゃないでしょう、と自分で自分をたしなめる。誰かの死を背負っているのはわたしも同じだ。それに、マーセラがジェシーの首にコードを巻きつけたわけじゃない。わたしはバスタブの上の一点を見つめて声を絞りだした。「わかってる。間違いを犯したんだよね」

マーセラがうめき声をあげる。彼女の肩に腕をまわし、何も言わずにふたりでそこに立っていた。

「ドットの様子を見に行かなきゃ」ようやくマーセラが言った。わたしは、まだ目を合わせることなくうなずいた。彼女がわたしの頰を唇でかすめてささやく。「ありがとう、あたしを助けてくれて」

「本当はふたりとも助けなきゃいけなかった」

「あんただって悪くない」

わたしは言葉を返さなかった。返せなかった。死に物狂いで泳ぐわたし。空気を求めて悲鳴をあげる肺、水中を貫いてくるいくつもの銃弾。水のなかで聞こえる悲鳴と銃の乱射音。わたしがどんな言葉をかけようと、マーセラは死ぬまでこれを抱えていくのだと、とうにわかっていた。

彼女が体を引き、わたしの腕が下へ落ちる。カーペットを横切る柔らかな足音が聞こえた。グレースが何かしゃべっている。ドアが閉まった。

振り返ると、マーセラの姿は消えていた。

グレースは双子の片割れを見おろして立っていた。グンナーは脚を広げて両腕を大きく投げだし、まわりのカーペットは血で汚れていた。口と目はまだ開いている。

銃はグレースのショルダーホルスターにふたたび収まっていた。彼女の顔はいつにも増して表情がなかった。

わたしは彼女に歩み寄った。「あなたは大丈夫?」

グレースはわたしの目へと視線をあげた。「彼は死んだ」

「うん」厳密には、グンナーを殺すことは計画に入っていなかった。だけど本音を言うと、心の奥底ではこうなることがわたしにはわかっていた。この結末にわたしの心は引き裂かれてもいない――グンナー・グライムスはいないほうがこの世界のためだ。

〝犯罪者にも裁判で自己弁護する権利がある〟なんてたわごとにもつきあう気はない。〝正義〟なんて穴だらけなのを、いやというほどこの目で見てきているのだから。

それでも、またも目の前で人に死なれるのはこたえた。

「まだ胸のあたりがずきずきする」グレースは非難がましくわたしに言った。

「そりゃそうよ、わたしに撃たれたんだから」そろそろとベッドに腰をおろす。ぶつけた尾骨が抗議の声をあげ、わたしは顔をしかめた。「なんであんなに時間がかかったの？　喉を掻き切られるところだった」

「こっちは五分間ろくに息もできなかった」

わたしは肩をすくめた。「あれは訓練用の弾だよ。実際にけがをすることはないって銃の販売店の店員は言ってた」

「それなら、その店員が間違ってるのね」

「でも、あなたはそこに立ってるでしょ？」わかっている、彼女は気を紛らせたくてわたしに食ってかかっているだけだ。

「刺されたところを撃たれなかったことに感謝すべきかしら」グレースは首をかしげ、わたしを注視した。「あのとき一瞬、あなたは彼の話を信じたのかと思った」

わたしはもぞもぞと体を動かした。「殺人狂はあなたのほうだって話？」

「そう」

「あれは話を合わせただけよ」むきになって言い返した。「計画どおりにね」

それで満足したらしく、彼女はグンナーへ視線を戻した。

わたしはそっと喉をさすった。彼女が納得してくれて助かった。本当は、わたしは本気であの場から逃げだす寸前だったのだ。あの瞬間、本物の殺人狂はグレースのほうでした、となっていても、驚かなかっただろう。わたしは腕時計へ目をやった。

「もう十分たつよ。そろそろ行こう」室内を見まわす。「指紋を拭き取る?」

「まだ手袋をしてる?」

わたしは調べてみた。肌色のラテックス手袋のなかで手はびしょびしょに汗をかいているが、見たところ穴は開いてない。「手袋は問題なし」

「それなら必要ない」彼女の鼻にしわが寄る。「この場所は指紋の温床よ、おそらく何百って指紋が検出される」一生を捧げて追ってきた兄を殺したばかりにしては、グレースはずいぶん落ち着いて見えた。何か少しでも——悲しみでも、安堵でも——感じているなら、彼女はみごとにそれを隠していた。もっとも、それがグレースだ。

わたしのほうは、マーセラに対する怒りはあっという間に引っこんでいた。今はもう何も、安堵さえ、感じなかった。わたしもサイコパスなのかも。そんな考えを追い払い、もう一度室内へ視線をめぐらせた。「ほかに何かすることはある?」

「ない」グレースが言った。だがまだ動こうとはせず、兄を見つめてそこに立ち尽くしている。

「グレース」わたしはそっと声をかけた。「行こう」

「ええ、わかってる」間があり、それから言う。「あとひとつだけ」

グレースはかがみこみ、兄の耳にささやいた。彼女の声がかすかに聞こえた。「わたしの勝ち」

幕間 デッドラインU.S.A.（一九五二）
DEADLINE-U.S.A.

ニュース速報：『ラスベガス・サン・トリビューン』

モーテル殺人事件被害者に連続殺人の容疑か

ラスベガス・ストリップ南のモーテル〈ゲッタウェイ〉で発生した殺人事件の捜査が次々と驚きの展開を見せている。匿名の通報により、グンナー・（キャボット）・グライムスと地元の女性実業家ジェシー・リー・ホイットンが五月五日未明に建物内で死亡しているのを発見された。

〈メイヘム・モーテル〉のオーナー、ミズ・ホイットンとともに、当初グライムスは強盗殺人事件の被害者だと思われていた。しかしその後、ミズ・ホイットンはグライムスにより殺害されたことが判明した。またグライムスは、十五人の女性を殺害した罪で現在は無期懲役に処されている、有名な連続殺人犯グレゴリー・グライムスの実子であることもわかった。父親のグレゴリー・グライムスは、連邦刑務所局がテロリスト、連続殺人犯、麻薬密売組織のボスなどを収監する、コロラド州フローレンスのスーパーマックス刑務所で服役中だ。

FBIは、グンナー・グライムスがその父親と同じく連続殺人に手を染めていた証拠を発見した――その犠牲者数は、世界最多とはいかなくとも、おそらくアメリカ合衆国史上最多となりそうだ。

ラスベガス警察署のヴィクター・マルティネス署長は今日の記者会見で、グライムスが過去数カ月間にラスベガスのセックスワーカー四人が殺害された事件に関与していたことを発表した。「グライムスがミズ・ホイットンの死にも関係していることはもはや疑いの余地がありません。彼女はわれわれのコミュニティの貴重な一員であり、その死が深く悼まれます」殺害をまぬがれた匿名の目撃者が、一連の事件を裏づける証言を提供した。マルティネス署長は、過去二十年間に全米各地で発生した複数の殺人事件にもグンナー・グライムスが関与している可能性があるとして、FBIが捜査中であることも発表した。署長は詳しい説明を避け、担当のFBI特別捜査官ジーン・パトリックへ質問を委ねた。パトリック捜査官は、コメントはさらなる詳細の裏づけが取れてからになると述べた。

〈ゲッタウェイ〉のオーナー、ドロシー・〝ドット〟・ルウはインタビューに応え、事件発生当夜、モーテルは小規模の改築工事のために閉鎖されていたと説明。「犯人に勝手に侵入された」と証言している。「うちはフィルム・ノワールをコンセプトにした家族向けのモーテルで、いいお部屋だとラスベガスでも評判です。こんな恐ろしいことがわたしのモーテルで起きるなんて、本当に、本当にショックです」

ミズ・ルウは親友のミズ・ホイットンがグライムスの最後の犠牲者となったことにも悲しみを露わにした。「ジェシーは誰よりも心の広い人でした」ミズ・ルウは打ちひしがれた様子で語った。「わたしにとっては母親も同然でした」

〈ゲッタウェイ〉から一キロ弱のところにある〈バギー・スーツ〉の主人フレデリック・ホールによると、グライムスは五月四日の午後に〈バギー・スーツ〉にチェックインしていた。昨晩、電話によるインタビューでミスター・ホールは、「あの野郎の部屋でク――ほど大量の証拠が見つかった」と動揺を隠さなかった。「自分がしゃべった相手がク――たれの連続殺人鬼だったとはびっくりだよ」

マルティネス署長は明日の記者会見でさらなる情報を発表するとしている。

ミズ・ホイットンの追悼式は五月二十一日日曜日に地元のバー、〈チキ・ハット〉で開催予定。遺族は献花に代わって、プロジェクト・ガルボ・ファンデーションへの寄付を求めている。

25 第三独房　地獄の待合室（一九五九）
THE LAST MILE

グンナー・グライムスが二百件以上の殺人事件を自供している制作者不明の動画の送り主は、ＦＢＩにも特定することができなかった。カメラのぶれはひどいものの、自供の大部分は鮮明に聞き取ることができたが、一部の音声はザーというノイズに変わっていた。これはカメラのマイクが安物だったためだろうと技術班は推測した。また、発砲した人物の顔は入念にぼかされていた。

動画は明らかに修正されており、法廷で証拠として認められることはないだろう。しかしこれとは別にモーテルで見つかった圧倒的な数の証拠が、グンナー・グライムスを生きている限り刑務所の外へは出さなかったはずだ。

彼はすでに死亡しているため、全員一致でその点は論じても意味がないとされた。ＦＢＩは彼のモーテルの部屋で発見されたアクセサリー、衣類、そのほかのアイテムを調べ、単に失踪と見なされていた者も含めた被害者数十人の家族に、事件の終結をようやく知らせることができた。

これだけ巧妙に画像を編集した（動画の送信に無数のサーバーを経由していることは言うまでもなく）ハッカーの正体をめぐって、当局のコンピューター・サイエンス専門捜査官の一部では内輪の賭けが始まった。大半はロシアのハッカー集団〝ファンシー・ベア〟に金を賭けた。動画の送信元を途中までたどれた者もいたが、最終的にはお手上げになった。賭け金を手に入れる者はこれからも出そうにない。

ドットはFBIの事情聴取で、自分がバカンスに出かけているあいだ（まあ、嘘ではない）、ジェシーは〈ゲッタウェイ〉を見てくれていたのだと説明した。グンナー・グライムスがどうやって十二号室に入ったのかはまるでわからないし（これも嘘ではない）、誰に撃たれたのかは見当もつかない（これは真っ赤な嘘）と答えた。

ドットはこのパフォーマンスを非の打ちどころなくやってのけたことだろう。FBIの事情聴取があると知って、きらきら目を輝かせていたくらいだ。

今、ドットはわたしが自分の車に荷物を乗せるのを眺めている。結局、車はジムが保管してくれていて、これには本当に助かった。また新しく車を買う余裕はないし、おんぼろのミニヴァンは今もLAにある。

わたしたちは〈メイヘム〉の駐車場にいた。ジェシーは遺言でモーテルをドットに

遺してお り、哀れなBJはこれにショックを受けた。追悼式のあと、彼は憤然として
ストックトンへ帰っていった。

ドットは〈メイヘム〉を引き継ぐことを迷っていたが、わたしとジムで、一連の事件から何かひとつくらいはいい結果が生まれなきゃと、どうにか彼女を説得した。ドットは間違いなくそれに値する。

そういうわけで、何もかも片づくまでわたしは〈メイヘム〉に滞在していた(〈ゲッタウェイ〉には悪い思い出が多すぎる)。だけどドットの言っていたとおりだった。このモーテルは絶えず浮かれ騒いでいるミレニアル世代とZ世代の客たちのせいで、いささかその魅力を損なわれている。コンチネンタル・ビュッフェで毎朝すみっこのテーブルにつくと、彼らのおしゃべりがわたしの神経を逆撫でした。目を覚ませと揺さぶってやりたかった。この世界は悲劇と苦しみと危険に満ちた、非情で残酷な場所なんだと叫びたかった。

そう。わたしはそういう大人になったのだ。ガキどもは黙ってな。

「どうしても行くの？」ドットがまた問いかける。その目のまわりには彼女がこの一カ月に払った犠牲が表われていた。ジェシーの死はもっとも大きな打撃だっただろう。ジムのプロポーズがわずかながらそれをやわらげたにしろ。ラスベガスのドライブイ

ンシアターで銀幕に映しだされる『青い戦慄』を背景に、ジムはドットのコンバーチブルの前で片膝をついたのだ。指輪はクラシックなセッティングのゴージャスなエメラルド。まだつけ慣れていないらしく、ドットは無意識に指輪をいじっている。彼女が指にはめた指輪をまたもひねるさまに、わたしは頰をゆるめた。

自分でも意外だが、わたしはここに残るのもいいかなとちらりと考えた。だって、よそに友人がいるわけでもないし、ラスベガスなら精神分析医は引く手あまただろう。FBIに追われてなどいなかったとわかって、わたしは大学の担当教授たちに連絡し、オンラインで課題を終えられるよう取り計らってもらっていた。夏の終わりには学位を取得できる。考えてみれば、課題はどこにいたってできるのだ（もっとも、ジェシーに作ってもらった新しいIDはちゃんと取ってある。必要になることがないよう願うけど、スペアがあるのは悪くない）。

けれどラスベガスに腰を落ち着けることを考えるたび、むずむずした。「ごめんなさい」わたしは寂しさを覚えながら言った。「わたし、わが家だと思える場所を見つけたいの」

ドットはうなずいた。「言っていることはわかるわ、お嬢ちゃん。そういうことなら、いつでも戻ってきて顔を見せてね。うちで一番いい部屋をただで用意してあげる」

わたしがここを去るもうひとつの理由については、どちらも触れなかった。ドットは臨時的にマーセラを〈ゲッタウェイ〉の女主人として置いており、わたしは毎日のように彼女と顔を合わせることを思うと気まずかった。彼女のこと、お互いのことについて、あまりにも割り切れない思いがあった。

わたしの気持ちを読んだかのようにドットが言った。「マーセラなら大丈夫よ」

わたしは車のトランクを叩き閉めた。「うん」ためらってから、つけ加える。「本当にいいの、彼女に任せて？」

「猫にカナリアの番をさせて、ってこと？」ドットは微苦笑を浮かべた。「彼女に利用されると思ってるの？」

「わたしはただ――彼女にどれだけの自制心があるのかわからない」

ドットはため息をついた。「ハニー、わたしはね、依存症の人たちのことならよく知ってるの。なにせ、わたしの親もそのうちのひとりだったから。でもね、ジェシーの身に起きたことで、マーセラも目を覚ましたのよ。今では自助グループのミーティングへ行って、一歩踏みだしたところなの」

「へえ、すごい」声から疑念をぬぐい去ることはできなかった。

ドットはわたしの腕に手を置いて微笑んだ。「どんな人にもセカンド・チャンスを与えてあげなきゃ。ジェシーはそう望んだはずだもの。それに――」眉をひょいとあげる。「あなたも身に覚えがあるでしょう？」

「どういう意味？」問いかけながら頭のなかではあわてふためいていた。やめて。グレースが何か言ったの？

「だって、ハニー」ドットはわたしを引き寄せてハグした。「あなたの顔には〝セカンド・チャンス〟とでかでかと書いてあるわ」

わたしはハグを返し、ほっとする彼女の香りを記憶に刻もうとした。ドットは体を引くと、わたしの両頬に軽くキスをして言った。「道路が混みだす前に出発したほうがいいわね」

「うん。みんなにも、もう一度わたしからのお礼を伝えておいて。とくに〈ファムズ〉には」

「そうするわ。グレースから連絡があったときは教えてちょうだい」

「あるとは思えないけど」

「わからないわよ。人には驚かされるものだわ」

「彼女は驚かせることなら得意か」ぼそりと言いはしたが、グレースと再会することがあるとはこれっぽっちも思っていなかった。〈ナゲット〉のスイートに戻ったあと、わたしは午後一時近くまで眠った。グレースの様子を見に行くと、彼女の私物はすでに消えていた。例のごとく置き手紙もなし。わたしが彼女との賭けで勝ち取った百ドルも踏み倒された。

あれが今生の別れになろうと、正直、わたしはかまわなかった。グレースの顔なら一生分見た気がする。けれどドットは、彼女に不思議と愛着を抱いているらしい。今もいわば〈フェイタル・ファムズ〉の名誉会員と見なしているようだった。

わたしは出発しようと背を向け、そこで立ち止まった。「あの、マーセラにわたしがさよならって言ってたって伝えてくれる？　それに、その……」

「彼女はもう知ってると思うわよ」ドットが微笑んだ。「でも、伝えておく。行ってらっしゃい、元気でね。それから、ここにはいつでもあなたの友人がいることを忘れないで」

運転席に乗りこむわたしの喉には塊がこみあげていた。わたしは慎重に車をバックさせ、駐車場にあふれる電気自動車のあいだを進んだ。最後にドットに手を振ってから、カリフォルニアへ向け、ハンドルを西に切る。これから先は長時間のドライブで、夕方までにはたどり着きたかった。

ロサンゼルスはもうたくさんだから、サンフランシスコで新たな一歩を踏みだすことに決めていた。霧と雨が多いイメージだが、どんな街かはさっぱりわからない。でも、それもお楽しみのうちだ。

数時間後、ぽつんと立っている、古びた売店付きのガソリンスタンドに寄った。給油しながら車に寄りかかり、ドリトスを食べていたとき、携帯電話にメッセージの着信を知らせる音がした。わたしは眉根を寄せた。これは新品のプリペイド携帯電話で、わたしの知る限りでは番号を知っているのはドットだけだ。

ポケットから取りだし、〝非通知〟の表示が目に入ると、わたしはドリトスを取り落としかけた。

「なんでわかったの?」わたしはにんまり笑ってロックを解除した。

テキストメッセージを開く。**〈堕落の街にあのまま残るのかと思った〉**

「まったく、なんてビッチなの」声に懐かしさがにじんだ。隣の給油機にいた男が変な目でこちらを見ている。それを無視して打ちこんだ。**〈あなたからさよならの挨拶なんて優しいじゃない〉**

返信を待っているあいだに、ノズルレバーのラッチがかちりとあがった。手からドリトスのかすを払い、給油口からノズルをはずしに向かう。そのあとは運転席に座り、彼女から返信が来るか興味津々で待った。五分だけ待とう。そう決めて携帯電話で時間をチェックする。

指でとんとんと太腿を叩いて待った。反応はなし。車を出そうとしたとき、ふたたび着信音が鳴った。ため息をついてギアをパーキングへ戻す。

〈わたしからのプレゼントは受け取った?〉

「プレゼント?」つぶやいた。「なんのプレゼントよ?」グレースがわたしにプレゼントだなんて驚愕だ。わたしは返信した。**〈からかってる?〉**

〈トランクを調べて〉それを読みながら、偉そうに目玉をぐるりとまわす彼女の顔が目に浮かぶようだった。

背後でクラクションが鳴った——バックミラーを見ると、ピックアップトラックの運転手が給油の順番をいらだたしげに待っている。わたしは手を振って謝り、古い公衆電話の横のスペースへ車を移動させた。

いらいらとトランクを開けに向かった。わたしのダッフルバッグはエキサイティングな旅を経てすっかりくたびれて見えた。〈メイヘム〉にあったコインランドリーですべて洗い、その朝荷造りしたばかりだから、中身はきれいな服だけだと断言できる。それでもしぶしぶなかを掘り返して、グレースが考えるプレゼントとはいったいなんだろうと首をひねった。新しい牛追い棒とか？　それだったらひと目でわかったはずだ。自分が何を探しているのか見当もつかない。

〈ここには何もない〉とうとうそう打ちこんだ。〈やっぱりわたしをからかったのね〉

〈わたしの銃をしまったところをチェックして〉

うめきながら、スペアタイヤの内側に手を突き入れた（わたしのトランクは、この車のほかの部分もだけど、グレースの車よりいささか汚いと言うだけにとどめておこう。それにべたついている）。指が紙をかすめた。わたしは小さな封筒を引っ張りだして、光にかざした。何か硬いものがなかに入っている。爪で封を切り、手のひらの上で封筒を逆さにした。転がり出てきたのはＴＲＥＺＯＲというロゴ付きの黒い小型のデバイスで、車のキーみたいに見える。

車をくれるならくれると、ラスベガスを出発する前に教えてくれればいいものを。わたしは汗に濡れた額を手でぬぐった。こっちは日差しの照りつける砂漠地帯、デスバレーをエアコンなしで通り抜けてきたところだ。暑いし、疲れたし、まだまだ先は長い。グレースのゲームにこれ以上つきあっている気分では絶対になかった。これがなんであれ、すぐそこにあるゴミ箱に放りこもうかとも思ったが、そうはせずにメッセージを入力した。〈**何よ、これ?**〉

〈**およそ三百万ドル**〉

「はあ?」叫んだはずみに携帯電話が手から滑り落ちた。あわててキャッチすると、今度はキーが手から滑った。しばし携帯電話とキーでお手玉を繰り広げたわたしは、さぞかし頭が気の毒な人に見えたことだろう。

携帯電話が鳴った。わたしはキーを慎重にポケットにしまってから電話に出た。

「ねえ、あなたイカれてるの?」

「お礼なら結構よ」

よく聞き慣れたグレースの歯切れのいい声に、わたしは(思わず)自然と微笑んでいた。SKSで腰掛けている彼女の姿が目に浮かぶ。地図からはピンをはずしたのだろうか? 賭けてもいい、あの壁はすでに真っ白に塗り直されているだろう。集中しなさい、アンバー。「真面目な話。これはなんなの？」

「ハードウェア・ウォレット」

「へええ。だから、それは何？」

はあ、といらだたしげなため息。「証拠を仕込んでいるあいだに、兄の持ち物を調べたのよ」彼女が言った。「兄がどんな手段で自分のお金にアクセスしているのか気になっていたから。そうしたら――説明するには少し複雑ね」

はいはい、そうでしょうとも。いまだにわたしをまぬけ扱いするとか、本当にむかつくわ。

「でもグンナーの信託財産のありかがわかったから、それを暗号資産に換金しておいたの。アクセスコードは分割して送るわ、安全のためにね。なくさないでよ、なくしたらウォレットはなんの役にも立たなくなるんだから」

「わかったわよ」ポケットのなかのデバイスがずしりと重く感じられた。落とすような穴でも開いていないか、ポケットをダブルチェックした。「頭がすっかりこんがらがってるんだけど」

「いつもでしょう」

「なぜなら」彼女の言い方にむかつきながら続けた。「わたしはあなたのお気に入りってわけじゃない。なのに、本当にただでこれをくれるの？」

ピックアップトラックの男が店から自分の車へ戻るのに目をやった。この会話はどこか人のいない場所でするべきだとだしぬけに感じた。つばをのんで声を低める。

「なんであなたはいらないのよ？」

「わたしは今のままでまったく不自由してないし、あなたは明らかにもっと必要としている。それでせめて新しい服を買って、きちんと髪をカットして」長い間のあと、グレースがつけ加える。「これでも感謝しているのよ」

続きを待ったが、電話の向こう側からは沈黙が返ってくるばかりだ。けれど相手がグレースとなると、今のは思いの丈を吐きだしたにも等しいだろう。「つまり、今やわたしは大金持ちってこと？」

「以前に比べれば、そうね」

どういうことか頭が理解しはじめた。すごい、すごい、すごい。学生ローンを全額返済できるし、なんならもう働かなくてもいい。これまでの借りをドットにすべて返せる。マーセラにもいくらか送ろうか――いや、まずはドットに預かってもらって、マーセラにこんな臨時収入を持たせても大丈夫となったら渡してもらおう。それに――。

「アンバー？」

「何？」放心状態で問い返した。

「安全運転を。それにナプキンが必要ね。頬にドリトスのかすがついてるわよ」

はっとしてガソリンスタンドをきょろきょろ見まわした。店舗の角にある防犯カメラがこちらを向いていた。わたしはカメラを見あげてにやりとした。「やっぱりね、あなたはわたしが好きなんだ」

「感情的にならないで。これでふたりは友だちってことにはならない」

「それはそうよ。だってわたしたちは親友だもの、そうでしょ？」わたしの勘違いかもしれないが、グレースが笑っている気がした。

「わたしには二度と関わらないこと、それも取り決めの一部よ」

「わかってるって。じゃあまた、感謝祭のときにね」

ぷつりと通話が切れた。わたしはカメラに向かって手を振った。そして中指を突き立ててから、くるりと背を向けた。

謝辞

これはすべてジャンディ・ネルソンが悪いんです。わたしは本気で筆を折るつもりだったんですから。作家がスランプに陥るとか、そんな話はこれまでずっと笑い飛ばしていました。素人作家だからでしょうよ、と。こっちはプロの作家なんだから、書けないなんて泣き言を言ってはいられない。稼がなければ食べていけないのよ、と。

しかし、それがわたしの身にも起きてしまった。書き出しのアイデアも場面転換(プロット・ポイント)もひとつも思いつかず、登場人物がひとりもわたしの耳にささやきかけてこず、ただただ……頭が真っ白。もうお手あげでした。

ひとしきり泣き言を言ったあと、わたしはこうなったら転職しようと、臨床心理学のコースに申しこみました。そしてLGBTQ+の里子のケースを調査したことで、幼少期の心的外傷についてもっと学んで、いつの日かすばらしい可能性を秘めたそういう若者たちをより効果的に支援できるようになりたいと考えるようになりました。わたしはコミュニティカレッジで心理学の講義を受講しはじめました（これはパンデミックのあいだに、なんでもオンラインでやるようになった数少ないプラス面のひとつです）。そして、この世界規模の難局がもたらしたさまざまな不自由さから目をそらしたくて、ツイッターを読みあさるようになったのです。すると友人のジャンディが正午の時間を〝マジックアワー〟と決めて、みんなそれぞれ座って執筆しようと、毎日呼びかけていました。

最初にその投稿を見たときは、いいけど無理だよ、と思いました。こんな大変な状況で書ける人がいる？　というわけで、わたしはさっさとおうちでの（下手くそな）パン作りに戻りました。

八度目に投稿を見たときは、むかつきました。こんな状況でもクリエイティビティを発揮できるような人はわたしより優秀であるに違いなく、癪に障るったらありゃしなかったのです。

二十回目には、こう思いました。〝やってやろうじゃないの〟と。作家、セラピスト、詐欺師は、三者とも人の心を読むことで生計を立てている点がよく似ていると、考えていたところでした。そこで腰をおろし、心理学専攻の元詐欺師が連続殺人鬼のヴァンに連れこまれる話を書きだしました。

　わたしの愛するフィルム・ノワールや本へのオマージュとなる、セクシーで笑える話にしたいとは誕生当初から思っていました（映画といえば、各章のタイトルに題名を拝借したすばらしい映画の数々に敬礼）。進行役は女性で、従来〝女性の〟強みと見なされてきたもの——知性、直感、絆を築く能力——を活用する女性たちをメインキャラクターにしたかった。そして複雑で、傷を負っていながらも、救済できる女性たちがいいと考えました。

　笑えるって点はもうあげましたっけ？　笑える話にしたいというのはわたしの切なる願いでした（ええ、連続殺人鬼をめぐる本でそれを目指すのも変ですけど）。この数年みんな大変だったんですから、お遊びと笑いときらめくレインボーを大いに楽しんでもいいではないですか。

　とにかく、わたしが言いたいのはこれにつきます、ありがとう、ジャンディ。あなたがそっと背中を押してくれなかったら、今頃わたしはセラピストにふさわしいカーディガンと鼈甲ぶちの眼鏡、首に巻くスカーフを買っている最中だったかも（今も探してはいるのよ、そっちのキャリアもあきらめてはいないんだから。えっへん）。

　わたしのすばらしいエージェントに感謝します。ステファニー・キップ・ロスタンを味方につけられたことはとてもラッキーでした。わたしが決定稿だと思って渡したものにびっしりとメモを貼りつけて〝まだいまひとつ〟な理由を説明してくれたことは、彼女が最高のエージェントである証です。はい、リピート・アフター・ミー、ステフはつねに正しい。この本の最終稿はひとえに善し悪しを見分けることのできる彼女のたしかな才能の賜物です。

原稿がPutnam社の優秀なダニエル・ディートリックの目に留まったことも実にラッキーでした。わたしは長いことこの業界に身を置いていますが（何年間かは年齢がばれるので言いません）、ダニエルのように極めて有能で博識、そのうえ意欲的な方とともに仕事をするのは本当に楽しいものです。エディターとの体験としてはわたし史上最高であり、これはたいしたことなのです。しかも、わたしと彼女は同じウェズリアン大学の卒業生。わたしに言わせれば、これは最強のタッグでしょう。

そしてなんてすてきな出版社にたどり着いたことか！　この本を今の形にするのに手を貸してくれたPutnam社の全員に心からお礼を申しあげます。カバーデザインから校閲（その細かさには本当に驚嘆しました）、販売、マーケティングにいたるまで、まさに一流のチーム。一緒に詐欺グループを作りませんか？

比類なきジャスミン・レイクとUTAの彼女のチームと働けたこともうれしく思い

ます。著作にこれほど強力なサポートがつくことはめったにない幸運であり、心から感謝しています。

アンティオーク大学ロサンゼルスのＭＡＰプログラムのみんなにもお礼を言わせてください。このおかしな世界でわたしに正気を保たせてくれてありがとう。『精神疾患の診断・統計マニュアル』（ＤＳＭ）のディスカッションでわたしを笑わせられるのはあなたたちだけよ。Ｚｏｏｍ越しで輝いている人は、現実世界ではまぶしいどころじゃないわね。みんな、愛してる。

わたしはうまく自分を売りこみ、街で一番の研修を受けることができました。Ｌ・Ａ・ＬＧＢＴセンターのすばらしい人たちは大きな障害にもかかわらず驚くべき仕事を果たされ、そのおかげでたくさんの人が命を救われ、支えられています。彼らに拍手を。愛はどんな形でも愛です。すべての人に人権があります。トランスジェンダーの子どもをサポートしてください、子どもたちのために立ちあがるのはいつだって正しいことなのですから。演説をぶつのはこれくらいにします……だけど真剣な話、文字どおり命が危険にさらされているのです。子どもたちのために、戦いに加わってください。

すごい友人たちを持ってよかった。すばらしい友人だらけよ。レスリー・マーゴリス、マデリン・ルウ、エリン・オースティン、コリン・ダンゲル、キャロリン・イーガン、ミンディ・マクギニス、ディーム・ハ、ボニー・ゼイン、ジャサ・マコール、ベッツィ・ブラント、ケイト・ストイア、ジェシカ・ポスティゴ、リサ・ブラウン、ジョー・ロヤ……リストはまだまだ続きます。みんなにバーチャル上のワイングラスを掲げます。本物は次回、顔を合わせるときにね。

そしてもちろん、あなたたち、親愛なる読者の皆さま！　このアドベンチャーに参加していただきありがとうございます。わたしは自分の子どもたちがどれも読者、書店員、司書のみなさんに支持していただけるという幸運に恵まれてきました。そのことに感謝の気持ちでいっぱいです。自著にはいつでもサインしますからね。

最後に、これは言うまでもなく、わたしの家族へ。わたしが文章を書くことを好きになるきっかけを与え、いつもながらの柔軟性と根性、ニューイングランド流の冷静さでこの嵐を乗りきった、わたしのすばらしい両親。わたしの揚げ足取りと大騒ぎに子どもの頃からつきあわされているのに、ずっと一番の相談相手でいてくれるわたしの姉妹。わたしの分も〈ボーディ・スパ〉の予約をお願いね。

いつものように、一番好きなものは最後に取っておきました。奇妙な新種のウイルス出現が噂される前から除菌用ハンドジェルを携帯していたほど徹底的な潔癖症のわたしにとって、コロナ禍はまさに最悪の事態でした。家族なしではこのパンデミックを生き抜くことはできなかったと断言します。彼らは恐怖や不安だらけのときにわたしを支え、泣くことしかできそうもないときにわたしを笑わせてくれました。ポーカーナイトにハイキング、テレビ番組の一気見（どれだけ観たことか——テレビドラマは観尽くしたはず）を通して、家族はわたしの真のシェルターとなってくれました。

本作ラストの大どんでん返しは、才気あふれるわたしの息子の発案です。（マスクをして）散歩をしていたとき、話に行き詰まっちゃって、とわたしがぶつぶつ言うと、「殺人狂はグレースかもって読者に思わせるのは？」と息子が提案しました。それよ。本当に、すごい子でしょう。これからの彼の人生が楽しみでなりません、彼の登場はこの世界にとって幸運なのですから。

そしてもちろん、カーク。誰よりも忠実なわたしの最高の共犯者。何十年も会っていなかったのにお互いを見つけだせたのは、わたしの人生における本物の奇跡よ。若かりしときに運命に引き離されていなかったら、どうなっていたのかしら？　でも、このクレイジーな道のりの果てまであなたが隣にいてくれるのがどんなに幸運なことかはわかっている。ずっと愛してる、スウィートハート。

あー、またやっちゃった。オスカー受賞スピーチの作家版にならないようにすると、毎回自分に約束するのに。延々と名前をあげられても、自分の名前が含まれているのでなければ、正直、興味ありませんよね。まあ、しかたがない。本当にごめんなさい、でもここまで読んでくださったということは不愉快ではなかったのかしら。わたしにつきあってくれて、あらためてありがとうございます。

続編でまたお目にかかりましょう。

——ミシェル

訳者あとがき

大きな犯罪などめったに起きない静かな街で、最近巷（ちまた）をにぎわせている連続殺人事件。小柄なブルネットの若い娘ばかりを狙う犯人は、犠牲者の体をポケモンのキャラクターそっくりにペイントすることから〝ピカチュウ・キラー〟と呼ばれています。犠牲者の特徴に自分が一致すると知りながら、やられるのは隙のある人間だけだと油断していたアンバーは、ピカチュウ・キラーに不意を突かれてなすすべもなく拉致されてしまいます。薬で抵抗を封じられて、目覚めたら手術台の上。アンバーの頭を死がよぎりますが、そのとき意外な救い主が現われて……。

絶体絶命の危機を危ういところで救われたアンバー。丸坊主にされるなど衝撃的なことはあったものの、徐々に立ち直って真面目な大学生としての生活に戻れるのかと思いきや、何もかも捨てて逃亡しなければならない羽目に陥ります。そして目指したのは、あこがれの地カリフォルニア。ただし新しいスタートを切るための資金が足りず、まずはラスベガスに立ち寄って態勢を整えることにします。ところがその稼ぐ方法というのが、なんと詐欺。人間観察が得意なアンバーは優秀な詐欺師で、すでに足を洗っていたものの、手っ取り早く稼ぐためにやむをえず慣れ親しんだ稼業に戻ります。そして順調に資金を貯めていくのですが、やがて彼女がラスベガスに来る前から起こっていた連続殺人事件に関わることになり、アンバー自身も標的であることが明らかになります。

本書では各章の題が映画の作品名になっているなど、一九四〇年代から五〇年代にハリウッドで多く作られた犯罪映画フィルム・ノワールが小道具として随所に登場します。ですが全体の雰囲気はレトロでありながら、もっと明るくカラフル。そう感じられるのは個性的なキャラクターたちのためかもしれません。元詐欺師のアンバーを始め、彼女を助ける連続殺人鬼ハンターのグレースや、フィルム・ノワールファンのモーテルの女主人兼ラスベガスの影の女王ドット、ヤク中の美人売春婦マーセラなど、誰をとってもキャラが立っていますし、ちょっとした脇役までみんなどこかおかしみがあり、登場人物同士のやり取りに引きこまれます。ドットのボーイフレンドはエルヴィス・プレスリー風なのですが、ラスベガスにならこんな濃い人たちも普通にいる